DE TROOSTBIBLIOTHEEK

Sara Nisha Adams

De troostbibliotheek

Uit het Engels vertaald door Nellie Keukelaar

the house of books

Eerste druk, februari 2023
Tweede druk, juni 2024

Oorspronkelijke titel: *The Reading List*
Oorspronkelijk uitgegeven door: HarperCollins*Publishers*, Londen 2021

Omslagontwerp: HarperCollins*Publishers*, Londen
Omslagontwerp Nederlandse uitgave: Margo Togni, Renkum
Auteursfoto: © Libby Earland
Typografie: Crius Group, Hulshout

Gebruikte boekvertalingen voor citaten in tekst:
To Kill a Mocking Bird/Spaar de spotvogel van Harper Lee: vertaald door Ko Kooman, De Bezige Bij, 2015
Little Women/Onder moeders vleugels van Louisa M. Alcott: vertaald door Mieke Prins, KokBoekencentrum, 2019

ISBN 978 90 443 6553 5
ISBN 978 90 443 6554 2 (e-book)
NUR 302

www.thehouseofbooks.com
www.overamstel.com

OVERAMSTEL
uitgevers

The House of Books is een imprint van Overamstel uitgevers bv

In liefdevolle herinnering aan oma, opa, Ba en Dada
Voor mama en papa
Ik hou heel veel van jullie x

PROLOOG

De leeslijst

2017

De deuren zijn nieuw: ze gaan vanzelf open. Chic. Dat is veranderd sinds Aidan hier voor het laatst was. Het eerste wat hem opvalt zijn de weinige rijen boeken. Toen hij jonger was, kleiner, leken de planken eindeloos door te lopen, bulkend van boeken in allerlei vormen en maten. Zelfs toen hij als tiener hier in de zomervakantie werkte, was deze plek een toevluchtsoord voor hem geweest, en hoewel hij dat nooit aan zijn vrienden zou hebben toegegeven, vond hij het heerlijk om tussen de stapels en stapels naslagwerken te verdwalen. Misschien kijkt hij terug door een roze bril, stelt hij zich een magisch boekenland voor dat nooit echt heeft bestaan. Maar nu hij tweeëntwintig is, geen jongen meer maar een man, is hij hier weer, op zoek naar een plek om zich te verstoppen, voor de wereld, voor zijn vrienden, voor zijn familie.

De bibliothecaris kijkt even op als hij naar binnen loopt en glimlacht. Aidan wordt begroet door stilte. In zijn herinnering was het hier nooit stil. Het is natuurlijk een bibliotheek… dus het was er altijd al rustig, maar er was wel geroezemoes: mensen die rondliepen, kinderen die tegen hun moeder fluisterden, mensen die bladzijden omsloegen, stoelen verschoven, gingen verzitten, hoesten en snuften. Vandaag is er amper iets te horen. Iemand typt op een mobiele telefoon. De bibliothecaris ramt op een groot, ouderwets toetsenbord. Verder niets. Sinds kort ziet hij op vrije plakplaatsen posters hangen dat de bibliotheken van Brent behouden moet blijven: in de supermarkt, in de sportschool, zelfs bij het metrostation. Daar staat iets op over taartverkoop, samen breien in de bibliotheek, sit-ins, petities. Het is nooit bij hem opgekomen dat de vestiging aan Harrow Road gered moet worden. Naar zijn idee is het een goed bezochte, geliefde bibliotheek, maar nu hij hier is, slaat de angst hem om het hart. Wie weet is de bibliotheek aan Harrow Road wel de volgende die dicht moet.

Hij loopt naar de afdeling fictie, gaat naar het gedeelte met spannende boeken en laat zijn vingers over de ruggen glijden, stopt bij *Black Water Rising* van Attica Locke. Hij heeft dit boek jaren geleden gelezen, misschien zelfs meerdere keren. Als hij de bladzijden omslaat om aan de realiteit te ontsnappen, komen er herinneringen naar boven aan het Houston van Attica Locke: een levendige, bruisende, duistere stad vol tegenstellingen en contrasten. Vandaag heeft hij behoefte aan die vertrouwdheid. Hij moet in een wereld vol angsten en onverwachte wendingen kunnen stappen, maar wel een wereld waar hij weet hoe alles zal aflopen.

Hij moet weten hoe iets zal aflopen.

De tafel waar hij ooit als kind opgekruld op was gaan liggen, is weg. Alles is anders. Niets blijft hetzelfde om hem een plezier te doen, niet hier, niet in zijn leven. Dit is weer een slechte zomer. Maar als de woorden van het verhaal over hem heen spoelen, als hij met zijn vingers de zinnen volgt, probeert hij weer dat gevoel op te roepen van geaard zijn, geworteld zijn, niets meer dan een lichaam, woorden lezen, zijn geest toestaan ergens anders naartoe te gaan. Hij merkt dat hij in het verhaal wordt gezogen. Zijn eigen gedachten, zijn zorgen, die stem, ze raken steeds meer op de achtergrond in zijn hoofd en zijn uiteindelijk nog slechts witte ruis.

Toen hij klein was, ging zijn moeder weleens met hem en zijn zusje Aleisha hiernaartoe. Aleisha wilde altijd liever spelen, stribbelde tegen en maakte herrie, en dan moest Leilah met haar naar buiten. Aidan was nooit meer dan een paar minuten in zijn eentje, maar in die paar minuten kalmeerde hij, hielden zijn gedachten op met malen, kon hij gemakkelijker ademhalen, ontsnappen... Net waar hij het meest behoefte aan had.

Een plof attendeert hem op iemand naast hem. Hij kijkt doelbewust weg, houdt zijn blik op de bladzijde gericht, weigert voorlopig om toe te staan dat iemand zijn betovering verbreekt. Vanuit zijn ooghoek ziet hij een enorme stapel boeken. Een barricade.

Er wordt een stoel verschoven en er worden papiertjes uit een tas gehaald: verkreukelde kassabonnen, een bibliotheekbriefje, de achterkant van een kruiswoordpuzzel, waardoor er op de tafel naast hem een verfrommelde witte wolk ontstaat.

Hij doet zijn best om rustig te ademen als degene naast hem nauwelijks verstaanbaar begint te mompelen. Het is hem niet duidelijk of het een liedje, een deuntje of volslagen onzin is. Hij ziet een pen in de lucht boven het eerste papiertje zweven, gevolgd door ritmisch gekras.

Aidan kijkt strak naar de bladzijde, laat zijn blik over de woorden in zijn boek glijden, neemt ze in zich op en probeert hetzelfde gevoel op te roepen als de laatste keer dat hij deze woorden in deze volgorde heeft gelezen.

Minutenlang staat Aidan zichzelf toe dat zijn aandacht zich verlegt, in en uit het boek, in de bibliotheek en dan de straat op, naar Wembley. Hij vraagt zich af hoe het met zijn moeder gaat. Heeft Aleisha door dat hij weg is? Hij laat zijn gedachten terugkeren naar de zaal, naar de bibliotheek, naar degene naast hem, die schrijft alsof zijn leven ervan afhangt.

En dan staat die persoon opeens op, laat een berg opgevouwen papiertjes achter op de tafel. Hij kijkt vanuit zijn ooghoeken als de briefjes op een rij worden gelegd, als in slow motion, een vinger die op elk briefje tikt, telt: een, twee, drie, vier, vijf, zes, zeven, acht. Dan worden alle briefjes in het eerste boek gestopt, het bovenste boek van de stapel. Hij ziet nu dat het *To Kill a Mockingbird* is.

De handen van degene naast hem liggen even op de voorkant van het boek. Aidan beseft dat hij al een tijdje geen bladzijde heeft omgeslagen. Hij vraagt zich af of die persoon doorheeft dat hij kijkt.

Hij vraagt zich af waarom hij eigenlijk kijkt. Dan, even later, reikt een paar armen, gehuld in een dikke zwarte trui, naar voren en trekt de boeken naar zich toe. Met licht gekreun wordt de stapel boeken weggetrokken en hij hoort het gedempte geluid van schoenen die over het versleten tapijt naar de balie lopen. Hij staat zijn geest toe om terug te keren naar zijn verhaal.

Als hij eindelijk van zijn stoel opstaat, stroomt het avondlicht door het raam en ziet de bibliotheek er precies zo uit als in zijn herinnering: magisch. Het voelt als een wonder, maar hij heeft nooit in wonderen geloofd. De zon werpt lange schaduwen in de sjofele bibliotheek, dompelt alles in een warme amberkleurige gloed. De bibliotheek lijkt wel van goud. Hij schuift zijn stoel aan, tilt die op, probeert geen geluid te maken, hoewel er bijna niemand meer is die daar last van kan hebben.

Dan ziet hij naast zich één eenzaam opgevouwen briefje op de tafel liggen: de kruiswoordpuzzel. Hij kijkt naar links, naar rechts, en werpt traag een blik over zijn schouder. Niemand kijkt naar hem. Hij steekt zijn arm uit, trekt het briefje naar zich toe en vouwt het open, één vouw per keer. Zijn vingers doen heel voorzichtig, want het papiertje is nauwelijks dikker dan een vloeitje. Het mag niet scheuren. Hij denkt aan de anonieme persoon naast hem die aandachtig had zitten schrijven.

Als hij de laatste vouw openvouwt, wordt het raadsel opeens onthuld. Het handschrift is netjes, met lussen, vriendelijk, uitnodigend.

Voor het geval je het nodig hebt:
To Kill a Mockingbird
Rebecca
The Kite Runner
Life of Pi
Pride and Prejudice
Little Women
Beloved
A Suitable Boy

To Kill a Mockingbird, het bovenste boek van de enorme stapel. Hij laat zijn blik over de lijst glijden. Het zegt hem niets. Het zijn maar wat woorden op papier. Even overweegt hij de leeslijst mee te nemen, in zijn zak te stoppen, maar hij doet het toch niet. Dit papiertje, zo keurig opgevouwen, is gewoon de leeslijst van een onbekende. Wat moet hij ermee?

Hij legt het papiertje terug op de tafel, pakt zijn boek, bedankt Attica Locke heimelijk, en zet het boek terug op de plank met thrillers, zodat iemand anders ervan kan genieten. Hij verlaat de bibliotheek. De deuren sluiten automatisch achter hem. Hij draait zich nog één keer om, ziet het papiertje nog op precies dezelfde plek liggen als waar hij het heeft achtergelaten. De schaduwen van de bibliotheek omsluiten hem. De gelezen en ongelezen boeken vormen een barrière tussen hem en de lijst. Als hij bij de bibliotheek vandaan loopt, voelt hij de rust, de stilte, van zich afglijden als hij de kant op gaat van de lichten en geluiden van de stad die hij zijn thuis noemt.

DEEL I

The Time Traveler's Wife
van Audrey Niffenegger

1

Mukesh

2019

Piep. 'Hoi, papa, met Rohini. Sorry, sorry dat ik je weer bel, maar je weet dat ik me zorgen maak als je niet opneemt of niet terugbelt. We komen vrijdag bij je op bezoek, Priya en ik, dus laat het maar weten als ik eten of drinken of zo voor je mee moeten nemen. Ik ben er niet van overtuigd dat het eten dat je zelf klaarmaakt in de categorie uitgebalanceerde voeding valt, papa. Je kunt niet alleen mungbonen eten. Denk je eraan dat de kliko vandaag aan de straat moet? Vandaag alleen de zwarte. De groene is volgende week. Bel Param van nummer 87 als het niet lukt. Oké? Ik weet dat je last hebt van je rug.'

Piep. 'Pap, met Deepali. Ik moest je van Rohini bellen omdat ze niets van je gehoord had. En ik moest tegen je zeggen dat je kliko vandaag aan de straat moet. Zul je dat onthouden? Dat het niet zo gaat als de vorige keer, toen je in je ochtendjas naar buiten moest rennen! Bel me later even terug, oké? Ik ga nu naar mijn werk, oké? Dag. Ook de groeten van de tweeling! Dag, Dada.'

Piep. 'Hoi, papa, met Vritti. Gaat het goed? Ik bel even om te vragen hoe het met je gaat. Als je iets nodig hebt dan hoor ik het wel. Ik kan snel bij je zijn, dus laat maar even weten wanneer je tijd hebt. Ik heb het de komende weken vrij druk, maar er valt wel iets te regelen. Oké?'

En zo begon de dag voor Mukesh zoals vrijwel elke woensdag: met drie identieke voicemailberichten van zijn dochters – Rohini, Deepali en Vritti – op het asociale tijdstip van acht uur, voordat ze gingen werken. Vaak was Mukesh dan nog niet eens wakker.

Op een andere dag van de week zou hij hen misschien om de beurt hebben teruggebeld om hun te laten weten dat de kliko al buiten stond, ook al was dat niet zo, en dat hij geen idee had wie Param van nummer 87 was, ook al kende hij hem wel. Hij hield hen graag scherp. Maar daar had hij vandaag geen tijd voor.

Vandaag was zijn boodschappendag. Naina had altijd op woensdag boodschappen gedaan. Het voelde niet goed om nu van die gewoonte af te wijken. Eerst het belangrijkste: kijken wat er nog in de koelkast en in de kasten stond, die nog op Naina's manier waren ingedeeld, wat betekende dat er geen systeem in zat. Zoals hij al gedacht had, had hij okra en mungbonen nodig. Hij was dol op mungbonen, wat Rohini ook mocht zeggen. Toen Naina nog leefde had hij zelden gekookt, behalve dan in de laatste paar maanden van haar leven, maar hij kende een paar recepten uit zijn hoofd. Die hielden hem op de been. Waar had hij op zijn leeftijd trouwens 'uitgebalanceerde voeding' voor nodig?

Toen hij zijn huis uit stapte, waarbij hij de deur stevig achter zich dichttrok, werd hij overvallen door de zomerse hitte. Hij had weer te veel lagen kleding aan. En hij had altijd last van de warmte. Er waren andere 'oudere' mensen bij de mandir die hem uitlachten: als zij het te koud hadden, had Mukesh het te warm. Hij was bang dat hij zweetplekken bij zijn oksels zou krijgen, ook al zeiden ze nog zo vaak: 'Maar Mukeshbhai, waar maak je je druk om? We zijn oud. Dat vinden we niet erg.'

Maar Mukesh wilde niet oud zijn en als hij zich niet meer druk zou maken om zweetplekken, boeren in het openbaar en meer van zulke dingen, zou hij misschien ook ophouden zich druk te maken om belangrijkere zaken.

Hij trok zijn platte pet recht, die hij altijd droeg – wat voor weer het ook was – om te voorkomen dat de zon in zijn ogen scheen. Hij had hem al vijftig jaar. Het ding was zo goed als versleten, maar hij hield ervan. De pet had het langer volgehouden dan zijn huwelijk en hoewel hij geen pessimist wilde zijn, zou het als die pet zoekraakte zijn alsof hij weer een wezenlijk deel van zichzelf verloor.

De wandeling, een flauwe helling op vanaf zijn huis naar de hoofdstraat, viel hem elke week zwaarder. Zijn ademhaling werd steeds oppervlakkiger en er zou een dag komen dat hij een taxi moest bellen voor dit stukje van vijf minuten. Toen hij uiteindelijk bovenaan de helling was en links afsloeg, haalde hij diep adem, leunde tegen een verkeerspaal en schoof zijn canvastas van de mandir terug, die van zijn schouder af was gegleden, waarna hij verder liep naar de winkel aan Ealing Road waar hij altijd boodschappen deed.

Op woensdag was het in Ealing Road rustiger dan op andere dagen van de week, daarom had Naina altijd op die dag boodschappen gedaan. Ze zei dat de kans dan kleiner was dat ze een bekende tegenkwam, want dan kon tien minuten boodschappen doen gemakkelijk uitlopen op een uur gezellig bijkletsen.

Er liepen wat mensen winkels met prachtige paspoppen in de etalages in en uit, poppen die sieraden en felgekleurde spullen aan het publiek toonden, maar de meeste mensen gingen naar de groente- en fruitstalletjes, of hingen rond bij de moskee, de Wembley Central Masjid. Mukesh zwaaide naar zijn buurman Naseem en diens dochter Noor, die op een muurtje zaten en een zak cassavechips deelden. Sinds het overlijden van Naina hadden ze elkaar nooit langer dan een paar minuten gesproken, maar telkens als hij Naseem en Noor zag, maakte dat zijn dag goed.

Uiteindelijk bereikte Mukesh zijn lievelingswinkel, waar allerlei soorten verse, heerlijk ruikende groenten onder de luifel in de schaduw lagen. Het was er druk met klanten en buggy's en kinderen. Mukesh voelde lichte paniek in zijn keel. Nikhil stond in de deuropening alsof hij op hem stond te wachten.

'Hallo, Mukesh!' Nikhil was dertig en was de zoon van iemand die hij van de mandir kende. Hij had hem dus eigenlijk met 'Mukeshfua' moeten aanspreken, wat oom betekent, een teken van respect, maar Mukesh zei er niets van, zoals zo vaak. Hij wilde geen *fua* zijn van deze jongeman, die nog zijn eigen haar en al zijn tanden had en nog geen buikje had, zoals Mukesh de laatste tien jaar; het gevolg van een dieet dat uit rijst, mungbonen en *kadhi* bestond. Hij had liever het gevoel dat hij Nikhils vriend was in plaats van een krakkemikkige oude oom.

'*Kemcho*, Nikhil,' antwoordde Mukesh. 'Mag ik mungbonen van je, een flinke hoeveelheid graag, en ook wat okra?'

'Wat ga je vandaag koken, Mukesh?!'

'Je weet wat ik ga koken.'

'Het was maar een grapje. Mungbonen en okra gaan niet goed samen. Dat weet je toch? Kook eens wat anders, Mukesh. Probeer het eens een keer.' Nikhil deed alsof hij vertwijfeld keek, maar lachte breeduit.

'Weet je, jongeman, je zou me eigenlijk met fua moeten aanspreken! Ik zal tegen je moeder zeggen dat je hondsbrutaal bent.' Hij glimlachte even. Ook al zou hij nog zo zijn best doen, hij zou nooit het respect krijgen dat Naina had genoten. Zij was in hun huwelijk degene geweest die contacten onderhield. Ze had op zaterdag de *satsangs* geleid, de bijeenkomsten in de mandir op zoek naar waarheid en diepgang, en ook het zingen van de *bhajans*. Zowel jongere mensen als leeftijdgenoten keken tegen haar op.

Mukesh keek toe terwijl Nikhil tussen de mensen door liep. Uiteindelijk overhandigde hij Mukesh een blauwe tas vol groen. Veel okra en mungbonen, maar hij had er ook aardig wat andere groenten in gedaan. De winkel heette niet voor niets Variety Foods.

Mukesh bedankte hem heel bedaard en wurmde zich tussen het winkelend publiek door naar de straat, waar auto's toeterden, met hun raampjes open zodat er allerlei soorten muziek naar buiten schalden.

Toen hij aan het begin van zijn eigen straat was, zette hij de pas erin, wat heuvelafwaarts gemakkelijker ging, deed zijn deur van het slot, liep naar zijn keuken en pakte zijn boodschappen uit. (Extraatjes vandaag: spinazie, koriander en twee zachte broodjes, ideaal voor *pav bhaji*, maar Mukesh had geen idee hoe hij dat moest klaarmaken.) Uiteindelijk ging hij voor de televisie zitten.

Gewoonlijk pakte hij op woensdag zijn boodschappen uit, waarna hij met zijn benen omhoog op zijn stoel ging zitten en een mok warme thee dronk die precies zoet genoeg was, zoals Naina die vroeger maakte (nu gemaakt met een kant-en-klaar theezakje). Dan zette hij de televisie aan op het Indiase kanaal Zee TV of op het nieuws om maar niet naar de lege stoel naast hem te hoeven kijken – Naina's stoel – en dan werden zijn oren gevuld met geluiden, gelach en stevige gesprekken, belangrijke wereldpolitiek, om maar niet te hoeven denken aan de oorverdovende stilte die hem bij thuiskomst nu al twee jaar elke dag wachtte.

Nog maanden nadat Naina was overleden, had Mukesh niet in zijn eigen bed kunnen slapen, omdat in zijn eentje in dat bed liggen voelde alsof hij in het huis van iemand anders was.

'Papa, neem de tijd,' had Rohini aanvankelijk tegen hem gezegd, en Vritti had een slaapplek voor hem in de woonkamer gemaakt.

'Hij kan daar niet altijd blijven slapen, dat is funest voor zijn rug,' had Deepali tegen haar zussen gefluisterd nadat ze hem in bed hadden geholpen. Een rare rolverwisseling die hem een enorm gevoel van schaamte bezorgde. Hoe kon hij weer heel zijn als zijn geheel voorgoed weg was?

'Het komt wel goed. Hij rouwt. Ik kan me er niet toe zetten de slaapkamer in te lopen, maar we moeten mama's spullen opruimen. Het is zo'n puinhoop!' fluisterde Rohini terug.

Mukesh, die in de woonkamer op de bank lag, had zijn ogen gesloten in de hoop hun gelach buiten te sluiten. Zacht, troostend gelach. Hij was de vader, hij hoorde voor zijn dochters te zorgen. Maar hij kon het niet. Hij wist niet hoe hij dat zonder Naina moest doen.

Toen er een jaar verstreken was en voor Mukesh Patel de Tijd van Eeuwige Stilte begonnen was – die stille, eenzame fase van rouw waarin iedereen behalve jij de draad weer heeft opgepakt – hadden Rohini, Deepali en Vritti erop gestaan eindelijk Naina's kamer op te ruimen. 'Papa, we staan niet toe dat je dit nog langer uitstelt. Het is tijd dat je doorgaat met je leven.'

En dus begonnen ze hun moeders spullen en troep uit te zoeken, reorganiseerden de georganiseerde chaos waar Naina zo van hield. Deepali, die eronderuit kwam doordat ze allergisch was voor huisstofmijt, had in plaats daarvan de lunch verzorgd. Die ene dag was het huis weer vol leven, maar om de verkeerde redenen. Terwijl hij Deepali in de keuken beslag hoorde mengen, stond hij in de deuropening van zijn en Naina's slaapkamer naar Vritti en Rohini te kijken. Ze wisten niet dat hij daar was. Hij zweeg en was onzichtbaar in zijn eigen huis, een schim van zichzelf.

Rohini nam de leiding, riep naar Vritti dat ze de dozen onder het bed uit moest trekken terwijl ze zelf haastig door de kamer liep, een kam teruglegde in een schoenendoos boven op de garderobekast, shawls opvouwde en in een grote koffer op wieltjes legde, en hele ladingen armbanden opborg. Mukesh keek toe terwijl ze de ene na de andere doos onder het bed vandaan haalden. Vritti zat op haar knieën op de vloer, haar wang tegen het tapijt gedrukt, en bewoog haar hand van links naar rechts.

Opeens klonk er gerammel en gekletter alsof er iets omviel.

'O mijn god! Wat heb je gedaan?' Rohini kreunde terwijl ze op haar zus neerkeek. Vritti trok de doos eronderuit, met daarin een nu halflege yoghurtbeker met niet bij elkaar passende oorbellen. Daarna kwam de Clarks-schoenendoos met foto's, waar ze uren zoet mee waren geweest toen de meisjes klein waren, bij Naina of Mukesh op de knie zaten, vragen stelden over hun kleurrijke kleren met paisleymotief. Mukesh had altijd gevonden dat ze er hip uitzagen. De meisjes hadden erom gelachen.

Daarna volgden enkele lege Tupperware-bakjes. En tot slot een bibliotheekboek met een laag stof erop.

Vritti deed het even rustiger aan en hield het boek in haar handen, terwijl Rohini naast haar zus neerknielde.

'Papa,' riepen ze hard, zich er niet van bewust dat hij vlakbij was. Deepali kwam ook naar de slaapkamer.

'Mama's boek, of nou ja, bibliotheekboek,' zei Rohini. 'Ik dacht dat ik ze allemaal had ingeleverd, maar deze moet ik over het hoofd hebben gezien.' Ze stak het boek naar hem op en hij liep naar voren, kon het niet geloven. Alsof dit stoffige, vieze, plakkerige boek een hersenschim was. Bij de aanblik van andere overblijfselen van haar leven had hij nauwelijks iets gevoeld, maar nu hij dit boek zag, met her en der grijze stofpluizen op het plastic omslag, was het alsof Naina hier bij hen in de kamer was. Hier, met zijn drie dochters, en een van Naina's lievelingsboeken, voelde hij zich even, heel even, minder eenzaam.

Ooit lag er een grote stapel bibliotheekboeken op Naina's nachtkastje. Die hadden haar in haar laatste levensjaar gezelschap gehouden. Ze had telkens weer dezelfde boeken gelezen. Haar lievelingsboeken. Mukesh wilde nu dat hij haar had gevraagd waar die over gingen, wat ze er zo mooi aan vond, waarom ze de behoefte had gevoeld telkens weer dezelfde boeken te lezen. Hij zou willen dat hij ze samen met haar had gelezen.

En nu had hij alleen dit ene bibliotheekboek nog: *The Time Traveler's Wife*.

Die avond, de kamer ontdaan van Naina's troep, kraakte Mukesh de rug van het boek. Hij voelde zich een indringer. Dit was niet zijn boek, het was nooit voor hem uitgekozen en misschien zou Naina niet willen dat hij het las. Hij dwong zichzelf om een bladzijde te lezen, maar moest stoppen. Er zat geen logica in de woorden. Hij probeerde de zwarte letters en vergeelde bladzijden op te vatten als een brief van Naina aan hem. Maar zo'n boodschap bestond niet.

De volgende avond probeerde hij het opnieuw. Hij knipte Naina's leeslampje aan en ging weer naar de eerste bladzijde. Hij bladerde door de volgende bladzijden, probeerde voorzichtig te doen, deed erg zijn best om geen tastbaar bewijs van zichzelf op het boek achter te laten. Hij zou willen dat dit boek van Naina was, alleen van Naina. Als een forensisch onderzoeker zocht hij naar een aanwijzing: een spoor op een pagina, een druppel chai, een traan, een wimper, wat dan ook. Hij nam zich voor het boek op een dag terug te brengen naar de bibliotheek, want dat zou Naina gewild hebben. Maar hij kon er geen afstand van doen. Nog niet. Het was zijn laatste kans om Naina terug te brengen.

Hij las het boek bladzijde voor bladzijde, hoofdstuk voor hoofdstuk. Hij maakte kennis met Henry, een personage dat door de tijd kon reizen. Dankzij die gave kon hij een versie van zichzelf in het verleden en in de toekomst ontmoeten, en zo had hij – en dat is belangrijk – ook Clare leren kennen. Hij was door de tijd gereisd om haar te leren kennen toen ze nog een jong meisje was en hij was door de jaren heen steeds teruggekeerd. Zijn grote liefde. En Clare moest wel van hem houden, want ze had nooit iemand anders gekend.

Op een bepaald moment zag hij deze personages niet als Henry en Clare, maar als de liefde zelf, een liefde die door het lot bepaald is, onontkoombaar. Zo was het voor hem en Naina geweest. Uiteindelijk springt Henry naar de toekomst en zo komt hij erachter dat hij zal sterven. Hij zegt tegen Clare dat hij weet wanneer dit gaat gebeuren, wanneer ze voorgoed van elkaar gescheiden zullen zijn.

Terwijl hij over de tragedie van Clare en Henry las, begon de telefoon, die naast hem lag, te trillen. Het was Deepali. Hij had geen woord kunnen uitbrengen, kon alleen maar huilen.

'Ik wist dat ze ging sterven, mijn *beta*,' zei hij tegen haar toen hij eindelijk weer kon praten. 'Net zoals Clare in dat boek wist dat Henry zou overlijden. Ze konden hun laatste dagen samen bijna tellen. Ik heb die waarschuwing ook gekregen. Maar heb ik genoeg gedaan? Heb ik ervoor gezorgd dat ze in die laatste maanden gelukkig was?'

'Pap, waar heb je het over?'

'Je moeders boek: *Time Traveling Wife*.'

'Wat is daarmee, pap?' Haar stem klonk zacht, hij hoorde het medelijden erin.

'Henry en Clare... Weet je... Ze hielden al op jonge leeftijd van elkaar, net als je moeder en ik. En ze wisten wanneer hij zou sterven. En ze probeerden er het beste van te maken, probeerden van elk moment te genieten. Ik weet niet of ik dat ook heb gedaan.'

'Pap, mama hield van je en ze wist dat jij van haar hield. Dat was voldoende. Kop op. Het is al laat, papa, je moet gaan slapen. Oké? Daar moet je je geen zorgen over maken. Je hebt haar een goed leven gegeven en zij jou ook.'

Naina was overleden. Maar dit boek voelde als een blik in haar ziel, in hun liefde, in hun leven samen. Een kiekje van de begindagen van hun huwelijk toen ze elkaar nauwelijks kenden. Ze waren getrouwd, maar hadden geen idee wie de ander werkelijk was. Naina deed alles: koken, schoonmaken, lachen, huilen, naaien, verstellen, en aan het eind van de dag lezen. Dan ging ze in bed zitten alsof het een heel ontspannen dag was geweest en dan las ze. Al in die eerste weken samen wist hij dat hij van haar hield en dat hij altijd van haar zou blijven houden.

Ik zal altijd bij je zijn, Mukesh, had ze tegen hem gezegd toen hij het boek vastpakte. Hij hoorde de woorden. Haar stem. Het verhaal had haar, heel even, teruggebracht.

Toen Mukesh zijn hand uitstak om de afstandsbediening te pakken om zijn dagelijkse routine voort te zetten, stootte hij tegen een boek aan. *The Time Traveler's Wife* keek hem vanaf de salontafel aan. *Tijd om terug te gaan naar de bibliotheek, geen smoesjes meer*, fluisterde het boek tegen hem met een stem die griezelig veel leek op die van Naina. Het werd tijd om dit boek achter te laten, om verder te gaan. Het was zover.

Nadat hij een paar keer diep adem had gehaald en zijn benen had gestrekt, stond hij op, stopte het boek in zijn canvastas, controleerde of hij zijn Oyster Card – de kaart voor het openbaar vervoer in Londen – op zak had en liep het huis uit, de heuvel op. Bij de verkeerslichten stak hij over naar de dichtstbijzijnde bushalte. Hij wachtte, had moeite de dienstregeling te lezen.

Naast hem stond een jonge vrouw met een slordige knot en een enorme mobiele telefoon die ze met twee handen vasthield.

'Pardon, weet u waar de bibliotheek is en welke bus ik dan moet nemen?' vroeg hij.

De vrouw zuchtte en tikte op het scherm. Hij had haar geïrriteerd en zou er op een andere manier achter moeten zien te komen. Hij kneep zijn ogen tot spleetjes en bekeek de routekaart, maar kon er geen wijs uit worden. Hij zou hier eeuwig blijven staan.

'Dan moet u bus 92 nemen,' zei de vrouw opeens, waardoor Mukesh schrok. 'De bibliotheek is in het gemeentehuis.'

'O, nee! Er is vast nog wel een andere bibliotheek. In het gemeentehuis is het zo druk. Veel te druk voor mij. Kunt u nog eens kijken?'

De vrouw kauwde luidruchtig en chagrijnig op haar kauwgom. Ze keek op haar telefoon. 'Weet ik veel. Alle bibliotheken hier in de buurt gaan dicht.' Ze ademde scherp in. Even later: 'Ja, ik heb er een gevonden, aan Harrow Road, dezelfde bus, maar dan moet u aan de overkant instappen.'

'Bedankt, bedankt, daar ben ik heel blij mee.' Hij glimlachte naar haar en toen, totaal onverwacht, lachte ze naar hem terug. Toen hij van het trottoir af stapte – in zijn opwinding was hij vergeten hoe traag zijn ledematen bewogen – voelde hij een steek in zijn knie. De vrouw greep hem stevig maar voorzichtig vast. 'Rustig aan, eerst goed kijken.' Ze keek naar rechts, naar links en weer naar rechts en gaf hem een duwtje toen de kust veilig was.

Aan de overkant van de straat gekomen draaide hij zich om, zijn hand opgestoken als groet. Maar haar bus was gekomen en ze dacht al niet meer aan hem.

Toen bus 92 voor zijn neus stopte, stapte hij moeizaam in, hees zich verder naar binnen en hield zijn Oyster Card voor de kaartlezer. 'Pardon,' zei hij tegen de buschauffeur, 'kunt u me vertellen waar ik moet uitstappen voor de bibliotheek aan Harrow Road?' Hij sprak de woorden duidelijk uit alsof het om een Zeer Belangrijke Bezienswaardigheid ging.

De buschauffeur keek hem uitdrukkingsloos aan. 'Halte Ealing Road,' antwoordde hij uiteindelijk.

'Bedankt, mijn vriend. Bedankt. Vandaag is een belangrijke dag voor me.'

2

Aleisha

'Aleisha...' Thermosfles Dev klopte met zijn hand op het bureau. 'Ik ben de rest van de dag weg. Een beetje actiever graag, als het kan. Ik weet dat dit niet Tiger Tiger is of waar de jeugd tegenwoordig ook naartoe gaat, maar mensen verwachten hier nog altijd goede klantenservice.'

Aleisha hing over het bureau. Er lag een uitdrukking op haar gezicht die haar broer altijd liefdevol haar 'chagrijnige rotkop' noemde. Ze keek op naar Thermosfles Dev zonder de moeite te nemen rechtop te gaan zitten. Thermosfles was haar leidinggevende; een lange, vrij magere Indiër die altijd een trui of vest droeg en irritant kon zijn, maar voor wie ze ook enige beschermingsdrang voelde. In de bibliotheek was hij De Baas. De medewerkers renden achter hem aan in een poging het hem naar de zin te maken, zelfs als hij alleen maar in een hoekje uit zijn thermosfles dronk. (Ze vroeg zich altijd af of er sterkedrank in zat, omdat er in de personeelskamer een vrij luxe koffieautomaat was. Waarom zou hij zelf koffie meenemen?) Ze stelde zich voor dat hij buiten tot de helft kromp, want de buitenwereld – en zeker Wembley – was niet zo happig op mannen die het hele jaar een trui of vest droegen en uit een thermosfles dronken en het leuk vonden om mensen te commanderen. Ze was bang dat mensen op straat tegen hem zouden schreeuwen als hij te langzaam liep of bij het inhalen tegen hem aanbotsten waardoor hij 'koffie' zou morsen.

'Geen zorgen, baas, het is hier vandaag toch uitgestorven.'

Hij trok zijn wenkbrauwen naar haar op, maar kon het niet weerleggen. Eerder op de dag waren er twee jengelende en luidruchtige kinderen geweest, met hun ongeïnteresseerde ouders. Ze hadden ieder een boek uitgezocht en hadden beloofd dat ze de openstaande boete de volgende keer zouden betalen. Die boetes (twintig pence en zevenenzestig pence) stonden al drie maanden op hun pasje en zouden waarschijnlijk nooit betaald worden. Aleisha liet het rusten, voelde zich niet geroepen daar moeilijk over te gaan doen. Dit was niet haar droombaan. (Van wie wel?) Het was een zomerbaantje, meer niet. Ze had examen gedaan en had sinds mei al vrij. Dit was letterlijk de langste zomer van haar leven.

'Gaan mensen nog naar de bibliotheek?' hadden haar schoolvriendinnen gevraagd toen ze de baan had gekregen. Zo stil. Doods. Oersaai. Ze had geprobeerd een baantje bij Topshop in Oxford Street te krijgen, voor de personeelskorting plus een kans om uit Wembley weg te zijn, maar ze was hier terechtgekomen. 'Dit is een oase van rust,' had Thermosfles bij het sollicitatiegesprek tegen haar gezegd. 'Daar zijn we trots op. De afgelopen tijd zijn er veel bibliotheken gesloten, dat heb je vast wel gehoord, en we doen er alles aan om degenen die het voor het zeggen hebben te laten zien dat deze plek voor onze gemeenschap van vitaal belang is.' Hij had dit met gespreide armen gezegd, genietend van de stoffige stilte van de bibliotheek. 'Veel van onze vaste bezoekers komen hier namelijk voor dat heerlijke gevoel van rustig gezelschap. Dat vond je broer ook zo fijn aan deze zeer bijzondere plek, zo is het toch? Hoe gaat het eigenlijk met hem?'

Aleisha knikte en haalde haar schouders op. Haar oudere broer, Aidan, had hier gewerkt toen hij net zo oud was als zij nu. 'De mensen zijn heel fascinerend,' had Aidan tegen haar gezegd toen ze hem vertelde dat ze de baan had gekregen. 'Naar mensen kijken die daar rustig zitten of door een boek staan te bladeren of wat dan ook, terwijl ze niet in de gaten hebben dat er naar hen wordt gekeken... Ik weet niet, in een bibliotheek doen mensen zich niet anders voor dan ze zijn...'

Aleisha had zijn fascinatie niet begrepen. Aidan had altijd al meer van lezen gehouden dan zij. Hij was leergierig, leerde vaak puur omdat hij leren leuk vond. Zij leerde alleen om voldoendes te halen. Ze zou nooit zomaar met een boek op de bank kruipen, zoals hij dat vroeger deed.

Hun moeder ging weleens met hen hiernaartoe toen ze klein waren en Aleisha kon niet tegen de stilte. Dan trapte en krijste ze, wilde buiten in het park bij de bibliotheek rondrennen. Toen ze ouder werden ging Aleisha nooit meer naar de bibliotheek. Aidan wel, die ging er na schooltijd naartoe, soms om huiswerk te maken, maar meestal om voor zijn plezier boeken te lezen.

Toen Aleisha vertelde dat ze niet bij Topshop was aangenomen, had Aidan voorgesteld dat ze bij de kleine, rustige, muffe bibliotheek aan Harrow Road zou solliciteren. Ze deed dit werk min of meer voor hem, in de hoop dat hij op een bepaalde manier trots op haar zou zijn.

'Ik ga ook, Aleisha. Lukt het hier even in je eentje?' Lucy, een van de twee vrijwilligers, schoot ineens tussen de kasten vandaan. Thermosfles zei dat er geen geld was voor meer personeel. Er was niet genoeg animo om twee prima bibliotheken draaiende te houden. De bibliotheek in het gemeentehuis was het paradepaardje en dus moesten ze op kosten besparen en toch 'de best mogelijke service' bieden. Lucy woonde al jaren in Wembley en de bibliotheek aan Harrow Road was haar vaste bibliotheek toen die nog volledig gesubsidieerd werd. Ze vertelde graag over die goede oude tijd, toen kinderen tijdens schoolvakanties de deur platliepen. 'Echt, Aleisha, het was hier zo druk en gezellig. Ik vind het leuk om een paar keer per week hier terug te komen, want dat brengt herinneringen naar boven aan toen mijn kinderen klein waren. Die zijn hier lezers geworden.' Lucy haalde graag herinneringen op. Ze had dat verhaal al minstens vijftien keer aan Aleisha verteld, waarbij ze er altijd bij zei dat ze 'het maar moest zeggen als ik dit al eens verteld heb'.

'Het is tegenwoordig rustiger. Dat zal wel komen doordat kinderen nu computerspelletjes doen op de Xbox en zo,' vervolgde Lucy. 'Mijn kinderen zogen elke bladzijde op die ze in handen kregen.'

Een van Lucy's kinderen was een eigen kapsalon begonnen en had daarna nog twee of drie vestigingen in de buurt geopend, en die draaiden heel goed. De ander had voor accountant geleerd en werkte bij een advocatenkantoor in het centrum van Londen. Lucy was ontzettend trots op hen en schreef hun succes altijd toe aan 'deze bibliotheek'.

'Wat is het rustig vandaag, hè?' Lucy keek hen beiden aan, trok haar zomerjas aan en liep naar de deuren. 'Een ideale dag om lekker lui een boek te lezen.' Ze knipoogde naar hen. 'Tot volgende week!'

Het was inderdaad rustig. Daar hadden Lucy en Aidan gelijk in. Maar rust betekende ook verveling, en vandaag was het helemaal erg.

'Zou je misschien,' zei Thermosfles, die zich bij de deur naar Aleisha omdraaide, 'de stapel ingeleverde boeken kunnen controleren? Alle papiertjes en andere troep eruit halen? Enkele vaste bezoekers' – Wat? Alle vijf? dacht Aleisha bij zichzelf – 'hebben geklaagd dat er weleens iets tussen de bladzijden zit. In de la liggen rubberhandschoenen. Ik weet dat Kyle dat altijd leuk vindt om te doen, maar het zou heel fijn zijn als jij dat vandaag kunt doen.'

Uiteraard vond die beste brave Kyle het leuk om vervelende, overijverige klusjes te doen. Ze overwoog zijn instructies volledig te negeren. Ze keek om zich heen, nam de ruimte in zich op. Stil. In de hoek zat een man te lezen, bij de kinderboeken liep een moeder met haar peuter, ze gingen allemaal hun eigen gang. Niemand had haar nodig. Haar mobiele telefoon lag op het bureau: geen nieuwe berichten. De oude klok boven de deur gaf aan dat het halftwee was. Nog uren en uren te gaan en als ze niets te doen had, leek de tijd stil te staan. En dus trok ze de bureaula open, haalde er twee rubberhandschoenen uit, die aan haar huid plakten, en ging aan de slag.

Na tien minuten had ze al twee stapels gemaakt. Spullen die ze zou weggooien: een paar treinkaartjes, oude kassabonnen en een gescheurd toegangskaartje uit 2017 om Stormzy te zien. Spullen die ze zou houden: een klantenkaart van een kiprestaurant waar nog maar één stempel op moest voor een volle kaart. Die arme Kyle zou het vreselijk vinden dat hij deze schat was misgelopen.

Ze wilde net een bijzonder vies exemplaar van *War and Peace* openslaan toen ze vanuit haar ooghoeken een oude man voor de glazen bibliotheekdeuren zag staan. Hij probeerde ze open te duwen. Toen dat niet lukte, begon hij verwoed te zwaaien.

Verdorie, dacht ze, druk dan op die knop vlak voor je neus. Ze had net gedacht dat ze de rest van de dag met rust gelaten zou worden. Ze keek vertwijfeld naar het plafond en wachtte tot hij door zou hebben hoe het werkte. Met een beetje geluk zou hij zijn geduld verliezen en weggaan.

Maar dat was niet het geval. Hij bleef het zonder succes proberen. Hij stond daar maar, met één hand omhoog en één hand in zijn onderrug, strekte zijn hals en speurde elke centimeter van de deuren af naar een aanwijzing hoe ze open konden. Zijn blik gleed van links naar rechts, zijn hoofd volgde ietsje later.

Niets.

Ze wachtte nog wat langer, maar toen hij zijn handen uitstak naar de bovenkant van de deuren gaf ze toe. Ze moest niet hebben dat Thermosfles Dev tegen haar zou schreeuwen in verband met plichtsverzuim als deze man zou vallen of als hij door een raam probeerde te klimmen of zo.

Ze deed haar oortjes uit, liep naar de ingang en drukte op de knop om de deuren te openen. Ze keek toe terwijl ze openschoven. 'Aha!' zei de man vanaf de andere kant verrukt.

'Ik heb alleen op het knopje geduwd. Buiten zit ook zo'n knop.'

'O, bedankt, juffrouw.' Hij knikte.

Aleisha liep terug naar het bureau, deed haar oortjes weer in en wilde verdergaan.

Maar toen ze opkeek, stond de oude man nog op exact dezelfde plek, aan de verkeerde kant van de deuren, die inmiddels weer automatisch dicht waren gegaan. Ze rolde met haar ogen en besloot hem ditmaal niet te helpen.

'Pardon, juffrouw!' Hij klopte met één hand op de deur en zocht met de andere hand fanatiek naar de knop die hij gemist had. Ze kreeg hier niet genoeg voor betaald.

Hij was nog maar net naar de knop aan het zoeken en op de deur aan het kloppen toen de moeder met de peuter naar huis besloot te gaan. Ze drukte op de knop om de deuren te openen. Ditmaal stapte de man wel meteen naar binnen en hij liep rechtstreeks naar Aleisha's bureau. Ze keek naar haar stapel papiertjes, deed of ze geconcentreerd bezig was, in de hoop dat hij zou beseffen dat ze het druk had en dat hij haar met rust moest laten.

Hoewel ze muziek op had staan, hoorde ze hem een paar keer 'pardon, juffrouw' zeggen. Daarna begon hij op haar bureau te kloppen. Toen zijn vinger naar de bel ging, keek ze hem recht aan. 'Wat kan ik voor u doen, meneer?' Ze glimlachte vriendelijk en sprak met haar beleefde bibliotheekstem.

'Ik wil een boek terugbrengen...' Hij sprak niet verder en zijn gezicht verbleekte. 'Nee, sorry.' Hij schudde verwoed zijn hoofd. 'Ik wil boeken lenen.'

Ze zag dat hij een kleine canvastas tegen zijn zij gedrukt hield alsof zijn leven ervan afhing. 'Dan bent u op het juiste adres,' zei ze meesmuilend.

'Nee, juffrouw, daar heb ik uw hulp bij nodig. Help me alstublieft.'

Ze zuchtte. 'Waar hebt u hulp bij nodig?'

'Ik...' Zijn stem trilde nauwelijks waarneembaar. Er lag nu een blos op zijn wangen en ze zag zijn oren vuurrood worden. 'Ik weet niet... wat... voor boeken. Iets met verhalen?'

'U kunt zelf naar boeken zoeken.' Ze wees naar de computers.

Hij keek ernaar en vervolgens naar zijn handen. 'Ik weet niet hoe dat moet,' zei hij.

'Weet u wat voor boeken u zoekt?' vroeg ze met een zucht. Ze draaide zich naar haar eigen computer, minimaliseerde Instagram, waarbij ze nog net een glimp opving van de nieuwe foto die haar ex Rahul had gepost, en opende de juiste database.

'Nee, ook daar heb ik hulp bij nodig.'

Ze deed erg haar best om haar geduld niet te verliezen. 'Ik kan u helaas niet helpen als u niet weet wat voor boeken u wilt. Ik heb alleen een zoekmachine.'

'Maar u weet toch wel iets van boeken? Bibliothecarissen horen te weten wat mensen willen lezen. Ik weet wat voor soort boeken ik wil. Ik wil boeken die ik mooi vind. Misschien zelfs een boek dat ik samen met mijn kleindochter kan lezen... Een klassieker? Romans, denk ik. Ik heb *The Time Traveler's Wife* gelezen.' Zijn hand vloog naar zijn tas en hij drukte die nog steviger tegen zich aan. 'Ja, dat vond ik echt een mooi boek. Ik heb er veel aan gehad, aan dat boek.'

'Nooit van gehoord. Het spijt me, ik ben meer van de non-fictie, studieboeken en zo. Boeken waar ik iets van leer. Ik lees geen romans.'

De man keek verbijsterd en zijn mond viel open. 'U hoort kennis over romans te hebben. Dat is uw werk. Kunt u me op weg helpen? Al is het maar een beetje?'

'Nee, u zult Google of zo moeten gebruiken.'

'Ik...'

Ze stond op van haar stoel, voelde haar slapen pijnlijk kloppen. Ze dacht aan gisteravond: aan haar moeder, opgesloten in haar kamer, aan haar broer die door de gang ijsbeerde, luisterde, controleerde hoe het met haar ging. De bezorgdheid die op zijn gezicht te lezen stond. Aleisha's ogen deden zeer, ze was moe en haar hoofd voelde zwaar. 'Alstublieft, meneer,' beet ze hem met opeengeklemde kaken toe. 'Loop langs de kasten als u een boek zoekt. De romans staan daar.' Ze wees globaal in de richting van de romans.

Daarna ging ze zitten. Ze zag de oude man langzaam maar zeker naar de kasten toe lopen. Hij keek een paar keer naar haar om, met een frons op zijn voorhoofd. Ze keek kwaad naar het scherm, was vastbesloten hem te negeren. Ze voelde iets wat schuldgevoelens konden zijn in haar keel opborrelen, waardoor ze moest hoesten. Wat had ze opeens? Ze deed haar oortjes in en drukte ze diep in haar oren.

Ze trok één rubberhandschoen verder over haar arm, voelde dat die aan de haartjes op haar huid trok. Ze wilde net de afgelopen minuten vergeten toen iemand haar aanklampte. Het was een van de vijf vaste bezoekers van de bibliotheek: Thrillerman. Hij zat bijna altijd in het gedeelte met spannende boeken, aan een tafel met uitzicht op het park. Die lag wat afgeschermd van de rest van de bibliotheek. Weggestopt, rustig. Soms, als de bibliotheek dichtging, zat Aleisha daar zelf ook graag naar buiten te kijken. Een paar minuten maar. Een korte pauze voordat ze naar huis ging. Een moment om zich voor te bereiden.

'Wat?' snauwde ze. Ze wist dat ze onbeleefd was, maar ze had geen puf om zich daar druk om te maken.

'O, sorry,' mompelde hij. Zijn haar was lang – naar haar idee te lang voor een volwassen man – en bedekte een groot deel van zijn gezicht. Hij had een voorliefde voor felgekleurde T-shirts, maar droeg daar vrijwel altijd een dikke zwarte hoody overheen. Ze kreeg het al warm als ze hem zo zag in dit plakkerige zomerweer. 'Ik wil alleen dit boek inleveren.' Hij stak een exemplaar van *To Kill a Mockingbird* in de lucht.

Ze wees met haar in rubber gestoken vinger naar de stapel retouren. 'Leg daar maar neer, dan zal ik het boek straks innemen,' zei ze.

Hij knikte. 'Gewoonlijk lees ik misdaadromans, dus dit is wel wat anders, maar het is echt goed. Ik heb het al een paar keer gelezen, grijp er steeds weer naar. Door dat boek lukt het om mijn eigen gedachten los te laten. Dat geldt natuurlijk voor alle verhalen. En in mijn geval ook voor deze plek.'

Ze fronste haar wenkbrauwen. Als duistere misdrijven zijn ontsnapping waren, waar ontsnapte hij dan in vredesnaam aan? Ze knikte als antwoord.

Thrillerman sprak hakkelend en verlegen verder. 'Dit boek… Weet je… Ik kan het aanbevelen.' Hij trok zijn wenkbrauwen op en knikte bijna onmerkbaar naar de oude man bij de boekenkasten. Aleisha fronste opnieuw haar wenkbrauwen en Thrillerman wees nogmaals met het boek in de richting van de oude man. 'Het is een klassieker… Een boek dat iedereen zou moeten lezen.' Elk woord kostte hem moeite om uit te spreken. Daarna legde hij het boek voorzichtig bij de andere retouren – alsof het een kostbaar geschenk was – waarna hij langzaam bij haar vandaan liep.

Wat was dit? Een versierpoging?

Toen hij eindelijk wegging, pakte Aleisha *To Kill a Mockingbird* op, haalde het boek over de scanner om het in te nemen en schudde het heen en weer, zodat eventuele papiertjes eruit zouden vallen en ze die kon weggooien. Toen er een papiertje uit viel, verwachtte ze half dat zijn telefoonnummer of zijn Instagram-account of zo erop zou staan. Maar toen ze het openvouwde, zag ze dat het een lijstje was. Ze zuchtte en wilde hem terugroepen, wilde hem erop wijzen dat hij haar zo nog meer werk bezorgde. Maar toen ze beter keek, zag ze dat het een net handschrift was, met alle lussen precies op de juiste plaats. Ze had zich bij Thrillerman een ander handschrift voorgesteld. Haar blik gleed weer over de woorden: het was een lijstje met boeken.

Een leeslijst.

Er stonden acht titels. Bovenaan stond *To Kill a Mockingbird*, het boek dat ze in haar in rubber gestoken handen hield.

<u>Voor het geval je het nodig hebt:</u>
To Kill a Mockingbird
Rebecca
The Kite Runner
Life of Pi
Pride and Prejudice
Little Women
Beloved
A Suitable Boy

Aanvankelijk legde ze het papiertje bij de troep die ze zou weggooien. Maar toen ze alles in de prullenbak wilde laten vallen, hield iets haar tegen. Ze trok een van de handschoenen uit en liet haar vingers voorzichtig over de fraaie letters van de woorden *To Kill a Mockingbird* glijden, waarna ze het papiertje in haar telefoonhoesje stak, samen met de klantenkaart van het kiprestaurant.

Ze pakte het boek, bekeek het omslag en voelde het gewicht van de pagina's in haar handen.

Ze stond op en liep met bonzend hart naar de oude man. De woorden 'een boek dat iedereen zou moeten lezen' gonsden door haar hoofd. Dit was haar olijftak.

3

Mukesh

Mukesh voelde de ogen van het meisje in zijn achterhoofd prikken toen hij naar de boekenkasten liep. Hij had geen idee hoe hij 'een roman zoeken' moest aanpakken. De kleuren van de boeken vloeiden in elkaar over. Hij liet zijn handen over de ruggen gaan, voelde de verschillende texturen, die vooral glanzend en zacht, zijdeachtig waren. Hij dacht aan Naina's keurige sari's thuis op een stapel. De woorden op de ruggen overspoelden hem, renden van hem weg, lachten naar hem, alsof ze wisten dat hij hier niet thuishoorde. Keek het meisje nog steeds naar hem? Hij liep tussen de kasten door, probeerde uit haar blikveld te komen.

Hij hoorde iemand fluisteren. Hij wist niet waar het geluid vandaan kwam, maar het voelde alsof het over hem ging. Hij begon te blozen. Omdat hij zich dolgraag wilde verstoppen, pakte hij vlug een willekeurig boek van een plank.

The Highway Code and Theory Test for Car Drivers. Naar dat boek was hij beslist niet op zoek geweest. Het was niet eens een roman, al zou het misschien van pas komen als zijn kleindochter Priya over zes jaar theorie-examen voor haar rijbewijs moest doen. Omdat hij zijn nederlaag niet wilde toegeven, en omdat hij vastbesloten was te doen alsof hij de hulp van de bibliothecaris niet nodig had, ging hij aan een tafel zitten en begon te lezen. 'Inleiding: *The Highway Code* is verplichte kost voor iedereen.'

'O, Naina,' zei hij hardop. 'Wat doe ik hier?'

Iemand die ergens in de hoek verstopt zat, siste nadrukkelijk naar hem en zijn hoofd schoot verschrikt omhoog. Hoelang moest hij hier blijven zodat het er niet uitzag alsof hij een domme fout had gemaakt? Het was overduidelijk dat hij binnenkort geen rijexamen hoefde te doen! Wat zouden mensen er wel niet van denken dat hij zo schrok? Hij las de hele inhoudsopgave en daarna een stukje van de inleiding, wat op zich best interessant was maar volstrekt irrelevant voor zijn dagelijks leven. Hij reed al lang niet meer zelf. Daar hadden zijn dochters voor gezorgd.

Terwijl hij daar zat, voelde hij *The Time Traveler's Wife* een gat door zijn canvastas branden, om aandacht vragen. Op het cruciale moment was hij niet in staat geweest het boek terug te geven. Als hij het nu inleverde, zou hij grote problemen krijgen omdat hij het zo lang had gehouden, dat wist hij. Misschien kon hij in de bladzijden ontsnappen, zijn gedachten afleiden van dit vreselijke, onbeholpen, gênante uitstapje.

Hij hoorde voetstappen achter zich, het enige geluid dat de stilte doorbrak, en omdat hij geen tijd had om *The Time Traveler's Wife* uit zijn tas te pakken verdiepte hij zich weer in *The Highway Code*. Er klak-klak-klakte iets. Hij wierp vlug en zo onopvallend mogelijk een blik over zijn schouder. Zijn ogen werden groot van schrik toen hij zag dat het het meisje was. Ze had een boek in haar handen, waarschijnlijk om de draak met hem te steken. Haar lange puntige nagels klak-klak-klakten op het omslag.

'Meneer?' zei ze. Ditmaal klonk ze beleefd, maar hij kon haar niet vertrouwen. Zijn hoofd schoot terug naar de bladzijden. Hij wilde dit fascinerende boek in alle rust lezen.

'Meneer?' herhaalde ze. 'Was u daarnaar op zoek?' Ze wees naar *The Highway Code*. 'Dat had ik zo voor u kunnen pakken als u me dat had verteld.'

'Noem me geen "meneer". Jij hoort me niet met meneer aan te spreken!' Mukesh stond op, briesend van woede en schaamte.

Hij pakte *The Highway Code* en liep zo vlug als hij kon naar de deur, drukte op het knopje om de deur automatisch te openen (als je ergens op moest drukken ging het niet automatisch!) om naar buiten te kunnen. Hij liep met opgeheven hoofd en negeerde de piepjes toen het alarm afging, vergat het gestolen boek in zijn handen.

Toen Mukesh thuis de voordeur opendeed, kwam de leegte op hem af. Hij was nu kalmer, maar er prikten tranen in zijn ogen en zijn oren gloeiden van schaamte. Op de mat deed hij zijn schoenen uit en hij gooide zijn canvastas met onverwachte kracht op zijn stoel in de woonkamer, waarna hij ging kijken of er berichten op het antwoordapparaat waren ingesproken. Er was weer een bericht van Rohini dat eindigde met: 'Papa, bel me als je dit hoort. We moeten weten wat we moeten koken als we vrijdag op bezoek komen. Daar moet ik morgen de boodschappen voor doen. Ik hoop dat je goed hebt gegeten.'

Hij plofte op de bank neer. Van Rohini's bericht was zijn hartslag alleen maar verder omhooggeschoten. Vorige week had Priya hem om leesvoer gesmeekt. Ze had haar eigen boek thuis laten liggen en verveelde zich. Hij had voorgesteld dat ze naar *Blue Planet* zouden kijken. Ze had gekreund.

'Was Ba er maar! Die had zoveel boeken.'

Priya en Naina hadden altijd met hun neus in de boeken gezeten. Naina trok zich dan met Priya terug in hun slaapkamer beneden. Dan maakten ze een fort van lakens en kussens en gingen daar samen zitten lezen. Dan hoorde hij hen over personages praten alsof het echte mensen waren. Dat vond hij bizar, maar ook geweldig. In plaats daarvan keek hij met dezelfde passie naar zijn documentaires. Net zo leerzaam, maar prettiger voor de ogen. Hij zou willen dat Priya net zo dol op David Attenborough was als hij.

'Ik heb wel een boek,' had Mukesh tegen zijn kleindochter gezegd, waarna hij haastig de trap op was gegaan naar zijn opslagruimte. Op de boekenplank stond nu alleen nog het met stof bedekte exemplaar met plastic omslag van *The Time Traveler's Wife*.

Toen hij met het boek in zijn uitgestoken handen naar beneden kwam, stond er slechts verontwaardiging op Priya's gezicht te lezen. 'Hier, Priya. Zelfs ik heb het gelezen, het is een prachtig verhaal.'

'Dada, dat is te volwassen voor me!' Mukesh zag haar wangen rood worden van frustratie. 'Was Ba er maar. Die zou het weten. Jij snapt boeken niet, Dada.' Haar onderlip begon te trillen en toen zei ze uiteindelijk snotterend: 'Het kan jou gewoon niets schelen!' Priya sloeg het boek uit zijn handen en kreeg een ongekende woedeaanval.

Zijn hart verkrampte, alsof hij een stomp tegen zijn borst kreeg. Er sprongen tranen in zijn ogen en hij wenste dat hij werd weggevoerd, verlangde ernaar nog één keer Naina's stem te horen, te voelen dat ze naast hem zat.

Nee, een herhaling daarvan kon hij niet verdragen. Hij had zich diep geschaamd, had zich heel nutteloos gevoeld. Naina zou diep teleurgesteld in hem zijn. 'Wat moet ik doen?' riep hij naar het stille huis.

Je mag het nu niet opgeven, Mukesh.

Mukesh bleef als aan de grond genageld staan, wist dat zijn gedachten en zijn teleurstelling hem parten speelden, maar het voelde alsof Naina dat tegen hem had gezegd.

Iedereen moet soms om hulp vragen, Mukesh. Opnieuw hoorde hij haar stem en zijn nekharen gingen overeind staan. Ze had gelijk, ze had altijd gelijk.

De moed zonk hem in de schoenen bij de gedachte aan Priya in een fauteuil, of opgekruld aan Ba's kant van het bed, met een boek, kilometers en kilometers en werelden van hem verwijderd.

'Vindt ze het leuk om bij me op bezoek te komen?' vroeg Mukesh hardop.

Hij wachtte, hoopte dat Naina terug zou komen, tegen hem zou zeggen dat alles goed zou komen, maar er was alleen stilte.

Hij plofte voor de tv neer, zette die aan en zapte naar *Blue Planet.* Gewoonlijk hielpen de stem van David Attenborough, het diepblauw van de zee en de grappige geluiden van de dieren hem om zich te concentreren en te ontspannen. Maar vandaag was de stem van David

Attenborough aan dovemansoren gericht. Hij liep terug naar zijn canvastas, haalde *The Time Traveler's Wife* eruit en klemde het tegen zijn borst. Hij liep naar zijn slaapkamer en plofte op het bed neer. Hij liet de roman op een willekeurige plek openvallen en liet zich meevoeren naar de wereld van Clare en Henry. Zij waren gewaarschuwd voor Henry's dood, wat een zegen en een vloek was. Dat was de grimmigste waarschuwing die een mens kon krijgen. Ze wisten dat hun dagen samen geteld waren, wachtten op het einde.

Mukesh wist uit eigen ervaring dat een waarschuwing, hoe grimmig ook, nooit troost bood. Het was niet meer dan het langzame gedrup van angst door alle goede en slechte tijden heen. Een tikkende tijdbom. Hij herinnerde zich dat de arts na Naina's laatste scan gezegd had dat ze moesten gaan zitten.

'Het spijt me, mevrouw Patel,' had de arts gezegd. Zijn stem klonk vast, maar onder de oppervlakte hoorde Mukesh een trilling. De arts had een bril op, die keurig op zijn neus stond. Hij zag eruit zoals Mukesh zich had voorgesteld dat zijn eigen zoon eruit zou zien, als ze een zoon hadden gekregen. Die vertrouwdheid maakte het op een of andere manier erger. Ze hadden altijd een arts in de familie gewild, voor dit soort momenten, zodat een deskundige tegen hen zou kunnen zeggen: 'Maak je geen zorgen, papa, de artsen hebben het vaak mis.'

Naina en Mukesh hadden beiden geweten dat deze arts het niet mis had.

Rohini kwam hen bij het ziekenhuis ophalen, overstelpte hen met interessante nieuwsfeitjes in een poging de droefheid in de auto te verlichten. Mukesh en Naina zeiden beiden geen woord. Dit was hun moment – hun equivalent van als Henry naar de toekomst reist en zichzelf ziet sterven – en ze vroegen zich af hoelang ze nog hadden tot die dag eindelijk zou komen.

Nog weken daarna, als Naina in de inktzwarte nacht naast hem lag te slapen, hoorde Mukesh in zijn hoofd weer die woorden: 'Het spijt me, mevrouw Patel.'

'Naina,' had hij tegen haar gefluisterd, 'hoe kan ik met jou van plaats ruilen? Hoe kan ik tegen God zeggen dat hij mij moet nemen, en niet jou?' Mukesh wist wat er ging gebeuren, net als Henry, net als Clare. Maar hij weigerde dat onder ogen te zien.

'Mukesh,' zei Naina op een ochtend tegen hem. 'We moeten praten over hoe het moet als...' Ze zei het zacht, maar toch ook zakelijk. Ze deed hem pijn. Henry liet Clare toch nooit bij dat moment, bij zijn dood, stilstaan? Mukesh wist het niet meer. Zijn herinnering aan het verhaal was versmolten met zijn eigen leven. Henry was Naina, en Mukesh was Clare. Degene die achterbleef.

'Naina,' zei hij dan glimlachend. 'Maak je daar niet druk om, laten we gewoon van deze prachtige dag genieten.' En dat zei hij telkens weer, ook als het stormde of als de lucht strakblauw was.

'We moeten het over onze dochters hebben, over wat die nodig zullen hebben. En we moeten het ook over Priya, Jaya en Jayesh hebben. Er zijn spullen die ik aan hen wil geven, voor later. Dat moet ik aan jou laten zien.'

Mukesh schudde slechts zijn hoofd, nipte van zijn thee. 'Naina, het is in orde. Je moet rusten, dat doen we een andere keer wel. Laten we nu samen iets gaan kijken, een mooie film bijvoorbeeld.' De woorden buitelden als een waterval uit zijn mond, probeerden Naina's praktische instelling weg te spoelen.

'Mukesh.' Naina's stem had streng geklonken. Om de paar dagen begon ze erover, en om de paar dagen weigerde hij erover te praten. 'We hebben tijd gekregen, die moeten we goed benutten.'

Ondanks alles was ze niet één keer het gesprek aangegaan over hoe hij zich zou voelen als zij er niet meer was, wat hij dan moest doen om haar terug te brengen. Dat was het enige wat hij wilde weten.

Nu was hij hier in zijn eentje, nog steeds zonder aanwijzing wat hij moest doen nu ze er niet meer was, alleen achtergebleven in een levenloos, zielloos huis zonder boeken dat ooit hun thuis was geweest. Naina had ooit haar stempel op dit huis gedrukt. Haar hart zat in haar sari's, haar bezittingen sierden elk oppervlak. Er hingen lappen stof en vestjes over elke stoel, in elke hoek lagen haar boeken opgestapeld en haar sieraden hingen aan de bedstijlen.

Hij legde het boek neer, kwam van het bed af en maakte een paar van Naina's kasten open en haalde daar ruwer dan hij wilde een eindeloze hoeveelheid sari's uit. Hij hield zichzelf voor dat hij op zoek was naar boeken, naar iets wat hij aan Priya kon geven om te lezen, maar hij hoopte eigenlijk dat dit Naina misschien bij hem terug zou brengen. Terwijl de ene na de andere sari op de vloer viel, rook hij de warme, bedwelmende geur van Naina's parfum. Die hing als een wolk om hem heen. Even was ze daar weer. Ze was overal.

Hij zwolg in zijn verdriet, zonder reden. Rohini zou hem flink door elkaar schudden en zeggen: 'Papa, het leven gaat door. Mama zou gewild hebben dat je doorging met je leven.'

Hij ging weer op het bed liggen, keek naar het plafond en had meteen spijt van zijn besluit. Zou hij ooit nog overeind kunnen komen? Hij keek naar de scheuren in het plafond, zag ze groter worden, zag dat er in elke hoek van de kamer enorme spinnenwebben ontstonden, zag dat de schaduwen die door de ruit geworpen werden dikke, inktzwarte lijnen werden, en hij wachtte, wachtte tot de inkt op hem zou druppen, hem volledig aan het zicht zou onttrekken. Hij dacht weer aan Henry, aan Clare, aan een periode waarin zijn vrouw naast hem lag en die niet slechts een wensdroom van een diepbedroefde man was.

DE LEESLIJST

Chris

2017

Hij dwong zichzelf om uit bed te komen, zijn hoofd zwaar van slaap. Maar het was een stap vooruit: het was de eerste keer in weken dat hij voor de middag wakker was geworden. Hij voelde de lege plek naast hem – Melanies kant van het bed – en wenste meteen dat de grond, het matras hem zou opslokken en de pijn zou wegnemen. Op de vloer lag een stapel thrillers. Ze keken hem aan, lachten hem uit. Op het bovenste boek lag een laagje stof.

Gewoonlijk had Chris aan boeken genoeg om hem uit een depressie te halen. Maar toen hij, nadat ze uit elkaar waren gegaan, voor het eerst een boek pakte en op een rechercheur stuitte die slim, lang, elegant en mooi was, kon hij alleen maar aan Melanie denken. Die was ook slim, lang, elegant en mooi. Hij had het boek gefrustreerd dichtgeslagen, hoorde de bladzijden op elkaar klappen. Hij had naar het plafond gekeken, zijn blik onscherp, en was de rest van de nacht zo blijven liggen, terwijl er beelden van haar door zijn hoofd spookten. Melanie... blij. Melanie... verdrietig. Melanie, Melanie, Melanie.

Vandaag was hij echter vastbesloten Melanie uit zijn hoofd te zetten en ook zijn verlegenheid, zijn zwakheid, zijn onvermogen om een emotionele band met mensen op te bouwen. Die dingen moest hij in een kistje stoppen, een kistje met een piepklein houten deksel. Hij hoopte maar dat iets dat kistje dicht kon houden. Hij had er dringend behoefte aan een paar uur alles te vergeten, een andere versie van zichzelf te zijn.

En dus trok hij zijn broek aan, die pasgewassen was, en een nieuw T-shirt, dat ook zo uit de kast kwam, en vertrok naar Harrow Road. Hij had een leesdip, maar sleepte zich toch elke dag naar de bibliotheek: een klein toevluchtsoord in deze eenzame stad. Sinds ze uit elkaar waren, had hij telkens berichtjes van vrienden op zijn telefoon gekregen. *Hebben Melanie en jij zin om vanavond bij ons te komen eten? Hé Chris, zullen we ergens gaan wandelen. Joanna mist Melanie en jou! Hoe gaat het? Hoe bevalt Melanies nieuwe baan? Hoop dat het goed met jullie gaat. We missen jullie, x.* Melanie, Melanie, Melanie. Iedereen hield van Melanie; híj hield van Melanie. In de bibliotheek kon hij in elk geval ademhalen, kon hij ontsnappen aan die stroom berichtjes, kon hij even in het moment leven.

Toen hij vandaag op zijn vaste plek ging zitten, zag hij iets, een boek dat daar zomaar lag. Sommige mensen waren slordig, legden een stapel boeken neer om erdoorheen te bladeren en zetten de boeken die ze niet hoefden dan niet terug in de kast, lieten die gewoon liggen, zodat het personeel ze moest opruimen. Hij zou een goede daad verrichten en het boek weer in de kast zetten.

Toen hij het boek pakte, zag hij dat eronder, op de tafel, een post-it was geplakt. Hij trok het briefje voorzichtig los en bracht het vlak bij zijn ogen. Zijn zicht was niet meer wat het geweest was; het gevolg van urenlang lezen in zijn slecht verlichte appartement. Er stond een heel verhaal op, in een minutieus, zwierig handschrift.

Ik weet dat dit niet jouw genre is, maar ik heb To Kill a Mockingbird *gelezen toen ik eenentwintig was en een moeilijke tijd doormaakte. Het heeft me toen aan het denken gezet en het lukte me om de wereld weer door de ogen van een kind te zien, het goede en het kwade. Het was een ontsnapping voor me. Ik stortte me in die wereld, in de onrechtvaardigheid, in de personages. Het was de respijt die ik nodig had uit mijn eigen leven, want het hielp me om zeer betrokken te zijn bij het leven van een ander. Ik hoop dat het voor jou ook een ontsnapping kan zijn, respijt kan bieden. Soms nemen boeken ons even mee en brengen ze ons na een tijdje met een nieuw perspectief terug op onze plek.*

Hij streek het haar uit zijn ogen. Er stond geen naam op het briefje, geen 'van' en geen 'aan'. Het kon voor iedereen zijn. Waarom had hij dan opeens het gevoel dat hij in de gaten werd gehouden? Het was alsof iemand zijn gedachten had gelezen. Hij keek opnieuw naar het boek en zijn blik gleed over de titel: *To Kill a Mockingbird.* Degene die deze post-it had geschreven, had die geweten dat hij hier dag in, dag uit zat? Zijn tijd verdeed met zwelgen in zijn verdriet?

Hij hield het boek stevig vast, alsof hij zich voorstelde dat het tot leven kon komen en alles aan hem zou uitleggen. Er gebeurde niets. Er sprong niemand achter de kasten vandaan om te onthullen dat hij in een comedyshow zat, een aflevering over het rotleven van Chris. Maar ergens was iemand die snapte wat hij doormaakte.

Hij overwoog te wachten, het boek te bewaren voor als hij het nodig had... maar hij had zich juist vandaag voorgenomen om afleiding te zoeken.

To Kill a Mockingbird brandde in zijn hand: lees me, lees me, lees me. Er was geen andere verklaring voor, dit boek was een teken. Hij ging naar de eerste bladzijde, vergat het geroezemoes van de bibliotheek om hem heen en stond er versteld van dat de woorden niet om hem heen sprongen en wegschoten. Ze bleven keurig op hun plaats staan en werden algauw slechts beelden. Toen de verteller, 'Scout' Finch, Chris liet kennismaken met het huis waarin ze was opgegroeid, in het stadje Maycomb in Alabama, voelde hij een lach in zijn keel opborrelen. De eigenaardigheden van de inwoners, de kinderlijke veerkracht van Scouts broer, Jem, en hun vriend Dill... Het was een andere wereld en daar was hij blij om. Toen hij op bladzijde 27 kwam, wat eerder gebeurde dan hij voor mogelijk had gehouden, vond hij nog een briefje. Het was een complete leeslijst, met bovenaan *To Kill a Mockingbird.* Dit boek had ervoor gezorgd dat hij niet aan Melanie dacht – hield haar in dat kistje met dat piepkleine houten deksel – zodat hij niet voortdurend pijn en twijfel door zijn aderen voelde stromen. Die eerste zevenentwintig bladzijden hadden hem iets gegeven wat hij sinds de relatiebreuk niet meer had gevoeld: hoop.

De lijst was voor hem bedoeld, dat wist hij zeker.

Hij dacht aan wat er boven de titels geschreven stond: *Voor het geval je het nodig hebt.* Hij had het gevoel dat hij nog nooit ergens zo'n behoefte aan had gehad.

DEEL II

To Kill a Mockingbird
van Harper Lee

4

Aleisha

Aleisha's wandeling van de bibliotheek naar huis ging vergezeld van de geluiden uit het park: spelende kinderen, groepen jongeren van haar leeftijd die lachten en rookten. Ze vroeg zich af of er bekenden tussen zaten. Ze wilde dolgraag naar het park, een sigaret roken, maar ze had beloofd dat ze thuis zou zijn voor mama, vanavond zou koken. Haar moeder zou spaghettiringetjes uit blik op geroosterd brood willen, haar lievelingseten. Maar daar vroeg ze al twee weken elke dag om en Aleisha kon geen spaghettiringetjes meer zien. Aleisha had trek in een stoofschotel met lamsvlees en knoedels, de specialiteit van haar oom Jeremy, ook al was het midden in de zomer en bloedheet.

Ze stuurde een berichtje naar Rachel, haar nicht, voor het recept (oom Jeremy was echt hopeloos met zijn telefoon) en kreeg vrijwel meteen antwoord: een foto van het recept van oom Jeremy dat op een bladzijde van een kookboek van Delia Smith stond geschreven. *Die van papa is lekkerder dan die van Delia*, schreef Rachel. Aleisha's moeder was dol op haar broer, Jeremy, en ze was dol op zijn kookkunsten, dus Aleisha hoopte maar dat dit recept het einde van de spaghettiringetjes deze week zou betekenen, want dat hadden ze nodig. Ze werd zenuwachtig toen ze aan het beste en slechtste scenario dacht. De stoofschotel laten aanbranden, met als gevolg dat het brandalarm zou afgaan, waardoor Leilah boos, overstuur en bang zou worden. Ook de stoofschotel precies zo maken als oom Jeremy had nadelen. Stel dat Leilah er niet tegen zou kunnen dat iemand anders de stoofschotel van haar broer klaarmaakte? Stel dat ze zichzelf nog langer afsloot? Aleisha haalde diep adem, voelde de zomerhitte haar longen in stromen en concentreerde zich op het recept. Eén stap tegelijk.

Aleisha zoomde in op het slordige handschrift van oom Jeremy en vond de ingrediëntenlijst, waarna ze Variety Foods binnenstapte. Ze liep rond, pakte de groenten die ze nodig had, pakte de lijst erbij, probeerde het handschrift van oom Jeremy te ontcijferen, en controleerde wel drie keer of ze het goede had gepakt.

Ze gaf het geld aan de man achter de kassa en liep naar buiten, terwijl ze een berichtje naar Rachel typte: *Dank je wel. Ik weet zeker dat mama dit lekker zal vinden. Veel beter dan spaghettiringetjes.*

Rachel was aan het typen, stopte, en typte weer, maar er verscheen geen nieuw bericht op Aleisha's scherm. Aleisha keek naar het scherm, wachtte. Ze begon aan een nieuw berichtje aan Rachel – *Hoe gaat het met je?* – maar verzond het toch niet, waarna ze alle woorden verwijderde. Haar nicht had het waarschijnlijk druk. Die had geen tijd voor oppervlakkig geklets. Aleisha schoof de telefoon weer in haar zak.

Nadat ze bij een supermarkt vlees had gekocht, volgde ze de drukke hoofdstraat vijf minuten langer dan nodig was. Deels deed ze dat omdat ze een hekel had aan de kortere route, langs enorme afvalcontainers van bedrijven, die altijd propvol zaten en na zo'n warme dag waarschijnlijk een walgelijk zoete stank verspreidden. Maar ze deed het vooral om haar thuiskomst uit te stellen. Thuis. Ze vroeg zich af wat dat woord voor andere mensen betekende.

Toen ze de hoek om ging zag ze, zoals te verwachten was, dat alle ramen van hun huis dicht waren. In de rest van de straat stonden de ramen wagenwijd open, stroomden er geluiden naar buiten: de tv, kinderen die met hun Xbox speelden of een huishouden dat op volle toeren draaide. Haar moeder, Leilah, zou het snikheet hebben, maar ze kon er niet tegen als de lucht van buiten naar binnen lekte, en de lucht van binnen naar buiten lekte.

Voorzichtig ontgrendelde Aleisha de deur, alsof één verkeerde beweging er al voor kon zorgen dat de boel in brand vloog. Aidan was al weg, was vertrokken zodra de klok zes uur sloeg: het eind van zijn mamadienst. Soms, als hij thuis was, ging hij buiten in zijn cabrio zitten. Jaren geleden had hij geld van hun moeder geleend om die auto te kunnen kopen. Dan luisterde hij naar muziek die uit de stereo schalde. Dat vond hun moeder nooit erg. Ze had het amper door. Aidan was haar lievelingetje. Mensen in de straat hingen soms uit het raam en riepen dat hij daarmee moest ophouden en dan riep hij terug dat het een vrij land was, al deed hij dat alleen als er vrienden van hem toekeken die iets van hem verwachtten. Andere keren zette hij de muziek uit eigen beweging zachter, op een redelijk geluidsniveau, en ging hij door met zijn dag.

Aleisha zette de boodschappentas op het aanrecht en liep naar boven naar haar moeder, die in dezelfde kamer, in dezelfde houding zou liggen als hoe ze haar die ochtend had achtergelaten. Ze zette zich schrap toen ze aan de deurknop draaide.

Leilah lag ineengedoken op haar bed, onder een dik winterdekbed. Aleisha begon al te transpireren toen ze naar haar keek. Leilahs ogen waren gesloten en haar ademhaling was diep, maar ze sliep niet. Het was nog steeds een slechte dag voor Leilah, maar er waren in het verleden wel ergere dagen geweest.

'Mama, ik ga voor het eten vanavond lamsstoofschotel maken. Goed? Precies zoals oom Jeremy die maakt.'

'Goed, schat.' Leilahs ogen bleven gesloten.

'Zal ik een raam openzetten?'

Leilah kromp ineen, verdween in het bed, alsof Aleisha's woorden brandende poken op haar huid hadden geworpen.

'Dat zal wel een nee zijn.' Aleisha smeet de deur achter zich dicht toen ze de kamer uit ging. Die pijn in haar slapen was opeens terug. De kamer had haar al in zijn greep gekregen. Ze stampte de trap af om het van zich af te zetten. Aleisha wilde het huis uit stormen, wilde zich opsluiten in Aidans cabrio en de muziek zo hard mogelijk zetten, wilde dat de buren naar haar zouden roepen en schreeuwen, wilde terugschreeuwen.

In plaats daarvan liep ze de keuken in. Ze kieperde de plastic tas met ingrediënten om op het aanrechtblad en begon alles met aangeleerde kalmte te sorteren. Ze zag voor zich hoe Rachel en Jeremy altijd alle ingrediënten klaarlegden voordat ze gingen koken, alsof ze tv-koks waren. Aleisha kwam in een ritme van snijden, hakken en wegen. Dat gaf haar iets om zich op te concentreren. Ze keek op de klok. Het was al halfacht. Vlak onder de klok zag ze een keramisch bord met Pieter Konijn van Beatrix Potter op een ereplaats aan de keukenmuur hangen. Aidan had het gewonnen toen hij een jaar of tien was voor een (niet al te geweldig) schilderij van Pieter Konijn voor de schoolbazaar. Sindsdien hing dat bordje daar.

Ze tikte op haar telefoon, haar vingers plakkerig van de uien. Ze vroeg zich af of Aidan haar een berichtje had gestuurd dat hij later thuis zou zijn. Geen nieuwe berichten.

Ze legde haar hoofd gefrustreerd in haar nek, haar blik gericht op de lachende, zorgeloze Pieter Konijn, die met zijn pluizige staartje wiebelde.

'Aleisha!' Leilahs stem klonk schor, smekend.

Aleisha voelde het vertrouwde opbouwen van angst in haar maag. 'Wat is er, mama?'

'Je moet komen. Ik heb kramp in mijn voeten.'

'Je moet ze bewegen,' fluisterde Aleisha tegen zichzelf.

'Je moet nú komen.'

Aleisha ging de trap op. 'Mama, je hoeft alleen maar je voeten te strekken.' Ze sprak zacht, probeerde te voorkomen dat het ongeduld in haar stem doorklonk.

'Dat kan ik niet zelf. Hoe kan ik mezelf nu zonder hulp strekken?'

'Zo doe je dat,' zei Aleisha, terwijl ze op haar tenen haar moeders slaapkamer binnenliep. Ze ging op de vloer zitten en deed voor hoe je je voeten en benen kon strekken.

Leilah keek naar haar, bewoog haar ledematen voorzichtig om het na te doen, waarna ze hoorbaar zuchtte en haar handen naast zich op het bed liet vallen. 'Dat kan ik niet.'

Aleisha stond op. 'Dat kun je wel. Dat kan iedereen.' Ze glimlachte en sprak op aanmoedigende toon. 'Het is net zoiets als yoga voor beginners.' Ze hield haar adem even in, was bang dat ze te ver was gegaan... dat het te vroeg was voor een grapje.

Leilah keek haar met gefronste wenkbrauwen aan.

'Misschien kun je eens meedoen aan een yogales,' zei Aleisha luchtig. Ze ging weer op de vloer zitten en probeerde de houding nog een keer te doen. 'Je spieren losmaken.'

Leilah stootte hijgend een 'ha' uit en trok haar wenkbrauwen op. Aleisha voelde haar hartslag verlagen. Leilah deed de houding van haar dochter nog een keer na, haar ledematen kwamen opeens tot leven. Aleisha zag Leilahs gezicht vertrekken toen de kramp door haar been schoot, maar Leilah ging door. Ze bracht de puntjes van haar duim en wijsvinger naar elkaar toe om een o te vormen, ohm, en begon te hummen.

Aleisha sloot haar ogen, zette haar handpalmen tegen elkaar en sprak op een zachte yogatoon. 'Ik hoop dat jullie vandaag van de oefeningen hebben genoten.' Aleisha sloeg met haar hand op haar knie, lachte om haar moeder en om zichzelf. Haar moeder wilde nog niet dood gevonden worden bij een yogales. Ze ging op de rand van Leilahs bed zitten terwijl haar moeder het strekken staakte en een gemeend 'namasté' fluisterde.

'Ik hoop dat je chakra's hierdoor in balans zijn gebracht.'

Leilah pakte haar linkervoet vast. Ze drukte een paar keer op de bal van de voet. 'Ja, mijn chakra's zijn nu in orde.'

'Dan hoeven we de neerwaartse hond niet te doen.'

Leilah giechelde, kneep haar oogleden stijf dicht. Aleisha had haar ogen wijd open en lachte ook, om haar verbazing te verhullen. Even later zaten ze beiden hysterisch te lachen. Leilah legde haar hoofd in haar nek, haar mond wijd open, en er kwam een schoolmeisjesachtige blijdschap naar buiten. Aleisha keek naar haar. Het zonlicht scheen door een opening van het gordijn en trok een streep over haar gezicht. Haar huid was helder, gloeide een beetje. Ze leek blij. Aleisha sloeg dit moment in gedachten op, wilde het voorgoed vasthouden. Toen ze uitgegiecheld waren, zaten ze ontspannen naast elkaar. Af en toe borrelde er nog een lach op.

Toen alles rustig was, bracht ze haar hand automatisch omhoog naar haar moeders gezicht, maar Leilah deinsde terug voordat Aleisha's huid die van haar raakte.

De volgende ochtend hoorde Aleisha haar broer in de keuken; hij was iets aan het bakken. De geur van olie dreef onder de deur door haar kamer in. Ze wurmde zich uit bed, wreef in haar ogen. Ze had hoofdpijn en voelde de drukkende hitte van de dag al oprukken. Aleisha keek op haar telefoon, probeerde de vele berichten in haar WhatsApp-groep van school te negeren. Daar zouden foto's tussen staan van klasgenoten die op vakantie waren en cocktails dronken op het strand. Ze overwoog Rachel een berichtje te sturen om haar te bedanken voor het recept – Leilah had uiteindelijk meer gegeten dan ze verwacht had – maar deed het niet. Rachel hoefde niet bedankt te worden. Die was familie.

Ze ging naar Aidan in de keuken. Haar slippers klikklakten op het linoleum.

'Hé, Leish, ik heb je gisteravond niet gezien. Hoe was het op je werk?'

'Eerlijk gezegd echt vreselijk.'

Aidan keek haar aan, zijn wenkbrauwen licht opgetrokken, waarmee hij bedoelde: leg eens uit.

'Nou eh...' Aleisha zuchtte, wilde het niet nogmaals voor zich zien. 'Er kwam een oude man naar de bibliotheek, hij was wel een jaar of negentig, en die vroeg of ik hem een boek kon aanraden en... Je weet dat ik niet om boeken geef.' Aleisha keek naar hem op, maar Aidan liet niets merken. 'Ik ben tegen hem uitgevallen.'

'Aleisha!'

'Ik weet het. Je hoeft me niet een nog erger rotgevoel te bezorgen.'

'Nou ja, het geeft niet. Toen ik daar werkte, heb ik vast ook veel mensen boos gemaakt… Niet zoals jij, natuurlijk… Zie het maar als een leermoment. Zoals oom Jeremy altijd zegt: doe het de volgende keer beter.'

'Kom op, je bent mijn moeder of oom Jeremy niet. Ik zit niet te wachten op een preek van jou. Ben je vandaag thuis?' vroeg Aleisha onzeker, terwijl ze naar zijn schort, ochtendjas en slippers keek.

'Ja, vandaag heb je vrij. Ga iets leuks doen met je vriendinnen. Ik blijf bij mama. Volgens mij heeft ze weer een slechte nacht gehad. Ze is vaak wakker geweest.'

Aleisha liep naar het bord met eten naast Aidan. Daarop lagen drie dikke vette worsten af te koelen. Ze pakte er een met haar lange nagels, probeerde te voorkomen dat hij tegen haar huid aan kwam. Ze liet hem boven haar mond bungelen.

'Pas op, Leish! Je drupt olie op de vloer.' Aidan hurkte neer met een stuk keukenrol, veegde de gele klodders op. Zijn schort bolde met een *woesj* op. 'Ga vandaag het huis uit, even lekker in de buitenlucht.'

'Hoeft niet, ik heb geen plannen. Ik ga hier gewoon een beetje tv-kijken.'

'Nee, Leish, Mama wil vandaag geen harde geluiden. Ze heeft migraine.' Aidan keek haar met een ernstige frons aan. Hij had grote, donkere wallen onder zijn ogen. 'Ik ben hier, maak je geen zorgen.'

Aleisha haalde haar schouders op en at de worst zo vlug mogelijk op. Aidan keek vol walging naar haar. 'Het is prima zo,' zei ze met volle mond. 'Ik meen het. Ik heb met niemand afgesproken, ik blijf hier. Ik ga rustig in mijn kamer zitten. Het zal net zijn alsof ik niet besta.'

Leilah riep opeens van boven: 'Kop dicht! Aleisha, hou je mond!' Aleisha en Aidan keken elkaar aan, hun gezichten uitdrukkingsloos, hun lach verdwenen. Het verbaasde haar niet. De vorige avond dat gegiechel, de yoga… Maar er was niets veranderd. Er zou nooit iets veranderen. Dat dikke zwarte gordijn zou er altijd zijn, zou het hele huis in duisternis hullen, zou ditmaal Aidan binnenhouden. Na een korte stilte, waarin ze amper ademhaalden, schudde Aidan uiteindelijk zijn hoofd en hij zei: 'Ze bedoelt het niet zo.' Hij zei het zacht, omdat hij niet kon weten of het waar was.

'Dus ik moet weg?' Haar stem klonk scherp, ook al fluisterde ze. Ze wilde geen geluid maken.

'Leish, je kunt thuisblijven, maar je weet dat je hier op eieren moet lopen.'

Aleisha haalde haar schouders op. 'Letterlijk niemand zit in zo'n rotsituatie. Vind je het niet vreselijk?' Ze was uitgeput. Uitgeput van het alert zijn, van elke nacht haar moeders gehuil aanhoren, van doen of ze het niet hoorde en Aidan alles laten opknappen, van nooit nodig zijn, van altijd de oorzaak zijn. Ze was bekaf.

Aidan zweeg. Hij nam het aanrechtblad af, dat al smetteloos schoon was.

Toen de voordeur achter haar dichtviel, hoorde Aleisha in haar hoofd Leilahs stem: 'Dit is mijn huis, niet jouw huis!' Haar standaardzinnetje.

Ze kon nergens naartoe, maar nergens was nog altijd beter dan thuis.

Zonder er te veel bij na te denken liet ze zich door haar voeten meevoeren. Ze liep langzaam langs de marktkramen die ingericht werden, waarbij ze de fruitverkopers negeerde die naar haar riepen – 'Prijzen, ongelooflijke prijzen!' – maar daar trapte ze niet in. Ze kwam langs kinderen die al buiten aan het fietsen waren, zonder uit te kijken over straat reden, naar hun vriendjes achter hen riepen, slingerend met hun stuur telkens achteromkeken om hun vriendjes te zien.

Elke stap over Ealing Road, en daarna door de hoofdstraat, bracht haar steeds verder van huis. Bij elke stap ging haar hart rustiger slaan. Ze wist niet waar ze naartoe ging, niet echt, tot de bocht in de weg overging in een recht stuk, en daar was het, als een huis in tudorstijl, een gebouw dat daar volledig misplaatst leek.

Natuurlijk had haar onderbewustzijn haar hiernaartoe gebracht: de bibliotheek. De enige plek die ze kende waar ze een tijdje rustig in haar eentje kon zitten. Misschien was het niet eens zo'n slecht idee. Als ze via boeken kon ontsnappen was dat handig, want lezen was een stuk goedkoper dan straalbezopen worden.

Die beste brave Kyle zat vandaag achter de balie. Aleisha knikte naar hem toen ze door de deuren liep, negeerde de verbazing die op zijn gezicht te lezen stond, en liep door de gangpaden. Ze ging naar het gedeelte met spannende boeken en vroeg zich af of de woorden van Thrillerman haar inspiratie zouden geven. Ze bekeek de ruggen, die oplichtten in het zonlicht, glinsterden in hun plastic omslagen. Ze liet haar vingertoppen over elk boek gaan, maar haalde er niet een uit de kast. Uiteindelijk werden de rode, blauwe en gele ruggen één grote boekenmassa waar ze geen wijs uit werd. Het was stil in de bibliotheek, maar haar oren suisden. De woorden in de titels schreeuwden haar tegemoet – dood, moord, moordenaar – maar er waren ook minder directe, engere titels zoals *Watching You*... Het werd haar allemaal een beetje te veel. Hoe deed hij dat? Hoe kon hij zich hier, in deze ruimte, ontspannen terwijl al die woorden op hem af kwamen? Ze tikte met haar vinger tegen de zijkant van haar been, veinsde dat ze rustig was, probeerde te kijken alsof ze wist waar ze mee bezig was.

Haar telefoon zoemde.

De WhatsApp-groep weer. Die hadden ze aangemaakt toen ze veertien waren, maar Aleisha had al weken niets van zich laten horen. Niemand had dat in de gaten. In haar laatste bericht had Mia drie mensen getagd. Ooit was Mia Aleisha's allerbeste vriendin geweest.

@Beth @Lola @Kacey zijn jullie thuis? Vanaaf iets doen?

De twee andere meiden, Jenna en Shreya, waren op vakantie. Die stuurden meedogenloos foto's die genomen waren bij een zwembad in Ayia Napa of Kroatië.

Dat ze er niet meer bij hoorde, deed Aleisha nog steeds pijn, zelfs nadat ze maandenlang smoesjes had verzonnen waarom ze er niet bij kon zijn. Op het laatste moment meldde ze dan dat ze ziek was, voedselvergiftiging of migraine had, of een verjaardagsetentje, of dat ze al met iemand anders in het park had afgesproken. Onbetrouwbaar zijn was gemakkelijker dan de waarheid vertellen: ze wilde niet dat ze wisten dat haar moeder gek was. Dat zouden ze nooit snappen.

Beth, Lola, Kacey en zelfs Jenna reageerden allemaal snel.

Geping. Gezoem. *Ben thuis, laten we iets doen*

Geping. Gezoem. *Mis jullie, veel plezier zonder mij.* 😘 *Zal in gedachten op jullie proosten.* 🍸

Geping. Gezoem. *Ja, waar gaan we naartoe?*

Terwijl Aleisha in de bibliotheek stond, kwamen de wanden met boeken steeds dichter op haar af. De ruggen werden groter, zwaarder. Ze zag haar vriendinnen zonder haar doorgaan met hun leven. Bericht na bericht. Boek na boek. Ze bestond niet meer. Emoticons: dansend meisje, high five, duim omhoog. Gelukkig. Ze waren allemaal gelukkig. Ze hoefden zich nergens zorgen over te maken. Het was immers zomer. De toekomst strekte zich voor hen uit. De mooiste tijd van hun leven.

Ze dwong zichzelf tussen de kasten door te lopen naar het open gedeelte verderop. Ze moest weer lucht krijgen, zuurstof diep in haar longen zuigen. Ze draaide haar telefoon in haar hand en haar zicht werd wazig toen ze naar haar telefoonhoesje met watermeloenen keek.

Tussen de meloenen door zag ze de leeslijst zitten.

Daar was het weer. Dat boek. Het eerste boek van de lijst. *To Kill a Mockingbird.* Het beeld van Leilah die haar hoofd vrolijk in haar nek wierp, haar geschreeuw vanochtend, het gesnik in de nacht. Aidans ogen, donkere wallen, Aidan die geen woorden had om haar te troosten. Haar gedachten maakten haar gek en ze moest weg, weg uit Wembley, weg van haar familie, weg van alles. Maar kon een boek zulke wonderen verrichten? Het was in elk geval een begin.

Ze vond een stoel – die van Thrillerman – en ging zitten, stopte haar telefoon in haar tas. De stoel vertoonde slijtage, de stof van de armleuningen rafelde, maar hij zat lekker. Het zonlicht viel op de bladzijden van *To Kill a Mockingbird.* Als ze dit ging doen, voelde dit als de juiste plek, het juiste uitzicht, de juiste omgeving om naar hoofdstuk 1 te gaan en te beginnen. Maar net toen ze wilde gaan lezen, zich in het boek wilde onderdompelen, verbrak Kyles luide, minzame stem de stilte. Hij had een onredelijke, onbelangrijke, irritante klant aan de telefoon, maar dat was nog altijd beter dan wanneer je in de bibliotheek door een onredelijke, onbelangrijke, irritante klant werd aangesproken. Wat had Aidan zo leuk gevonden aan dit werk?

'Nee, meneer. Als u het boek uit de bibliotheek hebt meegenomen zonder het officieel te lenen, zal ik u een boete moeten geven.'

Er verscheen een denkrimpel op Kyles voorhoofd.

'Pardon, meneer, kunt u dat nog eens herhalen en dan wat langzamer praten?' En na een korte stilte: 'Hebt u een bibliotheekpasje?'

Het was voor Aleisha onmogelijk het gesprek niet te volgen, want Kyle praatte heel hard.

'Wat vervelend, meneer, dat wist ik niet. Wanneer was dat? Gisteren? Hmm, ja, dank u wel, meneer. Dank voor het melden. Ik ga erachteraan en ik zal kijken wat ik voor u kan doen… Als u geen bibliotheekpasje hebt, zal ik vandaag dan een pasje voor u maken en het boek op uw naam zetten? Dan kunt u het terugbrengen als het u uitkomt. Ik zal ervoor zorgen dat mijn collega's u geen boete kunnen geven als u het inlevert.'

Aleisha verstopte zich in de fauteuil, verstard, beschaamd. Ze zag de oude man van de vorige dag weer voor zich, zag hem voor haar staan, om hulp vragen. Ze hoorde haar eigen stem streng tegen hem zeggen dat ze daar geen zin in had. Aleisha wilde dat ze in de stoel kon verdwijnen.

Zodra Kyle had opgehangen, veerde hij op en draaide zijn hoofd op zijn nek als een meerkat. Hij zocht iets… Haar.

Aleisha maakte zich zo klein mogelijk, maar het had geen zin, Kyle wist waar ze was.

'Hallo, Kyle, wat is er?' vroeg ze toen hij bij haar kwam staan.

'Jij hebt gisteren toch gewerkt?' vroeg hij.

'Ja.'

'Ik had zojuist een aardige oudere man aan de telefoon die op zijn zachtst gezegd nogal nerveus was omdat jij hem gisteren uit de bibliotheek hebt weggejaagd. Is dat waar?' Hij sprak op gebiedende toon. Als Thermosfles er niet was, nam Kyle op eigen initiatief de rol van leidinggevende over.

'Zo is het niet gegaan. Hij wilde leestips. Daar doe ik niet aan.'

'Dat zou je wel moeten doen. Wil je deze baan houden?'

Het ging niet om willen, ze had deze baan nodig. Ze moest Aidans inkomen aanvullen. Leilah was kunstenares en ontwerpster. Gewoonlijk werkte ze voor reclamebureaus over de hele wereld en vaak kwam ze om in het werk. Maar dat ging in vlagen. En soms had ze weinig inkomsten, vooral als ze een slechte periode had. Aleisha mocht deze baan niet verliezen. Ze kon nergens anders terecht. En ondanks alle nadelen begon deze plek haar rustige toevluchtsoord uit de chaos thuis te worden, dat wist ze heel goed.

Ze knikte.

'Weet je hoeveel mensen hier kunnen werken, hoeveel mensen hier willen werken?'

Aleisha schudde haar hoofd.

Kyle ging verder, zette zijn borst uit. 'Heel veel mensen, eerlijk gezegd. Dev zegt altijd dat we beter ons best moeten doen om mensen tevreden te houden, dat dit een prettige plek moet zijn met leestips, de volledige service, anders raken we onze vaste bezoekers kwijt. Als jij je werk niet naar behoren doet, word je ontslagen, of erger nog: dan moet deze bibliotheek dicht en raak we allemaal onze baan kwijt.'

Aleisha geloofde er niets van. Het was een eitje geweest om hier binnen te komen. Maar ze moest haar baan houden en ze zou het vreselijk vinden voor de vrijwilligers, Lucy en Benny, als die door haar toedoen hun lievelingsplek zouden kwijtraken. Of voor Kyle, ook al ergerde ze zich enorm aan hem, als hij de enige plek zou kwijtraken waar hij de baas kon spelen en daarmee wegkwam, en voor Dev, die er letterlijk alles aan deed om de bibliotheek aan Harrow Road open te houden. Ze zag al voor zich dat de ramen van dit fraaie gebouw dichtgetimmerd waren en dat er op de deur een aanplakbiljet van de gemeente hing dat mensen in het gemeentehuis terechtkonden.

Dat zou niet goed zijn. Ook al was het hier nooit heel druk, mensen hielden van deze plek. Ze stelde zich Aidan voor die oom Jeremy napraatte: ‘Doe het de volgende keer beter.’

‘Als die man een officiële klacht bij Dev indient, lig je eruit.’

Aleisha verschoof op haar stoel. ‘Zeg, ik heb vandaag vrij, ik ben hier voor mijn plezier. Kun je dat bewaren voor als…’

‘Hoe haal je het in je hoofd om tegen een man van tachtig uit te vallen? Ik weet niet wat er speelt, Aleisha…’ Kyle sloeg nu een vriendelijkere toon aan. ‘Probeer aardig tegen mensen te zijn. Een glimlach of een vriendelijk gezicht kan iemands dag goedmaken. Wie weet heb je zijn dag verpest. Was het dat waard? Gaf het een voldaan gevoel?’

Aleisha schudde weer haar hoofd, was niet in staat te praten, voelde zich als een peuter die een standje kreeg voor vechten.

‘Oké. De volgende keer geef je hem een goede leestip…’

‘Dat heb ik geprobeerd, maar hij ging ervandoor!’ onderbrak Aleisha hem, maar hij negeerde haar, ging door met zijn ingestudeerde preek.

‘Lees eens wat,’ zei hij, en hij wees naar *To Kill a Mockingbird* in haar hand. ‘Als je dat een goed boek vindt, zeg dan tegen hem dat hij dat moet lezen. Het is heel simpel. Lees een boek. Raad een boek aan. Weet je wat, ook als je het boek helemaal niets vindt, zeg dan dat hij het moet lezen. Iedereen heeft een andere smaak en zoals mijn oma altijd zegt: je moet een gegeven paard niet in de bek kijken.’

Aleisha zuchtte en zag Kyle teruglopen naar de balie. Hij voelde zich waarschijnlijk heel wat.

Ze pakte het boek weer en sloeg het ergens in het midden open. De rug was op vele plaatsen geknakt, maar ze wilde er haar stempel op drukken en boog het boek om. Dat schonk minder voldoening dan ze had gehoopt. Het boek was zacht, soepel… De warmte van de bibliotheek had de lijm buigzaam gemaakt.

Ze ging naar de eerste bladzijde. Ze begon te friemelen, aan haar neus, aan de bladzijden, aan de plukken haar die voor haar gezicht vielen. De woorden drongen niet tot haar door. Ze dwong haar ogen om zich te concentreren op de tekst voor haar, maar dat lukte niet.

Ze was dom, een neplezer. Ze gaf het op, zakte onderuit in de verschoten zalmroze stoel en keek om zich heen. Een paar mensen zaten te lezen of door een boek te bladeren. Dat waren echte lezers, mensen die hier hoorden. Boekenwurmen. Boekennerds.

'Bekijk het maar,' mompelde ze boos. Ze pakte haar spullen en stopte die in haar tas. Het boek lag nog op de tafel. Ze wist niet of ze het mee moest nemen of hier moest laten. Ze keek weer om zich heen, waarna ze het boek ook in haar tas stopte.

Het alarm ging af toen ze naar buiten liep, met het gestolen bibliotheekboek in haar tas.

5

Mukesh

Mukesh lag op zijn rug toen de deurbel ging. Was hij in slaap gevallen? Rohini en Priya zouden pas over een paar uur komen, dacht hij. Geleidelijk hees hij zichzelf, kreunend en krakend, overeind. Zijn rug was stijver dan hij had verwacht. Hij zou willen vloeken, maar zoiets deed Mukesh niet.

Hij keek ernaar uit zijn kleindochter, en zijn dochter, te zien. Maar hij wist dat Rohini straks als een wervelwind tekeer zou gaan… En hoe vaak hij dat ook had overleefd, hij wist niet of hij daar klaar voor was na deze doelloze, eenzame dag. Vrijdag was hun vrije dag geweest, dan deden Naina en hij waar ze zin in hadden. Tegenwoordig deed hij op vrijdag meestal niets.

Hij ging traag de trap af, waarbij hij de leuning aan weerskanten vasthield. Een handige vriend van Rohini had ook een leuning aan de andere kant van het trapgat bevestigd, om hem meer houvast te geven. Hij schaamde zich ervoor. De zeldzame keren dat er mensen op bezoek kwamen die geen familie waren, maakte hij er een grapje over voordat zij erover konden beginnen.

Hij zag het hoofd en de schouders van een vrouw, maar doordat er melkglas in het midden van zijn voordeur zat, zag hij de gestalte slechts vaag. Hij zou haar overal herkennen.

Mukesh haalde diep adem en deed de deur open. 'Rohini, *beti*!' riep hij. Hij stak zijn armen uitnodigend naar haar uit en dwong zijn stem om vrolijk en helder te klinken.

‘Papa,’ antwoordde ze. Ze liep zo naar binnen, langs zijn gespreide armen. Achter haar kwam Priya, een boek in haar kleine handen geklemd.

‘Kom binnen, Priya, schatje.’

Zonder tijd aan begroetingen te verspillen liep Rohini rechtstreeks door naar de keuken, waar ze de kastjes inspecteerde. Ze mompelde een paar keer afkeurend. Mukesh keek naar Priya, hoopte een blik van verstandhouding met haar te wisselen, maar ze was al met haar boek in Naina’s fauteuil in de woonkamer gaan zitten.

‘Papa? Wat is dit?’ riep Rohini. Ze stak een Tupperware-bakje met rijst in de lucht dat al een paar dagen, misschien wat langer, in de koelkast stond. ‘Dit is smerig!’

‘Sorry, beta, dat ging ik echt niet meer opeten.’

‘Rijst kun je hooguit een dag bewaren, papa! Had het mij dan op zijn minst voor je laten opbakken.’

‘Maak je niet druk, beta.’ Hij liep naar voren, pakte het bakje uit haar handen en leegde het in de vuilnisbak. ‘Ziezo! Uit het oog, uit het hart.’

Maar Rohini ging al naar de gootsteen. ‘Jakkes!’ zei ze afkeurend, precies zoals Naina dat altijd deed. ‘Hoelang staan die borden daar al, papa? Dat is heel onhygiënisch! Straks heb je weer last van mieren. Die zijn dol op dit snikhete weer.’

‘Rohini, toe nou. Ga zitten, dan zal ik thee voor je zetten.’

‘Papa, nee! Ik moet dit allemaal afwassen. Denk je dat ik voor een kopje thee kom? Ik kom om voor je te zorgen. Als mama je zo kon zien...’

Mukesh wist dat die laatste zin voortkwam uit frustratie, maar toch deed het zeer. Het was hem het afgelopen jaar opgevallen dat Rohini het woord ‘mama’ alleen gebruikte als ze hem vermaande, als ze tegen hem zei dat zijn huis een zwijnenstal was.

Hij was hier te moe voor, had geen puf om ertegenin te gaan. In plaats daarvan liep hij naar de woonkamer en plofte neer, probeerde Rohini’s herhaaldelijke gefoeter en gegrom te negeren toen ze barsten in een kastdeurtje ontdekte ('Ik heb tegen je gezegd dat ik iemand kan regelen om dit te repareren! Deze keuken is bijna gloednieuw, die hoort er niet zo uit te zien, papa!'), een hele lading mungbonen in de koelkast vond ('Papa, het is heel ongezond als dit het enige is wat je eet! Ik weet dat mama altijd zei dat je genoeg vezels binnen moet krijgen, maar je moet gevarieerd eten, papa. Dat heeft de dokter tegen je gezegd!') en drie lege verpakkingen van zijn lievelingsthee bij het oud papier vond ('Papa! Zo rot de rest van je tanden ook weg en het is niet goed voor je diabetes! Alleen voor speciale gelegenheden, heeft mama gezegd. Ik heb voorgedaan hoe je het met losse thee moet maken.').

Hij zou willen dat hij – in plaats van last te hebben van krakende gewrichten en slechter wordende ogen – als eerste doof was geworden. In zijn familie, waar zijn dochters stuk voor stuk duizend decibel harder praatten dan de gemiddelde mens, zou dat heel handig zijn.

'Wat lees je, schat?' vroeg Mukesh aan Priya, terwijl Rohini door het huis banjerde en als een speurhond van het plafond tot aan de vloer zocht naar het volgende om over te foeteren. Het was muisstil in de woonkamer.

'*Little Women*, Dada,' antwoordde ze, zonder haar blik van de bladzijde af te halen. 'Het is een boek dat Ba me heeft aangeraden. Ze zei dat ze het gelezen had toen ze nog een jong meisje was. Papa heeft het vorige week voor me gekocht.'

'Dat zegt me niets,' zei Mukesh eerlijk, maar hij nam zich voor de titel te onthouden. Nu hij lid was van de bibliotheek moest hij op zulke dingen letten...

'Het is een heel beroemd boek, Dada. Iedereen kent het,' zei ze. Ze keek nog steeds niet op, maar had haar wenkbrauwen verbaasd en zogenaamd verwijtend opgetrokken.

'Waar gaat het over?' vroeg Mukesh een beetje zenuwachtig, omdat hij terugdacht aan wat ze pasgeleden tegen hem had gezegd: 'Jij snapt boeken niet, Dada... Het kan jou gewoon niets schelen!'

'Ssst, Dada, ik zit te lezen. Ik vertel het een andere keer wel,' berispte Priya hem vriendelijk, en Mukesh deed wat hem gezegd werd.

Naina was ook een beetje zo als ze zat te lezen. Misschien zou hij het ooit snappen.

Hij herinnerde zich avonden, als de kinderen naar bed waren, waarop hij naast Naina de krant zat te lezen en Naina razendsnel de bladzijden van haar boek omsloeg. Dan probeerde hij met haar in gesprek te raken, keek naar haar en wachtte tot ze dat door zou hebben.

'Mukesh, wat doe je? Je weet dat ik geconcentreerd zit te lezen,' berispte ze hem dan, maar ze lachte erbij.

'Ik wil je iets voorlezen uit de krant. Het is heel interessant.'

'Mukesh, ik ben net bij een goed stuk. Ssst,' zei ze dan. Ze was altijd bij een goed stuk. Aanvankelijk dacht Mukesh dat je bij boeken om de twee of drie bladzijden een goed stuk had. Later vroeg hij zich af of het gewoon een smoesje was.

Dan keek hij naar haar, opgekruld in haar blauw met witte nachtjapon, haar leesbril met grote glazen recht op haar neus en haar zwarte haar in een knotje achter op haar hoofd. Hij zag haar voor zich toen ze twintig was, dertig, veertig, vijftig, zestig en zeventig. Hetzelfde ritueel, hetzelfde antwoord. Even voelde hij zich als Henry uit *The Time Traveler's Wife*, vloog hij door de decennia heen om Naina op al die momenten van haar leven te bezoeken.

Hij had zich toen nooit afgevraagd waar ze naartoe ging als ze in de bladzijden van haar boek zat. Hij genoot er simpelweg van om de concentratie op haar gezicht te zien. Soms lag er een flauwe glimlach om haar mond. En soms wierp ze haar hoofd in haar nek en gniffelde ze, verschenen er lachrimpels bij haar ooghoeken en tikte ze Mukesh op de schouder alsof hij de grap ook snapte. Toen was het genoeg geweest om haar blij te zien. Nu ze er niet meer was, wilde hij dat hij beter zijn best had gedaan om elk moment bij haar te zijn.

'Papa,' riep Rohini. Haar stem klonk dichtbij, in zijn slaapkamer op de begane grond, in de kamer ernaast. 'Kun je even komen?'

Mukesh keek naar Priya, in de hoop dat ze hem een excuus zou geven om te blijven waar hij was, maar ze ging helemaal op in de bladzijden van *Little Women*. Wat leek ze zo veel op Naina.

'Ja, ik kom eraan,' mompelde hij, en hij zette zijn handen op de armleuningen om zichzelf overeind te duwen. Hij ging in de deuropening staan.

Rohini stond bij een kast, haar hand in haar zij, terwijl ze met haar andere hand naar een stukje sari wees dat onder de dichte kastdeur uitstak. 'Wat is hier gebeurd?' vroeg Rohini toen ze de kastdeur opendeed. Ze hapte theatraal naar adem. Alles zag er rommelig uit, gevouwen, maar niet op de juiste manier. 'Vritti en ik hebben alles keurig opgevouwen nadat mama...' Ze zweeg even. 'Voor mama. Wat is er gebeurd? Zijn er meer mensen langsgekomen om iets mee te nemen als aandenken aan haar?' Rohini's stem schoot omhoog en klonk schel bij die laatste vier woorden.

'Nee, ik heb in die kast gekeken om te zien of er...'

'Al die *masi*, die verre familieleden, haar "vriendinnen", waren altijd jaloers op mama, aasden op haar sari's. Geen wonder dat ze onder het mom van medeleven betuigen als aasgieren hiernaartoe zijn gekomen... Mooie vriendinnen zijn dat. Ze zijn nog steeds op haar spullen uit.'

Er schoot Mukesh een herinnering aan Naina te binnen, opgedirkt voor de mandir. 'Wat denk je? Nonchalant-chic?' Ze sprak het uit als 'zjiek'.

'Tja,' zei Mukesh tegen zijn dochter, 'je moeder had prachtige sari's.'

'Ja, en gelukkig had ze een neus voor koopjes, anders zouden die masi ons helemaal kaalplukken. Papa, wil je zeggen dat jij dit hebt gedaan? Help eens mee om het weer op te ruimen,' zei Rohini niet onvriendelijk.

Mukesh liep de slaapkamer in. Hij ging op het bed zitten en wachtte tot Rohini iets zou aangeven wat hij moest opvouwen, maar ze ging door met waar ze mee bezig was, berispte hem af en toe dat hij er zo'n troep van had gemaakt.

Terwijl Rohini de sari's stuk voor stuk uit de kast haalde, ook sari's die niet opnieuw opgevouwen hoefden te worden, ving hij Naina's vertrouwde geur weer op. Een heerlijke geur. Hij rook haar parfum, en ditmaal ook haar shampoo. Even vergat hij dat ze er niet meer was, en hij keek over zijn schouder en hoopte dat Naina gedag kwam zeggen.

Dit waren de sari's die Naina regelmatig had gedragen, naar de mandir of naar de winkel. Het waren sari's die mensen met Naina waren gaan associëren: patronen, brokaat, paisley. Er waren ook sari's met edelstenen, lovertjes. Ze waren prachtig, vaak eenvoudig. Toen Rohini de laatste sari in de kast legde, liet ze haar hand over de stof glijden, voelde het detail met haar vingertoppen.

'Wanneer zou mama deze voor het laatst hebben gedragen?' zei ze hardop. Haar stem was zachter geworden. Ze klonk niet meer als Vermanende Inspecteur Wervelwind. Mukesh antwoordde niet. Hij wist wat ze eigenlijk bedoelde: had mama geweten dat ze stervende was toen ze deze sari voor het laatst droeg? Had ze geweten dat ze eerder zou overlijden dan we allemaal dachten? Te vroeg.

Mukesh keek zwijgend toe toen er een kleine traan haast onmerkbaar over zijn dochters gezicht gleed. Hij stond daar maar, wilde haar vastpakken, maar wist dat ze hem van zich af zou schudden als hij dat deed. 'Het spijt me, Rohini. Ik heb aan haar spullen gezeten. Ik was op zoek naar boeken. Ik wilde Priya voorlezen. Sorry dat ik er zo'n troep van heb gemaakt.'

Rohini keek haar vader aan. Haar ogen lichtten op. Ze veegde haar tranen weg, deed alsof die er nooit waren geweest. 'Papa, dat geeft niet. Maar je weet dat mama altijd boeken uit de bibliotheek haalde. Ze had geen eigen boeken. Daar is hier geen ruimte voor.' Ze gebaarde naar de kamer, het hele huis. Het was raar dat het nu voelde alsof er geen ruimte was, maar ooit hadden ze hier met z'n vijven gewoond, en hadden ze een druk, bruisend leven. Nu woonde hij hier in zijn eentje en was er nergens ruimte. Elke hoek was volgestouwd met herinneringen.

Mukesh knikte. 'Ik weet het, daar heb ik aan gedacht. Maar ik... wilde een boek voor Priya vinden. Ze is heel stil en ze houdt niet van tv-kijken. Mijn David Attenborough-documentaires... daar kun je veel van leren, hoor.'

Rohini stond op en liep naar haar vader toe, raakte zacht zijn schouder aan. Mukesh was blij dat Rohini wist dat als ze hem omhelsde, hij in tranen zou uitbarsten. Hij vond het vreselijk om in het bijzijn van zijn dochters te huilen. Ze liet hem in de kamer achter, de deur wagenwijd open. Hij wist wat ze daarmee bedoelde: ik geef je ruimte, roep maar als je me nodig hebt. Ze mocht dan zijn bazige dochter zijn, ze kon ook aardig zijn.

Rohini stond erop een volledige *thali* te maken (het was handig dat ze zelf alle ingrediënten had meegenomen, ook al had Mukesh nog zo gezegd dat dat niet hoefde) en ze aten met z'n drieën gretig van *badh* en kadhi. Priya's lievelingseten.

'Rohini, beta, wat verwen je me.' Mukesh pakte wat eten met zijn vingers. Rohini maakte gerechten nooit zo *thiki* als Naina dat had gedaan, wat misschien maar goed was ook, omdat hij sterk gekruid eten tegenwoordig niet zo goed meer verdroeg.

Zodra ze klaar was met eten, sprong Priya op van tafel en ging terug naar de woonkamer om weer in haar boek te duiken.

'Rohini,' zei Mukesh, 'is Priya altijd zo stil? Zit ze altijd met haar neus in de boeken?'

'Ze leest gewoon graag, papa, niets aan de hand. Mama zat ook altijd te lezen en die was beslist niet stil.'

'Maar ze heeft het nooit over vriendinnen, andere dingen die ze leuk vindt om te doen. Je moeder hield van boeken, maar er kwamen ook vaak vriendinnen op bezoek.'

'Ja, papa, Priya doet ook andere dingen. Heb je haar er ooit naar gevraagd?' Rohini keek hem niet aan toen ze dat zei, maar hij voelde een steek alsof ze hem met een priemende blik aankeek.

'Eh, nee, maar...' stamelde Mukesh.

'Er zijn twee kinderen met wie ze heel goed bevriend is, papa, en dat zijn Christie en James,' vervolgde Rohini. 'Die zijn heel aardig en rustig, net als zij.'

'En komen die ook bij jullie thuis?'

'Papa, dat doen kinderen tegenwoordig niet meer. Ze spelen samen op school, in de pauze.'

Mukesh vroeg zich af of 'tegenwoordig' een nauwelijks verhulde manier was om 'je bent vreselijk ouderwets, papa!' te zeggen. Hij dacht aan de groep jongens die vaak in zijn straat speelde. Ze lachten en schreeuwden en gebruikten soms schuttingtaal met het soort plezier dat je daar alleen aan beleeft als die woorden nieuw voor je zijn, als je ze pas hebt geleerd. Die jongens waren vrijwel dagelijks buiten, als het goed weer was, zelfs in deze huidige tijd waarin mensen het eng vonden om kinderen hun eigen gang te laten gaan. Op dit punt had Rohini het mis.

Hij dacht aan Priya, die in de woonkamer zat.

Ze was eenzaam. Haar Ba was overleden toen ze negen was. Ze was oud genoeg om het verlies echt te voelen. Hij wist hoe het was om je beste vriendin, je levenspartner te verliezen, maar hij had zichzelf nooit toegestaan om zich af te vragen hoe het voor Priya was om haar beste vriendin te verliezen. Naina begreep haar. Als Priya stil was, had Naina haar geholpen om te praten. Hoe voelde Priya zich nu Naina er niet meer was?

Rohini ging naar de woonkamer. Hij volgde haar tot zijn telefoon trilde. Mukesh liep langzaam, krakend, een andere kant op om zijn dochter te bewijzen dat hij heus niet volledig hulpbehoevend was.

'Hallo?' zei hij. Hij herkende het telefoonnummer niet toen hij opnam. Aan de andere kant van de lijn hoorde hij zijn vriend Harishbhai kwetteren zonder zelfs maar eerst hallo te zeggen.

'*Bhai*! Je moet me helpen. Het gaat om een zeer, zeer dringende zaak. Sahilbhai kan niet meedoen aan de sponsorloop van de mandir. Je moet voor hem invallen. Ik heb meteen tegen hen gezegd dat ik wist dat Mukeshbhai dat zou doen. Hij is een goed man, zijn Naina zou direct gezegd hebben dat hij zou invallen. Je gaat ons helpen, toch?'

Rohini keek aandachtig naar hem. Er lag een frons op haar voorhoofd. Mukesh' eerste reactie was meteen ophangen en tegen Rohini zeggen dat het een opdringerige verkoper was, maar hoe irritant hij Harish ook vond, zo onbeleefd kon hij niet zijn.

'Harishbhai, wat bedoel je?'

'Mukeshbhai, mijn vriend, Sahilbhai heeft zijn enkel verstuikt. De sponsorloop is over een week, dus hij kan niet meedoen en we willen het geld van zijn sponsors niet mislopen.'

'Zullen mensen hun geld terugvragen? Dat zal toch niet? Het is voor het goede doel.'

'Je weet maar nooit, bhai, niet iedereen is zo gul als jij of ik of Naina, hè?'

'Dus je zoekt iemand om voor hem in te vallen?'

'Precies. Kun jij dat doen?' vroeg Harish, maar ze wisten beiden dat het geen vraag was.

'Bhai, mijn rug. Je weet dat ik een slechte rug heb.'

Harish praatte maar door alsof Mukesh niets had gezegd. Hij rondde het gesprek af met: 'Geweldig, man. Dank je wel. We zien elkaar aanstaande zaterdag om acht uur 's ochtends bij de tempel. Bedankt, bhai. Bedankt.'

Mukesh keek naar zijn dochter, die nu naar Zee TV keek en met haar hoofd meebewoog op de herkenningsmelodie. 'Wie was dat?' vroeg ze afwezig.

'Je oom Harishfua.'

'Wat moest hij?' Rohini keek met minachting op haar gezicht op naar haar vader. Ze had al net zo'n hekel aan Harish als Mukesh.

'Hij wil dat ik aanstaande zaterdag voor Sahilfua inval bij de sponsorloop van de mandir.'

Rohini lachte. Mukesh vertrok geen spier. Rohini hield op met lachen.

'Je weet toch dat het dit jaar tien kilometer is?'

Mukesh snakte naar adem: hij had een hekel aan wandelen, deed dat alleen voor Naina. Ze had een boekje gehad met de mooiste wandelingen door Londen. Ze klaagde altijd dat ze in de hoofdstad van Engeland woonden, maar dat ze al die jaren amper buiten het district Brent waren geweest. Bovendien deed hij het op zaterdag meestal rustig aan. Dan belde hij zijn dochters een voor een, sprak met zijn kleinkinderen en keek de aflevering terug van *Gardener's World* (hoewel hij alleen tegels in zijn tuin had liggen, wat prettig en onderhoudsvriendelijk was) en daarna keek hij opnieuw naar *Blue Planet*. Hij wist niet of hij wel zo drastisch met zijn vaste gewoonten wilde breken. Hij was al naar de bibliotheek geweest... Nu ook nog die sponsorloop, dat was vast een brug te ver.

'Papa, het is heel leuk. Ze willen je erbij betrekken.'

'Waarom zouden ze me ergens bij willen betrekken? Tien kilometer? Waarom wachten ze niet tot er vijf kilometer gelopen wordt?'

'Misschien denken ze dat je opgevrolijkt moet worden.'

'Grappig, hoor!'

'En is dat zo?'

'Nee, ik ben weduwnaar. Veel weduwnaars zijn eenzaam, vervelen zich, zijn saai. Ik heb jou en Priya, de meiden en de tweeling. Ik heb mijn vaste gewoonten. Het is prima zo.'

'Papa, doe mee. En als je niet meer kunt, dan stop je gewoon. Je bent daar toch nog niet te oud voor?'

Mukesh rechtte zijn rug, trok zijn schouders naar achteren en zette zijn borst uit. Dat had hij zijn schoonzoon eens zien doen voordat die ging hardlopen. 'Ik kan die sponsorloop heus wel aan, maar ik wil niet. Ik heb geen tijd!'

Rohini probeerde een glimlach te verbergen.

'Ik kan het heus wel!' Mukesh probeerde niet beledigd te lijken.

'Oké,' zei Rohini met een blik op haar dochter, die zacht zat te snurken in de fauteuil. 'Ik denk dat we beter naar huis kunnen gaan. We doen er een paar uur over en Priya moet nog huiswerk maken.' Ze schudde Priya zachtjes wakker. Priya wreef in haar ogen en even was ze weer het kleine meisje dat Mukesh op vrijdag na de crèche mee naar het park had genomen, het kleine meisje dat bij hem op schoot had gezeten en kerstfilms had gekeken, het kleine meisje dat in de armen van haar Ba in slaap was gevallen tijdens het voorlezen van een prentenboek. Hij wist dat ze, als ze ouder werd, geen tijd meer met haar oude Dada zou willen doorbrengen. Zeker niet als ze niets gemeen hadden. De tijd begon te dringen, zo was het toch?

'Jullie kunnen hier blijven,' zei Mukesh. 'Ik wil niet dat je zo laat nog terug moet rijden als je slaperig bent.'

'Nee, papa, het is fijner om thuis te zijn.'

Haar woorden staken. Hij had dit antwoord niet verwacht. Het was jaren geleden dat Rohini uit huis was gegaan, maar hij zag dit huis nog steeds als haar thuis.

'Succes met lopen aanstaande zaterdag. Veel plezier,' vervolgde Rohini, terwijl ze haar tas over haar schouder hing. 'Heb je alles?' vroeg ze aan Priya. Ze streek met haar hand over het voorhoofd van het meisje, veegde de verdwaalde haren uit haar ogen. Priya knikte. Toen ze de deur uit liepen, knielde Mukesh moeizaam neer om afscheid te nemen van Priya, zijn kleine meisje dat niet zo klein meer was, maar ze liep straal langs hem heen en stapte in de auto, klaar om naar huis te gaan. Hij dwong zichzelf om te glimlachen toen hij hen uitzwaaide en toen hij de deur dichtdeed, voelde hij zich eenzamer dan ooit.

Mukesh stapte die avond in bed, in de slaapkamer die hij ooit met Naina had gedeeld. Het matras en zijn botten kraakten. '*Jai Swaminarayan*,' fluisterde hij, en hij legde zijn hoofd midden op zijn kussen, keek naar het plafond. Het laatste zonlicht kroop door de spleten in de gordijnen naar binnen, wierp een oranje gloed op het schilderwerk. Hij sloot zijn ogen voor de nacht, en hoopte dat Naina naast hem zou liggen als hij wakker werd. Hij wist dat als hij zijn kleindochter eindelijk wilde leren kennen, hij haar vertrouwen en respect wilde verdienen, hij misschien wat dingen moest veranderen. De bibliotheek was de sleutel, dat wist hij gewoon… Maar de sponsorloop… Het kon toch geen kwaad om het te proberen?

6

Aleisha

Het was een opluchting vandaag van huis te zijn, ook al deed Leilah alsof het goed met haar ging. Ze was de al smetteloze keuken van boven tot onder aan het schrobben. Aleisha liep door de hoofdstraat, zigzagde om mensen heen die alle kanten op liepen, negeerde mannen die namaaktelefoons verkochten en kwam langs het stadion, dat op dit tijdstip van de dag leeg was nu er geen wedstrijd, concert of ander evenement bezig was. Er was hier zoals altijd veel verkeer. Auto's toeterden. Ze rook uitlaatgassen, waardoor er gal in haar keel omhoogkwam.

Ze liep langs de rijtjeshuizen, ooit wit maar nu grijs van de vervuiling, en langs de hindoetempel, met al zijn marmeren grandeur. Op het plein ervoor stonden wat mensen, jong en oud, druk gebarend met elkaar te praten, een combinatie van blijdschap en oprechtheid. Ze ging op het muurtje ertegenover zitten en keek even, pulkte aan haar nagels. Een paar mannen die stonden te praten, droegen een rood met gele band om hun pols. Ze dacht aan de oude man in de bibliotheek. Die had precies zo'n zelfde armband gedragen, herinnerde ze zich. De groep ging uiteen en ze liep langzaam naar station Stonebridge Park. Door de warmte jeukte haar huid.

Het was midden op de dag. Iedereen op het perron leek doelloos. Sommige mensen zouden naar hun werk gaan, mensen die in ploegendienst werkten, en ze had medelijden met hen. Anderen zwierven net als zij zomaar rond, zonder plannen, zonder bestemming, omdat er niets anders te doen was op deze snikhete plakdag.

Toen trok iemand haar aandacht, een jongen. Hij had een beanie op zijn hoofd... In deze hitte? Dan kreeg je het toch nog warmer? Hij had een zorgvuldig onderhouden stoppelbaardje. Zijn ogen waren felgroen. Ze keek een tijdje naar hem. Zijn felgekleurde T-shirt was oversized, hing over zijn spijkerbroek. Hij stapte zelfverzekerd de metro in, alsof hij aan niemand iets hoefde te bewijzen. Aleisha kon niet zeggen waarom, maar hij interesseerde haar, intrigeerde haar. Ze stapte ook in, maar had pas door waar de metro naartoe ging toen de eindbestemming werd omgeroepen: Elephant & Castle. De jongen zat met zijn benen wijd in het midden van twee stoelen, gewoon omdat dat kon.

Hij pakte zijn telefoon, scrolde, zakte onderuit. Hij had nog even bereik, tot de Bakerloo Line ondergronds ging. Aleisha pakte ook haar telefoon en swipete zonder naar het scherm te kijken. Ze keek over haar telefoon heen, naar links, naar de man, de jongen.

Ze streek met haar hand over haar haar en zakte dieper in haar stoel, haar blik nog steeds op hem gericht. De jongen keek op, heel even maar, en ze hadden oogcontact, vluchtig en oppervlakkig.

Ze keek snel weer op haar telefoon, zenuwachtig, wist niet wat ze moest doen. Ze opende Tinder. Ze had die app nooit echt gebruikt. In tegenstelling tot al haar vriendinnen, die de hele tijd op Tinder leken te zitten en elke avond een date hadden, had zij geen tijd om met jongens af te spreken, voor een date of voor seks. Maar soms, als ze wilde doen alsof ze een ander leven had, vrijheid had, dan swipete ze puur om te swipen.

Zat deze jongen ook op Tinder? Stel dat ze hem gedachteloos naar links had geswipet. Of erger nog... naar rechts.

Ze tikte vlug op de home-knop, sloot de app en stak haar telefoon paniekerig in haar zak. Maar hij scrolde weer op zijn telefoon en zou het niet eens gemerkt hebben. Hij lette niet op haar. Ze streek over de zak van haar spijkerbroek, voelde de warmte van haar telefoon door de stof heen.

Ze keek weer op en liet haar blik langzaam door het treinstel glijden, waarna ze naar de plattegrond boven haar hoofd keek, alsof het toeval was dat ze naar hem had gekeken. In een laatste poging ongeïnteresseerd te lijken haalde ze haar boek, *To Kill a Mockingbird*, uit haar tas.

Ze waren al bij Queen's Park en er was nog niemand uitgestapt. Alle vijf waren ze er nog, wachtend op hun halte. Ze begon te lezen. Haar ogen vlogen over de bladzijde. Ze pijnigde haar hersens om zich te herinneren waar ze gebleven was toen haar telefoon zoemde.

Het was Aidan.

'Hallo?' zei ze slecht op haar gemak, waarbij ze probeerde te fluisteren. De jongen keek naar haar. Ze hoopte maar dat ze niet bloosde.

'Kom terug, Leish,' zei hij.

'Wat?'

'Kun je ergens in het komende uur naar huis komen?'

'Waarom? Ben je thuis?'

'Ja. Kom terug als dat kan. Ik...' Hij maakte de zin niet af.

'Wat is er, Aidan?'

'Ik heb je nodig,' zei hij kalm. Toen hing hij op.

Aleisha voelde haar borstkas meteen verkrampen. Vanmorgen leek het toch goed te gaan met Leilah? Gezien de omstandigheden dan.

Aidan had de woorden 'ik heb je nodig' niet meer tegen zijn zusje gezegd sinds hun vader vertrokken was en Aidan een verwoede poging had gedaan om al zijn spullen op te ruimen. Ze had toen niet geweten waarom elk detail van hun vader uit het huis moest worden gebannen.

Dat was de zomer dat Aidan zijn plek aan de universiteit om bedrijfskunde te gaan studeren had laten schieten omdat hij wilde wachten tot 'het thuis weer rustig was'. Als kinderen speelden ze altijd dat zij een zeer chagrijnige klant in zijn fietsenwinkel was. Jarenlang had ze er niet aan getwijfeld dat haar broer hun nepwinkel (met bestek uit de besteklade als gereedschap en allerlei voorwerpen als koopwaar) later voor een echte winkel zou verruilen. Maar het was thuis nooit rustig geworden. Aleisha betwijfelde of dat ooit ging gebeuren.

De woorden 'ik heb je nodig' spookten door haar hoofd. De metro stopte en ze wierp een laatste blik op de jongen, waarna ze het perron op stapte en naar de metro liep die al klaarstond om haar weer naar huis te brengen. Ze verplaatste haar gewicht op één been en keek op haar telefoon, probeerde te doen alsof dit een doelbewuste actie was, alsof ze een plan had. Alsof ze een leven had.

Ze keek om, in de hoop nog een glimp van hem op te vangen. De metro was al weg.

Ze stond voor haar voordeur, keek omhoog naar de ramen, luisterde aandachtig, hoopte op een aanwijzing, hoe klein ook, van wat ze binnen zou aantreffen. Ze hoorde alleen een helikopter die een paar straten verder in de lucht hing. De wind blies zacht door haar haar.

Voordat ze moed kon verzamelen om de sleutel uit haar zak te halen en in het slot te steken, schrok ze van haar beltoon. De deur vloog open en daar stond haar broer in de deuropening met zijn telefoon bij zijn oor. 'Aleisha, daar ben je,' zei hij vlug, en hij liet zijn telefoon zakken. 'Wat sta je daar?'

'Geen idee. Ik ben er nog maar net. Wat is er?'

'Eh, ik moet weg...' Hij keek achter haar, naar zijn voeten, naar de lucht, weigerde haar aan te kijken.

'Waar ga je naartoe?' Aleisha keek naar hem, probeerde erachter te komen wat er aan de hand was.

'Ik ga werken. Kun jij hier blijven?' Hij bleef stokstijf staan.

'Hoezo? Mama?' Aleisha speurde zijn gezicht af naar een indicatie hoe Leilah eraan toe was. 'Ik dacht dat je vanmiddag vrij had.'

Aidan keek naar zijn autosleutel. 'Ja, maar... ik moet opeens toch komen. Het spijt me echt, maar ik wil haar vandaag niet in haar eentje thuis laten en ik moet weg.'

Aleisha stapte naar voren, maar Aidan bleef staan. Hij verzweeg iets. 'Is ze in orde?' Aleisha probeerde de paniek niet in haar stem te laten doorklinken. De woorden 'ik heb je nodig' spookten nog door haar hoofd.

'Ja, Leish. Ja, sorry, ze is in orde. Maar het gaat op en neer, weet je wel, en ik moet wat dingen doen en ik wist niet waar je was. Je had geen briefje achtergelaten.' Even zag Aleisha paniek, stress, verdriet in de ogen van haar broer, maar ze zette die gedachte van zich af. Aidan was toch nooit in paniek? Hij had zoveel aan zijn hoofd, maar van hen drieën was hij degene die alles op orde had. Oom Jeremy zei altijd: 'Die jongen torst de wereld zo galant op zijn schouders.' Daar had hij gelijk in.

'Mag ik naar binnen dan? Of moet ik eerst een geheim wachtwoord zeggen of zo?'

'O, sorry.' Hij stapte opzij, pakte zijn tas van de trap en ging naar buiten. Hij toverde een glimlach tevoorschijn, maar ze zag ook nog steeds iets anders in zijn ogen.

Aleisha zette haar tas in de gang. 'Oké, tot straks.' Ze hoorde hoe kalm haar woorden klonken, terwijl ze eigenlijk tegen hem wilde schreeuwen dat hij niet moest zeggen dat hij haar nodig had als alles in orde was. Ze wilde hem vertellen dat ze enorm geschrokken was. Ze wilde tegen hem roepen, schreeuwen.

'Ik heb een iets kortere dienst vandaag,' zei hij. Zijn stem klonk meteen lichter en hij keek helderder uit zijn ogen nu zijn voeten op het trottoir stonden, nu hij het huis uit was. Ze had nog nooit zo'n scherpe kentering gezien. 'Ik ben om acht uur klaar. Tot dan. Bel als er iets is. Oké?'

'Ja, ja.'

'Je krijgt een pizza van me, om het goed te maken. Sorry als we je plannen in de war hebben geschopt,' riep hij over zijn schouder toen hij in zijn auto stapte.

Ze wist dat hij met 'we' 'mama en ik' bedoelde, omdat ze niet boos op hem kon zijn als hij het 'alleen maar voor mama had gedaan'.

'Ik hou niet van pizza!' riep ze terug.

Aleisha zwaaide naar haar broer en liep naar binnen, zette voorzichtig de ene voet voor de andere en hoopte dat haar moeder nog in bed lag. Maar Leilah zat op de bank naar een internationale zender te kijken waar iedereen een andere taal sprak.

'Mama,' zei Aleisha, waarbij ze haar best deed zachtjes te praten, 'waarom kijk je hiernaar?'

Leilah zei niets, leek niet in staat te antwoorden. Uiteindelijk haalde ze haar schouders op en ze mompelde: 'Dat is rustgevend.'

Aleisha keek naar de tv. Het was een bombastische dramaserie met harde muziek en intense blikken. Een vrouw keek met een venijnige blik dwars door het scherm.

'Hoe kan dit rustgevend zijn?'

Leilahs ogen waren glazig, alsof ze niets opnamen.

'Wil je thee?'

'Nee.' Haar lippen zagen er droog en grijzig uit. Haar voorhoofd was licht bezweet en op de onderkant van haar bovenlip lagen piepkleine zweetdruppeltjes. Leilah zat vandaag in een neerwaartse spiraal.

De vorige keer was lang geleden. Aidan wist waar hij op moest letten en nu wilde ze dat ze vanochtend niet weg was gegaan. Maar Aidan had benadrukt dat ze gerust weg kon, dat hij het wel aankon. En hij wist dat zij het niet aankon. Zijn afwezigheid was tastbaar. Ze zwaaide met haar armen, wist niet hoe ze Leilah vandaag een gevoel van veiligheid kon bieden, wist niet wat ze tegen haar moeder moest zeggen of wat ze voor haar moest doen. Ook al maakten ze dit al jaren mee, als Leilah zo was, was ze een vreemde voor haar.

In de keuken probeerde ze te kalmeren door haar handen op het aanrechtblad te leggen, waarna ze haar lievelingsmok pakte. Haar vader had die voor haar gekocht op een kerstmarkt. De mok was met de hand beschilderd, volgens de tekst op de onderkant. Er stond een engel op. Blond. Blauwe ogen. Die engel was zij beslist niet. Toen ze jonger was, had ze zichzelf wijsgemaakt dat haar vader haar zo zag, als zijn kleine engel met blond haar, blauwe ogen en een bleke perzikhuid.

Nadat ze water had opgezet, riep Leilah: 'Ik wil thee.' Aleisha keek vertwijfeld omhoog en waste vlug haar moeders favoriete Star Warsmok af. Die stond al dagen in de gootsteen. Er zaten donkere, dikke koffiekringen in.

Toen de fluitketel floot, goot ze heet water op de nieuwe theezakjes en ze keek toe hoe het water bruin werd, hoe er kleur uit de theezakjes sijpelde terwijl ze een scheutje melk in beide mokken goot.

Ze liep er voorzichtig mee naar de woonkamer, haar ogen op de vloeistof gericht, erop lettend niet te morsen. Als ze morste, zou ze dat nog heel lang moeten horen.

Ze zette de mok rustig op het tafeltje naast Leilah en zette de tv uit. Leilah was – het was ongelooflijk – diep in slaap en snurkte heel zacht.

Aleisha ging in een stoel tegenover haar moeder zitten en keek een tijdje naar haar. Ze hoorde kinderen langsfietsen, hoorde scheldwoorden op straat, hoorde moeders samen lachen, hoorde dat er een kinderwagen over het trottoir geduwd werd. Ze zuchtte en sprong op toen ze haar telefoon zag knipperen. Een inkomend gesprek: papa. Ze pakte de telefoon en ging de kamer uit, deed de deur zacht achter zich dicht.

Het was de eerste keer in drie weken dat Dean belde. Haar vinger zweefde boven de groene knop, toen boven de rode. Met Dean praten terwijl Leilah in de kamer ernaast was… Dat voelde als verraad. Maar als ze op de rode knop tikte, zou Dean haar misschien niet meer bellen. Hij had nu een nieuw leven, nieuwe kinderen, een nieuwe vrouw. Hij had een excuus om niet meer te bellen. Hij had het 'zo druk, schat'.

'Hallo?' fluisterde ze, met haar hand als een kommetje om haar mond. Ze deed erg haar best niet te hoopvol te klinken. Ze wilde alleen een gesprek, een normaal gesprek.

'Hé, lieverd!' Zijn stem klonk opgewekt, oorverdovend gelukkig. Ze hoorde geklets op de achtergrond.

'Hé, pap. Waar ben je?'

'Gewoon thuis… De kinderen zitten een film te kijken. Waar ben jij? Waarom fluister je?'

'Ik ben thuis. Mama slaapt.'

'Is… alles in orde met jullie? Hoe gaat het met Aidan?'

'Die heeft het druk, is aan het werk. Met mama gaat het niet zo goed. Ze neemt al een tijdje geen nieuwe ontwerpopdrachten meer aan, dus we proberen er maar het beste van te maken.'

Aleisha vond het heerlijk om haar moeder bezig te zien met ontwerpen, en soms ook schilderen. Maar als ze zoals nu was, hield ze overal mee op. Dan zette ze haar computer weg, ruimde al het materiaal op en nam geen opdrachten meer aan. Dat was voor Aleisha en Aidan altijd het eerste teken dat het niet goed ging.

'Aleisha, je weet dat je altijd hiernaartoe kunt komen als je er even tussenuit wilt. We vinden het leuk als je komt. Heb je nu zomervakantie?'

'Ik ben klaar met mijn examens, ja. Maar... ik heb werk. Misschien een andere keer. Als het wat rustiger is. Ik probeer alvast veel te lezen, me voor te bereiden op de toelatingstoetsen voor de universiteit. Ik wil rechten gaan studeren... De concurrentie zal moordend zijn. Aidan wil dat ik goed mijn best doe.' Ze keek naar de muur, stelde zich haar vader voor in zijn altijd smetteloze huis, hoe hij daar met zijn volmaakte kinderen voor de tv zat, lachte en grapjes maakte. Ze vroeg zich af hoe gespannen de sfeer in zijn nieuwe huis was.

'Natuurlijk, ik snap het. Dat is goed, lieverd. Ik ben blij dat je het zo serieus neemt.' Hij zweeg even.

Aleisha hoorde gekraak op de achtergrond. Iemand riep hem. 'Papa?'

'Sorry, Aleisha, ik moet ophangen. Ik bel je gauw weer. Dat meen ik. Oké? Als je op bezoek wilt komen, ben je altijd welkom.'

'Dat weet ik,' zei Aleisha.

'Oké. Dag, schat. Ik hou van je.' Hij hing op zonder te wachten of ze nog iets wilde zeggen.

'Dag,' zei ze nadat hij al had opgehangen. Om bezig te blijven en de stilte van het huis niet te hoeven horen, scrolde ze door haar bellijst.

Aidan. Aidan. Aidan. Thuis. Thuis. Kyle. Dev. Kyle. Thuis. Aidan.

Ze ging naar haar contacten, scrolde naar Rachel en tikte op 'bellen'. Ze hoorde de telefoon overgaan en hoopte bijna dat Rachel niet zou opnemen. Ze wist niet wat ze moest zeggen. Maar doordat ze haar vader had gesproken, zijn stem had gehoord, gehoord had hoe ontspannen hij was, voelde ze zich nuttelozer dan ooit.

'Hé, nichtje!' zei Rachel vrolijk.

'Hoi,' antwoordde Aleisha, niet in staat de zwaarmoedigheid uit haar stem te houden. 'Hoe gaat het?'

'Sorry, schat, maar ik ben met vriendinnen op stap. Kan ik je later terugbellen?'

'Dat is prima, meid,' antwoordde Aleisha met een luchtigheid die ze niet voelde. Ze wilde niet dat Rachel zich schuldig zou voelen dat ze een normaal leven had. 'We spreken elkaar later deze week nog wel, oké? Veel plezier vanavond!' Met een zucht hing ze op. Het enige gezelschap in de nabije toekomst was het zachte gesnurk van haar moeder.

Leilah zat naast haar, haar hoofd op haar schouder gezakt, en sliep rustig. Even had Aleisha de wanhopige drang om haar wakker te schudden en te roepen: 'Mama, praat met me! Laten we een gesprek voeren.' Maar die drang vervloog even snel als hij was gekomen.

Ze haalde de leeslijst uit haar telefoonhoesje, vouwde die open en weer dicht. Daarna haalde ze traag *To Kill a Mockingbird* uit haar tas. Iemand had deze lijst met zorg samengesteld, had een selectie gemaakt. Wat stond er in deze boeken? Waarom waren juist deze boeken gekozen? Had degene die de leeslijst had opgeschreven geweten dat hun papiertje ook de leeslijst van iemand anders zou worden?

Ze keek naar *To Kill a Mockingbird* en voelde zich wat ongemakkelijk. Ze herinnerde zich hoe verward ze was geweest toen ze het boek de eerste keer had opengeslagen, alsof iedereen in de bibliotheek haar kritisch opnam, zich afvroeg waar ze mee bezig was door zich als een boekenwurm voor te doen. Maar hier was ze in haar eentje. Niemand kon een oordeel over haar vellen.

Ze knakte de rug en begon te lezen, aanvankelijk verlegen, waarbij ze elk woord voorzichtig fluisterde alsof ze op school moest voorlezen, tot ze zichzelf toestond om van haar eigen zachte ritme te genieten, elk woord even te laten hangen. Om de paar regels keek ze of Leilah al tekenen vertoonde dat ze wakker zou worden, maar haar moeder verroerde zich niet. Ze merkte dat dit boek haar toestond om in twee werelden te zijn: de wereld waar ze nu was, naast haar moeder, in haar huis, de lucht drukkend door de hitte van de dag, en een andere wereld, de wereld van twee kinderen, Scout en haar oudere broer Jem, die in Maycomb woonden, een stadje in Alabama, waar ze buiten speelden, domme dingen deden, kind waren. Ze zou er alles voor overhebben om het leven weer door de ogen van een kind te zien. Een periode waarin het leven niet zo serieus was en enge buren niet meer waren dan een leuk tijdverdrijf, en gezin gewoon een thuis betekende. Al bij de eerste bladzijden had ze door dat Scout Jem beperkte, maar hij verdroeg haar toch.

'Mama.' Aleisha wendde zich tot Leilah, die haar ogen nog steeds stijf dicht had. 'Wat vind je van Scout en Jem? Doen ze je aan iemand denken?' Aleisha glimlachte, verwachtte geen antwoord. Haar blik gleed naar de foto op de schoorsteenmantel: Aleisha en Aidan, zeven en vijftien, die elkaar omhelsden (op commando van Leilah, die van achter de camera aanwijzingen gaf), hun gezicht zogenaamd van afschuw vervuld. Ze glimlachte bij zichzelf.

Toen maakte Aleisha kennis met de vader van Scout en Jem. De verteller, Scout, noemde hem gewoon Atticus. Dat was alleen logisch omdat hij belangrijk was. Het woord 'papa' leek te algemeen voor Atticus. Hij was advocaat. Wijs, aardig, eerlijk. Ze wendde zich met een grijns op haar gezicht tot Leilah. 'Mama! Hij is advocaat!' fluisterde ze. 'Zo te horen is hij een belangrijk man in hun stadje.' Ze zag Atticus door de ogen van Scout: een forse man, machtig, iemand die respect afdwong. Ze herinnerde zich dat ze vroeger, lang geleden, ook op die manier naar haar eigen vader had gekeken. Het was raar dat je je ouders na je kindertijd als gewone mensen ging zien, met angsten en zorgen, net als jij.

'Mama,' zei ze op gedempte toon. 'Ik denk dat ik het onder de knie krijg.' Even meende ze dat Leilah zich verroerde, dat haar ogen een klein stukje opengingen, en ze vroeg zich af of ze toch iets tegen haar zou zeggen. Toen ze zweeg, nestelde Aleisha zich op de bank om haar moeder heen, net zoals ze dat gedaan had toen ze klein was. Ze hield het boek in haar armen en stond zichzelf toe haar ogen te sluiten.

Toen Aleisha de volgende ochtend wakker werd, had ze het boek nog in haar handen. Het zachte plastic omslag plakte aan haar klamme huid. Ze keek om zich heen in de kamer en even dacht ze dat ze in de stoel tegenover haar een klein kind zag zitten: geschaafde knieën, korte broek, benen die een beetje vies waren van het stof in Alabama. Scout. Op het moment dat ze ontwaakte, was ze niet in Wembley, maar in Maycomb. Ze keek naar de andere kant van de bank, verwachtte Leilah daar te zien. Ze vroeg zich af of Leilah het ook zag. Leilah was er niet en Aleisha was helemaal alleen. Voor het eerst sinds lange tijd was de stilte in het huis minder verstikkend. Ze kreeg lucht.

7

Mukesh

Piep. 'Papa, met Rohini. Ik moet vandaag naar kantoor, dus ik breng Priya voor een paar uur naar jou. Ze heeft vrij in verband met een studiedag. Ik geef haar een lunchpakketje mee, want ze is wat lastig met eten en ze neemt een boek mee, dus je hoeft haar niet bezig te houden. Om vijf uur heeft ze een afspraak bij de kapper aan Wembley High Road. Kun jij haar brengen? Dan zie ik je daar. Het zal goed voor je zijn om vandaag een stukje te lopen, als dat gaat. Tot straks, papa. Ik ben er rond een uur of elf.'

Piep. 'Hoi, papa. Rohini belde me net. Ze wilde controleren of je haar bericht hebt gehoord. Ze heeft me een berichtje gestuurd dat ze naar je onderweg is.'

Piep. 'Hoi, pap, met Deepali. Rohini vertelde me dat je dit jaar meedoet aan de sponsorloop! Fantastisch. Ik kom je binnenkort mijn fitness-dvd's brengen. Mama vond ze geweldig. Daardoor bleef ze heel gezond. Het zou misschien goed zijn als je beter voor jezelf gaat zorgen.'

Het was tien voor elf en Mukesh beluisterde Rohini's bericht voor de vierde keer om te controleren of hij alles goed begrepen had. Rond elf uur hier. Om vijf uur afspraak bij de kapper. Hoef geen eten voor Priya te regelen. *Pjoeh*. Hij negeerde Vritti's bericht, wist dat ze geen antwoord verwachtte of wilde. Vritti speelde altijd de rol van Rohini's boodschapper. En dat verhaal over Deepali's fitness-dvd's stond hem helemaal niet aan. Voor zover hij zich kon herinneren had Naina alleen maar gedaan alsof ze die dvd's leuk vond, zodat Deepali niet het gevoel zou hebben dat het zonde van het geld was.

Terwijl hij de details opschreef – bij de telefoon lag een blokje post-its voor precies dat doel ('Papa, het lijkt wel of je nooit naar de details van mijn berichten luistert. Ik leg dit bij je telefoon, dan kun je dingen opschrijven.') – trilde de telefoon opnieuw en zijn hart sloeg op hol. Hij trok nog wat post-its van het blokje voor het geval Rohini voorafgaand aan haar naderende komst nog meer instructies had.

'Hallo. Ik ben bijna klaar, heus. Elf uur,' zei Mukesh vlug, en hij kwam meteen in actie.

'Hallo, spreek ik met meneer Patel?' vroeg een mannenstem.

'Ja,' antwoordde Mukesh ditmaal voorzichtig. 'Ik ben meneer Patel. Met wie spreek ik?'

'Hallo, meneer Patel. U spreekt met Kyle van de bibliotheek aan Harrow Road. We hebben elkaar pasgeleden gesproken. Het boek dat u gereserveerd hebt, ligt voor u klaar.'

'Maar ik heb helemaal geen boek gereserveerd. Ik weet niet hoe dat moet.'

'Weet u dat zeker? Er staat hier dat u *To Kill a Mockingbird* hebt gereserveerd.'

'Dat heb ik echt niet gedaan. Sorry dat ik uw tijd verspil.' Mukesh raffelde zijn verontschuldiging af.

'O, dat is raar. Misschien is het een technische fout. Wilt u de reservering annuleren? Het boek ligt voor u klaar, maar ik kan het ook in de kast terugzetten.'

Mukesh wilde al antwoorden, maar toen schoot hem iets te binnen. Hij zag wat hij op de post-it had gekrabbeld. Priya... Hoef geen eten te regelen, hoef haar niet bezig te houden. Een boek was immers een boek... En als de bibliothecaris geen boek kon aanraden, was deze technische fout misschien wel de beste oplossing. Hij had geen tijd te verliezen. Misschien kon hij Priya op deze manier toch bezighouden! Het kon een begin zijn, haar laten zien dat hij het probeerde te snappen. 'Als u dat goedvindt, kom ik het vandaag ophalen.'

'Dat is prima, meneer Patel.'

'Bedankt, jongeman. Bedankt. Hoe gaat dat ophalen in zijn werk?'

'U neemt een legitimatiebewijs mee naar de bibliotheek, want volgens mij moet u uw nieuwe bibliotheekpasje nog ophalen – klopt dat? – en dan zegt u tegen degene achter de balie dat u een reservering komt ophalen. Zo eenvoudig is het!'

Mukesh vond het niet eenvoudig klinken, maar het zou uiteindelijk wel lukken. Hij voelde vlinders in zijn buik. 'Bedankt, jongeman. Bedankt.'

Toen hij ophing, sloeg de klok elf uur en werd er op de deur geklopt. 'Rohini! Priya!' Met een glimlach op zijn gezicht deed Mukesh de deur open. 'Wat zien jullie er mooi uit!' Rohini had haar werkkleding aan, een linnen broekpak en een zeer hippe bril. Ze knikte naar hem, had haar werkgezicht al opgezet.

'Bedankt dat je dit op zo korte termijn wilt doen, papa. Jullie hebben vast veel bij te kletsen,' zei Rohini.

Priya en Mukesh keken elkaar aan. Het was duidelijk wat ze beiden dachten: wanneer hebben wij ooit veel bij te kletsen?

Even zonk de moed Mukesh in de schoenen. 'We gaan vandaag naar de bibliotheek!'

Priya keek hem aan. Er stond verwarring op haar gezicht te lezen.

'Wat leuk,' zei Rohini, die haar verbazing probeerde te verhullen. Ze liep naar haar auto terwijl Priya haastig, en zoals gebruikelijk met een boek in haar hand, het huis in ging.

'Rohini,' riep Mukesh naar zijn dochter. Ze bleef staan. 'Waar gaat *To Kill a Mockingbird* over?'

'Hè, wat?'

'Het boek, waar gaat dat over?'

'O, papa, het is zo lang geleden dat ik dat heb gelezen. Ik weet het niet meer. Ik kan me alleen herinneren dat ik bij een bepaald gedeelte moest huilen. Volgens mij heeft mama me toen getroost. Ze dacht dat ik stress had over mijn eindexamen, maar het kwam door het boek.' Rohini was in gedachten terug bij die dag, dat zag hij aan haar ogen.

‘Je gaat dat boek toch niet voor Priya halen, mag ik hopen? Uit de bibliotheek? Daar is ze nog te jong voor.’

‘Nee, nee, het is voor mezelf.’

‘Echt?’ Ze keek hem voor het eerst echt aan. ‘Dat is geweldig, papa. Mama zou trots op je zijn.’

Hij kon er niets aan doen, maar zijn borst zwol van trots. Rohini stapte in haar auto en zwaaide. Toen haar auto uit het zicht verdween, hoorde hij Naina in zijn oor fluisteren: *Bedankt, Mukesh. Bedankt dat je het weer gaat proberen.*

8

Aleisha

'Aleisha?' Kyle sprak vanochtend met zijn professionele telefoonstem, waaruit ze concludeerde dat hij in de bibliotheek was.

'Ja?' antwoordde Aleisha.

'Die oude man, die man die je overstuur had gemaakt…' (Kyle vond het heerlijk om haar een schuldgevoel aan te praten.) 'Die komt vandaag het boek ophalen dat jij voor hem gereserveerd hebt. Je "trucje" lijkt te werken. Wil jij hier zijn om hem het boek aan te bevelen? Ik wil het ook gerust doen, hoor, ik ken het boek heel goed.'

Aleisha keek vertwijfeld omhoog. Natuurlijk kende hij het boek. Kyle wist alles. Ze wist eigenlijk niet waarom ze het voor de man gereserveerd had, maar zodra ze de laatste bladzijde van *To Kill a Mockingbird* had omgeslagen, had ze er met iemand over willen praten, en de man was op zoek geweest naar een boek. Ze vroeg zich nu af of hij misschien naar de bibliotheek was gekomen voor meer dan alleen een verhaal. Stel dat hij op zoek was geweest naar een vriend of vriendin, iemand om mee te praten. Een tijdje had Aleisha het gevoel gehad dat Scout en haar broer Jem… vrienden van haar waren. Ze vroeg zich af of deze man, als hij het boek zou lezen, dat ook zo zou ervaren.

'Eh, ja, daar wil ik bij zijn. Ik ben er over een uur. Ik moet even wachten tot mijn broer thuis is.'

'Oké, zorg ervoor dat je iets interessants te melden hebt. Je moet het echt aan hem verkopen. Iedere bezoeker telt, weet je nog?'

Ze hing op en kreunde inwendig. Wat had Thrillerman ook alweer tegen haar gezegd over dit boek? Had hij iets interessants gezegd dat ze op haar beurt tegen de oude man kon zeggen? Het enige wat haar was bijgebleven, was dat hij gewoonlijk een ander soort boeken las maar dat hij door dit boek uit zijn rare, enge, met misdrijven gevulde hoofd had weten te komen.

Ze pakte haar telefoon en googelde op 'thema's in *To Kill a Mockingbird*', gevolgd door 'discussiepunten in *To Kill a Mockingbird*', wat een lijst met vragen opleverde die haar docent Engels had kunnen opstellen. Ze bladerde door het boek, en haar vingers vlogen over bladzijden en bladzijden waar ze al van had genoten toen ze naar Jem en Scout en hun vriend Dill had gekeken die de oude man plaagden die verderop in de straat in het enge huis woonde. Ze kwam bij een passage waar Atticus zich voorbereidde op een rechtszaak, op zijn verdediging van de onschuldige Tom Robinson. Onbewust had ze aantekeningen gemaakt en ze had zich afgevraagd of het er echt zo aan toeging bij een rechtszaak. Ze had de bladzijden vlug omgeslagen, was boos geweest over hoe de mensen in het stadje Tom, en ook Atticus, behandelden.

'Aidan,' had ze een paar avonden geleden geroepen terwijl ze zijn kamer binnenstormde.

Hij zat op zijn bed en scrolde afwezig op zijn laptop. 'Leish, wat is er?'

Ze had met het boek naar hem gezwaaid. 'Dit! De inwoners van Maycomb, dat fictieve stadje. Die zijn echt vreselijk. Er is een man en die wordt ervan beschuldigd dat hij een witte vrouw heeft aangevallen en alleen maar omdat ze wit is, gelooft iedereen háár. Atticus is advocaat, een heel goede advocaat, en hij verdedigt Tom. Maar de anderen… alle anderen, die zijn echt vreselijk.'

'*To Kill a Mockingbird*?' Aidan keek goedkeurend naar het omslag. 'Dat is een goed boek,' zei hij, en hij knipoogde. 'Het verhaal vliegt je naar de strot, maar als je er gestrest van raakt, moet je bedenken dat het maar een boek is. Oké?'

'Dat moet jij nodig zeggen. Jij verkleedt je met Halloween altijd als een personage uit een boek. Maar je snapt wat ik bedoel. Het voelt echt. Ik weet zeker dat het echt gebeurd is. Het is een strijd om gerechtigheid.'

'Dat boek heeft je echt geraakt, hè?' vroeg hij plagerig, vriendelijk.

Het had haar inderdaad geraakt. Maar nu ze er iets interessants over moest zeggen, had ze geen idee of haar gedachten ergens op sloegen. Het boek had ook gevoelens bij haar losgemaakt, maar moest ze die met anderen delen?

Ze leunde tegen het aanrechtblad, wachtte tot het water kookte. De rand sneed in haar onderrug, herinnerde haar aan toen ze klein was en Aidan haar door het huis achterna had gezeten. Ze was gestruikeld. Even voelde het als vliegen. Tot ze haar hoofd stootte, vlak boven haar linkeroog, zich openhaalde aan de scherpe rand van het blad.

Aidan was haar zoals altijd te hulp geschoten. Dean had hem een standje gegeven voor door het huis rennen, maar hij had niet aan Aidan hoeven vragen om verband en een vochtige doek te gaan halen om het bloeden zo goed mogelijk te stelpen. Aidan had het op zich genomen haar wond te verzorgen. Lange tijd had Leilah hem 'onze kleine dokter' genoemd. Aidan was volmaakt, zoals altijd.

Ze ging in de woonkamer zitten, met haar mok in haar handen, en keek uit het raam naar de mensen die voorbijkwamen. Telkens als ze iemand zag, nam ze een slokje, soms twee slokjes. Haar eigen saaie solo drinkspel. Ze werd nerveus. Als het lang duurde voordat Aidan er was, was ze misschien niet op tijd in de bibliotheek om de oude man te zien.

En toen gebeurde het, alsof hij zo uit de bladzijden van een roman kwam. Door het raam zag ze de jongen uit de metro. Ditmaal zonder beanie. Hield haar geest haar voor de gek? Nee, zei ze tegen zichzelf, hij was het echt. Geen twijfel mogelijk.

Ze schoof langzaam dichter naar het raam. De ruit besloeg door haar ademhaling en ze keek toe terwijl hij van de ene naar de andere kant van haar blikveld liep. Net op dat moment stopte Aidans auto aan de overkant van de straat, zijn gebruikelijke parkeerplek. Haar hartslag vertraagde. Haar broer (ze zag zijn silhouet door de ruit heen) boog zich naar de passagiersstoel, waarschijnlijk om zijn bril weg te leggen – hij vond het vreselijk dat hij met autorijden een bril op moest –, waarna hij zijn hoofd in zijn nek legde en naar de lucht keek. Aleisha wachtte, verwachtte dat hij zou uitstappen, maar hij bleef daar minutenlang zitten.

De tijd stond stil terwijl ze keek, wachtte tot Aidan in beweging zou komen. Ze voelde zich een indringer, het was alsof ze hem bespioneerde. Wat was er aan de hand?

Toen hoorde ze gefluister achter zich.

'Waar kijken we naar?'

Het was Leilah, die al aangekleed was, in een spijkerbroek en een T-shirt rondliep. Misschien had ze een goede dag. Aleisha probeerde haar verbazing niet te laten blijken. 'Je bent op!'

'Natuurlijk ben ik op.'

Aleisha fronste haar wenkbrauwen.

'Waar kijk je naar?' vroeg Leilah.

'Nergens naar.' Aleisha draaide zich om en probeerde te voorkomen dat Leilah Aidans auto zou zien, gunde Aidan een moment voor zichzelf. 'Ik zag net een jongen die ik een keer in de metro heb gezien,' zei ze om Leilah af te leiden.

'Spannend.' Leilah glimlachte. Ze keek vanochtend minder moe uit haar ogen.

Aleisha wierp een laatste blik op Aidan. Hij wist dat ze op hem wachtte. Ze had hem een berichtje gestuurd dat ze naar haar werk moest. Waarom kwam hij niet naar binnen? Wat was hij aan het doen? In zijn auto sloeg haar broer zijn handen voor zijn gezicht, zijn schouders gingen hangen. Zo bleef hij een paar tellen zitten. Toen keek hij naar het huis, naar haar.

'Mama?' Aleisha kwam in actie, maar toen ze zich omdraaide, was Leilah verdwenen.

'Ik ben boven!' riep Leilah vanuit haar kamer.

Aleisha stond vlug op van de bank, deed alsof ze helemaal niet had zitten kijken en stampte de trap op. Nog voordat ze in Leilahs slaapkamer was, hoorde ze de zachte stemmen van de radio. Ze liep naar binnen.

Leilah deed één oortje uit. 'Kom binnen, schat,' zei ze luchtig. 'Kom eens bij me zitten.'

Aleisha probeerde haar nerveuze paniek over de bibliotheek te onderdrukken, probeerde al haar aandacht op haar moeder te richten. Op dit moment wilde ze een knuffel. Ze wilde dat Leilah tegen haar zou zeggen dat alles goed zou komen.

Leilah zat rechtop aan het voeteneind van het bed. Aleisha was gewend dat ze opgekruld op bed lag. Haar benen bungelden over de rand, haar tenen raakten net niet de vloer. Naast haar lag de radio. Leilah was er met oortjes mee verbonden alsof het een infuus was dat leven toediende.

Ze klopte op het bed, aan de andere kant van de radio. Aleisha ging zitten, zoals haar was opgedragen. Leilah deed haar oortjes uit, rolde ze op en legde ze netjes naast de radio. Aleisha ontdekte een lijnenspel. Van haar moeders voeten naar de vloer. Van haar moeders rug naar het bed. De radio, een loodrechte lijn, de oortjes ook. Het voelde alsof er onzichtbare grenzen door, over en om haar werden getrokken. Ze herkende haar eigen lijnen: van haar rug (wat gebogen, in elkaar gezakt) naar het bed, van haar eigen benen naar de vloer. Haar voeten (de tenen wezen eerder omlaag dan recht naar voren zoals bij haar moeder). Haar moeder glimlachte naar haar, maar Aleisha wist niet hoe ze moest reageren. Het enige wat ze kon bedenken was dat ze het lijnenspel verstoorde. Ze hoorde hier niet.

Aleisha was verstijfd, durfde niet te bewegen voor het geval Leilahs humeur zou omslaan, voor het geval Leilah dan door zou hebben dat Aleisha hier niet hoorde. Minuten later hoorden ze gemorrel van een sleutel in de deur, gevolgd door het opendraaien van het slot.

Leilah sprong van het bed en vergat Aleisha. De betovering, of wat het ook was, was verbroken. 'Aidan!' riep Leilah toen ze naar de voordeur liep.

Aleisha boog zich over de balustrade, zag Leilah haar zoon omhelzen. Aleisha bestudeerde Aidans gezicht, dat tussen zijn moeders schouders en haar hoofd geklemd was. Hij glimlachte. Zijn ogen stonden helder. Ja, toch?

'Kom mee naar de keuken,' zei Leilah, en ze trok haar zoon mee. 'Ik ga koken!'

Aleisha bleef waar ze was, voelde zich net een nutteloos reserveonderdeel.

Toen schoot ze weer in de versnelling, pakte haar tas uit haar slaapkamer en deed bij de deur haar schoenen aan.

Aidan, zijn schort al om, kwam op haar af. 'Ga je naar de bibliotheek?'

'Ja, die oude man, je weet wel, die komt het boek ophalen dat ik voor hem heb gereserveerd.'

'Dat is geweldig, Leish! Zul je ditmaal beter je best doen?'

'Nou en of. Dat boek dat ik gelezen heb…'

'*To Kill a Mockingbird*?'

'Ja, je weet het nog.'

'Natuurlijk, je bleef er maar over doorgaan.'

'Leuk, hoor. Ik weet niet of ik daar iets zinnigs over kan zeggen.'

'Hij zal het een geweldig boek vinden. Je hebt er mij een hoop coole dingen over verteld.'

Aleisha merkte dat ze bloosde. Het voelde alsof ze voor het blok werd gezet. Naast betweter Kyle en Dev was haar broer de enige andere persoon die ze kende die boeken snapte. 'Ja?'

'Ja, maar ik zal eerlijk zijn. Toen ik je met dat boek in je handen diep in slaap zag, dacht ik letterlijk dat je het slaapverwekkend vond.'

Aleisha keek hem beledigd aan en gaf hem een zachte stomp op zijn arm. 'Kop dicht. Ik kan me heus wel concentreren. Ik ben hier degene die hoge cijfers haalt, weet je nog?'

'Waar wachtte je dan op?'

'Op jou!' Aleisha pakte haar tas en rende de deur uit.

'Het lijkt wel een scène uit *Love Actually* of zo,' riep Aidan haar na, terwijl Leilahs stem door de voordeur naar buiten schalde. 'Aidan, kom eens helpen!'

Aleisha stak haar middelvinger naar hem op.

DE LEESLIJST

Indira

2017

Indira was laat voor de satsang doordat het taxivervoer voor ouderen en chronisch zieken dat ze besteld had haar reservering met die van iemand anders had verwisseld. Toen ze bij de mandir aankwam, was ze verward en in paniek. Ze wist dat Naina vandaag de satsang zou leiden, hoewel ze dat door haar behandeling heel lang niet had gekund, en ze had Naina beloofd dat ze er zou zijn. Indira wilde haar zien, haar steunen. Ze bad elke dag voor Naina. Ze waren niet dik bevriend – Indira was met niemand dik bevriend – maar Naina stond voor iedereen klaar en Indira geloofde heilig in een wederdienst bewijzen als mensen daar het meest behoefte aan hadden.

Dat ze nou uitgerekend vandaag te laat moest komen.

Indira zat op een stoel bij de schoenenrekken en deed haar *chappal* uit, haar sandalen, die stevig met klittenband dichtzaten. Ze hield haar sokken aan, ook al had haar arts haar geadviseerd voorzichtig te lopen. 'Als het moet, loop dan op blote voeten, dat is veel beter voor u, mevrouw. Dan hebt u meer grip.' Indira luisterde sowieso niet graag naar een arts.

Ze deed haar schoenen voorzichtig in een plastic tas en ging naar haar favoriete schoenenplank. Nummer 89, vak D. Het was een ritueel. Soms, als er een schoolexcursie was, was het vak bezet, maar iedereen wist dat dit Indira's vak was.

Ze keek of er nog meer schoenen op de plank stonden. Er was niets te zien, alleen een verfrommeld papiertje dat naar achteren geschoven was. Indira pakte het, en omdat ze nieuwsgierig van aard was, vouwde ze het open om te zien of ze het aan de oorspronkelijke eigenaar, of de vervuiler, kon teruggeven. (Wie zou er afval op háár schoenenplek durven te leggen?!)

<u>Voor het geval je het nodig hebt:</u>
To Kill a Mockingbird
Rebecca
The Kite Runner
Life of Pi
Pride and Prejudice
Little Women
Beloved
A Suitable Boy

Er verscheen een frons op Indira's voorhoofd. Wat was dit? Een of andere lijst, niet in het Hindi, geschreven in een keurig handschrift dat ze niet herkende. Met dit als enige bewijs was het onmogelijk om de vervuiler te achterhalen en te berispen.

Haar ogen schoten naar de klok. Het was al vijf over twee en ze was nog niet eens in de zaal! Ze wist dat ze het papiertje in de prullenbak moest gooien, verantwoordelijkheid moest nemen, maar de prullenbak stond een eindje verderop en was voor haar helemaal de verkeerde kant op. Om zichzelf tijd te besparen, en omdat ze ergens dacht dat 'voor het geval je het nodig hebt' een boodschap voor iemand was, misschien zelfs wel een boodschap voor haar, vouwde ze het papiertje netjes op en stopte het veilig in haar plastic tas van de mandir, met het gezicht van Swami Bapa erop.

Ze zag Naina's man, Mukesh, door een van de ramen van de houten deuren gluren, die de grote gang van de zaal scheidden. 'Hé, wat sta je daar te gluren? Dit is alleen voor vrouwen! Hup, wegwezen!' grapte Indira.

'Kemcho, Indiraben. Ik kijk alleen maar, controleer of het goed met haar gaat. Ik heb beloofd dat ik zou blijven.' Zijn stem trilde licht en zijn ogen waren rood, vermoeid.

'Als je zo blijft staan, krijg je last van je rug!'

'Indiraben, je snapt het wel. Kijk dan,' zei hij, en hij wees de zaal in. Indira keek, haar ellebogen steunend op haar rollator van de mandir. 'Ik moet op haar letten.'

Naina zag er heel anders uit. Haar haar, gewoonlijk gitzwart en gevlochten, was vandaag volledig bedekt met een oude sari die niet bij de rest van haar kleding paste. Dat was niets voor Naina, maar Indira zei er niets over tegen Mukesh. Hij keek zo aandachtig naar zijn vrouw, alsof ze, als hij zijn blik afwendde, kon verdwijnen.

Naina's gezicht was ingevallen, maar de uitdrukking erop was nog hetzelfde: levendig, geanimeerd. Zelfs vanaf deze afstand zag Indira dat Naina's oogleden zwaar waren, maar haar armen bewogen mee met de muziek en ze had haar mond wijd open: ze legde haar hele ziel en zaligheid in het lied. Wie weet gaf dit haar nieuw leven. De vrouwen, die op stoelen of op de vloer zaten, klapten mee, hun sari's en *kurti* een zee van kleur.

Zonder Naina's ineengedoken houding, de opgetrokken schouders – iets wat Indira nog nooit bij haar had gezien – haar magere gezicht en de sjaal over haar hoofd, zou Indira nooit geloofd hebben dat Naina kanker had. Maar ze zag dat alles heel duidelijk, en Indira vroeg zich af waarom God haar had gekozen. Waarom Naina? Naina had een gezin. Dierbaren. Indira… Indira was zo gezond als een vis en ze had bijna niemand meer over die van haar hield.

'Ik moet naar binnen,' zei Indira tegen Mukesh. Hij knikte, zijn mondhoeken omlaaggetrokken. Hij hield de deur voor haar open toen ze met haar rollator naar binnen ging.

Naina keek haar stralend aan en wenkte haar, wees zonder het zingen te onderbreken naar een stoel vooraan.

In de zaal voelde Indira de liefde en het respect van iedereen voor deze vrouw die voor hen stond. Als Indira hetzelfde zou overkomen, zouden de mensen dan hier zijn voor haar, zouden ze met zo'n zelfde blik in hun ogen naar haar kijken? Ze betwijfelde het. Ze wist waarom, ze wist dat Naina en zij heel verschillend waren. Indira zocht altijd toenadering. Het punt was alleen dat er vaak niemand met haar mee zocht.

Na afloop leunde Indira tegen de verste wand, deed of ze controleerde of ze al haar spullen had. Ze voelde zich ongemakkelijk en alleen, wist niet met wie ze moest praten. Naina kwam op haar af. Alle anderen waren met hun vriendinnen, zussen, nichten, buurvrouwen aan het kletsen.

'Indiraben, wat fijn dat je gekomen bent. Dat is lang geleden, nietwaar?'

'Hallo, Nainaben. Je hebt het geweldig gedaan vandaag. Je dochters, ze zijn heel trots op je.' Indira wees naar de drie vrouwen die helemaal vooraan zaten en met elkaar in gesprek waren. 'Ze hebben de hele tijd geklapt en gejuicht!'

Naina keek naar haar dochters: Deepali, Rohini en Vritti. 'Ja, ze zijn geweldig.'

Indira knikte, legde haar handen op Naina's gezicht, voelde haar warme, zachte huid. 'Jai Swaminarayan,' fluisterde Indira tegen haar. Naina pakte Indira's handen vast. 'Dank je, *ben*,' zei ze met een vriendelijke glimlach en een sprankeling in haar ogen.

Dat was de laatste keer dat Indira Naina had gezien. De leeslijst bleef lange tijd verfrommeld en vergeten in de plastic tas zitten, ging elke week mee naar de mandir en weer mee naar huis. Maar op het juiste moment zou de leeslijst haar weg naar buiten vinden.

9

Mukesh

‘Schiet op, Dada! Ik wil naar de bibliotheek.’

Mukesh genoot van de wandeling door de hoofdstraat, maar de lucht deed pijn in zijn longen terwijl hij zijn best deed Priya bij te houden, die voor hem uit huppelde. Alleen al als hij naar haar keek voelde hij zich ouder, fragieler. Ooit had hij Priya als pasgeborene vastgehouden. Die oogjes, die oortjes, dat piepkleine wipneusje. Wat leek ze toen klein en breekbaar. En moest je nu eens zien: de rollen waren omgedraaid. Nu was hij degene die breekbaar was.

De bibliotheek aan Harrow Road was een oud gebouw, een verschil van dag en nacht met het moderne gemeentehuis. Het zag eruit alsof het ooit iemands huis was geweest, met grote witte muren en vakwerk, zwart en opvallend. Erachter lag het park, dus het was er – hoewel het aan de hoofdstraat lag – stil en vreedzaam. Het gebouw had veel ramen, sommige waren beslist nieuw en modern, en die enge glazen deuren die vanzelf opengingen. Hij zag een poster op de deur hangen die hem eerder niet was opgevallen. RED ONZE BIBLIOTHEKEN. ZEGT HET VOORT, stond erop.

‘Wow,’ fluisterde Priya toen ze er bijna waren. ‘Hier ben ik ooit met Ba geweest toen ik klein was, maar ik herinner het me niet echt meer.’

Mukesh knikte. Hij was zenuwachtig, schaamde zich na de vorige keer, maar Priya’s enthousiasme spoorde hem aan. Terwijl hij Priya’s schouder vasthield om te voorkomen dat ze opnieuw wegrende, nam hij even de tijd om te kijken wie er binnen was voordat hij naar de deur toe liep. Hij tuurde naar binnen en zag donker haar, naar achteren getrokken in een knotje, boven de balie uitsteken. Het was het brutale meisje. Hij zuchtte en trok zijn schouders naar achteren.

De deuren gingen als door een wonder vanzelf open en zodra ze binnen waren, rende Priya naar het gedeelte met kinderboeken. Daar was ze eigenlijk te oud voor, maar waarschijnlijk wist ze wat ze zocht.

Hij keek toe terwijl Priya tussen de kasten door liep, al door boeken bladerde, zich volledig op haar gemak leek te voelen in deze vreemde, nieuwe wereld. Hoe kwam het dat ze dit zo gemakkelijk vond? Hij keek om zich heen en had het idee dat iedereén doelbewust rondliep. Iedereen behalve hij.

Sommige planken stonden vol met boeken, op andere planken stonden er veel minder, slechts vier of vijf op de hele rij. Tegen één wand stonden tafels en modern uitziende computers, en her en der stonden stoelen, sommige sjofel, andere leken gloednieuw. Er was ook een bovenverdieping, maar over de trap hing een ketting met daaraan een bordje met UITSLUITEND PERSONEEL. Dit was een vrij kleine bibliotheek, maar hij was ervan overtuigd dat hij hier iets zou vinden, en zijn gedachten keerden terug naar de reden dat hij hier zo snel weer terug was: de mysterieuze boekreservering kon zijn eerste stap zijn om een 'bibliotheekmens' te worden, net als iedereen hier.

Hij haalde diep adem en liep naar het meisje achter de balie. Tot zijn verbazing glimlachte ze naar hem. 'Hallo,' zei hij voorzichtig toen hij bijna bij de balie was, waarbij hij één oog op Priya gericht hield, die in haar gebruikelijke pose op een zitzak zat: met een opengeslagen boek in haar handen.

'Hallo, kan ik u helpen?' vroeg het meisje. Hij keek of hij ergens haar telefoon of haar oortjes zag, of een aanwijzing dat ze niet echt oplette, maar nee. Wat raar.

'Ik kom een boek ophalen dat ik gereserveerd heb, maar ik heb nog wel een vraag.'

'O, en dat is?'

'Nou ja, ik heb helemaal geen boek gereserveerd. Ik ben pas een week geleden lid geworden van de bibliotheek. Is dit een welkomstboek of zo?'

'Meneer Mukesh Patel?'

'Ja? Dat... ben ik.' Of ze wist te veel, of dit was uitmuntende service van de bibliotheek.

Ze typte iets in op de computer. Haar nagels maakten dat klak-klak-klak-geluid. In een reflex klemde Mukesh zijn kaken op elkaar.

'Ja, *To Kill a Mockingbird*. Dat klopt.'

Ze hield haar ogen nog steeds op het scherm gericht. Mukesh wist niet wat nu verder de bedoeling was. Ze haalde iets onder haar bureau vandaan. Een boek. Ze gaf het aan hem. Het geplastificeerde omslag voelde onprettig aan, maar hij kon er wel aan wennen.

'Ik, eh... Ik heb dit boek voor u gereserveerd. Pasgeleden vroeg u of ik u een boek kon aanbevelen. Ik denk dat dit wel iets voor u zal zijn.' Ze aarzelde. 'Het is, eh... een goed boek.'

Mukesh hield het boek in zijn handen alsof hij nog nooit een boek had vastgehouden. Hij wilde aan de jongedame vragen waar het over ging, maar hij wist niet of dat een domme vraag was. Misschien hoorde hij dat al te weten.

'Dada, mag ik deze meenemen?' Priya stond opeens naast hem en stak *A Wizard of Earthsea* omhoog. Mukesh haalde zijn schouders op en keek het meisje achter de balie vragend aan.

Ze knikte. 'Natuurlijk. U kunt...' Ze zweeg even. 'U kunt per pasje zes boeken per keer meenemen.' Ze schoof een bibliotheekpasje met zijn naam erop naar hem toe.

Priya keek naar haar Dada en knikte fel. Hij had haar nog nooit zo enthousiast gezien. Ze zwaaide heen en weer met het boek tegen haar borst geklemd.

'Weet u, dat boek dat u hebt, *To Kill a Mockingbird*, dat zou uw kleindochter ook kunnen lezen.' Het meisje keek hem veelbetekenend aan.

Mukesh dacht hier even over na, herinnerde zich de woorden van Rohini dat het te volwassen voor haar was. 'Dus dit is geen introductieboek?' vroeg hij, en hij pakte zijn bibliotheekpasje.

'Zo zou u het kunnen opvatten, maar u hoeft het niet te lezen. Ik vond het een goed boek.' Ze leek opeens onzeker, op haar hoede.

'Ik heb weleens van dat boek gehoord, Dada. Het is ook verfilmd,' zei Priya.

'O ja, beta? Waar gaat het over?'

Priya haalde haar schouders op en er kwam een frons op haar voorhoofd te liggen. 'Dat weet ik niet. Ik weet niet alles.'

Mukesh gniffelde. Het meisje achter de balie haalde diep adem, alsof ze aan een lang verhaal wilde beginnen, maar ze zei alleen maar: 'Het is een goed boek om mee te beginnen. Snapt u? Een klassieker.'

'Zal ik het een mooi boek vinden?' Mukesh wist niet naar wie hij moest kijken, naar het meisje of naar Priya. Hij had *The Time Traveler's Wife* een fijn boek gevonden, maar dat kwam vooral doordat het op het juiste moment in zijn schoot was gevallen en het hem dichter bij Naina had gebracht.

Het meisje knikte.

Mukesh keek naar het omslag. De titel leek met de hand geschreven. Hij moest zijn ogen wat toeknijpen om de woorden te kunnen lezen. *To. Kill. A. Mockingbird.* 'Waarom heet het boek zo?' vroeg hij.

'Er staat een zin in het boek...' De stem van het meisje schoot omhoog. 'Sorry, ik zal het niet verklappen. U zult het zelf moeten lezen om daarachter te komen. Als u dat wilt. Maar het hoeft niet.'

'Ja, Dada!' zei Priya. Ze lachte samenzweerderig naar het meisje. Mukesh zag bewondering in Priya's ogen, zoals zijn dochters vroeger keken als ze hun oudere nichten zagen, naar wie ze altijd opkeken omdat het 'coole jonge vrouwen' waren.

'Kun je me nog meer boeken aanraden? Ik mag er toch zes?' vroeg Mukesh. 'Inclusief dit boek,' zei hij, wijzend naar Priya's boek.

Het meisje zweeg even, haar ogen waren groot. 'Nee, nee, het lijkt me het best als u met dit boek begint. Geloof me. Dan krijg ik een idee wat u daarna zou kunnen lezen. Als u dit een mooi boek vindt dus.'

'Ik ga het lezen,' zei hij, en hij glimlachte naar haar. Hij keek naar Priya en glimlachte ook naar haar. 'Ik ga een boek lenen!'

'Ja, Dada, dat is cool,' zei Priya, en ze overhandigde haar boek aan het meisje achter de balie. Mukesh volgde haar voorbeeld. 'Dada,' fluisterde Priya. 'Je moet ook je bibliotheekpasje geven.' Ze gaf hem zacht een por tussen zijn ribben en Mukesh deed wat hem gezegd was.

Hij keek toe terwijl het meisje de barcode op zijn pasje scande. *Piep*. Daarna scande ze de twee boeken. *Piep. Piep*.

'Wanneer moeten we ze inleveren?' vroeg hij.

'Over drie weken. U kunt het boek telefonisch of online verlengen als dat nodig is.'

'Nee, dan heb ik het heus wel uit en ik weet zeker dat zij het ook uit zal hebben.'

'Wilt u als geheugensteuntje voor in het boek een stempel met de inleverdatum?'

Mukesh ging naar het schutblad van *To Kill a Mockingbird* en zag een blaadje van Brent Council Libraries, dat vol stond met zwarte vlekkerige datums. Wat waren het er veel! Het was een raar idee dat dit boek niet alleen voor hem was, maar voor iedereen. Al die mensen die het voor hem hadden geleend, mensen die het na hem zouden lenen. Misschien hadden zij het op het strand gelezen, of in de trein, of in de bus, in het park of in hun woonkamer. Op het toilet? Hij hoopte van niet! Alle lezers waren, zonder het te weten, met een dun lijntje met elkaar verbonden. En nu zou hij ook met hen verbonden worden. 'Ja, graag.' Hij gaf de twee boeken terug aan het meisje, die al klaar zat met de stempel. Terwijl hij toekeek, vroeg hij zich af of Naina ooit een van deze twee boeken in haar handen had gehad. Ze was hier heel vaak geweest, had honderden boeken gelezen. Was *To Kill a Mockingbird* er een van? Mukesh deed het boek in zijn canvastas.

'Meneer, jullie mogen ook hier gaan zitten lezen. We hebben zelfs een koffieautomaat en pakjes sap. En hoe heet jij?' vroeg ze aan Priya.

'Hoi, ik ben Priya. Hoe heet jij?' antwoordde Priya stoutmoedig en onverwacht zelfverzekerd.

'Aleisha. Leuk je te ontmoeten. Willen jij en je opa hier gaan zitten lezen?'

Priya keek hoopvol op naar Mukesh, maar die schudde zijn hoofd: het was bijna vijf uur, tijd voor Priya's kappersafspraak! Hij voelde de priemende blik van twee paar ogen op zich gericht. Hadden ze door dat hij opgelucht was? Hij wilde hier niet gaan zitten lezen... Daar was hij veel te verlegen voor. Hij was blij dat hij een excuus had. Bovendien had hij geen tijd te verliezen, anders zou hij de wind van voren krijgen van Rohini.

'Kan ik verder nog iets voor jullie doen?' vroeg het meisje aan hen.

'Nee, dank je wel. Je bent zeer behulpzaam geweest. Ik moet mijn kleindochter ergens naartoe brengen.'

Ze glimlachte, haalde haar hand over haar haar en streek een opstaande pluk glad.

'Ik ga nu en ik zal van *To Kill a Hummingbird* genieten. Ik ga er vanavond meteen in beginnen,' zei hij.

'Mockingbird,' zei het meisje nadrukkelijk. Hij glimlachte alleen, snapte niet waarom ze het woord herhaalde.

Priya zwaaide naar het meisje, dat vriendelijk terugzwaaide toen Mukesh naar buiten liep. Vandaag was hij langer. Hij kon nu verder kijken, naar het eind van het parkeerterrein, voorbij de bomen, voorbij de gebouwen. Hij kon voorbij het Wembley-stadion kijken. En doordat hij nu net iets langer was, kon hij hiervandaan heel Londen zien. Het was ongelooflijk wat lichaamshouding voor je kon doen, dacht hij.

Goed gedaan, Mukesh, je hebt je angst onder ogen gezien. Het was Naina, die in zijn oor sprak. Hij kon haar horen. Harder dan ooit. Het was alsof ze vlak naast hem stond.

'Dank je wel,' fluisterde Mukesh terug.

'Wat, Dada?' vroeg Priya.

'Sorry, niets, beti. Kom, dan gaan we naar de kapper!'

'Dada, nee! Ik wil niet. Mama wil altijd dat mijn haar geknipt wordt, maar ik wil het lang.'

'Soms moet je gewoon naar je moeder luisteren. Dat geeft haar een goed gevoel! Maar je kunt daar gaan zitten lezen. Wat dacht je daarvan?'

'Dat is waar.' Priya haalde haar schouders op en volgde haar Dada, liet hem langzaam vooroplopen.

Vandaag had hij, legitiem, een boek uit de bibliotheek meegenomen en het meisje achter de balie was zelfs behulpzaam geweest. Hij voelde zich een beetje schuldig dat hij over haar geklaagd had, maar aan de andere kant, als hij dat niet gedaan had, was ze vandaag misschien niet zo beleefd geweest. Toen hij nog kaartjesverkoper bij station Wembley Central was, vonden mensen het leuk om commentaar te geven – goede, eerlijke feedback van klanten was de enige onfeilbare aanwijzing hoe je de dienstverlening kon verbeteren – en nu, jaren later, deed hij dat zelf ook.

Vandaag was hij met zijn kleindochter naar de bibliotheek geweest. Voor het eerst in lange tijd had Priya blij of in elk geval tevreden geleken in haar grootvaders gezelschap. Misschien was vandaag het begin van een nieuw hoofdstuk.

DE LEESLIJST

Leonora

2017

Leonora zei 'namasté' tegen haar yogadocent en ging haar schoenen uit de gang pakken. Iedereen had haast om weg te komen, trok schoenen aan zonder de veters opnieuw vast te maken en rende de deur uit, de rust van de yogales meteen vergeten. Maar Leonora nam altijd de tijd voor dit gedeelte. Het kon haar niets schelen als ze mensen in de weg liep. Ze genoot van de droomachtige kalmte van dit moment, terwijl ze zich geleidelijk aanpaste aan de realiteit.

Als mensen haar vroegen waarom ze terug was verhuisd naar Wembley, zei ze altijd dat het was om dichter bij haar ouders te zijn. Ze zei nooit iets over haar echtscheiding of over haar zus, Helena, die langzaam wegkwijnde. Helena was de werkelijke reden dat ze Manchester voor Londen had verruild. Zodra ze zei dat ze ging scheiden, hadden Leonora's ouders haar bestookt met smeekbeden om bij haar zus in te trekken, haar te helpen, zodat ze zich geen zorgen meer hoefden maken. Ze had aarzelend ingestemd, maar Helena wilde niet geholpen worden en dus leefden ze nu in een ongemakkelijke stilte langs elkaar heen. Leonora was een ongewenste vreemde in het huis van haar eigen zus. En daar kon ze met niemand over praten. Ze had geen vrienden of vriendinnen op deze vertrouwde maar ongastvrije plek. Ze had het zwaar.

Terug zijn was een rare gewaarwording. Haar ouders en Helena hadden Wembley zien veranderen, hadden deel uitgemaakt van die verandering, dus zij zagen dat contrast niet zo scherp. Maar Leonora was amper buiten de noordelijke ringweg geweest als ze naar huis ging met Pasen en Kerstmis, of als ze een lang weekend vrij had, dus voor haar voelde alles anders op de plek waar ze was opgegroeid. Overal stonden nieuwe hoge gebouwen, de woonwijken zagen er grauwer uit door stof en ouderdom, terwijl de overdekte winkelcentra, het station en het stadion een en al glanzende perfectie waren, en dat alleen maar voor de toeristen.

Rondfladderend in deze eenzame, veranderde stad had Leonora gehoopt dat ze bij deze yogalessen nieuwe mensen zou leren kennen. Maar afgezien van een incidenteel 'hoi' leek niemand een praatje te willen maken. De mensen gingen na afloop meteen weg, terwijl Leonora bleef hangen omdat ze niet naar huis wilde.

Er was één vrouw die altijd vriendelijk naar haar lachte, maar ze durfde geen gesprek met haar aan te knopen. Ze wist dat ze zich daaroverheen moest zetten en zichzelf moest voorstellen, maar iedereen hier was erg op zichzelf. Het voelde raar, buitensporig, om zelfs maar hallo te zeggen.

Ze trok haar schoenen aan, maakte traag de veters vast. Zoals elke week las ze de berichten op het mededelingenbord voor haar neus. Daar deed ze lang over, in de hoop dat iemand haar zou aanspreken. Ze wilde zo'n schattige kennismaking als in de film. Als ze heel eerlijk was, moest ze bekennen dat ze gewoon een vriendin zocht.

Yogavakantie £500 per week. Nee, bedankt. *Huizenoppas gezocht inclusief voor de kat zorgen*. Met haar allergieën? Nee, ook daar bedankte ze voor. *Leesclub bij de lokale bibliotheek aan Harrow Road*. Daar was ze voor het laatst geweest toen ze nog een kind was. Naast de poster hing een handgeschreven lijstje. Waarschijnlijk waren dat de boeken die de leesclub ging bespreken.

To Kill a Mockingbird
Rebecca
The Kite Runner
Life of Pi

Pride and Prejudice
Little Women
Beloved
A Suitable Boy

Wie weet was dit een kans om nieuwe mensen te leren kennen. Het was een leesclub, dus er moest gepraat worden. En ze had goede herinneringen aan die plek. Harrow Road was in haar tienerjaren haar favoriete bibliotheek geweest. Ze herinnerde zich de bibliothecarissen – die waren nu waarschijnlijk allang weg – en de jonge manager, Dev, die altijd goede leestips had die pasten bij de voorkeuren en interesses van elke gekoesterde bibliotheekbezoeker.

Ze bekeek de lijst aandachtig, titel voor titel. Sommige boeken had ze als tiener gelezen, waaronder *To Kill a Mockingbird*. Ze wist het verhaal niet meer, ze was heel slecht in details onthouden, maar ze herinnerde zich nog wel het gevoel dat het boek bij haar opriep. Het verhaal had iets warms, iets magisch. De titel riep herinneringen op aan buiten op een houten bank ontbijten. Het was zo lang geleden dat ze niet meer wist of ze dat zelf had meegemaakt of dat het in het boek voorkwam.

Toen ze bij de zevende titel kwam, haalde ze haar exemplaar van *Beloved* uit haar yogatas. Ze hield het omhoog. Het leek erop dat ze een voorsprong had.

Ze draaide het boek rond in haar handen. Ze was er nog maar net in begonnen. Al jarenlang zeiden vriendinnen tegen haar dat ze dit boek echt moest lezen. Sinds kort las Leonora in de middag, als Helena een paar uur ging slapen. Dan zat ze naast haar zus, luisterde naar haar ademhaling, en liet haar gedachten ontsnappen naar een andere plek. Ze was er al helemaal enthousiast over.

Ze vroeg zich af op welke datum de leesclub *Beloved* ging bespreken. Er stond verder geen informatie over op het mededelingenbord. Zou ze het op tijd uit hebben om mee te kunnen doen? Het boek ging over een moeder, Sethe, en haar dochter Denver, die alleen achtergebleven zijn in een huis waar de geest rondwaart van Sethes eerste dochter, Beloved, die de familie jarenlang verdriet heeft gedaan. Het deed haar denken aan Helena's huis. Ook daar spookte een geest rond, de geest van Helena's verleden, van Helena's geluk, van de toekomst die misschien niet voor Helena was weggelegd.

Leonora haalde diep adem, veegde de tranen van haar wangen. Ze stopte het boek terug in haar tas. Een leesclub. Dat was misschien een idee. Dan kreeg ze de kans om te praten, nieuwe vrienden te maken. Ze nam een foto van de leeslijst en ook van de poster over de leesclub. Ze zou zich er morgen eens in gaan verdiepen, als Helena haar middagdutje deed. Ze zou er morgen naartoe gaan.

10

Mukesh

Piep. 'Dada, met mij!' Priya's stem klonk vrolijk. '*The Wizard of Earthsea* is echt een leuk boek, maar ik lees verschillende boeken tegelijk, dus ik kan niet met je mee naar de bibliotheek om het in te leveren. Mama zei dat je vandaag al naar de bibliotheek gaat, dus ik bel om te zeggen dat het me ontzettend spijt als het boek dan te laat wordt ingeleverd, en ik kan vandaag niet naar je toe komen want mama heeft extra wiskundehuiswerk voor me geregeld voor in de vakantie en dat moet ik maken.'

Ze zei alle woorden vlug achter elkaar, dus Mukesh moest terugspoelen en de boodschap langzaam opnieuw afspelen om te kijken of hij alle details had meegekregen, zijn blokje met post-its in de aanslag.

Mukesh had zich erop verheugd Priya te zien. Hij was vroeg opgestaan en had zich eerder aangekleed dan anders, omdat hij graag met haar over hun boeken wilde praten. Hij had zelfs een paar belangrijke zinnen opgeschreven, want hij wilde zijn wijsheid uit *Hummingbird* aan anderen overdragen, net als Atticus, ook al was het niet zijn eigen wijsheid.

Vat het niet persoonlijk op, hoorde hij Naina zeggen. Haar stem sprong tussen de bladzijden vandaan. *Ze is jong, ze wil je geen pijn doen.*

Hij wist dat Naina waarschijnlijk gelijk had, maar het was gemakkelijker geweest om samen met Priya naar de bibliotheek te gaan. En hij had het gevoel dat hij eindelijk een doorbraak tot stand had gebracht met zijn kleindochter.

Mukesh slaakte een zucht. Hij wist dat hij terug moest naar de bibliotheek. Hij wilde het boek terugbrengen en een nieuw boek halen. Maar diep vanbinnen betwijfelde hij of hem dat in zijn eentje zou lukken. Hij bladerde een laatste keer door het boek, zoekend naar wijsheid van Atticus om hem door dit moment heen te helpen.

Toen hij een uur later bijna bij de bibliotheek was, het boek in zijn handen, zag hij Scout voor zich uit rennen, verkleed als een ham, die Priya's plek innam, hem aanmoedigde, en die wijze oude Atticus liep achter hem. Aangespoord door zijn fictieve metgezellen ging Mukesh door de glazen deuren en de eerste die hij zag was het meisje, Aleisha. Ze was hard aan het werk, had haar oortjes weer in. Hij liep naar haar bureau. Scout en Atticus waren verdwenen. Hij kuchte om haar aandacht te trekken en hield het boek voor zijn gezicht, liet zijn blik trots over haar bureau gaan.

'Hallo, meneer Patel? Hebt u het boek al uit?'

Toen hij er eenmaal in begonnen was en – belangrijker nog – over zijn gêne heen was gestapt, had hij het in twee dagen uit. Hij was heel trots op die prestatie: hij had in die tijd maar één aflevering van *Blue Planet* gekeken.

Toen hij bijna dertien was, liep mijn broertje Jem een lelijke botbreuk op aan zijn elleboog. Hij was langzaam begonnen, had gehuiverd bij die eerste regel van *To Kill a Mockingbird*, want hij had het gevoel dat Naina hem voortdurend in de gaten hield.

Het is een goed boek, Mukesh. Je hebt het zo uit. Hij hoorde haar stem luid en duidelijk in zijn oor. Hij had om zich heen gekeken, had verwacht dat ze er zou zijn. Nadat hij geprobeerd had om lekker te gaan zitten in de woonkamer, en daarna in de keuken en daarna in de tuin, was hij uiteindelijk op Naina's plek in hun bed gaan zitten. Het was perfect. Daar kon hij heel even voelen hoe het was om haar te zijn, met een boek in bed. Maar het knagende stemmetje in zijn hoofd had schril 'bedrieger, bedrieger, bedrieger' geroepen.

Hij had geprobeerd zijn aandacht naar de bladzijden te verleggen.

Naar de zachtheid.

Naar het *woesj* als de bladzijden over elkaar gleden.

Naar het van tijd tot tijd lichte gekraak van de lijmlaag van de rug.

In een poging terug te keren naar het boek, en weg van het knagende bedriegerssyndroom, had Mukesh zich de lange, brede, gezaghebbende Atticus voorgesteld in zijn kleine slaapkamer op zijn IKEA-kleed (uitgekozen door Vritti). Al na een paar bladzijden kwam Mukesh erachter dat de 'wat afstandelijke' vader van Scout en Jem weduwnaar was en dat hij zijn kinderen in zijn eentje grootbracht, met hulp van hun kokkin, Calpurnia. Hij liet zijn blik over de woorden glijden en kreeg een brok in zijn keel. Mukesh was geen advocaat, geen pijler van de gemeenschap, trakteerde zijn kinderen niet op zijn wijsheid. Hij was niet lang, breed en gezaghebbend als Atticus. Maar Mukesh wist hoe het voelde om je vrouw te verliezen. Mukesh ging rechtop zitten, zijn aandacht nu strak op deze man gericht, deze machtige, vriendelijke en eerlijke man. Terwijl het verhaal zich ontvouwde, vroeg Mukesh zich af hoe Atticus het voor elkaar kreeg om zo dapper met zijn leven door te gaan. Was een deel van hem in het verleden blijven hangen, verstopte dat deel zich voor de dood van zijn vrouw? Hij voelde zijn bedeesdheid verdwijnen toen hij verder las, omdat hij graag Atticus' geheim tot succes wilde ontdekken. Hoe was Atticus erin geslaagd ogenschijnlijk ongeschonden door te gaan met zijn leven?

Na een trage start bleek Naina later diezelfde avond gelijk te hebben. Mukesh had het boek niet kunnen wegleggen, merkte dat hij de levenslessen van Atticus in zich opnam, dat hij in Scouts schoenen ging staan en dat hij de wereld door haar ogen zag. Het 'bedrieger, bedrieger, bedrieger' knaagde in zijn achterhoofd, maar het verhaal had de overhand gekregen.

Mukesh liet het boek zakken, zodat de bibliothecaris zijn gezicht kon zien. Er lag een brede glimlach op. De herinneringen aan het omslaan van de laatste bladzijde, de trots die hij toen gevoeld had, kwamen weer bij hem boven. Hij zette zijn hoed af en streek zijn haar glad, dat door de harde wind helemaal in de war zat. 'Ja! Ik heb het uit!'

'Wilt u het boek inleveren?' vroeg ze, en hij gaf het zenuwachtig aan haar. Hij wilde het boek niet loslaten, maar liet het haar toch over de scanner halen om het in te nemen.

'Geregeld.' Ze glimlachte naar hem terug. Hij wachtte, omdat hij niet wist wat hij nu moest doen. Hij wilde met haar over het boek praten, maar wist niet wat hij moest zeggen of waar hij moest beginnen. Hij merkte dat hij bloosde. Stel dat hij iets stoms zei? 'Eh...' zei hij. 'In iemands vel kruipen.' Zijn stem trilde en klonk schor.

'Sorry, wat zei u?'

'In iemands vel kruipen. Dat zegt Atticus,' stamelde hij.

'O ja, dat weet ik nog,' zei ze met een enthousiaste blik in haar ogen.

'Ik denk dat me dat het meest is bijgebleven. Dat is heel wijs. Atticus is heel wijs.'

Aleisha knikte. 'O ja, zeker.'

Ze keken elkaar onbeholpen aan. De stilte hing tussen hen in.

'Toen ik het net uit had,' zei het meisje, 'was ik heel boos en wilde ik er graag met iemand over praten.'

'Dat had ik ook.' Mukesh knikte fanatiek.

'Eh...' Het meisje keek naar haar telefoon, die op het bureau lag. 'Ik heb nog een deel van mijn lunchpauze tegoed. Zullen we over het boek praten?'

Mukesh voelde dat Naina hem aanspoorde en hij knikte behoedzaam. Ze ging hem voor naar een tafel bij het raam. 'Gaat u zitten, meneer Patel,' zei ze heel vriendelijk.

'Zeg maar Mukesh,' fluisterde hij terug. Hij wist niet waar hij moest beginnen, maar ze keek hem aan en wachtte tot hij als eerste iets zou zeggen.

'Die regel over in iemands vel kruipen... We zaten in het vel van Scout, het jonge meisje in het verhaal,' zei hij langzaam. Hij vond het klinken als iets wat iemand bij een leesclub zou zeggen, of bij een literatuurles. 'We zien Atticus door haar ogen. Ja, toch?'

De jonge vrouw glimlachte. Mukesh wist niet of ze het met hem eens was of dat ze dit deed om hem ter wille te zijn.

'Die regel is heel interessant, want als mensen in het vel van Tom Robinson konden kruipen, zouden ze misschien niet zo vreselijk tegen hem doen, zouden ze hem niet beschuldigen van iets wat hij niet gedaan heeft, terwijl die leugen zijn hele leven had kunnen verpesten. En dat is minder erg, maar als Scout en Jem konden zien hoe het was om hun oude buurman, Boo Radley, te zijn, hadden ze misschien aardiger tegen hem gedaan. Hij was een lieve man. Misschien was hij gewoon eenzaam. Mensen begrijpen eenzame mensen niet altijd.' De woorden stroomden uit zijn mond, alsof hij ze er zo snel mogelijk uit wilde hebben. Als hij maar snel genoeg praatte, had ze misschien niet door dat hij rare, domme dingen zei.

Aleisha knikte weer. 'U hebt gelijk, maar… dat is letterlijk onmogelijk, dat is het hele punt. Mensen hebben hun eigen leven, zullen nooit echt snappen wat andere mensen doormaken.' Ze sprak langzaam, alsof haar eigen gedachten nog vorm moesten krijgen. Hij vroeg zich af of ze dit deed zodat hij zich minder idioot zou voelen.

'Dat dacht ik vroeger ook, toen ik een jongeman was, toen ik net hier woonde.' Hij haalde diep adem. Door het boek had hij teruggedacht aan hoe slecht hij zich op zijn gemak had gevoeld toen hij net in Wembley was aangekomen, omdat iedereen altijd eventjes anders naar hem en zijn gezin keek. 'Ik ben namelijk vanuit Kenia hiernaartoe gekomen. Met mijn vrouw en onze dochters, die toen nog klein waren. We wilden hier een nieuw leven beginnen. We hadden hier familie wonen en die hadden het over de vele mogelijkheden, de banen die hier voor het oprapen lagen. Maar toen ik hier aankwam, voelde ik me alleen maar eenzaam. Ik vroeg me af waarom de mensen zo onaardig tegen me deden. Waarom wisten ze niet wie ik was, hadden ze niet door dat ik net zo was als zij? Wat ik ook deed, wat ik ook zei, ze deden niet eens een poging om me te begrijpen. Sommige buren waren heel vriendelijk, maar verder zag iedereen alleen dat we anders waren, onmogelijk te begrijpen. En dus probeerden ze het niet eens. Sorry.' Mukesh schudde zijn hoofd, probeerde die gedachten te verbannen. 'Dat heeft helemaal niets met het boek te maken. Ik zit maar te wauwelen. Mijn vrouw zei altijd dat ik een wauwelaar was.'

'Nee, nee, u wauwelt niet. Ik denk dat u gelijk hebt,' zei Aleisha, en ze glimlachte vriendelijk. 'Niemand kan ooit echt bevatten wat anderen hebben doorgemaakt. Maar dat zouden mensen wel moeten proberen.'

Even had Mukesh moeite de chagrijnige persoon die hij pakweg een week geleden had leren kennen te rijmen met de jonge vrouw die vandaag tegenover hem zat. Hij vroeg zich af of hij, als hij die dag in haar vel was gekropen, haar gedrag beter had kunnen begrijpen.

'Toen ik dit boek las… heel lang geleden…' Ze aarzelde even, haar blik schoot door het vertrek. Ze deed hem aan zijn jongste dochter, Deepali, denken, die dat ook deed als ze zenuwachtig was of met een smoes kwam aanzetten. 'Heel lang geleden dus… Dat roept gevoelens bij je op. Ik heb een oudere broer, en we zijn heel anders dan Scout en Jem, maar toen ik las hoe zij als kinderen waren, moest ik aan Aidan en mezelf als kinderen denken. Domme dingen doen. De buurman zien als iemand om belachelijk te maken. Ik weet zeker dat we ook zulke domme dingen hebben gedaan toen ik jong was, alsof de hele wereld één grote speeltuin voor ons was.'

'Precies! Ik mocht die twee kinderen. Ik vond het een ontzettend mooi verhaal. Mukesh knikte nadrukkelijk. 'Ik mocht Atticus ook heel graag! Hij was een zeer slimme man.'

'Hij was zo goed!' Aleisha's gezicht straalde. 'Die rechtszaakdingen over Tom Robinson, dat was zo emotioneel en superspannend. Dat vond ik geweldig. Ik heb me aangemeld bij de universiteit om rechten te gaan studeren…'

'Rechten?' bracht Mukesh haperend uit. Zijn gezicht klaarde op. 'Je bent heel, heel slim! Geen wonder dat je zoveel leest.'

Aleisha lachte ongemakkelijk. Ze haalde haar schouders op, was meteen weer verlegen. 'Zo slim ben ik nou ook weer niet. Ik werk gewoon hard.'

'Nou, Atticus is een heel goede advocaat, maar jij zult zelfs nog beter worden!' Mukesh klapte in zijn handen en ze lachten naar elkaar.

Hun geklets verstomde en de stilte kreeg iets ongemakkelijks. 'Bedankt voor je hulp,' zei Mukesh weer. 'Ik vond het een goed boek. Wat raad je me aan om nu te gaan lezen? Je zei dat je dat na mijn reactie op het eerste boek zou weten!'

Het meisje zweeg even. Het viel hem op dat ze haar handen wrong, de ene vinger telkens om de andere draaide.

'Eh, misschien is *Rebecca* van Daphne du Maurier iets voor u.'

'Wat je ook aanraadt, ik zal het beslist een goed boek vinden!'

Ze sprong op van haar stoel en liep naar de kasten, haalde er meteen een exemplaar uit. Hij vond het heel knap dat Aleisha wist waar elk boek in de bibliotheek stond. Ze nam het boek mee naar haar bureau en meneer Patel kwam overeind uit zijn zeer comfortabele fauteuil en liep naar haar toe.

'Mijn vrouw was dol op lezen,' zei hij om de stilte te vullen terwijl ze een code intoetste.

'Van wat voor boeken hield ze?'

'Ik zou het echt niet weten. Ze was altijd wel in een boek bezig. Ik wist nooit wat ze las. Ze is overleden, weet je. Een paar jaar geleden. Ik… Zij was de lezer. Tot nu heb ik nooit veel gelezen.'

'Wat erg voor u,' zei ze. Haar stem was net iets harder dan gefluister. Ze keek hem aan, gaf hem de gelegenheid verder te praten.

'Ze was mijn vróúw. Ik had erop moeten letten wat voor boeken ze leuk vond. Ik keek graag naar haar als ze las, maar ik heb nooit gevraagd waar haar boeken over gingen. Ik voel me dom dat ik op mijn leeftijd pas met romans lezen begin.'

'Het is nooit te laat om te gaan lezen.'

'Romans voelen heel raar. Alsof je onbedoeld naar het leven van een ander kijkt. Alsof je nieuwsgierig bent!'

Aleisha scande zijn bibliotheekpasje. 'Ik weet zeker dat uw vrouw ervan onder de indruk zou zijn dat u *To Kill a Mockingbird* zo snel uit hebt!'

'Dat denk ik ook.' Hij knikte plechtig.

'Wat voor werk deed u vroeger? Of wat doet u nu?' Ze keek hem scherp aan, hoopte waarschijnlijk dat ze hem niet beledigd had.

'Lieve help, ik doe helemaal niets meer. Te oud en te krakkemikkig! Ik verkocht treinkaartjes bij Wembley Central. Nu doe ik niet echt iets.'

'Kaartjesverkoper?'

'Ja, ik verkocht treinkaartjes. Ik kende mensen, kende hun gezichten, en ik probeerde er altijd achter te komen hoe ze heetten. Ik wist wie wanneer welke trein moest hebben. De mensen waren toen minder chagrijnig. Hadden het minder druk. Er waren maar heel weinig mobiele telefoons, heel anders dan tegenwoordig, dus de mensen keken om zich heen als ze liepen, in plaats van omlaag naar hun handen.' Hij knikte naar Aleisha's iPhone, die met het scherm omlaag op de tafel lag. 'Je kon toen alleen praten. Dan riep ik naar mensen als ik wist dat ze zich moesten haasten om hun trein te halen.' Hij stak zijn hand op. '"Uw trein staat er al, mevrouw!" riep ik dan. Mensen bedankten me altijd.'

'Ik kan me echt niet voorstellen dat mensen in Londen tegen elkaar praten. Volgens mij heb ik nooit meer dan een paar woorden met mensen in de metro gewisseld.'

'Dat weet ik en dat vind ik triest. Vaak groet ik mensen en dan kijken ze me aan of ik gek ben.'

Aleisha knikte instemmend. 'Die man daar,' fluisterde ze, waarbij ze naar een jongeman in een dikke zwarte hoody wees. 'Die noemen we Thrillerman, want hij leest alleen thrillers. Een tijdje terug kwam hij naar me toe en sprak hij me aan, gewoon om een praatje te maken, en dat vond ik zo raar. En dit is mijn baan. Ik werk hier.'

Ze giechelden samen en Thrillerman keek even op. Ze keken beiden vlug een andere kant op. Mukesh had het gevoel dat hij deelgenoot van een geheim was geworden.

'Mijn vrouw zou je aardig gevonden hebben,' zei hij toen hij weer lucht had. 'Ze houdt van jonge vrouwen die vriendelijk, slim en gefocust zijn. En lezen! Net als zij.' Het viel hem op dat hij nu de tegenwoordige tijd gebruikte.

Het meisje had het ook door. 'Hier is uw volgende boek, meneer Patel!' Ze overhandigde *Rebecca* aan hem voordat hij nog meer kon zeggen.

Mukesh klemde het in zijn handen, stopte het in de tas die over zijn schouder hing en liep naar buiten. Pas toen hij de deur al uit was, draaide hij zich om. Omlijst door de deuropening, in tweeën gesneden door de spleet tussen de glazen deuren, zwaaide hij met één hand naar haar. Het meisje zwaaide enthousiast terug.

Het meisje had gelijk. Naina zou trots op hem zijn, niet alleen omdat hij het boek zo vlug uit had, maar ook omdat hij vandaag uit zijn comfortzone was gekomen en, gedurende een paar tellen van zijn dag, een nieuwe vriendin had gemaakt. Hij keek naar zijn voeten om te controleren of die nog stevig op de grond stonden, of hij niet aan het dagdromen was. Toen hij ervan overtuigd was dat dit allemaal echt was, draaide hij zich om en liep weg.

DEEL III

Rebecca
van Daphne du Maurier

11

Aleisha

Een paar dagen later schrok Aleisha van het geluid van haar telefoon. Het was zeven uur 's ochtends.

'Aleisha,' zei Thermosfles met krakende ochtendstem. 'Zou je vandaag voor Benny kunnen invallen? Hij had gisteravond een vrijgezellenfeest en heeft zich ziek gemeld. Kyle komt ook.'

'Je bedoelt dat Benny een kater heeft.' Ze geeuwde.

'Waarschijnlijk wel, dus hij kan beter thuisblijven. Ik zit niet te wachten op netelige momenten in de gangpaden.'

Aleisha wierp moe een blik op haar nachtkastje, waar *Rebecca* op haar lag te wachten. 'Ja, goed. Ik moet even met mijn broer overleggen, maar ik denk dat ik wel kan.' Ze was blij dat ze de kans kreeg om vandaag in de bibliotheek te zitten, wat boeken terug te zetten in de kasten. Leilah had een slechte nacht gehad. Aleisha was een paar keer wakker geworden van haar moeders geschreeuw, gevolgd door het geluid van Aidan die naar haar kamer toe liep en weer terug; zijn voetstappen langzaam, zacht. Uitgeput.

Toen ze bij de bibliotheek aankwam, was het rustig. Er waren alleen twee vaste bezoekers: Thrillerman op zijn gebruikelijke plek, en de oudere Indiase dame die graag een praatje maakte, maar er was niemand die om haar aandacht vroeg. Toen de glazen deuren achter haar dichtgingen, verdwenen de geluiden en geuren van Wembley, en ook de herinneringen aan Leilahs zware nacht.

Toen ze bij het gedeelte met fictie door de gangpaden liep en ingeleverde boeken op de planken terugzette, zag ze om de hoek iemand in elkaar gedoken zitten. Ze stond meteen weer met beide benen op de grond. Mia. Aleisha zou de achterkant van Mia's hoofd overal herkennen, het slordig opgeschoren kapsel, een lange oorbel in haar linkeroor, een knopje in haar rechteroor.

Ze liep vlug door, dook weg achter de vrij lege plank met fictie waarvan de auteursnaam met een w begon, keek strak naar haar voeten, probeerde zo onopvallend mogelijk te zijn.

'Aleisha?'

Shit.

Aleisha draaide zich langzaam om, probeerde nonchalant over te komen, probeerde een natuurlijke glimlach op haar gezicht te toveren. Het liefst zou ze door de grond zakken.

'Werk je hier echt?' Op Mia's gezicht stond verwarring te lezen, wat nog eens versterkt werd door de toon waarop ze dat zei.

'Hé, Mia! Hoe gaat het? Ja. Wat doe jij hier?'

'Ik zit te blokken voor mijn laatste examen volgende week. Ik weet dat je tegen ons gezegd hebt dat je na je laatste examen hier zou gaan werken, maar dat geloofde ik niet.' Mia gniffelde, alsof het supergrappig was dat Aleisha hier werkte.

Op dat moment haatte Aleisha haar. Maar ze giechelde ongemakkelijk, deed alsof ze het ook grappig vond, lachte om zichzelf. Ze had Mia niet meer gezien sinds haar laatste examen half mei, ruim een maand geleden. Daarna hadden ze geen woord meer gewisseld. Ze zag zichzelf niet meer als 'een van de meiden'. De WhatsApp-groep was het enige bewijs dat ze ooit met elkaar verbonden waren geweest. Ze vroeg zich af hoe het in september zou gaan, als ze weer naar school moesten. Zouden ze dan weer 'beste vriendinnen' zijn? Zouden ze nooit meer met elkaar praten?

Mia's studieboeken lagen over de tafel verspreid.

'Zo te zien leer je voor meer dan één examen.' Aleisha knikte naar de tafel: een afleidingsmanoeuvre.

'Ik wil een voorsprong hebben. Binnenkort zijn de toelatingstoetsen voor de universiteit en ik wil dan niet alles nog moeten doen.'

'Ja, dat snap ik.' Aleisha knikte, liet haar blik door de bibliotheek glijden, zocht een smoes om bij Mia weg te kunnen. 'Ik moet weer verder. Zo te zien heeft iemand me nodig.' Ze knikte in de richting van de balie waar een kind van een jaar of tien op het punt stond op de bel te drukken. Kyle liep ook al die kant op. Aleisha ving zijn blik en joeg hem terug naar waar hij vandaan kwam.

'Hoi.' Aleisha zwaaide met haar armen naar het kind. 'Ik kom eraan.' Ze liep vlug naar het bureau, ging op haar stoel zitten en trok een pokergezicht. 'Wat kan ik voor je doen?'

'Ik wil een boek lenen.'

'Wat voor boek?'

'Dat weet ik niet. Weet jij een leuk boek voor mij?'

Aleisha rolde met haar ogen. Daar gaan we weer. Maar ze voelde Mia naar haar kijken en glimlachte breeduit, volledig in de Goede Bibliothecaris-modus.

Mia had geen haast om te vertrekken. Ze bleef uren zitten. Lang genoeg om Aidan met een Tesco-tasje naar binnen te zien lopen om Aleisha's lunch te brengen. Ze zag haar vriendin de oren spitsen bij het horen van haar broers stem. Mia had altijd al een zwak voor Aidan gehad. Dat gold voor al Aleisha's vriendinnen.

'Hé, Leish,' zei Aidan, terwijl hij op haar afliep. 'Wat ben je aan het doen?' Hij wees met zijn tasje naar haar terwijl ze naar achteren geleund in haar stoel *Rebecca* zat te lezen. Omdat meneer Patel *To Kill a Mockingbird* al in twee dagen uit had, had ze hem *Rebecca* moeten aanraden voordat ze het zelf uit had. In een vlaag van paniek, omdat ze niet opnieuw overvallen wilde worden, had ze de volgende dag tijdens Lucy's dienst gebeld om *The Kite Runner*, *Life of Pi*, *Pride and Prejudice*, *Little Women*, *Beloved* en *A Suitable Boy* te reserveren. De hele lijst. De boeken lagen opgestapeld op haar bureau, klaar om mee naar huis te nemen.

Lucy had door de telefoon gegild. 'Aleisha! Je bent een echte boekenwurm geworden!' En alsof het zo in het script stond, kwam de bibliotheekassistent aanzetten met haar lievelingsverhaal over hoe haar kinderen lezers waren geworden. 'Heus, geloof me, ook al denk je dat je van romans niets leert, ze maken je wereld een beetje groter, schat. Kijk naar mijn Hannah, die is nu een gevierd zakenvrouw en die zegt altijd dat ze hier heeft geleerd hoe ze haar focus moet behouden. Die lesboeken op school en zo, daar kun je veel uit leren, maar van romans leer je nog veel meer! Mijn kinderen zijn hier lezers geworden,' zei ze voor de duizendste keer. 'Ik ben zo blij dat jij nu ook leest! Vooral na al je gemopper.'

Ze was blij met de bescherming die het boek haar vandaag bood, iets om achter weg te duiken. Maar ze voelde zich nog steeds stom, met Mia die om de haverklap haar kant op keek, ook al voelde lezen nu al natuurlijker aan. Het verhaal van meneer De Winter (charmant, aantrekkelijk) en zijn nieuwe vrouw (nerveus) die zo duidelijk verliefd waren, had haar direct aangesproken. En Aleisha kon het onheilspellende gevoel niet van zich afzetten dat het verleden terug zou keren om bij hen rond te spoken. Ze werd gegrepen door de beschrijving van dat grote, overwoekerde, pretentieuze en enge huis, Manderley, een geheim dat tussen het pasgetrouwde stel etterde.

Eerder was Aleisha zich rot geschrokken. In het boek stond een regel over een stapel boeken uit de bibliotheek. Dat had haar beangstigd. Het voelde alsof de auteur opeens haar blik naar buiten had gericht, op Aleisha.

Ze wist nog niet waar dit verhaal heen zou gaan, maar wilde daar beslist achter komen.

'Ik zit gewoon te lezen,' antwoordde ze Aidan.

'Dat zie ik. Ik... vind het fijn dat je zo gedreven bent. Weet je nog dat je van oma een boek van Lemony Snicket kreeg en dat je dat gebruikte om de speeltjes uit je Kinder Surprise-eieren op te zetten?'

Aleisha rolde met haar ogen.

'Hoe is het afgelopen met die oude man? Lees je nog steeds voor hem?'

'Niet alleen voor hem,' antwoordde ze. 'Dan gaat de tijd hier ook sneller.'

Hij pakte het boek uit haar handen en bekeek het omslag aandachtig. '*Rebecca*? Pas maar op dat die oude man zich niet doodschrikt van dit boek. Daar kun je voor ontslagen worden.'

'Ssst!' beet Aleisha hem toe, terwijl ze naar Mia keek. 'Geef terug!' Ze griste het boek uit zijn hand.

'Sorry, sorry, ik wil je reputatie niet schaden waar al je vrienden bij zijn.' Met een theatraal armgebaar omvatte hij de hele bibliotheek vol denkbeeldige mensen. Toen viel zijn blik op het achterhoofd van Mia. 'Mia?' zei hij geluidloos op een overdreven, kenmerkende Aidanmanier.

Aleisha knikte en trok een gezicht waarvan alleen Aidan wist wat ze daarmee uitdrukte. 'Ja, mijn stomme echte rotleven.'

'Zal ik hier blijven, om je te beschermen? Waarom zijn jullie eigenlijk geen vriendinnen meer?'

'Ssst! Niets aan de hand. En je wilt alleen maar hier blijven omdat ze verliefd op je is.'

'Tja, dat kun je haar toch niet kwalijk nemen?' Aidan knipoogde, en Aleisha stond op van haar stoel om haar broer een stomp op zijn schouder te geven. 'Hé! Dat doe je toch niet bij iedereen hier, hè? Geen wonder dat je de reputatie van slechtste bibliothecaris van de wereld krijgt. Dan ga ik maar.'

'Wacht! Nu je er toch bent...' riep ze, waarbij ze haar best deed het volume laag te houden. 'Ik heb het idee dat dit de eerste keer sinds tijden is dat ik je zie. We zijn net schepen in de nacht. Wat heb jij de afgelopen tijd gedaan?'

Ze wisten beiden dat omgaan met Leilahs neerwaartse spiraal op het moment allesoverheersend was. Hun moeders behoefte hing onuitgesproken tussen hen in.

'O, het gaat goed. Ze overwegen me magazijnhoofd te maken. Dat zou fijn zijn. Eindelijk.'

Aidan werkte in het magazijn van een koekjesfabriek, niet echt zijn droombaan. In de zomervakantie na zijn eindexamen was hij daar avonddiensten gaan draaien met het idee dat hij zo gauw mogelijk een andere baan zou zoeken, maar zeven jaar later werkte hij er nog. Aleisha wist dat hij de stabiliteit en de vertrouwdheid prettig vond, en de koekjes waarschijnlijk ook.

'Wat goed!'

'Het betekent wel dat ik daar vaker moet zijn en dat ik misschien mijn baantje bij Elliot's moet opgeven.' Elliot's was de garage waar Aidan sinds een paar maanden af en toe werkte. Aleisha zag dat als weer een vermijdingstactiek van hem: een praktische oplossing zoeken, zijn droom van een eigen garage op de lange baan schuiven. Hij had het er weleens over gehad dat hij aan de Open Universiteit een cursus wilde volgen om een eigen bedrijf te starten, maar telkens als Leilah zich niet goed voelde, deed hij alsof hij dat nooit gezegd had en stortte hij zich ergens anders op.

'Zou dat heel erg zijn?'

'Leish, je weet dat ik het leuk vind om aan auto's te sleutelen en ik denk dat het op korte termijn een goede carrièrekeuze voor me zou zijn. Dan kan ik in de praktijk leren hoe het is om een bedrijf te runnen. Elliot is heel aardig. Hij heeft gezegd dat ik gerust ook dat soort werk mag doen als ik dat wil.'

'Oké, maar heb je er afgezien daarvan ook belangstelling voor?'

'Dat weet ik niet.' Hij keek opeens uitdrukkingsloos.

'Hoeveel verdien je als magazijnhoofd?'

'Meer dan ik dacht. Het is geen gigantisch bedrag. Niet zoveel als jij als advocaat gaat verdienen.'

Aleisha lachte, maar met een zweempje droefheid. Aleisha had altijd mogen dromen, was altijd gestimuleerd om door te leren. Aidan had die kans nooit gekregen. Op haar dertiende had ze bedacht dat ze advocaat wilde worden, vooral omdat ze het leuk vond om te argumenteren, en vanaf dat moment had Aidan nooit toegestaan dat ze dat idee opgaf. Hij had zijn leven zo ingericht dat hij haar kon steunen.

Kon ze maar tegen Aidan zeggen dat hij ook kon worden wat hij wilde, dat hij zijn droom kon najagen, maar hij zou nooit iets van zijn jongere zus aannemen. Aidan nam van niemand iets aan.

'Wat is jouw droom?' vroeg ze, niet in staat zich in te houden.

Aidan stootte een zachte keellach uit. 'Wie ben je? Mijn loopbaan-adviseur?'

'Ik ben je zus en ik weet niet wat jouw droom is.'

'Dat komt doordat ik anders in elkaar zit dan jij, Leish. Sommige mensen hebben geen dromen.'

'Natuurlijk wel.'

'In dat geval, als je echt een antwoord wilt, ik heb jullie. Jou en mama. Dát heb ik.'

Aleisha had een brok in haar keel en kon niet antwoorden. De stilte van de bibliotheek weerkaatste om hen heen. Wat hadden ze met deze jongeman gedaan? Wat hadden ze met zijn dromen gedaan?

Hij gooide het tasje met haar lunch naar haar toe, wat de spanning met een plof doorbrak. Het pakje sap en de verpakte sandwiches rolden over de vloer.

'Shit!' riep Aidan.

Alle vier de bibliotheekbezoekers, inclusief Mia, draaiden zich met gefronste wenkbrauwen om. Toen Mia ontdekte dat Aidan de verstoring had veroorzaakt, veranderde haar gelaatsuitdrukking. Ze lachte stralend naar hem en zwaaide heel schattig. Aidan trok zijn wenkbrauwen op, zwaaide terug, raapte met zijn andere hand de verpakte sandwiches en het pakje sap op en legde die voorzichtig op Aleisha's bureau.

Mia kwam hun kant op. Aidan grijnsde naar zijn zus, fluisterde 'sorry' en rende naar buiten. Als op commando ging Mia langzamer lopen en wijzigde haar koers, weg van de geest van Aidan, Aleisha's kant op.

'O, je hebt iets laten vallen,' zei Mia, en ze bukte zich om iets van de vloer op te rapen: een kleine oranje post-it. Ze stak het Aleisha toe alsof het een kostbaar geschenk was.

Geniet van je lunch. Koop maar iets voor het avondeten. Ik zal koken. A x

Typisch Aidan.

'Van je broer? Ah, echt superschattig,' zei Mia, terwijl ze het bericht las.

Aleisha griste de post-it uit Mia's hand. 'Bedankt.'

'Eh, ik kwam zeggen dat ik wegga. Tot gauw. Geniet van je boek. En van je lunch. Het was leuk je te zien.'

Het was zeven uur. De bibliotheek ging bijna dicht. Aleisha was nog de enige in het gebouw. Dit was precies de rust die ze zocht. De ideale omgeving voor wat kwaliteitstijd met *Rebecca*. Toen ze een paar dagen geleden voor het eerst erdoorheen had gebladerd, had ze geweten dat ze het boek echt een kans zou geven. Het eerste teken was dat er in de lijst met andere boeken van Daphne du Maurier een boek tussen stond met de titel *My Cousin Rachel*. Aleisha miste haar eigen nicht Rachel. Vroeger waren ze onafscheidelijk geweest, maar nu woonde Rachel honderden kilometers ver weg.

Het prachtige afgelegen landhuis – Manderley – zoog haar het verhaal in, nam haar mee naar een heel andere plek. Geleidelijk kwam ze meer over Rebecca te weten. Rebecca was de ex-vrouw van meneer De Winter, maar ze was zo dominant aanwezig in het huis, was zo allesverterend in het leven van de nieuwe mevrouw De Winter dat het terecht was dat het boek haar naam droeg. Er stond nergens waar Manderley precies lag, maar alle beschrijvingen deden haar denken aan Cornwall. Nou ja, aan de foto's van de prachtige kustlijn van Cornwall die in haar klaslokaal hadden gehangen nadat al haar klasgenoten op schoolreis naar Bude waren geweest. Aleisha kon niet. Aidan, die kort daarvoor eenentwintig was geworden, had geprobeerd het op zijn werk te regelen, maar uiteindelijk moest Aleisha thuisblijven omdat Leilah zich niet goed voelde. Ze had het vreselijk gevonden om die mooie foto's op school te zien, de verhalen van haar vrienden aan te horen, erachter te komen wat ze allemaal had gemist.

Aleisha had Cornwall altijd al eens in het echt willen zien, maar dat was er nog steeds niet van gekomen. Ze hield van de aanblik van de puntige kliffen, de dramatisch beukende golven, wat zo anders was dan de brede stranden en dennenbomen van North Norfolk, het enige stukje kust waar Dean en Leilah hen als kinderen ooit mee naartoe hadden genomen.

Nu beleefde Aleisha Cornwall vanuit een heel ander perspectief, via Rebecca en mevrouw De Winter. En ze kon zo ver mogelijk van Wembley, van Mia, van Leilah vandaan gaan, één bladzijde per keer.

Rebecca dwaalde als een geest door Manderley en Aleisha liet het boek op haar bureau vallen toen er opeens een rilling over haar rug liep. Doodeng. Nadat ze diep adem had gehaald om te kalmeren, stak ze de roman onder haar arm en pakte haar tas, bomvol boeken. Toen ze opstond, viel er een grote donkere schaduw over haar heen, die het afnemende licht van de zomeravond doorkliefde.

'Shit!' riep Aleisha, en ze klemde het boek tegen haar borst als bescherming. Toen haar ogen aan het licht gewend waren, besefte ze dat het de stofzuiger was, die Kyle daar had laten staan als geheugensteuntje dat het hier altijd schoon moest zijn. O, dat boek... Het was nog licht en ze schrok zich nu al halfdood.

Toen ze de sluitingsronde liep, waarbij ze nul lezers de zomeravond in hoefde te sturen, stak ze de leeslijst als bladwijzer in haar exemplaar van *Rebecca*. Opnieuw vroeg ze zich af wie de lijst had opgesteld. Ze stelde zich een redelijk jonge vrouw voor, jonger dan haar moeder maar waarschijnlijk ouder dan zijzelf, te oordelen naar het keurige, mooie handschrift, heel wat anders dan de ronde letters die Aleisha schreef. Het zou een student kunnen zijn, maar dat betwijfelde ze. Alle leeslijsten voor scholen werden getypt uitgedeeld. Dit was een leeslijst die iemand zelf had samengesteld of uit een krant of van internet had overgeschreven. Zoals die lijstjes met 'twintig boeken die je voor je dood gelezen moet hebben'. In het geval van *Rebecca* vroeg ze zich af of dit 'dat ene boek was dat je gelezen moest hebben voordat je trouwde en ontdekte dat zijn ex-vrouw bij je komt spoken en dat de huishoudster tijdens je hele huwelijk een vreselijk mens zal zijn en dat je die nieuwe man van je misschien ook niet kunt vertrouwen'.

Aleisha had geen idee hoe het was als een overleden vrouw bij je kwam spoken, of hoe het was om in een landhuis te wonen, maar zoals Manderley werd beschreven, met een sfeer die scherp, zwaar en verstikkend was, dat kende ze. Ze wist precies hoe dat voelde. Ze wilde dat ze de vergelijking nooit had gemaakt. Misschien was het toch niet zo'n geschikt boek voor haar. Maar het was al te laat.

Ze stapte de bibliotheek uit en deed de deuren op slot. Ze keek door de ramen naar binnen. Het was confronterend geweest om Mia hier vandaag te zien; een indringer in de ruimte die inmiddels anders aanvoelde dan eerst. Eerder een toevluchtsoord dan een gevangenis. Meer een plek waar ze zich ooit echt thuis zou voelen. Ze zag de laatste zonnestraal van de avond op haar bureau vallen, op haar plek. Ook al zou ze dat nooit aan Mia toegeven, ze vond het inmiddels leuk om hier te werken.

Dat kwam door de kleine dingen.

DE LEESLIJST

Izzy

2017

Izzy zag het papiertje voor zich op het trottoir liggen. Ze keek om zich heen, vroeg zich af of iemand het had laten vallen, waar het vandaan kwam. Er zat een stukje plakband aan dat niet meer plakte. Het papiertje was nu droog en vies van de Londense smog.

Het was lang geleden dat ze een lijstje had gevonden. Dat was een beetje een rare gewoonte van haar, lijstjes verzamelen. Het was begonnen toen ze net in Londen woonde, toen ze er een vond in een winkelwagentje bij Sainsbury's. De stad was zo groot, zo uitgestrekt en eenzaam soms, dat een lijstje vinden voelde als een moment van verbinding met andere mensen. Zo'n lijstje was het bewijs dat de zwijgende onbekenden die langs haar heen liepen, oogcontact meden, ook mensen waren. Ze maakten boodschappenlijstjes, bedachten wat ze gingen eten en schreven er regelmatig ook lekkere dingen op. Door de lijstjes voelde ze zich geaard.

Alle lijstjes die ze ooit had gevonden, zaten in een doosje in een la van haar ladekast in de gang. Ze wist dat ze die lijstjes ooit op een betere plek zou opbergen, in een map of een fotoalbum zou doen, maar voorlopig lagen ze daar. De meeste lijstjes had ze in de supermarkt gevonden: in een winkelmandje, op de vloer, bij de kassa, achtergelaten bij de zelfscankassa. Soms zag ze er een voor een winkel over het trottoir waaien. Het waren vrijwel altijd boodschappenlijstjes, ooit handig en toen opeens afgedankt, op een na: een gastenlijst, misschien voor een etentje. Er stonden namen op gekrabbeld en bij sommige namen stonden opmerkingen als 'eet geen eieren' of 'allergisch voor kip maar ander gevogelte kan wel'. Dagenlang had ze zich afgevraagd hoe het etentje was gegaan, of de mensen die doorgestreept waren niet konden of bij nader inzien toch niet waren uitgenodigd.

Zo'n lijstje zei iets over iemand. Ze vond het leuk om te bedenken wat die persoon met die ingrediënten ging koken, of het om een maaltijdplanning voor de hele week of slechts voor één speciaal etentje ging, misschien een date, een lunch om kennis te maken met de ouders, of gewoon een gezellig avondje thuis.

Soms wenste ze dat ze kunstzinnig was, want ze zag deze mensen zo helder voor zich dat ze hen wilde tekenen, op een of andere manier onsterfelijk wilde maken. Ze kon erachter komen of iemand kinderen had, vegetarisch at, voor een of twee personen kookte, zelfs wat hun huidverzorgingsroutine was en of ze veel transpireerden (aan de hand van het type deodorant).

Maar dit lijstje, dat over Wembley High Road waaide, was anders.

Voor het geval je het nodig hebt:
To Kill a Mockingbird
Rebecca
The Kite Runner
Life of Pi
Pride and Prejudice
Little Women
Beloved
A Suitable Boy

Ze wist wat het was. Ze had er zelf heel veel geschreven toen ze op de universiteit zat en een stapel boeken uit de bibliotheek moest halen. Het was een leeslijst. Het had zelfs de leeslijst van een student kunnen zijn als die bovenste regel er niet had gestaan: *Voor het geval je het nodig hebt.*

Ze herkende sommige titels, had die boeken jaren geleden gelezen, terwijl ze daar midden op het drukke trottoir stond, het handschrift aandachtig bekeek en een verband tussen de titels probeerde te ontdekken. Wat was de gemeenschappelijke deler, en belangrijker nog: wie had deze titels bij elkaar gezet?

Terwijl ze naar het vieze papiertje keek, liet ze haar vingers over de woorden glijden. Het begon zacht te regenen. Ze merkte het pas toen er druppels op de woorden vielen en de inkt, ooit droog, weer vloeibaar werd en uitliep. Ze stopte de leeslijst vlug in haar mouw en rende naar de dichtstbijzijnde bushalte. Daar keek ze opnieuw naar de woorden, het handschrift, de vage krul bij de J en de D. De titels waren minder zwierig geschreven, alsof degene die ze had opgeschreven wilde dat de titels zo goed mogelijk leesbaar waren. Toch hadden ze de verleiding niet kunnen weerstaan de G en de R met een zwierige haal te schrijven en de B en E van *Beloved* deels weg te laten.

Toen Izzy de leeslijst die avond bij de andere lijstjes legde (op het lijstje eronder stond: *witte bonen in tomatensaus (minder zout), ijs, worsten, vegetarische worsten, kattenvoer*) zag ze een titel die iets bij haar losmaakte: *Rebecca*. Haar vader had dat boek in de uitvoering van *Reader's Digest*, in rood leer gebonden met goudgele letters op het omslag. Hij had dat boek van zijn moeder geërfd en las het elk jaar omdat het zijn moeders lievelingsboek was.

'Dit boek doet me aan haar denken, Izzy,' had hij tegen haar gezegd toen ze hem gevraagd had waarom hij telkens weer hetzelfde verhaal las. 'Jij vindt het fijn om boeken opnieuw te lezen en ik ook.'

Het was een prachtig boek en ze vond het fijn als ze zag dat haar vader het voor de zoveelste keer pakte. Hij sloeg de bladzijden heel voorzichtig om en deed het boek nooit zo ver open dat de rug knakte. Het boek was hem dierbaar. De dag dat hij het eindelijk aan haar gaf, wist ze dat ze oud en betrouwbaar genoeg was om het te lezen. Ze had zich die dag volwassen gevoeld. Maar uit angst om het te beschadigen, om plakkerige vingerafdrukken erin achter te laten, om haar vaders kostbare exemplaar te ruïneren, was ze nooit verder dan de eerste bladzijde gekomen.

Ze liep naar de keuken, waar de enige boekenplank was (ze had nooit aan de huisbaas gevraagd waarom de plank uitgerekend daar aan de muur bevestigd was), en zocht tussen de boeken. Ditmaal zag ze degene die het lijstje had geschreven niet voor zich, en dat zat haar dwars. Maar als ze de boeken las – sommige opnieuw, andere voor het eerst – zou ze dan een duidelijker beeld krijgen van wat voor iemand dat was?

Ze wist zeker dat zij, of haar huisgenote Sage, ergens een exemplaar van *Rebecca* had liggen. Ze had het hier ooit gezien. Een zwart omslag met goudgele zwierige letters en een roos. Felrood, weelderig. Maar ze kon het boek nergens vinden. Ze draaide het papiertje om, wilde het al opgeven toen ze op de andere kant BIBLIOTHEEK HARROW ROAD gedrukt zag staan. De titels waren op de achterkant van een verlengingsbriefje geschreven: inleverdatum 11-03-2016. De tekst was vervaagd, bijna niet meer te lezen. Aha, dacht ze, alsof ze een schurk of succesvolle rechercheur in een tv-detective was. Ze kende die bibliotheek, en ze kende een student die daar vaak kwam. Ze pakte haar telefoon en stuurde Sage een WhatsApp-bericht: *Kun je* Rebecca *van Daphne du Maurier voor me meenemen uit de bieb?*

Sage reageerde vrijwel meteen: *Doe het lekker zelf. Kom de biebvibes ervaren die je nu misloopt.*

Izzy las de titels op de lijst nog een keer, plus de regel erboven: *Voor het geval je het nodig hebt.* In tegenstelling tot al haar andere lijstjes voelde het alsof het de bedoeling was dat het lijstje door iemand gevonden werd. Deze leeslijst was een brief van een onbekende, en Izzy wilde erachter komen wat dat betekende.

12

Mukesh

Piep. 'Succes vandaag, pap! Het gaat je lukken en vergeet niet om goed te stretchen. Ik hoop dat je die dvd's via de post gekregen hebt. Ik heb je daar niet meer over gehoord. Sorry dat we ze niet zelf zijn komen brengen, maar we hebben het ontzettend druk. De tweeling is de hele tijd in de weer en het is lastig om tijd te maken. Jongens, wens Dada eens succes.' 'Succes, Dada! Niet vallen!' riep de tweeling in koor op de achtergrond.

Piep. 'Hoi, papa, met Rohini. Denk eraan dat je goed eet voordat je weggaat en zorg ervoor dat je bloedsuikerspiegel op peil blijft. Neem anders zo'n zakje chai of zo. Oké? En geniet ervan, van de sponsorloop, niet alleen van de chai. Doe ook een onderhemd aan, dat helpt tegen de zweetplekken.'

Piep. 'Hoi, papa, met Vritti. Succes vandaag. Dikke zoen. Hopelijk tot gauw. En... ik ben heel trots op je. Dat je dit doet. Dat meen ik.'

Vandaag was de gevreesde dag: de dag van de sponsorloop. Mukesh keek naar zijn boek. De voicemailberichten van zijn dochters gonsden nog na in zijn oren. Zijn hart bonkte. Hij wist niet of dat van de zenuwen kwam of doordat hij schrikachtig was door *Rebecca*. Hij had de vorige avond tot laat zitten lezen en het was spookachtig, eng. Het ging over een pasgetrouwde vrouw die van een geweldige man hield. Mukesh had aanvankelijk gedacht dat het een vrolijk verhaal was, totdat duidelijk werd dat de ex-vrouw, de overléden vrouw, Rebecca... nooit vergeten zou worden en dat deze nieuwe vrouw voor altijd met de geest van het verleden zou moeten leven. Het was angstaanjagend.

Mukesh slikte luid, slikte zijn angsten in. Hij hield zijn canvastas met zijn zoetjes, een zakje chai en een fles water tegen zich aan geklemd, voor het geval dat. *Mukesh.* Hij hoorde Naina's stem. *Je kunt dit. Het is goed, het is voor een goed doel. Doe maar net of ik naast je loop.* Hij klemde zijn boek tegen zijn zij. Naina had altijd een boek bij zich, waar ze ook was, voor het geval ze in haar eentje in een lift kwam vast te zitten, als ze bij de supermarkt in de rij moest staan en ze niemand had om een praatje mee te maken. Voor Mukesh was vandaag een boek meenemen een manier om onder informele gesprekjes met vrijwilligers van de mandir uit te komen, en het voelde alsof een klein deel van Naina bij hem was. Een talisman.

Toen hij bij de mandir uit de bus stapte, zag hij op het plein een groep mensen staan die allemaal hetzelfde T-shirt droegen. Hij zou er ook zo een aan moeten. Als op commando kwam de altijd irritante Harish naar hem toe lopen bij de bushalte, een keurig opgevouwen T-shirt in zijn handen.

'Kemcho, Mukeshbhai,' zei Harish. 'Alsjeblieft, deze is voor jou. Ben je klaar voor de sponsorloop?'

Mukesh knikte, waarmee hij 'beslist niet' bedoelde. Op het plein voor de tempel werd hij omringd door veel mensen die hij gewoonlijk probeerde te ontlopen. Niet omdat hij hen niet mocht; de meesten waren heel aardig, hoewel een klein deel van hen er vreemde, strenge ideeën op nahield over politiek, immigratie, gezondheidszorg, wie er recht had op bepaalde privileges en wie niet, wat hij altijd nogal hypocriet vond en niet in lijn met waar het hindoeïsme voor stond. Maar dat waren nu juist de mensen die hun mening verkondigden tegen iedereen die maar wilde luisteren (hij dacht aan de inwoners van Maycomb). En je had ook mensen die opschepten over hun kinderen, of zelfs over de kinderen van vrienden van hen. Mukesh vond dat je alleen over bloedverwanten mocht opscheppen.

'Mukesh!' riep Chirag naar hem. Chirag was ook zo'n jonger iemand die ouderen niet formeel en beleefd aansprak. Respect voor ouderen leek te zijn verdwenen, respect voor hem in elk geval.

'Hallo, Chirag,' antwoordde Mukesh. 'Hoe gaat het met je? Hoe gaat het met je vader?'

'Met mijn vader gaat het goed, maar hij komt vandaag niet. Hij is verkouden.'

Mukesh foeterde binnensmonds. Waarom had hij daar zelf niet aan gedacht? Dan had hij onder deze sponsorloop uit kunnen komen.

'Wat jammer. Ik had het leuk gevonden hem te zien. Dat is lang geleden. Behoorlijk lang geleden.'

'Gaat u niet vaak meer naar de mandir?'

Hij wilde alleen 'jawel' antwoorden, maar in plaats daarvan zei hij: 'Jawel, ik kom bij speciale gelegenheden, samen met mijn dochters, maar ik bid ook veel thuis. Ik hoef niet naar de mandir te gaan om te bidden en trouw aan God te zijn.'

Chirags ogen werden groot. 'Mukeshfua, nee,' zei hij. 'Dat bedoelde ik helemaal niet.'

Mukesh zag de afschuw in de ogen van de jongen. 'Ik zou vaker moeten gaan,' zei hij haastig, in een poging de ongemakkelijke situatie te verhelpen. Mukesh klemde het boek tegen zich aan alsof zijn leven ervan afhing, hoopte dat het zou helpen Naina dichter bij zich te voelen. 'Geniet van de wandeling.' Hij zwaaide naar Chirag en liep naar de ingang van de mandir, vroeg zich af wat voor vervelend gesprek hem daar te wachten stond. Naina wist altijd overal wat ze moest doen, moest zeggen. Iedereen hield van haar: de vrouwen van de mandir, de mannen, alle vrijwilligers. De gemeenschap was belangrijk voor haar geweest en ze had elk jaar aan deze sponsorloop meegedaan. Nu hij hier was, omringd door mensen… voelde hij haar aanwezigheid, toch? Hij voelde haar geest.

'Pardon, meneer,' zei een kleine jongen in een te groot fluorescerend hesje toen Mukesh de mandir binnen wilde gaan. 'De rij voor de sponsorloop is daar.' Hij wees naar de groep mensen verderop waaraan Mukesh net geprobeerd had te ontsnappen.

'Ik wil naar binnen.'

'Bent u hier niet voor de sponsorloop?'

Mukesh wilde nee zeggen, maar daar dook Harish alweer vanuit het niets op.

'Ga in de rij staan, vriend,' zei hij tegen Mukesh. 'We zouden toch samen lopen?'

Mukesh knikte en liep achter Harish aan. Hij keek met een smekende blik om naar de jongen. De jongen haalde zijn schouders op.

Ze kwamen bij een vrouw met een klembord. 'Dit is mijn vriend, Mukeshbhai. Hij loopt vandaag mee als Sahilbhai.' Ze vinkte gedachteloos Sahils naam af op de lijst. Daar gaan we, dacht Mukesh, en hij haalde diep adem.

Toen iedereen klaarstond en nadat de *sadhus* de gebeden had uitgesproken en de ceremoniële rituelen had uitgevoerd, werd het lint doorgeknipt en ging de sponsorloop officieel van start. Vivek, de beste vriend van Harish, liep met een rode paraplu voorop om de weg te wijzen.

Mukesh kneep in zijn boek, in de hoop dat dit geluk zou brengen, en hoorde Naina's stem. Zijn talisman werkte! *Goed gedaan. Je doet mee. Je bent hier echt!* Ze lachte. Hij voelde energie door zijn lichaam stromen en voelde ook het optimisme dat Naina altijd had gehad. Ze zou het fijn vinden dat hij 'onder de mensen was', want het was jaren geleden dat hij zoiets had gedaan. Misschien was de bibliotheek de eerste stap geweest om buiten zijn comfortzone te komen. Even voelde hij zich langer, trotser. Hij voelde zich zelfs onoverwinnelijk. Tot hij een gesprek met Harish probeerde aan te knopen, wat altijd een ondankbare taak was, zelfs voor mensen die onoverwinnelijk waren. Mukesh hoopte dat als hij hem met vragen bestookte, Harish het uiteindelijk zat zou worden en sneller zou gaan lopen om bij hem weg te komen. 'Harishbhai, je oudste kleinkind is toch bezig met toelatingstoetsen voor de universiteit?'

'Ach, *Bhagwan*.' Harish zwaaide melodramatisch met zijn armen. 'Het is een hele toestand, bhai, maar ik hoop dat hij in Bristol of Bath wordt toegelaten. Zeer goede universiteiten. Cambridge is niet gelukt. Hij is gewoon té slim, en ook te vriendelijk en te breed opgeleid. Die puur academische levensstijl daar zou niet bij hem passen.'

'Ja, ik kan me voorstellen hoe stressvol dat is. Toen mijn dochters jong waren, ging het er heel anders aan toe.'

'Zeg dat wel. Ouders maken zich tegenwoordig veel te druk. Mijn zoon zit de hele tijd te googelen wat de kansen en voorspellingen zijn op basis van de cijfers die zijn zoon waarschijnlijk gaat halen om te kijken welke universiteit het best is. Toen hij ging studeren, hebben we hem zelf laten kiezen. We hebben alleen gezegd dat hij hard moest werken en zijn best moest doen.'

'Ja, dat hebben wij ook tegen onze dochters gezegd en die zijn allemaal goed terechtgekomen.'

'Ik ben nooit naar een ouderavond geweest. Als mijn zoon op zakenreis is, videobelt hij met zijn vrouw zodat hij er toch bij kan zijn en alles kan horen wat er gezegd wordt. Hij heeft er extra data voor gekocht.'

'Dat gaat toch wel ver, vind je niet, bhai?'

'Nee, Mukeshbhai.' Harish keek ontzet. 'Niet meer. Het is allemaal zo belangrijk voor onze toekomst, voor de toekomst van ons land. Onze kinderen en kleinkinderen krijgen nu meer kansen. Die hebben wij ze gegeven. Neel wordt advocaat, wist je dat? Hij wordt de eerste advocaat in de familie. Ik heb ook hoge verwachtingen van mijn kleindochter. Ze is geïnteresseerd in medicijnen. Ik hoop dat ze apotheker wordt. Waarschijnlijk geen arts. Ze is heel kieskeurig.'

'Advocaat, wat spannend! We moeten contact houden. Wie weet heb ik ooit een advocaat nodig.' Hij dacht aan de enige andere persoon die hij kende die advocaat wilde worden: Aleisha, en hij voelde iets van trots.

'Jouw Priya wordt zeker ook advocaat? Altijd met haar neus in de boeken. Als ze veel leest, kan ze advocaat worden.'

'Ze is nog jong.'

'Maar ze denkt toch wel al na over haar toekomst?'

'Priya wil auteur worden of in een boekwinkel werken.'

'Nee, als echte baan bedoel ik, niet als hobby.'

'Dat zíjn echte banen.'

'Maar advocaat dan? Neel kan haar over de opleiding vertellen tegen de tijd dat ze eraan toe is om te gaan studeren.'

'Ze wil geen advocaat worden.'

'Arts dan? Of zakenvrouw?'

Mukesh schudde zijn hoofd.

'Maak je geen zorgen, vriend. Neel wilde voetballer of brandweerman worden toen hij zo oud was als zij. Daar groeien ze overheen. Ik weet zeker dat je je nergens druk over hoeft te maken.'

'Ik maak me ook niet druk,' zei Mukesh stellig.

Ze zwegen allebei, niet wetend waar ze het nu over moesten hebben. Harish keek vertwijfeld omhoog. Als hij discreet probeerde te zijn, deed hij niet heel erg zijn best. Harish wachtte beleefd drie minuten, waarna hij wegliep om zich bij een andere groep te voegen. Hij praatte opgewonden en luidkeels over cricket.

Mukesh vond het fijn dat hij alleen was, en hij voelde de energie terugkomen, was er klaar voor om door te gaan, om ervoor te zorgen dat Naina trots op hem kon zijn. Voordat hij flink de pas erin kon zetten, kwam Naina's beste vriendin bij de mandir, Nilakshiben, naast hem lopen. Naina en Nilakshiben waren ooit onafscheidelijk geweest.

Een jaar geleden had Nilakshi haar man en zoon verloren bij een auto-ongeluk. De man van Nilakshi, Prabhand, was een vriendelijke maar afstandelijke man geweest. Hij was nogal op zichzelf, maar Mukesh herinnerde zich zijn glimlach, die een hele kamer kon oplichten. Zijn zoon, Aakash, had zo'n zelfde glimlach en lachte aldoor. Hij was een charmeur en hij was ook slim. De hele gemeenschap was er kapot van dat ze tegelijkertijd gestorven waren. De sadhus had Prabhand zeer goed gekend en was na zijn dood in de tempel voorgegaan in gebed. Mukesh was ernaartoe gegaan, omdat Naina dat gewild zou hebben en omdat hij het lachende gezicht van Prabhand al miste. Nilakshiben had gehuild, zat vrijwel achteraan, terwijl mannen die haar man of haar zoon nooit hadden gekend helemaal vooraan zaten, onder de blik van de sadhus. Hij had met haar te doen gehad, maar had niet geweten wat hij moest zeggen. Toen Naina stierf, hadden Nilakshi en Prabhand Mukesh veel troost en steun geboden. Mukesh schaamde zich, omdat hij wist dat hij Nilakshi nooit veel troost had geboden toen ze dat het hardst nodig had.

'Mukeshbhai,' zei ze, toen ze lachend naast hem kwam lopen. Voor iemand die zo klein was, liep ze goed door.

'Nilakshiben,' zei hij, en hij lachte naar haar terug. 'Wat fijn je te zien.'

'Ja, wat een verrassing! Ik had niet verwacht dat je zou meedoen.'

'Harishbhai heeft me overgehaald om in te vallen voor Sahil. Die heeft zich bezeerd.'

'Ach, natuurlijk. Harish is heel overredend! En volhardend.' Ze schonk hem een samenzweerderige blik die 'je weet wat ik bedoel' betekende.

'Ik ben de afgelopen tijd een paar keer niet naar de satsang geweest. Meenaben is boos op me. Vind je het goed als ik met jou meeloop? Dan durft ze me niet aan te spreken.'

'Natuurlijk is dat goed. Maar bedenk dat Harish nog steeds dicht in de buurt is. Meena vertelt hem alles.'

'Ongetwijfeld, maar ik kan beter met hem dan met haar overweg.'

De route voerde langs de locaties en geluiden van Neasden en Wembley, ging door woonwijken met huizen die ooit kastanjebruin waren geverfd en nu dofbruin waren, hijgde en pufte over de voetgangersbrug over de noordelijke ringweg, waarvandaan ze prachtig zicht hadden op de eeuwige files, met de lichtende kring van het stadion in de verte, en langs rijen en rijen winkels, groente- en fruitstalletjes, geldwisselkantoren en poeliers waar het nu al druk was. Mukesh liep langzaam maar gestaag. Op een zeker moment moest Nilakshi zijn hand vastpakken en hem zachtjes meetrekken. Maar het uitzicht, van het stadion en de skyline van Wembley, dat voelde alsof hij Wembley opnieuw ontdekte. Naina was dol op wandelen geweest. Nu, ondanks de doffe pijn in zijn kuitspieren, snapte hij waarom. Hij had pijn, hij was niet fit genoeg om nog drie kilometer te lopen, maar hij was heel trots dat hij zo ver was gekomen.

Nilakshi moedigde hem aan, was aardig, kletste tijdens het lopen. Ze gaf hem het gevoel dat hij de finish zou kunnen halen. Bij elke stap voelde hij het boek in zijn tas, dat hem aanspoorde. En hij bleef ook luisteren of hij Naina's stem hoorde, die tegen hem zei dat hij goed bezig was. Maar naast hem liep Nilakshi en Naina was nergens te bekennen. Opeens moest hij aan *Rebecca* denken, het verhaal van de nieuwe vrouw die de vorige vrouw verving, voor altijd in de schaduw van de overleden vrouw zou staan. Hij zette die gedachte uit zijn hoofd. Die boeken... gingen met zijn verbeelding op de loop.

Hij probeerde alleen aan de volgende stap te denken. Hij probeerde zijn positieve instelling naar zijn bewegende ledematen te sturen, naar één been tegelijk. Hij probeerde het gevoel dat hij leefde vast te houden, maar de realiteit, en zijn kortademigheid, haalden hem algauw in. 'Nilakshiben,' zei hij, terwijl hij zich vooroverboog en zijn handen op zijn knieën zette, 'ik denk dat ik hier moet stoppen en de bus naar huis moet nemen.'

'Maar dan krijg je geen certificaat. En, belangrijker nog, dan mis je het eten en drinken in de tempel, de *prasad*!'

Mukesh schudde zijn hoofd. 'De prasad zou nu echt niet goed voor me zijn. Al die suiker zou me een hartaanval bezorgen.' Hij keek naar de grond. Zijn benen stonden in brand. Hij probeerde zo diep mogelijk adem te halen, maar de lucht kwam raspend in zijn longen. Het ging niet lukken om de sponsorloop uit te lopen, maar het was lang geleden dat hij zo ver had gewandeld en het was jaren geleden dat hij zoveel andere mensen om zich heen had gehad. Dat was toch winst?

'Mukeshbhai,' zei ze, 'ik ga wel even met Harish praten. Hij zal het heus wel snappen.'

Ze liep weg. Mukesh keek toe terwijl mensen die langzamer liepen dan hij hem lachend en zwaaiend inhaalden. Het waren vooral mannen die vooraan hadden gelopen maar achterop waren geraakt, en gescheiden waren geraakt van de vrouwen. Ze droegen linnen broeken, sandalen met klittenband en goede zolen. Hun onderhemd was zichtbaar onder hun felgekleurde T-shirt van de tempel. Mukesh kende deze look – het was een look die hij zelf ook graag uitstraalde –, de standaardkleding van een mannelijke hindoe van boven de zestig.

Hij zocht de lichtblauwe *punjabi* broek van Nilakshi in de zee van wit, roomwit en donkerblauw. Hij zag haar niet. Ze was te ver weg. Niet in staat nog een stap te zetten, ging hij op het muurtje van iemands huis zitten, dat hun overwoekerde tuin scheidde van de drukke vierbaansweg voor hun huis. Mukesh voelde elke auto langskomen; een stoot, een vlaag lucht, wind, warm en plakkerig en smerig, vervuild. Hij had het niet echt geloofd, maar nu proefde hij de rook en uitlaatgassen die zijn longen binnendrongen.

Hij dacht weer aan Naina. Was ze hieraan overleden? Aan vieze lucht? Hij had eens gehoord dat er in slechte lucht carcinogenen zaten. Kankerverwekkende stoffen.

Hij herinnerde zich haar bulderende lach toen hij de trap af was gekomen met zijn T-shirt achterstevoren aan. Opeens werd die herinnering verdrongen door een beeld van haar in het ziekenhuis, een schim van de vrouw die ze was geweest.

Even later kwam Nilakshi terug met een flesje water.

'Harish zegt dat je naar huis moet gaan. Hij heeft dit voor je meegegeven.' Ze gaf hem het flesje. 'Dat lijkt me een hele prestatie: een beetje frisse lucht en na afloop niet met Harish hoeven praten! Alsof je het erom doet. Hoe kom je thuis?'

Mukesh pakte het flesje, draaide het dopje er vlug af en dronk. Hij had haar niet eens bedankt. Hij sloot zijn ogen, nam een grote hap vervuilde lucht en ging staan. 'Met de bus.'

'Ik ga met je mee.'

Hij schudde zijn hoofd, maar ze zei: 'Mukeshbhai, Naina zou het me nooit vergeven als ik haar man in zijn eentje naar huis laat gaan terwijl hij amper kan lopen.'

Het was alsof er opeens een knop omging. Mukesh voelde zich dom, zwak. Stel dat de jongemannen hem nu konden zien. Die jongemannen die in snelle auto's reden en hem nooit met *masa* of fua aanspraken. Ze zouden hem nu Dada noemen.

Hij hield de tas weer stevig vast, om er kracht of wat dan ook uit te putten. 'Nilakshiben?' zei hij toen ze (hij strompelend) op weg gingen naar de dichtstbijzijnde bushalte, die nog altijd te ver weg was.

'Ja, Mukeshbhai,' antwoordde ze.

'Bedankt voor je hulp.'

'Zoals ik al zei, Naina zou het me nooit vergeven.'

'Wil je binnenkomen?' vroeg Mukesh aarzelend toen hij zenuwachtig op zijn drempel stond.

Nilakshi keek met grote ogen op naar het huis. 'Nee.' Ze schudde twee keer vlug haar hoofd. 'Dat is geen goed idee, ik kan beter teruggaan, maar ik ben blij dat het goed met je gaat. Het gaat nu toch goed?'

'Het gaat nu veel beter, Nilakshiben.' Mukesh glimlachte, was blij dat zijn hartslag tijdens de busrit weer tot een normaal tempo was gezakt.

'Hopelijk tot gauw. Het was heel leuk je na zo'n lange tijd weer te zien, Mukeshbhai.' Nilakshi zwaaide even naar hem. 'Zoals ik al zei, ik kan binnenkort wel langskomen om je te leren hoe je *brinjal bhaji* klaarmaakt. Laat het me maar weten.'

'Naina's brinjal bhaji was het allerlekkerst,' zei Mukesh afwezig. Het boek woog zwaar in zijn tas.

'Ha, dat weet ik nog. Tja, die van mij is misschien minder lekker, maar het is nog altijd beter dan niets!' Nilakshi's stem schoot een octaaf omhoog en ze knikte bij wijze van afscheid.

Mukesh voelde zich stijf en onhandig, wist niet of dat nu door de situatie kwam of doordat hij spierpijn had van de wandeling.

Hij deed de voordeur achter zich dicht en vanuit de gang zag hij de foto van Naina boven de tv hangen, met een bloemenslinger over de bovenkant. Hij keek aandachtig naar haar gezicht. Was het veranderd? Haar ogen keken minder zorgeloos, leken iets te verbergen: teleurstelling, zelfs boosheid?

Zijn gedachten schoten naar *Rebecca*. Hij dacht aan een portret van haar dat in de hal van Manderley hing, daar altijd was, altijd toekeek.

Hij moest niet zo raar doen. Als Naina hier was, zou ze vragen hoe het met Nilakshiben ging, of ze het een beetje redde. Ze zou hem waarschijnlijk vragen om *tepla* in een Tupperware-bakje te doen voor haar. Naina was nooit jaloers geweest. Toch voelde Mukesh een steek van schuldgevoelens. Het eerste wat hij deed, was zijn boek uit zijn tas halen en het aan de foto van Naina laten zien, waarbij hij stiekem hoopte dat dit haar stem terug zou brengen, al was het maar even, om hem gerust te stellen, waarna hij het boek op de stoel zou leggen die hij sinds kort zijn leesstoel noemde.

Na al zijn inspanningen moest Mukesh een middagdutje doen. Hij zette de radio aan – hij luisterde graag ergens naar als hij in slaap viel – en liet zich op zijn bed zakken. Hij zou pijn hebben als hij wakker werd. Even raakte hij in paniek en hij vroeg zich af of hij later nog wel uit bed zou kunnen komen, maar hij besloot zich daar nu nog niet druk om te maken. Dat zag hij dan wel weer.

Toen hij zijn hoofd op het kussen legde, dwaalden zijn gedachten af. Hij had zich vandaag, ondanks de spierpijn, energiek gevoeld, vol leven. Hij had zich gezien gevoeld, door Nilakshi, en zelfs even door Harish, was een zelfstandig persoon in plaats van een last, een oudere vader naar wie elke ochtend via de voicemail moest worden omgekeken, een mens met gevoelens en emoties, met dingen die hij wel en niet leuk vond, in plaats van slechts een patiëntnummer in het computersysteem van zijn huisarts, een taak op de to-dolijstjes van zijn dochters die moest worden afgevinkt.

Kort daarop viel Mukesh met een verzadigd gevoel, zijn oude botten rust gunnend, in slaap.

Toen Mukesh weer wakker werd, schemerde het, de dag werd nacht, de schaduwen lengden en het licht in de kamer was warm maar werd langzaam kouder, leger.

Hij keek automatisch naar links, naar Naina's kant. Dat had hij al een tijdje niet meer gedaan. Maar vandaag, in de verwarring na zijn ongeplande dutje, kon het een willekeurig jaartal zijn. 1985, toen ze hier pas waren komen wonen en de drie meisjes in de kamer ernaast op matrassen op de vloer sliepen. 1998, toen twee van de drie dochters het huis uit waren en Rohini erop had gestaan dat ze in de kamer beneden mocht slapen om wat privacy te hebben, ook al werd de kamer beneden slechts door een kralengordijn van de keuken gescheiden. Het kon ook 2010 zijn, toen Naina en Mukesh inmiddels in diezelfde kamer beneden sliepen, er net aan gewend waren dat ze het huis voor zichzelf hadden, er eindelijk van genoten alleen te zijn, hoewel Naina nog steeds dol was op gezelschap, hunkerde naar de dagen dat hun enige kleindochter – ze hadden er toen pas eentje – op bezoek kwam en het huis met leven vulde.

Maar het was 2019. Het jaartal dat Mukesh het minst graag had. Het tweede jaar van zijn leven na het overlijden van Naina, het jaar dat zonder Naina begonnen was en ook zonder Naina zou eindigen. Hij zocht in zijn tas, haalde *Rebecca* eruit. Ook al was hij zich half doodgeschrokken van het boek, hij moest even ergens anders zijn, buiten de muren van zijn kleine huis in Wembley, had er behoefte aan in het vel van een ander te kruipen.

Terwijl hij de bladzijden omsloeg, leerde Mukesh mevrouw Danvers kennen, de huishoudster die dol was geweest op de eerste vrouw, Rebecca, en die een hartgrondige hekel had aan de tweede vrouw, die haar en meneer De Winter er aldoor aan herinnerde dat ze nooit de plaats van haar dierbare Rebecca kon innemen. In een oogwenk ging mevrouw Danvers een eigen leven leiden en kreeg een nieuwe betekenis voor Mukesh. Ze was zijn schuldgevoel. Hij stopte halverwege een zin en bleef in de doodse stilte zitten. Boeken waren een ontsnapping. Mukesh ontdekte echter dat het niet altijd een ontsnapping in positieve zin was. 'Ik zal Naina nooit vergeten!' zei hij hardop tegen zichzelf, en tegen de vooringenomen mevrouw Danvers. 'Het spijt me, Naina,' zei hij. 'Ik ben zo'n sukkel. Dit boek betekent niets.'

Als antwoord meende hij Naina's woorden in de stille avondlucht te horen. *Dat weet ik, Mukesh.* Maar hij wist niet zeker of het echt was of dat zijn fantasie, opgezweept door het verhaal, hem vertelde wat hij wilde horen.

DEEL IV

The Kite Runner
van Khaled Hosseini

13

Aleisha

'Aleisha,' riep Benny terwijl hij de tafels afnam. 'Wat ga jij vanavond doen?'

'Ik ga boodschappen doen voor het avondeten,' antwoordde ze, met één voet al buiten. 'Verder heb ik geen plannen, Benny. En jij?'

Aleisha dacht aan het boek in haar tas: *The Kite Runner*. Ze wilde het niet aan hem toegeven, maar ze was blij dat ze geen plannen had, zodat ze haar boek kon lezen. Voor haar kwam dat het dichtst in de buurt van een plan in tijden. Nu las ze elke ochtend een hoofdstuk of twee, ze las tijdens de lunch, en ze kon pas in slaap vallen nadat ze een paar bladzijden had omgeslagen, was teruggekeerd naar de personages die elk hoofdstuk reëler werden.

'Ik ga op vakantie!' Benny deed een dansje. Aleisha mocht Benny. Ze zag hem niet vaak, doordat ze zelden dezelfde diensten draaiden, maar hij was altijd heel blij.

'Toe maar! Waar ga je naartoe?'

'Naar Ayia Napa!'

Benny was veertig en ging elke zomer met zijn vrienden op stapvakantie. Thermosfles noemde dat graag terloops als het gesprek op Benny kwam.

'Met mijn mannen!' zei Benny erachteraan.

Aleisha giechelde.

'Ga jij van de zomer nog weg?'

Aleisha schudde haar hoofd. 'Maar weet je, Benny,' zei ze, terwijl ze haar boek uit haar tas haalde. 'Ik ga… vanavond naar Kabul.' Ze zwaaide met *The Kite Runner* heen en weer.

'O, Aleisha! Dat boek… is verschrikkelijk.'

'Tja, Benny, mijn hele leven is verschrikkelijk. Ik ben zeventien en mijn collega van veertig gaat in plaats van mij naar Ayia Napa.'

'Ach, schat. Soms zit het mee, soms zit het tegen,' zei Benny, toen hij met energieke tred door de deuren naar buiten stapte.

The Kite Runner van Khaled Hosseini. Ze vond het een mooi omslag: twee jongens, armen om elkaar heen geslagen, een strakblauwe lucht, een vlieger. Op de achterkant had Aleisha gelezen dat het over twee beste vrienden ging, Amir en Hassan, die de plaatselijke vliegerwedstrijd willen winnen, maar dan gebeurt er iets wat hun leven voorgoed zal veranderen. Jaren later beseft Amir, die van Afghanistan naar de Verenigde Staten is verhuisd, dat hij terug moet naar Kabul, voor vergeving, en bevrijding.

Toen ze naar het omslag keek vroeg ze zich af wat er met Hassan was gebeurd. Wat had Amir gedaan? Benny's woorden galmden na in haar hoofd – *dat boek is verschrikkelijk* – en ze zette zich schrap. Ze had veel vertrouwen in degene die de leeslijst had samengesteld. Ze had genoten van *To Kill a Mockingbird* en ook van *Rebecca*. Het waren twee heel verschillende boeken, de een gemakkelijk te lezen maar met hartverscheurende momenten, de ander duister en onheilspellend, sfeervol. Ze had *Rebecca* onder de dekens gelezen, had in angst gezeten om de jonge mevrouw De Winter, de nieuwe vrouw op Manderley.

Aanvankelijk had ze de lijst klakkeloos gevolgd, was ze de boeken gaan lezen zonder er vraagtekens bij te zetten. En nu, zo besefte ze, ging elke dag dankzij het lezen wat sneller dan de voorgaande dag. Ze gebruikte de leeslijst niet meer als bladwijzer en had hem in haar telefoonhoesje gestopt, om hem zo veilig mogelijk te bewaren. Ze wilde de leeslijst niet kwijtraken, ook al kende ze de titels inmiddels uit haar hoofd, ook zonder de foto die ze er met haar iPhone van had gemaakt, maar de papieren lijst voelde als… iets wat geluk bracht.

In de winkel op de hoek, die heel toepasselijk Corner Shop heette, haalde Aleisha het boek uit haar tas en stopte de ingrediënten voor het avondeten erin. Ze had meer gekocht dan ze nodig had, omdat ze niet kon kiezen. Als de leeslijst haar iets had geleerd, was het wel dat ze slecht was in keuzes maken.

'Nee!' zei de caissière. 'Laat me dat boek alsjeblieft niet meer zien.'

'Wat?' Aleisha keek verward op van haar tas.

'Dat!' riep de vrouw. In haar ene hand hield ze een netje uien, met haar andere hand wees ze naar *The Kite Runner*.

Aleisha fronste haar wenkbrauwen. 'Waar hebt u het over?' vroeg ze kortaf.

'Ik was er kapot van! Het is heftig om te lezen. Wil je echt dat je mascara gaat uitlopen? Het is zo'n aangrijpend verhaal.'

Aleisha haalde haar schouders op.

'Het boek is nog erger dan de film. Dat boek… Ik ga er verder niets over zeggen, je moet het zelf weten. Echt, je kunt maar beter in een supergoed humeur zijn voordat je aan dat boek begint.'

Aleisha hapte naar adem. Hoe erg was dit boek eigenlijk? De uien rolden over de band naar haar toe. Ze pakte het netje met haar nagels bij het etiket vast en liet het in haar tas vallen. 'Als u het zegt… Bedankt voor de tip!' Ze dwong zichzelf om weer te glimlachen.

De vrouw scande zwijgend de rest van de boodschappen.

'Het is fijn om te zien dat een jonge meid leest,' mompelde de vrouw even later, toen ze twee plastic tasjes Aleisha's kant op gooide.

'Veel jongeren lezen,' antwoordde Aleisha scherp. Ze dacht aan de tieners die ze altijd in de bibliotheek zag, het meisje met het roze haar dat af en toe kwam, de student met losse veters, zelfs Mia.

'Dat weet ik. Het is gewoon fijn om te zien.' De vrouw haalde haar schouders op. 'Al die moderne gemakken, mobiele telefoons, videospelletjes… Het is heel lang geleden dat ik iemand van jouw leeftijd met een boek heb gezien.'

Aleisha dacht aan zichzelf. Tot een paar weken terug had ze nooit een boek bij zich, of het moest een lesboek zijn. Ze was zo'n tiener geweest, zat altijd op haar telefoon, keek amper waar ze liep, haar blik altijd op het scherm gericht.

'U hebt gelijk. Maar weet u, boeken zijn weer cool.' Ze glimlachte naar de caissière en pakte de twee andere tassen, waarna ze zwaaide en naar buiten liep. Al na een paar stappen zette ze de tassen neer en pakte ze anders vast, benutte de tijd om op krachten te komen. Ze had echt een boodschappentrolley nodig. Ze keek vertwijfeld omhoog. Hoe de bibliotheek haar had veranderd... Echt, hoor!

Ze haalde diep adem en tilde de tassen weer op toen er opeens iemand voor haar stond die haar weg blokkeerde. Het was een man met een beanie, met in zijn ene hand een onaangebroken pakje sigaretten en in de andere hand een kassabonnetje.

Ze keek hem aan alsof ze wilde zeggen: *Ik hoef jouw sigaretten niet en ik weet niet waar je mee bezig bent, maar ga uit de weg.* Ze zei niets en keek naar zijn gezicht.

Het was de jongen. De jongen uit de metro.

'Wat kan ik voor je doen?'

'Wat kan ik voor jóú doen?' antwoordde hij.

Ze keek hem uitdrukkingsloos aan. Haar schouders deden pijn.

'Je hebt iets laten vallen.' Hij bukte zich naar het beton bij haar voeten, waar *The Kite Runner* met de voorkant naar boven lag.

'Bedankt.' Ze wilde het boek uit zijn hand grissen, maar hij trok het net buiten haar bereik en draaide het boek om in zijn handen.

Hij ging naar de eerste bladzijde en knikte. 'De bibliotheek aan Harrow Road?' vroeg hij, bijna alsof hij het tegen zichzelf had. 'Is die nog open? Ik dacht dat ze die een paar jaar geleden gesloten hadden.'

'Die is nog open,' beet Aleisha hem toe. 'Ik werk daar.' Ze voelde zich aangevallen, al wist ze niet waarom.

'O, je ziet er helemaal niet uit als iemand die in een bibliotheek werkt.' Hij lachte verlegen. 'Sorry, ik weet zelf niet eens wat ik bedoel.' Hij stak haar het boek toe en ze griste het zo gauw als ze kon uit zijn handen. 'Je tassen zijn zwaar. Ik zal je helpen met dragen.'

'Nee, dat hoeft niet,' zei ze, terwijl haar vingers brandden van de pijn. Ze rolde met haar ogen, probeerde het zenuwachtige geborrel in haar borst te verbergen. Ze dwong haar voeten om te lopen, stap voor stap.

'Ik kan je wel even helpen, dat meen ik.'

'Ik zei dat het niet hoeft.' Aleisha vertrok van pijn, de handvatten sneden in haar huid.

'Oké. Zo te zien gaan we dezelfde kant op,' zei hij plagerig, een halve stap achter haar. 'Als je echt in de bibliotheek werkt, kun je me dan vertellen waar het boek over gaat?'

Aleisha bleef staan, zette de tassen neer om ze anders vast te pakken. Voordat ze ze weer kon optillen, dook de jongen eropaf en pakte er twee.

'O, geweldig,' fluisterde Aleisha vinnig.

'Joh, ik wil gewoon iets over het boek weten. Ik zal deze tassen een eindje voor je dragen en daarna laat ik je voorgoed met rust.'

Aleisha hees de laatste tas op haar schouder. 'Ik moet je teleurstellen,' zei ze, 'ik ben er nog niet in begonnen. Ik weet alleen wat er op de achterflap staat.'

'Dat geeft niet. Hoe heet je?' vroeg hij.

'Aleisha.'

'Leuk je te ontmoeten, Aleisha,' zei hij. 'Ik heet trouwens Zac.'

Aleisha bedacht dat ze niet om die informatie gevraagd had, maar zei met geveinsde nonchalance: 'Leuk je te ontmoeten.'

Hij glimlachte ongemakkelijk. Was hij net zo zenuwachtig als Aleisha? Terwijl hij met de tassen worstelde en wat achteropraakte, sloeg ze haar hand voor haar mond om een glimlach te verbergen.

'Zo,' zei hij, toen hij weer naast haar liep en probeerde te verhullen dat hij buiten adem was. 'Lees je veel?'

Ze wachtte even voordat ze antwoord gaf en dacht aan de oude man, meneer Patel, dacht aan hun gesprekken over boeken tot nu toe. Ze voelde de leeslijst in haar telefoonhoesje branden. 'Niet echt,' zei ze eerlijk. 'Ik ben er nog maar net mee begonnen, maar ik vind het leuk.'

'*The Kite Runner*... Denk je dat je daar klaar voor bent?'

'Ik dacht dat je niets over dat boek wist.'

'Ik heb de film gezien. Dat is echt de zieligste film die ik ooit heb gezien.'

'Dat zei de vrouw achter de kassa ook al.'

'Tja, we hebben gelijk. Triest eind ook...'

'Nee, ik wil het niet weten! Waarom wil iedereen het verklappen?' onderbrak ze hem met grote ogen. Ze was verbaasd over haar eigen reactie. Ze was nu ontspannen. Dit voelde even normaal, naast een onbekende lopen en over een boek praten.

Hij lachte. 'Maak je geen zorgen, ik zal het niet voor je bederven. Dus...' Hij keek haar nog steeds recht aan. 'Wat doe je als je niet in de bibliotheek bent?'

'Wat is dit? *Married at First Sight* of zo?'

'Sorry, ik draaf een beetje door.'

'Dat kun je wel zeggen.'

'Nou?'

Ze haalde haar schouders op. 'Wat gaat jou dat aan?'

'Dat gaat me inderdaad niets aan, ik probeer gewoon een praatje te maken.' Hij haalde zijn schouders op, sjokte verder met de tassen. 'Wat zit hier in vredesnaam in?' vroeg hij hijgend.

Toen ze bij de hoek van haar straat kwam, bleef ze staan. 'Ik draag ze verder wel.' Ze knikte de straat in. 'Ik woon daar.'

'Het is in orde, ik zal ze het hele eind dragen. Dat lukt wel.'

'Nee,' zei Aleisha scherp, verbaasd over de toon waarop ze dat zei. 'Ik draag ze vanaf hier.'

Hij knikte, zette de tassen voorzichtig op het trottoir en deed een stap naar achteren, alsof hij een zeer gevaarlijk pakket overdroeg.

'Bedankt, Zac,' zei ze luchtig.

'Graag gedaan, Aleisha. Ik hoop je nog eens te zien. Ik voel me altijd wat alleen in de zomer, dus ja, ik vond het leuk.'

De jongen liep door toen ze haar tassen oppakte en de straat in sloeg. Ze wierp een laatste blik op hem, nam zijn gestalte in zich op, de jongen uit de metro. Ze kon het nog steeds niet bevatten.

Toen ze haar huis naderde, zag ze dat de ramen dicht waren. Het was donker binnen, zoals op Manderley, of in het huis van Boo Radley. Maar even voelde het minder benauwend. Ze zette de tassen bij de deur terwijl ze haar sleutel zocht en zag *The Kite Runner* naar haar kijken vanuit een van de tassen. De laatste woorden van de jongen galmden na in haar hoofd. Zij voelde zich ook altijd alleen in de zomer, maar deze zomer voelde ze zich iets minder alleen dan anders.

14

Mukesh

Piep. 'Papa, met Rohini. Harishfua belde me en hij wil dat je met hem meegaat naar de mandir. Je hoeft me niet terug te bellen, maar bel hem even. Oké? Ik weet dat je al heel lang niet geweest bent, en niet in je eentje, maar het zal je goeddoen. Deepali, Vritti en ik hebben het erover gehad en we vinden dat je moet gaan. Oké? Ik moet van Priya tegen je zeggen dat ze *Wizard of Earthsea*, zo heet het geloof ik, een heel mooi boek vindt. Je krijgt de groeten van haar! Dag, papa. Ik spreek je gauw.'

Piep. 'Hoi, pap, met Deepali. Rohini vertelde dat Harishfua je geprobeerd heeft te bellen. Ga toch naar de mandir. Het zal fijn zijn en dan krijg je de kans om eens een gezonde uitgebalanceerde maaltijd te eten. Oké? Ik zie je binnenkort.'

Mukesh pakte zijn boek en ging net in zijn stoel zitten toen de telefoon opnieuw ging. Hij keek ernaar en toen naar zijn boek. 'Ze spreken maar een bericht in,' zei hij in zichzelf.

Piep. 'Goedemorgen, Mukeshbhai. Met Nilakshiben.' Mukesh sprong bijna op uit zijn stoel. Zijn blik gleed als vanzelf naar de foto van Naina aan de wand. 'Ik heb de ingrediënten voor brinjal bhaji gekocht, dus zal ik deze week een keer langskomen? Zaterdag misschien? Dan kan ik je leren hoe je dat klaarmaakt. Goed weekend!'

Hij had niet verwacht dat Nilakshi contact met hem zou opnemen. Hij keek nog eens naar de foto van Naina, zocht naar een teken wat hij moest doen. Was ze ontdaan? Boos?

Mukesh zuchtte en probeerde verder te lezen in *Rebecca*. Hij zat in zijn eigen fauteuil, met vierenhalve lamp om zich heen, die uit verschillende kamers van het huis kwamen, en allemaal op verschillende hoogten stonden. De halve lamp was een USB-leeslampje dat hij op het boek kon klemmen. Dat was van Priya, ze had het van Naina gekregen. Deze hoek van zijn woonkamer zag er nu uit als zo'n ironische, zogenaamd trendy hipsterbar waar Vritti hem altijd foto's van liet zien op Instagrab, wat ze voor haar eigen kleine keten van cafés 'inspo' noemde.

Het had geen zin. Hij was uit zijn doen door Nilakshi's telefoontje. Hoe kon hij nu lezen over een opdringerige nieuwe vrouw? Hij legde *Rebecca* neer en belde Harish in een poging zichzelf af te leiden. Hij beloofde dat hij vanavond naar de tempel zou gaan voor Abhishek, *puja* en het eten. Het was heel lang geleden dat hij dat had gedaan. Hij ging alleen met Rohini of Deepali naar de tempel, en soms met Vritti, alleen maar omdat ze hem daartoe dwongen. Hij vond het niet prettig om daar te zijn. Daar zijn herinnerde hem aan Naina, aan het feit dat hij zonder haar maar een half mens was.

'Ik verheug me erop je vanavond te zien, bhai!' bulderde Harish. Of hij was doof, of hij wist niet hoe een moderne telefoon werkte. Mukesh vergaf het hem. Dat had hij zelf ook gedaan, totdat Vritti en Rohini geklaagd hadden dat het volume op hun telefoon niet laag genoeg kon voor een gesprek met hem.

'Ha, ja. Bedankt dat je me hebt overgehaald. Het zal goed voor me zijn.' Mukesh probeerde te klinken alsof hij het zelf geloofde.

'Geweldig, mijn vriend. Tot ziens, bhai!' riep Harish.

Mukesh hield de telefoon bij zijn oor vandaan en nam afscheid.

Nadat hij een paar uur gelezen had, keek Mukesh op en hij schrok toen hij de vier hoofdpersonen uit *Rebecca* tegenover hem op de bank zag zitten. Mevrouw De Winter, de nieuwe vrouw en verteller, was heel wazig doordat ze nooit echt beschreven werd. Kon hij haar vertrouwen? Meneer De Winter, de puissant rijke jonge heer die op het eerste gezicht charmant leek maar ook een scherp randje had. Nee, hij mocht hem niet. En dan was er mevrouw Danvers, de bemoeizieke, achterdochtige, vooringenomen dame die een hekel aan mevrouw De Winter had omdat ze niet kon tippen aan Rebecca, die overleden maar beslist niet vergeten was. En tot slot Rebecca zelf, een geest, die op Mukesh' bank zat, naar het portret van Naina boven de televisie keek.

Mukesh hapte naar adem, wreef in zijn ogen, maar net toen Rebecca opstond en het leek of ze op hem af zou komen, toeterde er buiten een auto en vervlogen alle vier de personages. Hij haalde diep adem, probeerde niet te bewegen. Hij had niet gedacht dat een boek, dat zich zo ver hiervandaan afspeelde, hem zo kon raken en zo echt kon voelen. Het was beangstigend.

De auto toeterde opnieuw. Harish. Mukesh keek op zijn horloge. Precies op tijd.

Dertig seconden later toeterde de auto alweer.

Ongeduldig als altijd.

Soms dacht Harish dat hij een coole, chique veertiger was in een coole, chique auto, iemand die het druk had, te belangrijk was om een paar minuten te wachten tot zijn vriend zijn slippers uit had gedaan, zijn schoenentas voor de tempel had gepakt en zijn sportschoenen met klittenband had aangetrokken. Maar Mukesh liet hem wachten en deed expres langzaam. Dat hield hij zichzelf tenminste voor. Doordat hij stijve benen had, lukte het hem sowieso niet om sneller te zijn. Dat had de sponsorloop wel bewezen.

De auto van Harish was groot en glansde altijd, zelfs in de vieze Londense smog.

'Mukeshbhai!' riep Harish door het openstaande autoraampje. Hij boog zich over de passagiersstoel heen en duwde het portier open om Mukesh uit te nodigen in te stappen.

Voordat hij iets kon zeggen, knalde Mukesh het portier achter zich dicht. Hij zuchtte. Zijn rug deed pijn. Hij kon zijn benen amper kwijt in deze auto. 'Bhai, goed je te zien.'

Toen ze bij de mandir parkeerden, klopte Harish liefdevol op zijn dashboard en stapte veel vlugger uit de auto dan Mukesh dat kon.

Ze liepen naast elkaar naar het gebouw, maar Mukesh raakte achterop. De tempel zag er schitterend uit in dit licht, met de zon die van de koepels weerkaatste, ingewikkelde gravures in de schaduwen onthulde. Het was prachtig en hij lette daar vanaf deze hoek vaak niet op. Het was verrassend om dit meesterlijke gebouw hier te zien, ingeklemd tussen huizen, een school, her en der een parkeerterrein en de noordelijke ringweg met toeterende auto's en boze automobilisten die zich niet bewust waren van de rust die er vlak achter lag. Het was wondermooi, onverwacht, en juist dat vond hij zo leuk aan Londen. De afwisseling. Tegenstellingen en contrasten.

Harish liep nu een heel eind voor hem, draaide zich niet om, had niet eens door dat Mukesh niet meer naast hem liep. Ging helemaal op in zijn eigen wereldje.

Mukesh deed het rustig aan. Er waren momenten dat hij het gevoel had dat hij door zijn benen zou zakken. Het was een heel andere ervaring om hier te zijn zonder zijn dochters, zonder Naina. Bij de ingang moest hij langs de metaaldetector. Hij vroeg zich altijd af of de beveiliger zijn naakte lichaam kon zien. Hij hoopte van niet. De gedachte alleen al deed hem blozen. Het zou niet erg hindoeïstisch zijn als ze dat deden, toch?

Hij mocht doorlopen, de metaaldetector ging alleen af voor zijn sleutels en zijn riem, en hij ging naar links. Hij stelde zich voor dat Naina naast hem liep, naar rechts ging, naar de schoenenrekken voor vrouwen. Toen hij die kant op keek, zag hij Indira. Indira was altijd alleen. Hij zag nooit veel mensen bij haar in de buurt. Iedereen wist dat als Indira eenmaal begon te praten, je haar niet meer stil kreeg. Verder wist hij weinig van haar, maar Naina had er altijd op gestaan dat ze interesse in haar toonden. Hij zwaaide naar haar, maar liet zijn hand vlug zakken toen ze als antwoord slechts een knikje gaf.

Na Abhishek, waar Mukesh en Harish heilig water over een koperen beeld van Swaminarayan sprenkelden om door hen gezegend te worden, lieten ze de vrede en rust van het ritueel vlug achter zich en liepen meteen door naar de rumoerige sporthal waar het eten werd geserveerd. Het mannengedeelte werd door een gordijn van het vrouwengedeelte gescheiden. Harish ging meteen eten halen en regelde een tafel voor hen. Mukesh nam de tijd, zei iedereen gedag die eten opdiende ('Mukesh, wat fijn dat je na lange tijd weer hier komt eten!'), maar ging vlak daarna bij Harish zitten, zijn plastic bord vol met heerlijk eten en felle kleuren: *khichdi khadi*, *jalebi*, *puri*, *buttata nu shak*, *papdi*. Ze aten in stilte. Mukesh betrapte zichzelf erop dat hij om het gordijn heen probeerde te kijken om een glimp op te vangen van Nilakshi, die hij een paar tellen daarvoor had gezien. Vroeger keek hij altijd om het gordijn heen om een glimp van Naina en zijn dochters op te vangen. Op dat moment dook de nukkige, strenge, vooringenomen huishoudster mevrouw Danvers weer op in zijn gedachten. Ze zat tegenover hem, naast Harish, droeg gek genoeg een sari en een *chanlo*, haar haar naar achteren getrokken in een strakke knot. Ze fronste haar wenkbrauwen, schudde haar hoofd, at met haar handen, net als hij.

Mukesh knipperde een paar keer, probeerde het beeld van deze vreemde fictieve dame uit zijn hoofd te bannen, maar dat lukte niet.

'Bhai,' zei Mukesh tegen Harish, in een verwoede poging zijn grip op de realiteit te behouden. Zijn blik gleed van Harish naar de nors kijkende mevrouw Danvers. 'Hoe gaat het met Meenaben?'

'O, heel goed. Heel goed. Vanavond is ze een avond van me verlost, dus ze is vast blijer dan ooit. Blij om van me af te zijn!' Harish gniffelde met een mond vol eten. De denkbeeldige mevrouw Danvers wierp een blik op de man naast haar en haar gezicht vertrok van afschuw. Mukesh bedacht dat dit waarschijnlijk het enige was wat hij met de afschuwelijke huishoudster van Manderley gemeen had.

Hij stelde zich voor dat Naina aan de andere kant van het gordijn eten opdiende aan mevrouw Danvers. 'Ik ben haar niet vergeten,' zei Mukesh in zichzelf, maar hij wist niet of hij dat voor zichzelf of voor mevrouw Danvers zei. Hij wilde haar vertellen dat hij Naina nooit zou vergeten en dat niemand, zelfs Nilakshi niet, zijn vrouw kon vervangen. Opeens pakte mevrouw Danvers haar bord en ze liep naar de andere kant van de zaal.

Harish zat nog steeds te praten. Mukesh had geen idee wat Harish zojuist gezegd had, maar kennelijk was zijn antwoord 'lieve help' precies waar Harish op had gehoopt.

'Meena vroeg zich af of je zin hebt om een keer bij ons te komen eten. Dat is heel lang geleden, bhai.' Harish leek te merken dat Mukesh er met zijn gedachten niet bij was. Hij gaf hem een klap op zijn schouder.

Mukesh reageerde door met zijn hoofd te schudden en te knikken. 'Natuurlijk. Zeg maar wanneer!'

'Zaterdag? Dan is mijn oudste zoon ook thuis, dus dat komt goed uit. Hij wil je graag zien.'

Zaterdag kwam voor hem niet uit. Zaterdag 6 juli. Dat was de dag dat Nilakshi bij hem kwam. 'Dan heb ik al iets.'

'Heb je met Rohini afgesproken?'

Mukesh schudde zijn hoofd.

'Met Priya of de tweeling van Deepali? Ik heb die kleintjes al heel lang niet gezien. Niet meer sinds...'

Mukesh schudde zijn hoofd.

'Vritti? Heeft ze een man gevonden?'

Mukesh schudde zijn hoofd. Hij wilde niet liegen, maar hij was heel blij met die dubbele vragen. Wie weet zou Harish niet doorhebben welke vraag Mukesh beantwoordde.

'Dat verbaast me echt. Ze is een aardige, mooie vrouw. Ze doet me sterk aan jouw Naina denken. Wat ga je dan doen? Zit je tegenwoordig bij een schaakclub? Een cricketvereniging?' Harish gniffelde en sloeg op zijn buik. 'Stel je voor! Mukesh die cricket speelt!'

'Ik ga met Nilakshiben eten,' zei Mukesh vlug, zakelijk, en hij lette erop dat hij dat 'ben' nadrukkelijk uitsprak om te bewijzen dat het slechts om een broederlijke/zusterlijke vriendschap ging. Hij zei het zo hard dat zelfs Harish' selectieve gehoor het zou oppakken.

'Wie is Ben?'

Mukesh bloosde. 'Nee, bhai. Nie-lak-sjie-ben.'

Harish fronste even zijn wenkbrauwen en toen werden zijn ogen groot. 'O, Bhagwan! Ben je aan het daten? Maar Naina dan?'

Mukesh werd vuurrood. 'Nee, bhai. Je ziet het helemaal verkeerd.'

Op dat moment sloop die afschuwelijke mevrouw Danvers weer terug vanaf de andere kant van de zaal. Ze keek Mukesh indringend aan.

'Maar ze is een vriendin van Naina! Je bent weduwnaar!'

'Nee, Harish!' Mukesh stak verdedigend zijn handen op, als waarschuwing, aan zichzelf, aan Harish. Een smeekbede om te luisteren. 'We zijn gewoon vrienden, gaan wat bijkletsen. Meer niet.'

En dat meende hij. Zoiets wás het helemaal niet. Maar dat was precies de reden dat hij zich er ongemakkelijk over voelde. Ze hadden hooguit een paar uur samen doorgebracht en nu al werden ze als overspelige nabestaanden neergezet. Echtbreker? Echtbreekster? Mukesh schudde zijn hoofd, het deed er niet toe, want dat waren ze niet.

Mukesh pakte zijn bord en schraapte de restanten in de vuilnisbak. Hij voelde mevrouw Danvers achter zich aan komen toen hij de zaal en daarna de mandir uit beende en de frisse lucht van Neasden in stapte. Hij haalde het boek uit zijn tas. *Rebecca*. Even dacht hij dat er in goudgele letters 'Naina' op de voorkant stond. Waarom deed het boek hem dit aan? Wat wilde het van hem?

DE LEESLIJST

Joseph

2017

Joseph kwam al van jongs af aan in de bibliotheek. Als zijn moeder tijdens schoolvakanties moest werken, zette ze hem hier af, moedigde hem aan zijn huiswerk te maken of alvast vooruit te werken voor het volgend schooljaar. Nu ging hij na schooltijd op maandag, woensdag en vrijdag naar de bibliotheek, ook al was hij oud genoeg om in zijn eentje thuis te zijn. Hij had een favoriete tafel, die meestal vrij was omdat die niet, zoals de andere tafels, weggestopt zat. Die tafel was vlak bij de balie. Joseph vond het prettig om het gemompel te horen van de weinige mensen die boeken kwamen halen. Dat hielp hem zich te concentreren. Hij kwam graag in de bibliotheek. Het was er rustig. En niemand van school kwam hier ooit.

Op een dag had hij precies op deze zelfde plek gezeten toen er iemand tegenover hem ging zitten. Hij keek niet op. Die fout had hij ooit gemaakt en toen was een jongeman hem allerlei vragen gaan stellen over zijn huiswerk. Joseph had niet geweten hoe hij duidelijk moest maken dat hij in alle rust wilde doorwerken. Zoals gewoonlijk hield hij zijn hoofd omlaag, zijn ogen op de bladzijde gericht.

Toen er een boek op de tafel gelegd werd, zag hij aan de handen dat het om een ouder iemand ging. De huid zat wat losser, een beetje zoals bij de handen van zijn moeder. Hij keek op om te zien welk boek het was, probeerde een glimp van het omslag op te vangen, maar hij was te laat, de handen hadden het boek al opengeslagen. Hij ging verder met zijn huiswerk.

Pesten en groepsdruk. Hij had een bloedhekel aan zijn huiswerk voor het vak persoonlijke, sociale en economische ontwikkeling, maar hij moest het maken. De lessen waren ook vervelend, wat vooral kwam doordat hij naast Moe Johnson moest zitten, die de pest had aan Joseph. 'Wat moet je doen als je gepest wordt, Joey?' vroeg hij grijnzend. 'Het aan iemand vertellen?' Moe treiterde Joseph omdat die na schooltijd naar de bibliotheek ging. Hij was hem een keer helemaal daarnaartoe gevolgd, had hem een slappeling, een watje, een loser, een nerd, een sul, een slijmbal genoemd. Zodra Joseph de deuren door was, was hij echter veilig. Moe zou hier nog niet dood gevonden willen worden.

Pesten en groepsdruk. Waar moest hij beginnen? De eerste vraag luidde: 'Wat is de definitie van pesten?' Het voelde alsof Moe Johnson die vraag speciaal voor hem daar had neergezet. Als Moe Joseph niet aanraakte, dan was het toch geen pesten?

Toen de tweede vraag: 'Hoe weet je of iemand gepest wordt?' Mensen verhulden zoveel.

Joseph legde zijn hoofd op de tafel. Toen hij opkeek, zag hij dat er natte, doorweekte kringen op zijn vel papier zaten.

De onbekende tegenover hem, met de rimpelige maar niet stokoude handen, pakte een papiertje en begon door een boek te bladeren, liet de vingers over de woorden glijden. De vingers stopten, deden het papiertje in het boek en schoven het over de tafel naar hem toe. Joseph sloeg zijn ogen een klein beetje op, zodat hij naar het boek keek, maar maakte geen oogcontact met de mysterieuze vreemde. Hij wilde nu niet praten, niet nu er stille tranen over zijn gezicht stroomden.

Life of Pi. Op de voorkant stond een zee van blauw en een enorme, kleurrijke en felle tijger. Hij zag het beduimelde papiertje tussen de bladzijden uit steken.

Joseph pakte het boek niet. Hij liet het op de tafel liggen, alsof het hem niet eens was opgevallen. Even later stond de onbekende tegenover hem op, deed een jas aan, stopte spullen in een tas en ging weg. Joseph had het gezicht niet gezien.

Joseph was nooit een echte boekenwurm geweest. Hij had geen leesboeken meer gelezen sinds hij klein was, had tegenwoordig te veel huiswerk. Maar toen hij het boek naar zich toe trok, het in zijn handen omdraaide, liet hij zijn ogen over de woorden op de achterflap gaan. Het boek ging over een jongen – van zestien – die vastzit op een boot met een tijger, een hyena, een orang-oetang en een zebra. *Wat raar*. Hij draaide het boek weer om en zag de jongen opgekruld aan de ene kant van de boot liggen, zijn armen om zijn knieën geslagen. Joseph had nooit met een tijger op een boot gezeten, maar hij kende dat gevoel, het gevoel van zo klein mogelijk, onzichtbaar willen en moeten zijn. Hij legde het boek op de tafel. Op een of andere manier wist hij dat dit boek doelbewust hier was achtergelaten: voor hem.

In een oogwenk schoof hij zijn huiswerk voor persoonlijke, sociale en economische ontwikkeling in zijn tas en hing de tas over zijn schouder. Hij liep met het boek naar de zelfscanners. Hij wilde dolgraag naar huis, zodat hij met dat boek kon wegkruipen en erachter kon komen wat die onbekende wilde dat hij zou ontdekken.

Thuis deed Joseph de voordeur open en met een knal weer dicht. Hij rende naar boven naar zijn slaapkamer, kroop in bed, trok het dekbed over zich heen terwijl hij in kleermakerszit op zijn bed zat, en sloeg het boek open bij het papiertje.

Hij trok het er zo voorzichtig mogelijk uit en las wat erop geschreven stond. Het was een lijst. Een, twee, drie, vier, vijf, zes, zeven, acht boeken. Een van de titels was omcirkeld.

Life of Pi.

Zijn boek.

15

Aleisha

Ze sloeg de laatste bladzijde om en ademde diep in. Ze had niet doorgehad dat de uren wegtikten terwijl ze in de verlaten bibliotheek zat met haar hoofd tussen de bladzijden. Het was de eerste keer dat ze vrijuit had gelezen, zonder aan zichzelf te twijfelen, zonder zich af te vragen of ze het verhaal wel goed begreep, zonder aan de buitenwereld te denken.

Aleisha legde *The Kite Runner* terug op haar bureau en sloeg haar handen voor haar gezicht. Ze voelde haar hart snel slaan, het klopte alsof het uit haar borst zou knallen, en ze had hoofdpijn. Ze was heel blij dat er verder niemand in de bibliotheek was. Als iemand haar nu zou aanspreken, zou ze misschien in tranen uitbarsten.

Ze pakte haar telefoon, wilde dolgraag iemand een berichtje sturen, wilde praten zonder echt te praten, wilde iemand vertellen over wat ze had gelezen. Ze vroeg zich af of Rachel het boek kende, maar ze had haar al weken geen berichtje gestuurd en om dan nu zomaar over een boek te beginnen zou raar zijn. Daarna dacht ze aan de vrouw in de winkel, en aan die jongen, Zac. Had hij gezegd dat hij het had gelezen? Ze was verbaasd dat haar gedachten weer naar hem afdwaalden.

Ze stelde zich Amir en Hassan voor, twee beste vrienden, even hecht als broers, die met hun vliegers door Kabul renden. Hassan, die heel aardig was, en heel loyaal aan zijn vriend, die alles zou doen om hem te beschermen en gelukkig te maken. En Amir, die blij was met Hassans vriendschap en loyaliteit, maar die toch in kleine dingen onaardig tegen hem deed zoals kinderen dat doen, zonder erbij na te denken. Amir had de rest van zijn leven spijt van wat hij zijn beste vriend had aangedaan, begreep uiteindelijk wat Hassan allemaal voor hem had opgeofferd toen ze beiden nog maar een kind waren. Maar Amir probeerde de rest van zijn leven goed te zijn. Als het verhaal van Amir Aleisha één ding liet zien, dan was het wel dat – hoe vreselijk je je ook in het verleden hebt gedragen – je er alles aan moet doen om een goed mens te zijn. De vriendschap tussen Amir en Hassan had Aleisha's hart gebroken. Ze had niet geweten dat ze zo diepbedroefd kon zijn over een verhaal, wat woorden op een bladzijde.

To Kill a Mockingbird en *Rebecca* waren goed geweest, maar soms voelde het meer alsof ze ze verplicht voor school las. Tijdens het lezen zocht ze naar een boodschap, iets waarover ze met meneer Patel kon praten.

Maar *The Kite Runner*... Ze was er dagenlang helemaal in opgegaan. Als ze met Aidan thuis was en hij vroeg hoe haar dag was geweest, dan was haar dag niets buiten de wereld van het boek.

'Ik lees *The Kite Runner*,' had ze tegen hem gezegd. 'Ik kan echt nergens anders meer aan denken.'

'Ik heb de film gezien,' zei Aidan. 'Die is heel zielig. Kun je het een beetje aan?'

'Niemand had me gewaarschuwd!' zei Aleisha, het boek naar hem heen en weer zwaaiend, in de wetenschap dat dat een leugen was. Iedereen had haar gewaarschuwd, maar dan nog was ze hier niet op voorbereid geweest. 'Waarom heeft niemand me verteld dat mijn hart er letterlijk door in miljoenen stukjes zou vallen? Hassan is zo aardig. En Amir walst gewoon over hem heen.'

'Tja, het zijn kinderen.'

'Dan nog. Dingen die je als kind doet, kunnen echt alles beïnvloeden, niet dan? Neem Amir, die heeft de rest van zijn leven spijt.'

'Er zit veel in dat verhaal. Het goedmaken en dat ook echt menen voordat het te laat is.' Aidan zweeg even en Aleisha's blik gleed naar de foto van Aidan, Aleisha, Leilah en Dean. 'Mensen niet voor lief nemen,' sprak Aidan verder, terwijl hij strak naar zijn telefoon keek.

Ze kreeg een brok in haar keel. Amir kon het niet goedmaken met Hassan, maar toch was hij op een of andere manier in staat het recht te zetten. Ze dacht aan Dean, aan alles wat hij in het verleden had gedaan en hoe hij er nu alles aan deed om de bezorgde ouder uit te hangen. Hij stuurde berichtjes, belde, sprak voicemailberichten in, maakte willekeurige bedragen over op hun bankrekening. Maar anders dan bij Amir betwijfelde Aleisha of Dean ergens echt spijt van had.

Terug in de bibliotheek veegde Aleisha een traan van haar wang. 'Shit,' zei ze zacht toen ze meneer P. binnen zag komen. Hij glimlachte breeduit. Ze wist niet of ze op dit moment vrolijk kon doen. Hassan, zo jong en aardig, en zijn vriend Amir renden door haar hoofd, en ook Dean drong zich op, bracht haar terug naar haar eigen leven.

'Hallo!' zei hij, terwijl hij naar haar bureau toe liep. 'Ik heb deze ook uit!' Hij stak *Rebecca* omhoog.

Aleisha probeerde een glimlach op haar gezicht te toveren, maar voelde haar onderlip zakken en wist dat ze daar niets aan kon doen. 'Hallo, meneer P.!'

'Aleisha,' zei hij zacht. 'Gaat het, beta?'

Aleisha kreeg weer een brok in haar keel. Niet huilen, niet huilen, niet huilen, dacht ze. 'Ja, hoor. Ik heb net een boek uit, een zielig boek.' Ze kuchte en probeerde haar stem te laten zakken.

Meneer P. boog zich onhandig over de balie heen en klopte haar zacht op de schouder. 'Rustig maar, het is in orde, beta,' zei hij, en zijn stem was zacht en sussend. 'Mijn dochter Deepali kijkt precies zo als ze doet alsof alles in orde is terwijl dat niet zo is! Dat deed ze als tiener altijd. "Het gaat goed. Laat me met rust, papa. Niets aan de hand!"' Meneer P. gniffelde. 'Je mag het gerust zeggen als je verdrietig bent. Boeken kunnen heel triest zijn, zo is het toch? Ik heb eens een boek gelezen waar ik vreselijk om moest huilen.'

'Welk boek was dat?' Aleisha deed haar best om met vaste stem te spreken.

'Dat was *The Time Traveler's Wife*,' zei hij met overslaande stem. 'We vonden het onder het bed van mijn vrouw nadat ze was overleden. Toen ik het las, had ik het gevoel dat ik dichter bij haar was, maar ik werd ook aan mijn verlies herinnerd.' Zijn blik dwaalde even af en zijn melancholie verergerde de pijn in haar bonzende voorhoofd. 'Ik... Ik wilde met je over *Rebecca* praten, maar misschien kunnen we dat beter een andere keer doen. Ik wil wel alvast een ander boek meenemen. Hoe heet dat boek waar je zo door van streek bent?'

Aleisha stak het omhoog.

Meneer P. kneep zijn ogen tot spleetjes en sprak de titel langzaam uit: 'The. Kite. Runner.'

Aleisha knikte fel. 'Ja, ik zou het heel fijn vinden als u het wilt lezen. Ik moet er met iemand over praten!'

Zijn ogen begonnen te stralen. 'Wil je er met míj over praten?' vroeg hij bedaard. 'Dan neem ik dat boek in elk geval mee. Ik wil het er graag met je over hebben. En bedankt voor *Rebecca*. Daardoor heb ik veel over dingen nagedacht, al ben ik er nog niet uit of ik het een goed boek vond.'

'Vond u het niet goed? Te eng? Ik vond het behoorlijk griezelig. Dat grote oude huis, die geest. Angstaanjagend!'

'Nee... Het was meer dat het zo'n onvriendelijk boek was. Ik geloof niet in hertrouwen. Te modern.'

Ze moest hard lachen. 'Meneer P., ik denk niet dat het boek over hertrouwen gaat. En volgens mij is het jaren geleden geschreven.'

'Ik had het idee dat het om hertrouwen draaide.' Hij keek naar zijn schoenen.

'Hmm,' zei Aleisha, terwijl ze *The Kite Runner* op zijn bibliotheekpasje zette. 'Ik denk dat iedereen iets anders uit een boek haalt.'

'Weet je, juffrouw Aleisha...' Meneer P. maakte zich lang. 'Ik zou nooit, maar dan ook nooit hertrouwen.'

Aleisha probeerde een glimlach te onderdrukken. 'Maar als u nu de juiste vrouw zou vinden, meneer P.?' Ze vond het leuk om hem te plagen, tot zijn ogen zichtbaar groter werden en zijn kaak wat zakte. Hij vatte dit niet goed op.

'Wat bedoel je in vredesnaam, jongedame?' De stem van meneer P. schoot twee octaven omhoog. 'Er is maar één grote liefde voor een mens!'

'Oké, als u dat zegt,' zei Aleisha, en ze liet *The Kite Runner* met een plof voor zich op de balie vallen. Haar gedachten schoten terug naar Hassan en Amir. Het voelde raar om het boek over te dragen. Ze voelde zich bezitterig, was geneigd het boek te beschermen. Maar toen ze meneer P. aankeek, bij wie de verontwaardiging wat gezakt was, zag ze zijn gretige blik. 'Moet u horen,' zei ze tegen hem, 'ik zal eerlijk tegen u zijn. Het is echt zwaar om te lezen, niet omdat het moeilijk is, maar omdat het diep gaat. Heel erg diep. Snapt u?'

'Oké,' zei hij. 'Ik heb diepe dalen gekend in mijn leven. Ik denk dat ik het wel aankan.' Hij glimlachte breeduit.

Ze zag dat hij een vraag van haar verwachtte, zodat hij wat wijsheid van Atticus op haar kon overdragen. 'Kunt u een voorbeeld geven, meneer P.?' vroeg ze om hem een plezier te doen.

'Nou,' zei hij, waarbij hij naar het plafond keek. 'Ik ben hier niet geboren, weet je wel? Ik heb mijn huis in Kenia verlaten om hiernaartoe te komen, mijn kinderen groot te brengen en hun kansen te bieden. Het was lastig om er hier tussen te komen, altijd anders te zijn.'

'Nou,' zei ze, 'dit boek gaat over je huis verlaten. De hoofdpersoon, Amir, vertrekt uit Afghanistan, waar hij is opgegroeid, en gaat naar Amerika.'

'O ja?' Meneer P. streek met zijn hand over het omslag.

'Ik weet zeker dat u het een mooi boek zult vinden! Geloof me, hierbij vergeleken is *Rebecca* kinderspel. Dat is een geweldig boek, heel sfeervol, maar dit is een emotionele achtbaan die maar doorgaat...'

'Oké, juffrouw Aleisha,' zei hij. 'Ik snap het. Ik zal het lezen en als ik het uit heb, meld ik me weer!'

Met bijna verende tred liep hij naar een stoel in de bibliotheek.

Vlak voordat hij ging zitten, zei ze: 'Niet huilen, afgesproken?'

'Ja, baas!' riep hij terug. Hij ging in zijn lievelingsstoel zitten, bij een kleine alkoof met boekenplanken en een hoge leeslamp.

'Vanaf deze plek kan ik je zien, Aleisha, of de andere medewerkers hier, Lucy, Benny en die andere jongeman,' had hij ooit tegen haar gezegd. 'Of die student die zijn boeken voor zich neer laat ploffen en een beduimeld notitieblok uit zijn tas haalt, of de jonge moeders en vaders die hun kinderen voorlezen. Ik vind dit een fijne plek, het is al bijna een nieuwe gewoonte geworden dat ik hier lees. Die onbekenden, dat zijn mijn zwijgende metgezellen.'

Aleisha was blij dat meneer P. zich stukje bij beetje openstelde, niet alleen voor haar, maar ook voor de anderen die hier werkten. Een paar dagen geleden had Lucy gezegd: 'Die oude man met wie je bevriend bent geraakt, dat is echt een lieverd, hè?'

Ze dacht aan de eerste keer, toen ze onbeleefd tegen hem had gedaan, en dat Aidan en Kyle haar op het hart hadden gedrukt dat ze haar fout moest rechtzetten, net zoals Amir in *The Kite Runner* had gedaan. Het was waar: het was nooit te laat om een goed mens te zijn. Nooit. Aleisha was gek genoeg trots op de oude man. Ze wist dat meneer P. eenzaam was, maar hij begon dingen te doen om zichzelf te helpen. Hij deed het heel goed.

16

Mukesh

Mukesh had zijn dochters niet verteld dat hij van plan was Nilakshi vandaag te zien. Voor hen was ze Nilakshimasi. Ze was als familie, altijd al geweest. Hij vermoedde – hoopte – dat Vritti het leuk voor hem zou vinden dat hij eindelijk iemand gevonden had die een goede vriendin, een metgezel kon zijn. Maar Rohini en Deepali zouden het verkeerd opvatten, zouden te modern denken. Ze zouden er meer achter zoeken, zouden achter zijn rug tegen elkaar mompelen: 'Het wordt serieus tussen papa en deze vrouw. Waarom zou hij mama dat aandoen?' Hij kon het niet verdragen dat hij over de tong ging.

Toen de bel ging, sprong Mukesh' hart bijna uit zijn borst. Hij keek op naar Naina, hoopte op een of andere boodschap. Stilte.

'Nilakshiben!' Mukesh stond bij de deur, spreidde zijn armen om haar te begroeten en klonk zelfverzekerder en beter op zijn gemak dan hij zich voelde.

Ze stak een blauwe plastic zak met groenten naar hem op. 'Ben je er klaar voor om te leren hoe je brinjal bhaji maakt?'

Mukesh knikte vlug en stapte opzij om haar binnen te laten. 'Ga zitten, Nilakshiben,' zei hij beleefd en hij knikte vormelijk. Hij besefte opeens dat hij onnatuurlijk recht stond. Ze stonden naast elkaar in de gang, bij de deuropening naar de woonkamer. Naina keek vanuit haar fotolijst boven de televisie op hen neer.

'Dank je, bhai,' zei Nilakshi. Het viel hem op dat ze met een grote boog om Naina's stoel heen liep en ruimte liet voor haar nagedachtenis. 'Kan ik hier zitten?' Ze wees naar de bank, met de tas nog in haar hand.

'Ja, hoor,' antwoordde hij, en hij boog zich naar voren om de tas van haar aan te nemen. 'Je kunt gaan zitten waar je wilt.'

Op de bank sloeg Nilakshi haar handen ineen en trok haar schouders op, alsof ze zo min mogelijk ruimte wilde innemen.

'Doe of je thuis bent,' zei hij.

Nilakshi verroerde zich niet, glimlachte en knikte alleen maar.

Een paar minuten later kwam Nilakshi bij hem in de keuken staan terwijl de thee stond te trekken. Hij had ditmaal losse theebladeren gebruikt, want hij wist dat Naina dat gewild zou hebben voor een gast.

'Ik dacht: ik kom maar eens kijken,' zei Nilakshi. Ze keek alsof ze een geest had gezien. 'Zal ik de ingrediënten voor de brinjal bhaji alvast snijden?'

Hij had door dat ze niet wist wat ze met zichzelf aan moest nu ze door het huis van haar overleden beste vriendin doolde. 'Goed,' zei hij. 'Maar zeg alsjeblieft stap voor stap wat je doet, anders kan ik het niet bijhouden!'

'Natuurlijk!' Ze pakte de aubergine uit de tas en sneed die in stukken, terwijl Mukesh zoetjes in de thee deed. Ze liepen om elkaar heen, op zoek naar keukengerei, waarbij ze op hinderlijke momenten klunzig tegen elkaar op botsten. 'Sorry!' werd altijd gevolgd door 'Nee, nee, mijn fout, bhai! Ik ben ook zo onhandig!'

'Moet je ons nou zien,' zei Mukesh. 'We pakken dit heel dom aan. Ik blijf wel aan die kant en dan zeg je het maar als je iets nodig hebt.'

'Prima, dank je. Olie graag.'

Mukesh stak haar de olie toe en Nilakshi lette erop dat ze de fles bij de dop vastpakte, zodat haar vingers zo ver mogelijk bij die van Mukesh vandaan bleven.

Hij merkte dat hij tijdens de les brinjal bhaji klaarmaken de hele tijd zijn adem inhield en dat er geen woord van bleef hangen. 'Kun je misschien ook opschrijven hoe ik het moet klaarmaken?' vroeg hij, toen hij het eerste stukje gefrituurde pittige aubergine in zijn mond stak.

'Natuurlijk,' zei Nilakshi, die pakweg dertig centimeter bij het bord vandaan stond en toekeek terwijl Mukesh ervan smulde.

'Wil jij ook?'

'Nee, dank je, bhai. Ik lust geen aubergine.'

'Wat?' Mukesh lachte. Er verschenen lachrimpeltjes bij zijn ooghoeken. 'Waarom wilde je dit dan klaarmaken?'

'Nou, Naina zei altijd tegen me dat dit je lievelingseten was en we horen altijd van Harish dat je dit nooit maakt. Zelfs je dochters zeggen dat tegen ons bij de tempel. Ze zeggen dat je ongezond eet! Ik dacht dat je misschien wilde leren hoe je het klaarmaakt.'

Mukesh slikte. Hij bloosde. Natuurlijk hadden zijn dochters – waarschijnlijk Rohini – het heerlijk gevonden om rond te bazuinen dat Mukesh Patel vastgeroeste gewoonten had.

Nilakshi verbleekte een beetje en hij zag dat ze koortsachtig op zoek was naar een ander onderwerp om over te beginnen. 'Wat fijn dat mensen om je geven! Hoe gaat het met je kleinkinderen? En met kleine Priya?'

'Het gaat goed met ze, ze hebben al zomervakantie. Pasgeleden ben ik met Priya naar de bibliotheek geweest.'

'De bibliotheek?' vroeg Nilakshi. 'Die waar Naina naartoe ging?'

'Ja! Ik heb gelezen, voor Priya, en voor mezelf. Er is daar een bibliotheekmedewerker die me helpt met boeken uitzoeken.'

'Dat is geweldig, Mukeshbhai! Wat ben je nu aan het lezen? Waar gaat het boek over?'

'Ik ben aan een prachtig boek bezig en dat heet *The Kite Runner*. Het gaat over Amir en Hassan,' zei hij, en hij vertelde haar alles wat er tot nu toe was gebeurd. Amir woonde inmiddels in Amerika. Hij was zijn beste vriend min of meer vergeten, al kende hij momenten van hevige schuldgevoelens en spijt.

'Zo te horen is het ontzettend zielig,' zei Nilakshi. Ze zaten nu in de woonkamer en hij zag dat ze naar achteren leunde, haar handen naast zich. Ze nam meer ruimte in. Ze begon te wennen.

'Dat is het ook. De vrouw van de bibliotheek die me het boek heeft aangeraden... Ik zag dat ze heel verdrietig was toen ze het uit had. Hassan is zo'n aardige jongen en hij wordt echt vreselijk behandeld.'

'Tja.' Nilakshi knikte instemmend. 'Zo gaat het toch vaak? Mijn zoon...' Mukesh zag dat Nilakshi haar hoofd een beetje boog. Hij had haar nog nooit over Aakash horen praten. 'Als kind was hij heel vriendelijk en rustig, zat altijd met zijn hoofd in de boeken, was altijd trouw aan zijn vrienden, en ze pestten hem. Treiterden hem. Als hij thuiskwam, vroeg ik hoe zijn dag was geweest. Ik wilde ervoor zorgen dat hij zich prettiger zou voelen.'

Er verscheen een denkrimpel op Mukesh' voorhoofd. De ogen van Nilakshi glinsterden. Hij wist niet wat hij moest zeggen. In zijn hoofd ging hij alle boeken af. Stond daar iets bruikbaars in? Wijsheid van Atticus die op dit moment van pas kwam? Maar toen besefte hij dat ze waarschijnlijk alleen behoefte had aan een luisterend oor. Dat kon Mukesh haar bieden.

'Ik wilde hem gelukkig maken.' De stem van Nilakshi stokte in haar keel. 'Maar het is beperkt wat een moeder kan doen. Daar ben ik wel achter gekomen.'

'Hij had een geweldig gezin achter zich staan,' zei Mukesh rustig. 'Kinderen kunnen heel gemeen zijn, maar jouw zoon, die was volwassen, slim. Hij zal geweten hebben dat het niet aan hem lag. Dat het niet persoonlijk bedoeld was.'

Nilakshi kuchte en streek met de rug van haar hand over haar ogen. Ze glimlachte. 'Hij was ook dol op brinjal bhaji, het liefst die van Naina.'

Toen Mukesh' huis weer in stilte gehuld was, en de geur van brinjal en olie en mosterdzaad er nog hing, ontspande hij in zijn fauteuil, zijn buik vol, zijn hoofd tevreden. Het was maanden, misschien wel jaren geleden dat hij gezelschap had gehad, echt gezelschap, iemand die echt voor hém kwam. Maar toen hij zichzelf toestond om uit te rusten, dwong iets in zijn binnenste hem om op te kijken naar het portret van Naina, en in een oogwenk was hij in Manderley, waar Rebecca hem overal achtervolgde.

DEEL V

Life of Pi
van Yann Martel

17

Aleisha

Ze wachtte vier minuten op een bus, maar die kwam niet, en dus ging ze lopen. Bij elke bushalte onderweg bleef ze staan om te kijken hoelang de wachttijd was. Nog steeds te lang. Ze rende verder. Aidan had gebeld dat hij dringend naar zijn werk moest, en Aleisha had er zo lang over gedaan om haar spullen in te pakken in de bibliotheek en te regelen dat Kyle kwam om de rest van haar dienst over te nemen dat ze een uur te laat zou zijn als ze nu niet opschoot.

Haar schenen stonden strak. Haar borst deed pijn. Het was jaren geleden dat ze zo'n cardiotraining had gedaan. Elke porie prikte, terwijl er zweet door haar make-up heen probeerde te dringen.

Toen ze haar straat in liep, begon haar hart te gonzen van ongerustheid. De dichte ramen van haar huis waren voor haar even onheilspellend als de hekken van Manderley. Ze zag Aidan tegen zijn BMW cabrio leunen, met de muziek hard aan. Hij stond te praten met iemand die ze meteen herkende. Mia. Ook ditmaal herkende ze haar aan het opgeschoren kapsel. Aleisha bleef staan, wilde dat ze niet het hele eind naar huis had gerend, want nu zag ze er vreselijk uit. Ze stelde zich voor dat haar mascara was uitgelopen.

Aidan zwaaide verwoed, zijn kaken op elkaar geklemd, maar zijn ogen deden alsof er niets aan de hand was. 'Leish,' riep hij met een brede glimlach op zijn gezicht.

Aleisha's hart begon twee keer zo snel te slaan toen ze Aidans nerveuze energie opzoog. Hij tikte voortdurend met zijn voet alsof hij zijn energie probeerde te beteugelen.

'Mia is er! Ze kwam vragen of je zin had om te chillen.'

'Ja, leuk idee, zou ik graag doen,' babbelde ze, terwijl ze op adem probeerde te komen. 'Maar ik moet mama helpen.'

Ze wierp een blik op Aidan. Zijn ogen waren roodomrand alsof hij weken niet geslapen had. Zijn blik schoot alle kanten op: naar zijn horloge, naar zijn stuur, naar zijn zus, haar vriendin, en weer naar het huis.

'Oké, cool, ja, cool,' zei Mia nonchalant, zich volledig onbewust van het feit dat Aidan en Aleisha ergens anders moesten zijn. Ze kantelde haar heupen een beetje, waarschijnlijk omdat Aidan erbij was. 'Ik had gewoon niets meer van je gehoord sinds die keer in de bibliotheek een paar weken geleden en ik vroeg me af of je zin had om bij te kletsen, Leish. Je hebt niets meer laten horen in de groep.'

De WhatsApp-groep.

'Ja, sorry.' Ze meende er niets van. 'Het spijt me oprecht, Mia. Ik kan nu niet, maar leuk dat je langskwam.'

Mia draaide zich op haar hakken om en liep weg.

'We gaan morgen barbecueën in het park. Om zeven uur. Kom gerust langs. Rahul komt ook,' riep Mia naar haar.

'Bedankt!' Aleisha zwaaide terwijl haar vriendin wegliep, waarna ze haar blik op haar broer richtte.

'Je ontloopt haar,' zei Aidan, toen Mia bijna uit het zicht verdwenen was en hij in de auto stapte.

'Ja, we praten niet meer echt. Weet je nog die dag dat ze me in de bibliotheek zag? Dat moet haar eraan herinnerd hebben dat ik besta.'

'Jullie hadden zo'n hechte band. Dat is triest.'

'Vind je haar leuk of zo?' Aleisha liet haar blik op Aidan rusten, maar hij keek niet terug.

Aidan lachte. Zijn stem klonk zwaarder dan anders. 'Hé, ik heb hier geen tijd voor. Ik moet naar mijn werk. Ga naar mama.' Hij draaide zich van haar weg, stak de autosleutel in het contactslot en scheurde weg zonder nog een keer naar haar te kijken.

Het was stil in huis. Aleisha wilde haar moeder roepen, erachter komen waar ze was, maar ze durfde geen harde geluiden te maken. Ze gluurde om de deur de woonkamer in. Daar was ze. Ze zat met haar benen over elkaar geslagen op de bank. Aleisha liep op haar tenen naar binnen. Ze ging aan de andere kant van de kamer zitten en pakte haar volgende boek, *Life of Pi*, uit haar tas. 'Mam?' fluisterde Aleisha. 'Wil je een verhaal horen?'

Leilah keek niet op.

Het enige wat Aleisha nu wilde, was die dag herhalen toen ze *To Kill a Mockingbird* aan Leilah had voorgelezen. Haar moeder was diep in slaap geweest, maar toch, dat was het vreedzaamste moment in het huis in weken. Met één verkeerde beweging kon ze alles verpesten, maar ze wilde dolgraag weer een avond vol ijzige stilte vermijden.

Uiteindelijk knikte Leilah. Aleisha stond zichzelf toe een diepe zucht te slaken. Ze voelde zich heel kwetsbaar. Ze kuchte en begon. Leilah verloor haar dochter geen seconde uit het oog.

'Wacht,' zei Leilah, nadat Aleisha tien minuten had voorgelezen. 'Ik heb iets gemist. Waar gaat het over?'

Aleisha stopte. Ze had niet verwacht dat haar moeder het verhaal zou volgen. Ze had gedacht dat ze zou luisteren en de woorden over zich heen zou laten spoelen. 'Eh... Nou, het gaat over een jongen, Pi Patel...' Telkens als Aleisha aan Pi dacht, zag ze een jonge meneer P. voor zich, met meer haar maar hetzelfde lachende gezicht. 'Hij heeft zojuist een schipbreuk overleefd, hij zat op een schip dat zijn hele gezin en hun dierentuindieren naar Canada vervoerde. Nu zit hij vast op een reddingsboot met een tijger en nog wat andere dieren, midden op de Stille Oceaan.'

'Wat?! Maar dat kan toch niet?'

'Eh, waarschijnlijk niet. Maar ik denk dat dat het hele punt van het boek is. Net als waarheid. Wat is echt en wat is verzonnen?'

'Ah, dat is slim,' zei Leilah.

Aleisha glimlachte, opeens verlegen, en er kroop een vleugje trots door haar aderen.

'Oké. Wie is die Richard Parker waar hij het steeds over heeft?'

'Dat is de tijger, mama.'

'Heet die Richard Parker?' Leilahs ogen waren groot en er stond ongeloof in te lezen.

'Ja! Een administratieve fout die nooit is rechtgezet. Het is eigenlijk de naam van degene die de tijger heeft gevangen, maar op het formulier zijn de namen verwisseld.'

'Oké, ik snap het, ga door.'

Aleisha las verder vanaf het punt waar Pi over de rand van de boot hing om iets eetbaars te vangen, in een wanhopige poging Richard te voeren en zelf in leven te blijven. Pi zat bijna helemaal alleen midden op de oceaan, met alleen dieren, een wispelturige tijger, als gezelschap. Aleisha voelde een bekend gevoel opkomen en probeerde dat te onderdrukken: de overlevingsstand waar ze telkens in schoot als ze Leilah 's nachts hoorde roepen. Met een steek van schuldgevoelens besefte ze dat ze kon meepraten over wispelturigheid. Net als Pi hield Aleisha voortdurend in de gaten of er sprake was van een omslag, een verandering, want zoiets kon elk moment gebeuren. Daar stond tegenover dat de tijger, ondanks alles, het enige was wat Pi redde van zijn eigen eenzaamheid. Toen ze opkeek van de bladzijde, zag ze dat Leilah ook in Pi's wereld zat, met haar ogen op het plafond gericht, dat ze de beelden voor zich zag. Aleisha vroeg zich af hoe Leilahs artistieke oog dit verhaal visualiseerde. Ze dacht aan enkele van Leilahs recente ontwerpen, die ze op eigen initiatief had gemaakt, niet in opdracht van een reclamebureau, en die als ansichtkaart waren afgedrukt en in haar slaapkamer hingen. Waren de kleuren levendig? De zee diepblauw, het oranje van de tijger dik aangezet en opvallend. Aleisha vroeg zich af of zij voor Leilah Pi of de tijger was. Of geen van beiden. Ze legde het boek even neer. 'Wil je iets drinken?'

Leilah knikte. 'Water, graag. Heel koud.'

Het water stroomde uit de kraan in het glas. Aleisha keek recht voor zich uit. Ze zag haar contouren afgetekend staan op de tegels: haar haar naar achteren getrokken in een knot op haar hoofd. Ze leek op haar moeder, op de foto's van toen Leilah nog met Dean getrouwd was. Met een eeuwige glimlach, leek het wel. Maar mensen lachten altijd op foto's. Aan die foto's kon ze niet zien wat er in haar moeders hoofd was omgegaan. Ze vroeg zich af of Dean dat wel had geweten.

Ze klapte wat ijsblokjes uit de ijsblokjesvorm op het aanrechtblad, waarna ze die met een *ploink* in de glazen liet vallen. 'Te hard, Aleisha!' riep Leilah vanuit de andere kamer.

'Sorry, mam,' riep Aleisha huiverend terug. De betovering van het boek nam af.

Er zat al condens op de buitenkant van de glazen toen ze er een aan haar moeder gaf. 'Oké, mama,' zei Aleisha zacht. 'Ik ga in mijn eigen kamer verder lezen. Red jij het zo?'

'Nee,' zei Leilah. 'Kom naast me zitten en lees verder.' Haar stem klonk hoopvol, als een smeekbede.

'Oké.' Aleisha pakte haar boek en probeerde te voorkomen dat de verbazing op haar gezicht te lezen stond.

Ze zaten dicht, maar niet te dicht, bij elkaar. Haar vingers beefden nauwelijks waarneembaar toen ze de bladzijden weer omsloeg.

Even was Aleisha weer een kind, opgekruld onder de dekens, tegen haar moeder aan gekropen die een groot schoolboek opengeslagen voor hen vasthield. De letters waren groot en Aleisha vormde de woorden bedeesd, een voor een. Telkens als ze een woord goed had, aaide Leilah over haar haar, drukte een kus op haar voorhoofd. En als ze het fout had, fluisterde ze vriendelijk: 'Wil je dat woord nog eens proberen?' Aidan stak dan zijn hoofd om de deur en lachte naar zijn zusje, een grappig spleetje tussen zijn voortanden. Hij stak zijn duim op en zei overdreven plechtig: 'Goed gedaan, meisje!'

Ze herinnerde zich dat ze tegen Leilah aan ging liggen, dat ze beiden in slaap vielen en dat de jonge Aidan haar dan op fluistertoon wakker maakte. 'Aleisha had veel woordjes goed gelezen,' zei hij dan tegen Dean, waarbij gelispel zijn woorden dempte. 'Mijn zusje is heel slim.' Dan mompelde Dean iets en antwoordde Aidan: 'Ik hou heel veel van haar.' Aleisha was toen trots op zichzelf geweest. Kon Aidan haar nu maar zien. Ze wilde dit moment met hem delen, hem laten zien dat ze eindelijk tot Leilah doordrong. Ze wist dat Aidan dat altijd had gekund, maar dit was haar kans om tegen hem te zeggen: 'Ik kan je nu meer helpen, want ik weet wat ik moet doen. Ik weet hoe ik kan helpen.'

Tegen de tijd dat Aleisha een volgend hoofdstuk gelezen had – Pi had na vijf dagen op zee zojuist in de reddingsboot zijn territorium 'gemarkeerd' – lachten Leilah en Aleisha allebei. Toen ze eindelijk verder las, met tranen in haar ogen van het lachen, trok haar moeder haar hand onder haar benen vandaan en legde die zacht op Aleisha's knie. Aleisha verstijfde. Al haar zenuwen kalmeerden, een lading ijs stak dwars door haar huid, haar bot, en in de bank. Aleisha legde haar hand voorzichtig op die van Leilah, en sloeg de volgende bladzijde om.

Ze las verder, hoorde de woorden van het verhaal, maar nam niets in zich op. De stem voelde niet meer als haar eigen stem. Ze was alleen, gevangen in haar lichaam zonder daar controle over te hebben. Het enige deel van haar lichaam dat van haar was, was haar hand, de hand die verbonden was met Leilahs hand, die verbonden was met Aleisha's knie, die volstrekt niet als Aleisha's knie voelde.

Toen Leilahs stem. 'De personages voelen zo levendig. Het dier, die tijger, die voelt zo… menselijk.'

'Ja, hè?'

'Hoe kom je aan dit boek?' vroeg Leilah, terwijl ze over het omslag streek.

'Van de bibliotheek.'

'Wie heeft het je aangeraden? Ik heb er nog nooit van gehoord.'

'De titel stond hierop.' Ze haalde het lijstje achter haar telefoon vandaan, vouwde het open en gaf het aan Leilah. Opeens was dat voor Leilah het kostbaarste ter wereld.

'O, Aleisha! Ik herinner me *Rebecca*. Wat een geweldig boek.' Leilah liet haar vingers over de woorden glijden en draalde bij de vouwen. 'Ik heb het in één dag uitgelezen toen ik in verwachting was van jou. Ik kon niet slapen. Je liet me nooit slapen. Toen heb ik het gelezen. Het was perfect. Wow.' Daarna zweeg ze even. 'Iemand heeft deze lijst samengesteld. Het is een prachtige lijst. Heel eenvoudig. Wie heeft dit opgeschreven?'

Aleisha schudde haar hoofd. 'Het was in een van de boeken achtergebleven. Ik vond ook dit, maar niet in hetzelfde boek.' Ze liet de stempelkaart van het kiprestaurant zien, waar ze in piepkleine letters haar eerste gedachten over *To Kill a Mockingbird* op had gekrabbeld nadat Kyle tegen haar gezegd had dat ze meneer P. 'iets interessants moest vertellen'.

'Ga je ermee door? Ga je alle boeken lezen?'

Ging ze dat doen? Ze had aanvankelijk getwijfeld. Het was gewoon een kwestie geweest van iets afvinken, zodat ze genoeg te vertellen had om meneer P. ervan te overtuigen dat ze alles over boeken wist, dat ze een goede bibliothecaris was. Maar *Rebecca*... Ze had het een doodeng boek gevonden. Ze zag Manderley glashelder voor zich, het huis zelf, Rebecca's kamer, vrijwel onaangeroerd. En toen *The Kite Runner*. Dat boek zou haar altijd bijblijven. En ze dacht aan Atticus, zijn indrukwekkende advocatenvaardigheden. Ze had grote bewondering voor hem, ook al was hij verzonnen. En nu voelde ze Leilahs hand nog op haar knie liggen terwijl Pi en Richard Parker over de oceaan dobberden.

'Ja,' zei Aleisha vol overtuiging. 'Allemaal. Dit is de vierde.'

'Waren de andere boeken goed?'

'Ja.' Ze wilde nog meer zeggen, maar hield zich in. Ze dacht aan *The Kite Runner*. Dat was zo'n zielig boek, er zat zoveel verdriet in, ze was bang hoe Leilah daarop zou reageren.

Leilah bracht het papiertje vlak bij haar gezicht en kneep haar ogen tot spleetjes. 'Het zou een student kunnen zijn, een leeslijst voor de universiteit of zo.'

'Misschien.'

'*A Suitable Boy*. Dat heeft Dean ooit gelezen toen we op vakantie waren. Uiteindelijk heeft hij het boek als deurstopper gebruikt. Het is een dikke pil. Volgens mij is hij niet heel ver gekomen.'

Het was maanden geleden dat haar moeder het over hem had gehad. En ze had zijn naam al jaren niet genoemd. Gewoonlijk had ze het over 'je vader' of soms alleen 'hij'. Maar ze lachte evengoed. Natuurlijk zou haar vader een dik boek als deurstopper gebruiken.

'Wanneer was dat?'

'Jij zal een jaar of vijf, zes geweest zijn. We hadden jullie bij zijn ouders achtergelaten. We gingen op fietsvakantie. De eerste vakantie met z'n tweeën in eeuwen. Het was fijn om niet voor jullie te hoeven zorgen.' Leilah zweeg even. Aleisha keek haar met opgetrokken wenkbrauwen aan. 'Ook al hielden we nog zoveel van jullie, we konden eindelijk weer even gewoon met z'n tweeën zijn. Hij vergat steeds om spullen in zijn fietstassen te stoppen toen we bij de villa waren, en telkens als hij terugging om iets te halen, sloot hij zichzelf buiten. Uiteindelijk bedacht hij daar iets op.' Leilah glimlachte. 'Hij stak dat stomme boek tussen de deur om die open te houden. Maar hij kon telkens maar één ding onthouden om mee te brengen, dus de deur stond vrijwel permanent open. Hij was zo vergeetachtig.'

Na een tijdje zei Leilah: 'Verder lezen?'

Aleisha las door tot het zonlicht uit de kamer verdween en Leilah, vaag, vrijblijvend iets over het avondeten zei, waarna ze besloot dat het te laat was en dat het tijd was om naar bed te gaan. Aleisha had ervoor moeten zorgen dat Leilah at. Aidan zou boos zijn dat ze dat niet had gedaan. Maar voor het eerst sinds Leilahs donkere dagen, weken en maanden waren begonnen, had ze haar dochter toegelaten, al was het maar even. En dat allemaal dankzij een jongen, een tijger, een orang-oetan, een zebra en een hyena die op een boot vastzaten.

Leilah kuste Aleisha voorzichtig op haar gezicht en ging zonder om te kijken naar boven.

Het boek lag nog opengeslagen in Aleisha's handen, maar ze kon de woorden niet langer lezen. Het plastic omslag was warm en zacht onder haar vingertoppen. Aleisha wilde zich dit moment herinneren, de warmte ervan, en dat een angstaanjagende, onvoorspelbare tijger en een jongen deze magie buiten de bladzijden konden creëren. Ze wilde er niet over nadenken of dit moment, dit gevoel, van haarzelf en van Leilah, er de volgende ochtend nog zou zijn. Ze wist dat ze dit moment misschien nooit meer opnieuw kon oproepen, maar ze hoopte van wel. Ze geloofde dat het boek en de lijst haar moeder misschien naar haar terug konden brengen.

Ze pakte het glas water. Leilah had er niet van gedronken.

DE LEESLIJST

Gigi

2018

Gigi zag Samuel voor zich uit rennen. Haar zoon was dol op supermarkten. Dan rende en rende en rende hij. Daarom ging ze tegenwoordig altijd met hem naar Tesco Express, een buurtsuper, omdat dat minder vierkante meters waren en ze hem dan minder snel uit het oog verloor.

Terwijl Samuel de winkel in schoot, rende hij langs een man die net op zijn boodschappenlijstje keek. Een ongelukkige combinatie van een vlaag wind van de automatische deuren en Samuel die met de snelheid van het licht rende, had tot gevolg dat het papiertje uit zijn handen vloog. Samuel, die dit als een nieuw spelletje zag, kroop tussen de voeten van mensen door, en dook om winkelwagentjes en winkelmandjes heen.

Uiteindelijk vond Gigi hem in het gangpad met fruit, waar hij net met zijn vingertjes naar de druiven greep, sinds kort zijn lievelingsfruit. Een week geleden moest ze druiven nog fijnprakken met een banaan voordat hij ze aanraakte.

Ze wist dat hij zijn interesse voor het boodschappenbriefje, waar dat ook was, verloren had. Hij hield er tegenwoordig van om bij het fruit rond te snuffelen. Dan pakte hij iets en liet het haar zien, zei zelfverzekerd hoe het fruit heette. Meestal klopte het, 'naan' en 'dwuif', maar bij lastiger fruit had hij het vaak mis. Mango werd vaak 'appel', ananas was 'bababa', zijn zelfverzonnen woord voor 'ik heb geen flauw idee', en een sinaasappel noemde hij een bal. Ze vond het heerlijk dat ze hem zag opgroeien, in een minimens zag veranderen.

Ze probeerde hem te pakken te krijgen voordat hij met zijn plakvingertjes iets vastgreep. Toen ze vlak bij hem was, zag ze dat zijn hand niet naar de 'dwuif' ging, maar naar een papiertje dat eronder lag. Het boodschappenbriefje van de man. Samuel pakte het en zwaaide er triomfantelijk mee heen en weer, keek om zich heen voor applaus van de andere klanten.

Ze pakte het briefje voorzichtig vast, zodat hij niet zou gaan huilen dat het 'gestolen' was. 'Samuel,' zei ze rustig. 'We moeten dit aan die meneer teruggeven.'

Ze keek naar het lijstje en fronste haar wenkbrauwen. Het was geen boodschappenbriefje. Het was een lijst met boeken, of films of zoiets.

Ze pakte Samuel bij de hand en liep naar de ingang aan de voorkant in de hoop dat de man daar was. Hij was nergens te bekennen. Ze liep vlug nog een rondje door de winkel, zonder te weten hoe hij er precies uitzag.

Al snel werd Samuel het zat. 'Mama, langzamer, langzamer!' Gigi gaf toe. De beste plek voor dit lijstje was het prikbord, vlak bij de plek waar de man had gestaan, voor het geval hij terug zou komen om het te zoeken. Ze bevestigde het voorzichtig aan een van de plakstroken, met de tekst naar voren. Misschien zou hij het niet erg vinden dat hij het briefje kwijt was; ze stelde zich voor dat hij het lijstje ook op zijn telefoon had staan, dat deed iedereen tegenwoordig. Ze wierp een laatste blik op het briefje, probeerde erachter te komen waarom iemand in een buurtsuper zo'n lijstje raadpleegde.

To Kill a Mockingbird. Was dat niet zo'n zwart-witfilm? Die op een klassiek boek gebaseerd was?

The Kite Runner. Ook die film had ze met haar ex gezien, kort voordat ze uit elkaar gingen. Het was een veel te emotionele film om te bekijken met iemand bij wie je je totaal niet meer op je gemak voelde. Ze had geprobeerd te verhullen dat ze lelijk zat te huilen, maar daar had ze de hik van gekregen, wat nog veel gênanter was.

Pride and Prejudice. Ook een klassieker die verfilmd was. Die had ze met haar moeder gezien, want die was dól op Keira Knightley. Ze noemde haar 'de Engelse roos'. Ze miste haar moeder, had haar al heel lang niet gesproken. Ze hadden het beiden druk met hun eigen leven, woonden ver bij elkaar vandaan. Als ze haar nu belde, waren ze na het gebruikelijke nieuwtjes uitwisselen snel uitgepraat. Ooit hadden ze uren gekletst, over van alles en nog wat.

Life of Pi. Die film met de tijger en de special effects. Ze had hem in de bioscoop gezien, in 3D. Weer een date. Een betere date, ze was nu met die man samen. Ze kon niet wachten tot Samuel oud genoeg was om samen met haar naar deze film te kijken. Hij was dól op tijgers. Hij zou het geweldig vinden. En die jongen, Pi, ze stelde zich voor dat Samuel er later misschien zo zou uitzien.

Ze kende niet alle andere titels, maar ze streek het papiertje glad en drukte het goed vast, terwijl Samuel aan haar vrije hand sjorde. Deze titels trokken haar weg van wie ze nu was, terug naar de vorige Gigi. Ze had die films op een date gezien. Naar de bioscoop gaan was haar standaard date. Het was jaren geleden dat ze in een bioscoop was geweest. Voor Samuel duurden films nog te lang.

Ze miste het. Ze miste het om in zo'n pluchen versleten bioscoopstoel te zitten, popcorn te eten, met haar moeder of met een man naast zich. Ze miste dat gevoel als de lampen uitgingen en de titelrol begon te lopen. Als ze naar de film gaan zo leuk vond, waarom had ze dan niet geregeld dat ze daarnaartoe kon?

'Mama, wil dwuif.' Samuels stem trok haar terug naar het heden.

'Ja, lieverd, die gaan we zo kopen. Ik hang dit even op voor iemand die het verloren heeft.'

'Is van mij!'

'Het is niet van jou, maar het is fijn dat jij het gevonden hebt. Dat is toch aardig van je?'

'Is van mij!'

'Kom, dan gaan we druiven pakken.'

Maar net voordat Gigi zich omdraaide, pakte ze haar telefoon en nam vlug een foto van de lijst. Ze zou haar moeder bellen, haar moeder wist alles. Die kende elke titel, elke film, elk boek. Misschien konden ze samen naar een paar van die films gaan. Om de verloren tijd in te halen.

18

Mukesh

'Waarom neemt u haar voor de verandering niet eens mee naar iets buiten Wembley?' vroeg Aleisha beleefd, terwijl Mukesh in zijn lievelingsstoel in de bibliotheek zat.

'Ik ga met Priya nooit Wembley uit. Waarom zou ik?'

Mukesh had Aleisha om advies gevraagd over een band opbouwen met Priya. Ze was de enige jongere die hij kende, dus misschien snapte ze Priya beter dan hij. Nu kreeg hij er echter spijt van dat hij over dit onderwerp was begonnen.

'Omdat ze een kind is. Toen ik zo oud was als zij, was ik altijd buiten, speelde op straat. Thuiszitten is saai.'

'Je vindt het thuis niet saai. Je bent altijd thuis! Of hier!'

'Au, meneer P. Dat doet pijn, hoor.' Aleisha hield haar hand voor haar gezicht en draaide het opzij, alsof ze ontdaan was.

'Heb ik je beledigd?' vroeg hij in paniek.

'Nee! Meneer P., ik maakte maar een grapje. Maar ik wil niet altijd thuis zijn, hoor.'

'Waarom niet? Thuis zijn is fijn. Vooral als je familie hebt.'

'Ja, maar...' Hij zag haar blik even afdwalen. 'Tja, familie is niet altijd gemakkelijk. Mijn moeder is soms... Het gaat namelijk niet zo goed met haar.'

'Wat bedoel je? Ik moest van Naina altijd vitamine c en zinktabletten slikken. Ik kan het aanraden.'

'Nee, niet dat. Sorry... Ik praat hier nooit met iemand over.' Ze keek naar haar handen, keek overal naar behalve naar hem. 'Ze zorgt niet goed voor zichzelf, dus moet ik dat voor haar doen. Sinds mijn vader ergens anders is gaan wonen, heeft ze alleen Aidan en mij.'

Mukesh zweeg. Hij wist niet wat hij moest zeggen. Ze had het nog nooit over haar vader gehad. Hij was nooit ter sprake gekomen, niet toen ze het over de vader van Scout en Jem hadden, of over die van Amir. Hij pijnigde zijn hersens naar woorden van troost. Naina zou precies weten wat ze moest zeggen. Hij hield zich zo stil mogelijk, in de hoop dat ze hem te hulp zou schieten, maar het was weken geleden dat hij haar stem voor het laatst had gehoord. Hij was op zichzelf aangewezen.

'Ik weet niet wat ik moet zeggen,' bekende Mukesh uiteindelijk. 'Vind je het niet fijn om thuis te zijn? En vind je het ook niet fijn om in de bibliotheek te zijn?'

'De bibliotheek vind ik niet vervelend meer. Dat is wel oké.'

'En wat doet je broer?' Hij herinnerde zich dat ze liefdevol over haar broer had gesproken toen ze het over Scout en Jem hadden.

Aleisha speelde met haar lange vingernagels. 'Hij werkt tegenwoordig de hele tijd. Volgens mij heeft hij veel stress.' Aleisha zweeg even, bijna verbaasd over haar eigen woorden. 'Hij gunt zichzelf nooit rust.' Ze haalde diep adem en hield haar blik strak op haar handen gericht. Mukesh had het gevoel dat ze dit nog nooit hardop had gezegd. 'Vroeger waren we vaak buiten. Hij vond het heerlijk om in de zomervakantie naar het centrum van Londen te gaan. We deden nooit iets bijzonders. Soms stapten we gewoon in de metro en dan keken we wel waar we uitkwamen.'

'Dat deed ik vroeger ook graag na mijn werk. Dat kan heel rustgevend zijn.'

Aleisha knikte. 'Zeker. Aidan vindt dat meestal leuk, onder de mensen zijn maar rustig zitten, niemand die zich met een ander bemoeit. Toen ik mijn eerste Oyster Card kreeg, smeekte hij mama of hij me mocht meenemen op zijn uitstapjes. Ze aarzelde of ze ons wel met z'n tweeën moest laten gaan, maar het mocht. Mijn moeder is kunstenares, grafisch ontwerper, en dus nam hij me mee naar enkele galerieën omdat ik niet goed snapte wat ze deed. We zijn niet naar tentoonstellingen geweest, maar Aidan kocht een paar ansichtkaarten voor haar. Toen we terugkwamen, omhelsde ze ons alsof we jaren weg waren geweest.'

Mukesh zag Aleisha's gedachten afdwalen. In haar ogen lag dezelfde veelzeggende blik als in die van Naina als ze helemaal in een boek opging.

'Je houdt van je familie, hè?' vroeg Mukesh.

Aleisha haalde haar schouders op, haar gemijmer onderbroken.

'Familieleden zijn niet volmaakt, maar we houden van ze.' Hij stak zijn boek omhoog, *The Kite Runner*, om dit te illustreren. Aleisha rolde met haar ogen, maar op een vriendelijke manier. Hij dacht aan Amir, Hassan, Amirs vader, de kleine familie die ze voor zichzelf hadden gecreëerd, het verdriet dat ze elkaar als gevolg daarvan hadden aangedaan.

'Probeert u nog steeds de wijze woorden van Atticus door te geven?'

'Nee hoor, mijn beste, ik heb mijn eigen wijze woorden.'

'Wat vond u van *The Kite Runner*?'

'Goede vraag. Het maakte me heel verdrietig. Ik denk dat we in ons leven allemaal wel een beetje zoals Amir zijn geweest, egoïstisch, alleen op onszelf gericht, en we zijn ook allemaal een beetje zoals Hassan geweest, vergeten door de mensen van wie we het meest houden. Maar aan het eind liep het toch min of meer goed af. Amir nam de juiste beslissing, besloot het goede te doen. Ik kon de gedachte niet verdringen dat hij een egoïstische jongen was. Niet dan?'

'O, meneer P., dat is zo. Maar hij was nog maar een kind. Hij dacht er niet bij na.'

'Ja, dat is waar, je hebt gelijk.' Hij haalde diep adem, voelde de droefheid van de roman indalen voordat hij een verwoede poging deed zichzelf af te leiden, Aleisha af te leiden. 'Vind je echt dat ik met Priya Wembley uit moet?' Hij wilde het niet toegeven aan Aleisha, maar hij was zenuwachtig. Hij had vaste gewoonten. Hij kwam nooit heel ver.

'Ja! Ga Londen in. Wembley is saai voor haar. Het is saai voor ons. U bent deze bibliotheek inmiddels toch wel zat?'

'Voor jou is het misschien saai! Deze bibliotheek is nog steeds mijn avontuur.' Mukesh sloeg zijn handen ineen. 'Wembley is groot genoeg voor mij, het verandert voortdurend.'

'Meneer P., u verdient het om wat meer van de wereld te zien.'

'Ik weet dat ik dat zou moeten doen, maar...' Hij zweeg even, keek naar het bureau. 'Eerlijk gezegd vind ik dat een beetje eng. Mijn vrouw, Naina, zij was de dappere van ons twee, ze...' Hij maakte de zin niet af, kreeg een brok in zijn keel.

Hij voelde Aleisha naar hem kijken, medelijden met hem hebben.

'Moet u horen,' zei ze zacht. 'Die reis van Amir terug naar Kabul, niet wetend hoe de stad waarin hij was opgegroeid er nu uit zou zien...'

Mukesh slikte de brok weg.

'Dat was een grote reis,' zei Aleisha overredend. 'Ik wil u niet beledigen, maar dat was veel groter dan dat u een middag buiten uw eigen wijk komt. Als hij dat kan, kunt u dit zeker. En misschien kijkt Priya dan met andere ogen naar u. Ziet ze u minder als een oude man met vastgeroeste gewoonten en meer als iemand zoals zij.'

Mukesh knikte, deed erg zijn best om dat laatste niet als een belediging op te vatten. Hij keek naar zijn boek, *The Kite Runner*, dat op Aleisha's bureau lag, klaar om teruggezet te worden in de kast, zodat iemand anders het kon lezen en erom kon huilen.

Toen hij naar de deur liep, haalde Aleisha hem in. 'Meneer P., u bent uw volgende boek vergeten. Er zit een tijger in. Het is sinds kort een van mijn moeders lievelingsboeken.' Ze gaf hem *Life of Pi* en Mukesh keek zogenaamd ontzet toen hij de tijger op de voorkant zag. 'Weer een verhaal over iemand die gedwongen wordt uit z'n comfortzone te komen, op een reddingsboot met een wild beest,' zei Aleisha met een knipoog.

'Dank je, ik weet dat je deze boeken speciaal voor mij uitzoekt. Het spijt me dat ik je op mijn beurt niets te bieden heb!'

Aleisha glimlachte verlegen. 'Geen zorgen, meneer P., dat is mijn werk. Dat weet u toch?'

Daarna liep hij met verende tred naar buiten, waarbij hij erg zijn best deed om dit kortstondige moment van vreugde niet te laten bederven door de poster met de tekst RED ONZE BIBLIOTHEKEN op de deur.

Denk aan positieve dingen, denk aan positieve dingen, herhaalde Mukesh zacht tegen zichzelf in een poging te kalmeren. Het was lang geleden dat hij in de metro had gezeten, en het voelde alsof hij opnieuw leerde lopen.

Hij had besloten waar hij vandaag met Priya naartoe zou gaan: het centrum van Londen, waar de geluiden harder en de mensen chagrijniger waren. De gedachte beangstigde hem een beetje. Het was een grote stap, een grote verandering. Hij hoopte dat Aleisha dit goed had ingeschat.

Toen hij jaren geleden bij de spoorwegen werkte, was dit zijn leven. De Bakerloo Line was zijn favoriete lijn. Daar waren de treinstellen nog ouderwets, vrijwel nog exact hetzelfde als toen hij het gebied verkende met alleen een metrokaartje en een horloge, zodat hij op tijd thuis zou zijn voor het avondeten met Naina en de meisjes. Het gebeurde zelden dat hij na zijn werk nog een uur overhad en een tijdje in de metro kon zitten, maar als dat zo was, vond hij dat fijn om te doen.

De metro kwam eraan. Een handjevol mensen stapte in en uit. Mukesh greep de rubberen rand van de deur vast toen hij met een grote stap het treinstel in ging. Priya stapte moeiteloos in en stak haar hand uit naar haar Dada. Hij pakte haar hand niet. Hij kon dit zelf. Priya rende naar voren om stoelen te regelen en opeens voelde Mukesh zich slap worden toen hij de afstand zag. Tot er een vrouw vlak achter hem kwam staan die 'ik heb u' zei en zijn arm stevig vastgreep.

Hij wankelde een beetje toen hij beide voeten op de vloer van het treinstel zette, niet langer licht genoeg om weg te zweven. Hij bereikte zijn stoel naast Priya, die al in haar boek zat te lezen. Dit was zijn kans. Hij had *Life of Pi* bij zich, hij kon naast zijn kleindochter gaan zitten lezen. Opeens versnelde zijn hartslag. Priya had hem niet zíén lezen en hij had nog nooit in de metro gelezen. Hij wilde niet misselijk worden. Hij besloot het niet te wagen. De tijger en de boot konden wachten. In plaats daarvan zag hij Wembley langstrekken.

Zestien haltes.

Er stapte een gezin van vier personen in. Twee meisjes, een moeder en een vader. Ze stapten uit bij Maida Vale. Hij was al jaren niet in Maida Vale geweest.

Toen stapte er een andere man in, zo'n beetje op dezelfde manier als Mukesh. Hij probeerde oogcontact te mijden, maar keek toch vanuit zijn ooghoeken terwijl hij zich afvroeg wat er zou gebeuren. Mukesh wist hoe de man zich voelde, dat je niet wist of de vloer je zou houden, of die stabiel zou blijven of snel in gelei zou veranderen. Tegenwoordig was het altijd gelei. De man pakte de bruine stang vast, zijn knokkels paarswit van inspanning, en liet zich op een stoel zakken.

De man keek Mukesh recht aan en hij kon zich niet meer verstoppen, dus glimlachte hij. De man knikte terug. Priya kreeg hier niets van mee. Op haar gezicht lag dezelfde geconcentreerde uitdrukking als bij Naina als ze las. Ze was ergens anders.

'Waar gaan we naartoe, Dada?' vroeg Priya, die Mukesh' hand stevig vasthield toen ze door de straten van Charing Cross liepen. Mukesh zou willen dat zijn handpalm niet zo klam was.

De borden in het centrum van Londen waren feller, het verkeer was luidruchtiger en sneller dan hij zich herinnerde. Door al die mensen die zijn pad blokkeerden, kon hij maar een paar passen vooruitkijken.

'Ik denk dat je het leuk zult vinden. Je Ba heeft me daar een keer mee naartoe genomen om cadeautjes te kopen voor je moeder en je masi, toen die nog heel jong waren. Het leek me leuk om voor jou ook een cadeautje te kopen.'

Sinds Naina was overleden, was Mukesh er niet in geslaagd cadeautjes voor Priya te kopen die ze echt leuk vond. Vorig jaar had hij een roze pluizig tasje met lovertjes voor haar gekocht. Ze had het meteen aan haar kleine nichtje Jaya gegeven, die het een paar uur als muziekinstrument had gebruikt en het daarna in Mukesh' huis in een hoek had laten liggen, waar hij het weken later vond, onder het stof en met een dode mier erop.

'Mama zegt dat ze nooit cadeautjes kreeg,' zei Priya fronsend.

'Jawel!' Mukesh probeerde zijn ontsteltenis te verbergen. 'Bij speciale gelegenheden,' legde hij uit. 'Meestal kreeg ze een nieuwe jurk die je Ba had gemaakt. En ik herinner me dat ik jaren geleden vlak voor kerst hier ben geweest. We spraken af dat we met kerst cadeautjes zouden doen, maar we waren het erover eens dat we ook nog steeds Diwali zouden vieren. Twee keer cadeautjes, een kerstboom en kerstkaarten én *barfi* en *gulab jamun*. We deden het allemaal. Je moeder wilde hetzelfde zijn als haar vriendinnen op school, die cadeautjes in glitterpapier kregen.'

Naina had voor Rohini, Vritti en Deepali boeken gekocht. Hij zag dat de meisjes niet onder de indruk waren. Hij herinnerde zich nog goed dat Rohini zei: 'Mammie, ik zou dit jaar toch een nieuwe jurk krijgen?' Deepali en Vritti deden hun best om blij te kijken bij het uitpakken, een glimlach op hun gezicht; twee keer een brede neplach.

Ze bleven allebei staan toen ze de boekwinkel in gingen. Hun blik werd naar de boeken in de etalages getrokken. Op de ruit stond een tafereel afgebeeld, een zee en een oranjeroze zonsondergang met boeken van verschillende afmetingen en kleuren. De golven, het diepblauw van de zee, deden Mukesh denken aan Pi, zijn oceaan, zijn reddingsboot en zijn tijger.

'Wow!' zei Priya verwonderd. Ze schudde het ontzag vlug van zich af, probeerde het hoofd koel te houden. Mukesh had hetzelfde. Hij had nu boeken gezien, maar hierbij vergeleken stelde de bibliotheek niets voor. Planken en planken. Verdiepingen en verdiepingen. Tafels en tafels. Stapels en stapels. Het was alsof er overal boeken om hem heen zweefden, opgetild door magie, en ze boden hem nieuwe werelden, nieuwe ervaringen. Het was prachtig.

'Loop maar achter me aan,' zei hij tegen Priya, en hij ging haar voor naar de kassa's.

Toen hij bij de toonbank kwam, bleef hij even staan, zette zich schrap, terugdenkend aan die eerste dag in de bibliotheek. 'Pardon,' zei hij tegen een vrouw achter de toonbank, want hij wilde doortastend overkomen op zijn kleindochter, die opgewonden over de toonbank gluurde.

'Wat kan ik voor u doen?' vroeg de vrouw, en ze glimlachte naar hem.

Hij ontspande. Dit was zo anders dan zijn kennismaking met Aleisha. 'Ik wil drie boeken. *Rebecca*,' zei hij, en hij glimlachte naar Priya, '*The Kite Runner* en *To Kill a Hummingbird*.' Hij sprak de laatste twee titels zo snel uit dat de vrouw achter de toonbank, LOUISA volgens haar naamplaatje, hem vroeg het te herhalen.

'*Re-becc-ca*,' zei hij langzaam en duidelijk. '*The Kite Runner* en *To Kill a Humm-ing-bird* van Lee Harper.'

'Dank u wel, meneer. Ik ga even voor u kijken.'

Haar vingers bewogen razendsnel over het toetsenbord. 'Ja, die hebben we alle drie. Ik zal u laten zien waar die staan.' Ze kwam achter de toonbank vandaan.

Er waren veel mensen in de boekwinkel en hij vroeg zich af of ze wel tijd had om hun te laten zien waar ze moesten zijn en dan toch op tijd terug bij de kassa te zijn als ze iemand anders moest helpen. Hij keek om zich heen. Overal waren boeken, tafels en trappen. Achter een van de tafels, met een hoge stapel paperbacks, stond een jonge vrouw en hij was ervan overtuigd dat dit de volwassen versie van Scout was. Hij bleef even staan. Haar gezicht zag er precies zo uit als hij het zich had voorgesteld. Ze had ook kort, warrig blond haar. Was het Scout? Dat kon toch niet? Scout bestond niet echt, hoe graag hij ook zou willen dat dat wel zo was.

Priya trok aan zijn mouw en wees hem naar de vrouw, die een paar passen voor hen liep. Ze liet haar blik door de boekwinkel glijden, nam elke centimeter in zich op.

'Spannend, hè?' fluisterde hij, meer tegen zichzelf dan tegen Priya.

Toen hij weer naar Louisa keek, liep ze een heel eind voor hem, ging de trap op. Hij probeerde sneller te lopen en trok Priya met zich mee. Hij vroeg zich af waarom de andere klanten in de winkel de personages die met hen meeliepen niet konden zien: de geest van Rebecca verschool zich in de hoek en pakte een roman die ze dit jaar tijdens haar strandvakantie zou lezen. En Atticus was in het gedeelte met naslagwerken, omringd door grote lijvige boeken. Mukesh had niet anders van hem verwacht! Waarom waren de anderen niet zo duizelig van opgetogenheid als hij?

Uiteindelijk hadden ze alle boeken. Louisa pakte ze een voor een van de planken en vroeg aan hem of dit de editie was die hij zocht. Hij knikte. Hij wist niet wat ze bedoelde, maar zolang het het juiste boek was, was hij allang blij.

Hij gaf de boeken een voor een aan Priya. 'Wat denk je? Welke omslagen heb je liever?'

'Wat?' Ze keek hem vol ongeloof aan. 'Zijn die voor mij?'

'Ja!'

Enkele tellen later was Mukesh buiten adem. Alle lucht was uit zijn longen geperst door Priya's armen, die stevig om zijn middel waren geslagen. De vrouw keek glimlachend naar hen en Mukesh vond het niet erg dat hij nauwelijks adem kon halen. Hij kon zich niet herinneren wanneer Priya hem voor het laatst uit eigen beweging had omhelsd en niet omdat dat van haar moeder moest.

Toen ze hem eindelijk losliet, gleed haar blik naar de boeken. 'Ik vind ze mooi,' zei ze, en ze liet haar vingers over de reliëfletters en glanzende voorkanten glijden, waarna ze de boeken tegen haar borst klemde.

'Fijn om te horen, jongedame. Kan ik jullie verder nog ergens mee helpen?' vroeg Louisa.

'Waarom deze boeken, Dada? Waren dat Ba's lievelingsboeken?' vroeg Priya, tussen happen cheesecake van het café van de boekwinkel door.

Mukesh haalde zijn schouders op en stak zijn chocolademuffin in zijn mond. Hij schaamde zich een beetje, want hij wist het niet. Hij had het nooit gevraagd. Naina leek altijd zo in gedachten verzonken als ze zat te lezen. Hij had er nooit bij stilgestaan dat het boek dat ze las misschien wel meer over haar kon onthullen dan wat dan ook. Pas nu hij zelf was gaan lezen, nu hij Rebecca bij de planken zag rondsnuffelen, hij mevrouw Danvers naast hem in Foyles café zag zitten, waar ze een bagel met roomkaas at, hij Amir en Hassan tussen de tafels door zag rennen, pas nu besefte hij hoe geweldig het geweest zou zijn om wat meer te weten over de wereld waarin Naina rondliep, de personages die met haar meeliepen.

Omdat hij Priya niet met zijn spijt wilde opzadelen nu ze het eindelijk leuk leek te vinden om tijd met hem door te brengen, zei hij: 'Ik denk dat je Ba elk boek heeft gelezen. Ze was dol op lezen!'

'Dat weet ik, Dada,' zei ze, waarbij ze hem kritisch opnam. 'Maar heeft ze déze boeken gelezen? Waren dit haar lievelingsboeken?' Ze legde haar drie nieuwe boeken voor zich neer alsof het speelkaarten waren. Ze veegde eerst haar handen af om te voorkomen dat er cheesecake op de boeken kwam en streek weer over de omslagen. Naina veegde haar handen altijd aan een theedoek af voordat ze een boek oppakte.

'Dat weet ik niet, maar dit zijn míjn lievelingsboeken.' Hij wachtte om te zien hoe ze zou reageren, of het haar iets kon schelen.

Zijn kleindochter gaf niets prijs. Ze haalde haar schouders op. 'Kun je me vertellen waar ze over gaan? Een beetje maar, zodat ik een idee krijg wat voor soort boek het is. Snap je?'

Hij knikte. Zoiets had hij nog nooit gedaan. Het leek wel een examen. Hij herinnerde zich Aleisha's gezicht toen ze *The Kite Runner* uit had, dat er zoveel emotie en enthousiasme in haar aanbeveling had gezeten. Hij probeerde Aleisha's energie uit te stralen toe hij elke roman samenvatte.

'Goed, *To Kill a Mockingbird.*' Mukesh wierp een blik op Atticus Finch in het gedeelte met naslagwerken, dat vanuit het café net te zien was. Priya's ogen waren groot, aandachtig, concentreerden zich op het gezicht van haar grootvader. 'Het gaat over een broer en zus, Jem en Scout, die een paar belangrijke levenslessen leren. Hun vader, Atticus Finch, is een groot, belangrijk advocaat. Hij is heel goed en zeer wijs en eerlijk. Hij verdedigt een man die Tom Robinson heet en er, alleen maar omdat hij een donkere huidskleur heeft, van beschuldigd wordt dat hij een witte vrouw heeft aangevallen. Het is haar woord tegen het zijne. Dat zijn behoorlijk grote zaken voor jonge Scout en jonge Jem om te bevatten. We zien dat ze zich verzoenen met wat er gebeurt, dat ze op hun eigen kinderlijke manier zien wat onrechtvaardigheid inhoudt. Maar goed, wat er dus gebeurt...'

'Stop, Dada!' Priya stak haar handen op. 'Ik ga het zelf nog lezen. Ik wil gewoon weten wat voor soort boek het is.'

'Ja, ja, je hebt gelijk. Dan is dit wel genoeg informatie.' Hij ging door naar het volgende boek: *Rebecca*. Hij begon zijn beschrijving door op – naar hij hoopte – sfeervolle, enge wijze 'oeh' te zeggen, maar hij klonk als een oude man met gewrichtspijn.

'Gaat het, Dada? Wil je op deze stoel zitten? Die heeft meer vulling.' Priya stond op en wees naar het kussen onder haar.

'Nee, beta, het is in orde. Het gaat goed, gewoon een korte pijnscheut,' zei hij beschaamd. 'Waar was ik gebleven? O ja... Herinner jij je de zomervakanties in Cornwall nog?'

'Ja, Dada, natuurlijk.'

'Weet je nog dat daar veel kliffen waren, en ruige golven?'

'Ja, Dada.'

'Nou, stel je een groot huis voor, niet ver daarvandaan, en de geest van een vrouw die door de gangen dwaalt... Zo'n sfeer hangt er in het boek, spookachtig, eng, en ik vind het landschap een persoon op zich! Ik weet niet of het verhaal zich echt in Cornwall afspeelt, maar zo klinkt het. Voelde Cornwall voor jou weleens zo?'

Even zag Mukesh zichzelf zitten en hij kon zijn ogen niet geloven.

Hij praatte over boeken alsof hij er verstand van had. Hij klonk als een docent Engels, misschien zelfs wel als een bibliothecaris. Hij voelde zich groeien, ging wat meer rechtop zitten. Zijn huid tintelde van trots.

'Niet echt, we gaan meestal surfen en het is er heel mooi als het zonnig is. Maar als de zon niet schijnt, is het er winderig en eng.'

'Precies! Het heeft een prachtige kant en een duistere kant. Net als *Rebecca*.'

Uiteindelijk ging hij door naar *The Kite Runner*. Hij wist niet hoe hij moest beginnen om het boek aan Priya te beschrijven. 'Dit boek is misschien een beetje zielig en te volwassen voor je.'

Priya schudde haar hoofd. 'Een van mijn vriendinnen op school heeft het gelezen. Ze is iets ouder dan ik, maar ik kan veel beter lezen,' zei ze nuchter.

'Goed, het verhaal gaat over twee vrienden, Amir en Hassan, en die lijken wel broers.' Mukesh wees naar de twee jongetjes op de voorkant. 'Maar Amir komt uit een rijke familie en Hassan niet. Hassan is de zoon van de bediende van Amirs familie.'

Hij hield *The Kite Runner* in zijn handen. Hoewel dit verhaal heel anders was dan zijn eigen verhaal, en dat van zijn vrienden, was er iets aan de verwantschap tussen Amir en Hassan dat hem altijd herinnerde aan Umang, zijn eigen goede vriend uit zijn kindertijd in Kenia. In veel opzichten leken ze op elkaar, maar de twee jongens hadden een ander verleden en een andere toekomst. Mukesh had altijd geweten dat hij kansen zou krijgen, maar Umang… Umang niet.

Hij hoopte dat het goed ging met Umang. Hij was een jongen met een groot hart, een scherp verstand, wijs voor zijn jaren. Mukesh speelde graag met Umang, bij hem kon Mukesh altijd zichzelf zijn. 'Jullie zijn als twee druppels water,' zei zijn moeder altijd. In hun tienerjaren waren ze uit elkaar gegroeid, maar ze zagen elkaar nog over straat en op het strand lopen. Mukesh had al jaren niet meer aan Umang gedacht. Tot *The Kite Runner*.

'Als kind had ik een beste vriend,' begon Mukesh. Hij wist niet goed hoe hij het moest verwoorden zonder zichzelf als een slechterik af te schilderen. Hij zag dat mevrouw Danvers haar bagel met roomkaas had neergelegd en naar hem keek. 'Hij wilde altijd bij mij zijn. Op een dag heb ik Umang mijn huis uit gestuurd omdat ik niet met hem wilde spelen, ik wilde gewoon alleen zijn. Maar mijn vriend, tja, die was gekomen voor wat gezelschap, voor rust, en waarschijnlijk ook voor door mijn moeder gebakken *dosa*. Iedereen in ons dorp was daar gek op.'

'Waren die net zo lekker als die van Ba?'

'Nou, mijn moeder heeft jouw Ba haar recept gegeven! Ik heb nog meer dingen gedaan waar ik niet trots op ben. Nu ik terugkijk, zie ik dat ik een vreselijke vriend voor Umang was, dat ik alleen met hem speelde als het mij uitkwam. Toen een paar oudere jongens me vroegen om met hen te spelen, liet ik Umang in de steek. Ik wilde niet dat de jongens wisten dat we beste vrienden waren en maakte me druk om wat ze misschien zouden denken. We hadden namelijk een heel verschillende achtergrond.' Hij haalde diep adem. Wat zou Atticus voor lering uit dit verhaal trekken? 'Het is goed om aardig te zijn tegen mensen, vooral tegen de mensen van wie je houdt, want je weet niet hoe het is om in hun schoenen te staan, tot dat op zekere dag tot je doordringt. En tegen die tijd is het vaak te laat om echt verschil te maken. Maar goed...' Hij tikte weer op het boek. 'Misschien moet je dit boek bewaren tot je wat ouder bent. Goed?'

'Oké, Dada, als jij het zegt.'

Opeens zat Naina naast hem. Ze was terug. Ze was heel even bij hem teruggekomen. Haar gezicht straalde, haar glimlach was oogverblindend. Vandaag was een mijlpaal en hij kon niet wachten om aan Aleisha te vertellen hoe goed het was gegaan.

DE LEESLIJST

Indira

2017

Indira stond voor de bibliotheek door de deuren te gluren met de lijst in haar handen. Ze keek ernaar, alsof de lijst haar een aanwijzing zou kunnen geven. Die ochtend had de dochter van de buurvrouw een briefje bij haar in de brievenbus gestopt:

Beste Indira,

Ik wil u laten weten dat mijn moeder, Linda, uit Wembley weggaat. Ze komt bij mij wonen. We willen haar allemaal graag dichterbij hebben. Haar geheugen is niet meer wat het geweest is en we vinden dat het tijd wordt dat ze vlak bij ons komt wonen. Houd alstublieft contact.

Ik wens u het allerbeste.
Olivia x

Linda was de afgelopen twintig jaar Indira's buurvrouw geweest. Ze waren geen hartsvriendinnen, maar ze spraken elkaar vrijwel dagelijks, om tien uur 's ochtends als ze allebei een paar minuten in de tuin zaten voordat ze aan de rest van hun dag begonnen. Ze waren beiden eenzaam. Ze vulden hun dagen met kruiswoordpuzzels en thee en chai drinken, hielden er beiden onbenullige vaste gewoonten op na. Vandaag besefte Indira echter dat er een verschil was. Linda had andere mensen en zou niet meer eenzaam zijn. Indira… had niemand. Haar dochter, Maya, woonde in Australië. Ze zag haar om de paar jaar. Maya en haar man hadden nooit voorgesteld dat ze bij hen zou komen wonen. Ze las het briefje van Olivia een, twee, drie keer, vouwde het telkens dicht en weer open.

Overstuur, maar zonder te weten hoe dat kwam, liep ze naar de kapstok, pakte haar jas en trok hem aan. Ze moest het huis uit, ook al kon ze nergens naartoe. Toen ze haar plastic mandir-tas uit haar jaszak haalde, kwam er een papiertje mee. Dat andere briefje. Het papiertje dat ze weken geleden in haar schoenenvak bij de mandir had gevonden, de lijst.

Ze draaide het om. *Bibliotheek Harrow Road.*

Juist, had Indira bij zichzelf gedacht. Dan ga ik daarnaartoe.

Haar hele leven al lette Indira op tekenen. Aanvankelijk had de lijst met boeken geen teken geleken, maar haar gedachten gingen er steeds naar terug, als een sirene in de nacht. En vandaag had de lijst haar gevonden op het moment dat ze afleiding nodig had. De bibliotheek was maar een paar straten bij haar huis vandaan. Ze kon er net zo goed naartoe gaan, ze had toch niets te doen. Ze had nooit iets te doen. Ze was voor het laatst in de bibliotheek geweest toen Maya klein was en ze in de kinderhoek boeken gingen zitten lezen.

To Kill a Mockingbird van Harper Lee. Dat zou bij de L staan, hield ze zichzelf telkens voor.

Ze haalde diep adem en liep naar binnen. Ze werd meteen begroet door een Indiër achter de balie die een soort trui-vest-gilet droeg. 'Hallo, mevrouw!' zei hij met een brede glimlach. 'Wat kan ik voor u doen?' Zijn glimlach was aanstekelijk.

Ze glimlachte automatisch terug. 'O, hallo! Ik ben op zoek naar bepaalde boeken.' Ze gaf hem de lijst. 'Een van deze titels, het maakt verder niet veel uit, maar zit er een boek tussen waarvan u zegt dat ik dat beter als eerste kan lezen? Misschien moet ik gewoon met de bovenste beginnen?' Ze ratelde maar door, kon er niets aan doen.

Het duurde even voordat de man antwoordde. Zijn blik gleed over het papiertje, omlaag en weer omhoog. 'Het maakt op zich niet uit welk boek u het eerst leest. Maar *The Kite Runner...*' zei hij. 'Weet u, er is hier een leesclub die door vrijwilligers gerund wordt en daar zijn ze dat boek nu aan het lezen. Een van die vrijwilligers staat daar.' Hij wees naar een witte vrouw, zo'n jaar of twintig jonger dan Indira. Haar witgrijze haar was naar achteren getrokken in een knot, haar gezicht ging half schuil achter het boek.

'Lucy,' riep hij. De vrouw keek op. Ook zij had een brede glimlach. Iedereen hier lachte. 'Ik heb hier een mevrouw die op zoek is naar *The Kite Runner*!'

De vrouw kwam haastig naar hen toe met haar eigen exemplaar in haar handen. 'O, nou, dit zult u leuk vinden! We hebben een paar exemplaren in de kast staan. Als u geïnteresseerd bent, kunt u naar onze leesclub komen.'

'Wanneer is dat?' vroeg Indira voorzichtig, want ze wist niet waar ze zich eventueel voor aanmeldde. Ze was hier alleen naartoe gekomen voor een paar boeken.

'We komen elke tweede dinsdag van de maand bijeen.'

Indira wist dat ze dan kon; Indira kon altijd.

'Ja, goed... Ik zal het boek lezen en als ik het mooi vind, kan ik dan komen?'

'Uiteraard,' zei de vrouw, Lucy. 'Maar als u het geen mooi boek vindt, is dat geen probleem! We houden van een stevige discussie! Bij de leesclub zit een jonge vrouw die Leonora heet en speciaal voor de leesclub lid van de bibliotheek is geworden. En er zit een meisje bij dat Izzy heet. Ze is een alleslezer, zit hier altijd met een lange lijst met boeken, een beetje zoals uw lijst eigenlijk. Ze heeft *The Kite Runner* al gelezen en heeft er veel post-its tussen geplakt. De anderen zijn niet zo, hoor! Ze lijkt wel een detective of zo... Maar goed, ze heeft ons al verteld dat ze geen fan van het boek is. Dus of u het boek nu mooi vindt of niet, er is altijd wel iemand die op dezelfde golflengte zit. Het is een goede manier om nieuwe mensen te leren kennen.'

De vrouw glimlachte vriendelijk, liet die laatste zin in de lucht hangen en keek Indira recht aan. Of verbeeldde Indira zich dat maar?

'Lucy is een van onze vrijwilligers en ze kent deze plek als haar broekzak. Wilt u dat ik die andere boeken voor u pak?' De Indiase bibliothecaris nam Indira van top tot teen op, maakte zich kennelijk zorgen omdat ze met een rollator liep.

'Eh, nee. Ik ga dit boek lezen om mee te beginnen en dan kijk ik wel hoe het gaat.' Ze keek naar het boek dat de vrouw vasthield en vroeg zich af of ze zich voldoende zou kunnen concentreren voor een heel boek. Het was lang geleden dat ze zoveel tekst in het Engels had gelezen. 'Hebt u dit boek ook in het Gujarati?' vroeg ze aan de Indiër, in de hoop dat hij het zou snappen.

'Nee, deze niet, maar we hebben wel aardig wat boeken in het Gujarati,' zei hij, en hij liep voor haar uit naar een kast. Er stonden ongeveer vijftig boeken in, genoeg om haar lange tijd bezig te houden. 'Wow,' zei ze. 'Ik begin met *The Kite Runner*, maar ik denk dat ik daarna terugkom voor deze boeken.'

'En de andere boeken op uw lijst?'

Ze keek omlaag. 'O, ja, natuurlijk. Ik kom zéker terug.'

'Het was heel fijn om kennis met u te maken. Sorry, hoe heet u?' zei de witte vrouw tegen haar.

'Indira,' antwoordde Indira. 'Insgelijks, Lucy. Ik verheug me op de leesclub.'

'We zijn een leuk clubje, al zeg ik het zelf! U zult er geen spijt van krijgen. We brengen ook taart en hapjes mee, dus als u ooit iets wilt uitdelen, is dat prima.'

'Dank u wel!'

'We zijn een hechte groep,' zei Lucy, die nog altijd glimlachte.

Indira vroeg zich af of haar wangen geen pijn deden van al dat lachen.

Toen Indira die dag de bibliotheek uit liep, wist ze dat ze zou terugkomen. Het was geweldig geweest die kast met boeken te zien. Ze las graag in het Engels, dat beheerste ze goed, maar ze miste het om boeken in het Gujarati te lezen.

Ze had de lijst in feite nog steeds vast, want die had ze in *The Kite Runner* gestoken. 'Bedankt,' mompelde ze tegen de lijst. 'Bedankt dat je me hier hebt gebracht.'

DEEL VI

Pride and Prejudice van Jane Austen

19

Aleisha

Ze wierp een blik op haar nachtkastje. *Pride and Prejudice* keek haar aan. Het was écht haar ding niet. Ze had het nu twee keer opgepakt, maar kon zich maar niet inleven in dat begin negentiende-eeuwse wereldje van dansen, bals, huwelijkspartijen, bemoeizuchtige moeders. Maar met het leestempo van meneer P. zou hij haar binnen de kortste keren inhalen, dus ze moest zich wel concentreren op de woorden, op de beelden van het huis van de familie Bennet. Mevrouw Bennet: bazig, arrogant. Elizabeth: ook behoorlijk verwaand. En meneer Darcy, de mogelijke liefdespartner, het personage dat in de BBC-serie door Colin Firth werd gespeeld: ook behoorlijk verwaand. Ze probeerde het niet te doen, maar toch vergeleek ze hem met Zac. Die dook steeds in haar hoofd op sinds ze aan dit afgezaagde boek was begonnen. Ze wist niet waarom, maar hij verscheen telkens aan de rand van haar bewustzijn, in kleding uit die tijd, zijn gezicht somber en chagrijnig, net als dat van meneer Darcy. Ze stelde zich Leilah voor in de positie van mevrouw Bennet. Zou ze hem goedkeuren? Ze riep zichzelf een halt toe, haar fantasie was al te ver met haar op de loop gegaan. Waar was ze mee bezig door op die manier aan Zac te denken, en aan Leilah?

Ze hoorde boven vloerplanken kraken. Aidans kamer lag recht boven die van haar, maar hij zou nu beslist diep in slaap zijn. Volgens de post-its op de koelkast had hij morgenochtend een vroege dienst. Toch klonk het alsof hij paniekerig door zijn kamer ijsbeerde. De slaapkamer op de begane grond was lang genoeg van haar om te weten wat elke kraak betekende. Gewoonlijk was ze het meest gefocust op het gekraak uit Leilahs kamer. Ze sloop haar slaapkamer uit, liet het boek opengeslagen met de tekst omlaag op haar bed liggen, en sloop zo stilletjes mogelijk de trap op. Ze moest niet hebben dat Leilah wakker van haar zou worden. Ze stond voor zijn slaapkamerdeur en stak haar hand uit om te kloppen, maar het ijsberen was nu duidelijk te horen, en ook gesmoord gesnik. Haar hart brak. Iets in haar wilde naar binnen rennen, wilde haar broer omhelzen. Maar er was ook iets in haar, het laffe gedeelte, dat zei dat hij dat vreselijk zou vinden, dat hij met rust gelaten wilde worden. Ze liet dat tweede gedeelte winnen en liep op haar tenen terug en de trap af.

Ze sloot de deur van haar kamer, deed haar oortjes in, dwong zichzelf om naar muziek te luisteren, niet aan haar broer te denken, maar het was zinloos. Haar gedachten zaten nog steeds bij hem.

Ze sloeg *Pride and Prejudice* weer open, hoopte dat ze een connectie zou voelen met de ouderwetse personages, hun volants en jurken, wenste zelfs dat Zac in kleding uit die tijd zou opduiken en haar verbeelding zou meevoeren, maar haar hoofd zat nog bij Aidan, in zijn kamer. Ze sloeg het boek hard dicht en legde het weer op haar nachtkastje. Wat ze ook deed, haar huis was weer in Manderley veranderd, met geesten die zich in de hoeken ophielden. Ze kneep haar ogen stijf dicht. De duisternis wervelde achter haar ogen.

'Hé, Leish.' De volgende ochtend stak haar broer zijn hoofd om haar slaapkamerdeur. Het licht kwam al door de gordijnen, maar uit de stilte in huis maakte ze op dat het nog vroeg was. Ze mompelde een antwoord, wreef in haar ogen om wakker te worden. 'Ik heb wat diensten geruild; ik werk vandaag overdag, maar vanavond ben ik thuis.' Hij zweeg even. 'Ik ben dus op tijd terug en dan kun jij weg. Je weet wel, voor die barbecue.'

Aleisha speurde haar broers gezicht af naar stress, spanning. Maar ze zag alleen opgewektheid. Er lag een sprankeling in zijn ogen alsof hij iets van plan was. Zo had hij ook als kind gekeken als hij plannen maakte om in de tuin een moddertaart voor haar verjaardag te maken, of die keer dat hij vershoudfolie over de wc-bril had gespannen, waarna hij de rol vershoudfolie in Aleisha's kamer had gelegd, zodat Dean die daar zou vinden. Ze vroeg zich af hoe het kon dat wat er gisteravond ook met hem aan de hand was, vanochtend alweer vergeten was. Had ze alles gedroomd?

'Aidan, gaat het goed met je? Heb je…'

'Ja, prima!' onderbrak hij haar. 'Die barbecue dus, waar Mia het over had. Ga er gewoon heen, even hier weg, genieten van de laatste paar weken van de zomer.'

'Nee.' Aleisha lachte hol. 'Ik ga niet. Ik blijf hier. Jij hebt al heel lang geen avond vrij gehad.' Aleisha zwaaide haar benen over de rand van het bed, stak haar voeten in slippers. 'We kunnen samen chillen.'

'Nee, je gaat. Je hebt al weken niet met vrienden afgesproken. Mama en ik denken dat het goed voor je zal zijn.'

'Heb je het aan mama verteld?'

'Ja.'

Daar had je het weer. Aidan en Leilah: de gezamenlijke oudereenheid die voorschreef wat Aleisha hoorde te doen. Ze moest lachen, want ze was een kind als het hun uitkwam, maar als Leilah een volwassene nodig had, was er voor Aleisha niet eens ruimte om tiener te zijn.

'Beloof me dat je erover na zult denken,' zei Aidan, waarbij hij zijn pink in de lucht stak.

'Beloofd,' mompelde Aleisha, terwijl ze naar zijn gezicht keek om te zien of hij niet even uit zijn rol viel. Aidan wiebelde met zijn pink, zodat alleen zijn gezicht en hand zichtbaar waren. De rest van zijn lichaam was achter de deur. 'Ja, beloofd!' snauwde Aleisha, en ze wiebelde ook met haar pink heen en weer.

'Goed. Tot straks. Ik heb wat geheugensteuntjes op de koelkast geplakt.'

Ze observeerde elke beweging die Aidan maakte toen hij met zijn gebruikelijke energie wegliep. Ze zette het beeld, het verhaal dat ze vannacht had bedacht, uit haar hoofd, het tafereel dat ze zich aan de andere kant van zijn slaapkamerdeur had voorgesteld.

Als Aidan niet speciaal voor haar diensten had geruild, zou ze nu in de WhatsApp-groep een smoes typen om eronderuit te komen. Dat ze ziek was. Misselijk was. Migraine had. Maar ze voelde zich schuldig door zijn post-its op de koelkast met teksten als *Ga lekker op stap!* en *Veel plezier!* en *Ik ben thuis, dus jij hoeft niet thuis te blijven.* En dus trok ze nu een korte broek aan en een topje dat ze alleen droeg als ze ging stappen. Ze stak haar pakje 'uitgaanssigaretten' in haar kontzak. Haar moeder en Aidan wisten daar niets van.

Ze riep onderaan de trap naar Aidan: 'Aidan, kun jij me binnenlaten als ik terugkom? Ik bel je, oké? Ik kan mijn sleutels nergens kwijt.'

Aidan en Aleisha wisten beiden de werkelijke reden dat ze geen sleutels meenam: als ze dronken was, liet ze die op de gekste plekken liggen. Aidan had al twee keer het slot moeten laten vervangen.

'Is goed,' riep hij naar beneden. 'Ga nu maar. Veel plezier!'

De lucht was vanavond koeler, verfrissend, en de hemel had de kleur van een suikerspin. Ze kocht een sixpack bier met het identiteitsbewijs dat ze had vervalst met behulp van Tipp-Ex en wat foefjes met een pen die Rahul haar had geleerd. Toen ze bij het park kwam, hoorde ze hen al voordat ze hen zag. Ze kende het: een illegale barbecue, door drank en sigaretten aangewakkerd gelach; dat waar vriendschappen uit bestaan. Het park was praktisch uitgestorven, er waren alleen nog een paar mensen die de hond uitlieten en enkele groepen tieners. (Aleisha's vrienden vonden zichzelf geen tieners. Zij keken juist neer op tieners.) Ze hoorde Rahul bulderend lachen, alsof hij wilde bewijzen hoeveel plezier hij had. Wat een idioot.

'Je bent er!' Mia sprong op zodra ze Aleisha zag. 'Ik had niet verwacht dat je zou komen. Je bent altijd zo wispelturig.' Aleisha lachte ongemakkelijk, Mia knipoogde terug.

'Zijn Kacey en de rest er niet?'

'Nee, die zijn naar een optreden of zo. Last minute tickets. Kwamen niet opdagen. Ze zullen het vreselijk vinden dat ze je gemist hebben. Maar weet je, ze dachten dat je niet zou komen.' Dat stak, maar Aleisha wist dat er een kern van waarheid in zat. 'Maar goed, wat heb je de afgelopen tijd gedaan? Niemand heeft je gezien.'

Aleisha hield even haar adem in. Ze had helemaal niets gedaan. Haar enige nieuwtje was dat ze meneer P. had leren kennen, boeken had gelezen, haar moeder had voorgelezen. Dat telde allemaal niet. 'Niet veel, eigenlijk,' zei ze.

'Jongens!' riep Mia naar de anderen. 'Aleisha werkt in de bibliotheek aan Harrow Road!'

Aleisha voelde dat ze verbleekte. Sommigen giechelden, vrijwel niemand keek op.

'Die ging toch dicht?' zei Rahul, met een knipoog naar haar, in een poging zich in het gesprek te mengen.

Aleisha zei niets. Ze wilde dat dit ophield, ze had verder trouwens niets te zeggen.

De hele avond deed ze alsof er geen enorme kloof bestond tussen haar en Mia; vriendinnen die nu vreemden voor elkaar waren, nog in dezelfde kringen verkeerden, nog op dezelfde plek woonden maar de details van elkaars leven niet kenden. Rahul keek telkens haar kant op, hoopte op een kans om met haar te kletsen, dus Mia was nu haar enige bescherming. Ze hield haar ogen op Mia gericht toen die grote slokken uit een fles zomerfruitcider nam, deed alsof de gezinsvakantie en de joints die ze met haar vader en broer rookte geweldig waren. Wild.

Om elf uur begonnen er al mensen in te dutten. Iedereen wilde vroeg naar huis. Dit was voor hen de derde avond uit deze week. Het was gewoon een relaxte avond. Aleisha was de hele avond niet van Mia's zijde geweken. Opeens wierp Mia haar hoofd in haar nek en lachte. Ze viel bijna om en trok Aleisha met zich mee. Aleisha zorgde ervoor dat ze op de grond gingen liggen. Ze had gemerkt dat sommige jongens naar Mia keken, gezien hadden dat ze steeds dronkener, luidruchtiger en vrolijker werd.

'Mi, zullen we naar huis gaan?'

Mia schudde haar hoofd, stak haar wiebelige dronken arm de lucht in, zong mee met de muziek die zacht uit iemands telefoon klonk. De barbecue was vergeten en de groep had hun territorium afgebakend met lege flessen en blikjes.

Aleisha probeerde Mia overeind te trekken, maar die was vastbesloten op de grond te blijven liggen, naar de lucht te kijken, in het briesje te zingen.

Opeens stond Rahul naast Aleisha. 'Ik zal je helpen,' zei hij.

'Nee, niet nodig,' zei Mia vanaf de grond namens Aleisha.

'Oké.' Aleisha knikte naar hem. Ze kon dit niet alleen.

Rahul zweeg verder. Hij bukte zich naar Mia, ging op zijn hurken zitten. 'Mi,' zei hij zacht. 'Ik vind dat we nu moeten gaan. Het is al laat. Iedereen gaat naar huis.'

Mia schudde theatraal haar hoofd. 'Er gaat niemand naar huis,' zei ze, haar woorden opeens helder en duidelijk. 'Aleisha is er, daar moeten we optimaal van profiteren. Misschien zien we haar nooit meer.'

Met z'n tweeën hadden ze voldoende kracht en vastberadenheid om Mia van de grond op te tillen. Ze droegen haar met een arm bij ieder van hen om de schouder. Zelfs toen Mia haar voeten optilde en tussen haar twee vrienden in hing, zetten ze door. Mia zei gedag tegen de anderen, klaagde over haar begeleider en chaperonne, en ze liepen het park uit.

Aleisha was boos, maar deed erg haar best dat te verbergen. Aidan zei altijd dat ze voor hem een open boek was. Ze hoopte maar dat dit voor anderen niet gold. Ze wilde niet dat de avond zo zou eindigen. Ze wilde dat haar vriendin niet stomdronken was. Ze wilde dat Rahul er niet was.

Mia woonde nog in het huis waarin ze was opgegroeid, vanaf Aleisha's huis gezien aan de andere kant van Wembley. Ze hoopte dat ze met de bus terug kon. Het was niet al te laat, dus Aidan zou nog op zijn. Hij zat waarschijnlijk iets op YouTube te bekijken; zo trof ze hem meestal aan op dit tijdstip van de avond, in de donkere woonkamer, het computerscherm dat zijn gezicht verlichtte, hem een ziekelijk groene gloed gaf. Ze moest hem een berichtje sturen. Maar dat zou net zoiets zijn als een nederlaag bekennen, toegeven dat ze geen plezier kon maken, hoe ze zichzelf daar ook toe zette. Het zou voor hem het bewijs zijn dat ze niet zo goed was als haar grote broer. Ze hield haar telefoon in haar zak.

In Mia's straat herkende Aleisha de huizen en haar spiergeheugen deed de rest.

Toen ze bij Mia's deur kwamen, waren alle gordijnen dicht, de ramen zwart. Het was middernacht, het was stil op straat. Aleisha durfde niet aan te bellen. Rahul haalde zijn schouders op. Mia was niet nuchter genoeg om zelf haar sleutels uit haar tasje te pakken, en dus deed Aleisha dat door af te gaan op het gerammel. Uiteindelijk deed ze de deur open voor haar vriendin, die over de drempel walste en zonder een woord te zeggen de deur voor Aleisha en Rahul dichtsmeet. Ze hoorden gekletter, een knal, een dreun. Ze hadden er niet over in hoeven zitten het huis wakker te maken. Dat deed Mia wel.

'Oké,' fluisterde Rahul, 'zal ik met je meelopen naar huis?'

Aleisha schudde haar hoofd. 'Nee, dat hoeft niet.'

Rahul drong aan, maar Aleisha pakte haar telefoon. Het was tijd om de witte vlag te hijsen. Ze belde Aidan.

Ze bleven voor Mia's huis staan wachten. Aleisha had het ijskoud, was zich er opeens van bewust dat ze een korte broek en dat stomme topje met spaghettibandjes aanhad. Ze sloeg haar armen om zich heen, meed de blik van Rahul omdat hij haar anders misschien iets zou aanbieden om warm te blijven. Het wachten duurde eindeloos. Ze wilde met Rahul praten, wilde hem vertellen wat er bij haar thuis speelde, wilde vertellen over de oude man met wie ze in de bibliotheek bevriend was geraakt. Zou hij lachen of zou hij het stom vinden, of zou hij tegen haar zeggen dat het aardig van haar was om een eenzame oude man gezelschap te houden? Ze wilde met iemand praten, iemand die niet Aidan was, die niet wist hoe het was om voor je moeder te zorgen als die dat zelf niet kon, maar die zou proberen om het te snappen.

Op een bepaald moment deed ze haar mond open om erover te beginnen, maar ze bedacht zich. Het had geen zin. Waarschijnlijk kwam het door het kleine beetje dat ze Rahul over haar moeder had verteld, dat ze hem in eerste instantie had weggejaagd. Dat was niet iets waar tieners over spraken. Ze had meneer P. er iets over verteld, dat was genoeg. Ze had Aidan, ze deden dit samen.

Door de stilte heen kwam Aidans auto eraan. De muziek uit zijn stereo stond zachter dan anders en hij riep door de raam: 'Hé, jullie daar. Stap in.'

Hoe erg ze ook tegen deze avond had opgezien, haar hart was een hol gat. Ze had de zorgeloze tiener willen zijn die voor één keer stomdronken zou worden. In plaats daarvan was ze de verstandige tiener, deed het juiste, zorgde voor anderen. Er was niets veranderd.

20

Mukesh

Piep. ‘Hallo, papa, met Rohini. Superbedankt dat je op Priya hebt gepast.’ ‘Ja, bedankt, Dada!’ ‘Ze zei dat ze het heel leuk met je heeft gehad in Londen. Ik hoop dat je voorzichtig bent geweest. En dat zeg ik vooral voor je eigen bestwil.’

Piep. ‘Hoi, papa, met Vritti. Sorry dat ik eerder bel dan je gewend bent. Ik had net Rohini aan de lijn. Heb je zin om volgende week een keer te komen lunchen of zo? Ik kan je komen ophalen, dan hoef je niet met de metro. Ik zou je heel graag zien!’

Piep. ‘Hallo meneer P., met Aleisha. Sorry dat ik u stoor. Het is vandaag heel rustig in de bibliotheek dus ik dacht: ik bel even om te vragen hoe ver u bent in *Life of Pi*. Ik heb een ander boek voor u klaarliggen als u het uit hebt. Misschien bel ik later nog wel terug.’

Later nog wel terugbellen? Mukesh voelde onverwachte paniek in zijn keel omhoogkomen. Hij had Aleisha nog nooit aan de telefoon gehad. Waar moesten ze over praten? Hij had vanochtend zijn antwoordapparaat niet beluisterd omdat Nilakshi al vroeg was gekomen om de dag met hem door te brengen, dus Aleisha kon elk moment bellen en hij had zich amper voorbereid!

‘Wie was dat op het antwoordapparaat?’ vroeg Nilakshi vanuit de woonkamer, waar ze op haar vaste plek zat. (Ja, ze had nu een vaste plek.) Haar ogen waren op een Indiase soap op Zee TV gericht.

‘O,’ zei Mukesh. ‘Gewoon, eh, mijn bibliothecaris.’ Hij vroeg zich af of dat de juiste manier was om haar te beschrijven.

'O! Dat aardige meisje,' zei ze, zonder haar blik ook maar even van de tv af te halen. 'Je hebt het vaak over haar. Zo te horen heeft ze enorm veel boeken gelezen. Dat zou Naina een fantastische baan hebben gevonden, denk je niet?'

'Zeker,' zei Mukesh. Zijn benen trilden een beetje toen hij zich in zijn stoel liet zakken. Hij moest nog een paar bladzijden van *Life of Pi*, dus hij zette zijn noisecancelling koptelefoon op (die had Nilakshi voor hem meegebracht; die was van haar man geweest) om de oorverdovende muziek en het geklets van Zee TV te dempen en verdiepte zich weer in zijn boek. Zee TV was de best bekeken tv-zender in zijn huis. Daar was hij gek genoeg blij om. Zee TV had Netflix en herhalingen van David Attenborough op National Geographic verdrongen.

Toen hij de laatste bladzijde van het boek omsloeg, en Pi en zijn ongelooflijke verhaal achter zich liet, hield hij zijn koptelefoon op, in de hoop op een blijvend moment van stilte, zodat hij zijn gedachten kon ordenen. Hij wilde niet dat het boek uit was, maar hij moest weten wat Pi's reis betekende. Was het echt? Verzonnen? Dit verhaal was in zijn hart en hoofd gaan zitten. Het was een lange, zware reis geweest voor Pi, maar een ontzagwekkende, onthullende reis voor Mukesh.

Toen zag hij Nilakshi vanuit zijn ooghoeken, en dat verbrak zijn gemijmer. Ze schoof van de bank af en liep de gang in.

Even later was ze terug. Hij zag haar lippen bewegen toen ze iets tegen hem zei, maar hij verstond er geen woord van. Ze zwaaide de telefoon heen en weer voor zijn gezicht.

'Wat is er?' vroeg Mukesh, terwijl hij de koptelefoon in zijn nek legde.

'Voor jou! De bibliothecaris!'

'O,' zei Mukesh. Zijn hartslag schoot omhoog. Nilakshi had de telefoon opgenomen. Stel dat het een van zijn dochters was geweest. Hij pakte de telefoon aan, hield zijn hand boven het microfoontje en liep vlug van de woonkamer naar zijn slaapkamer ernaast. 'Hallo?' zei hij.

'Meneer Patel! Meneer P.! Sorry, ik hoop dat ik u niet stoor. Het is hier vandaag even druk als op Manderley. Ik hou van stilte, maar de tijd gaat zo wel heel langzaam. Wie was dat trouwens?'

'Wie was wie?'

'De vrouw die de telefoon opnam.'

Mukesh haalde even diep adem. Mijn eh... Ik heb een... Het was mijn dochter, die neemt soms de telefoon voor me op. Ik zat namelijk te lezen.'

'*Life of Pi*? Hebt u het al uit?'

'Net!' zei Mukesh. Gelukkig vroeg ze niet door. Hij werd bestookt door schuldgevoelens. Hij voelde zich schuldig over de leugen, en ook om de reden dat hij loog. Mukesh stelde zich voor dat Aleisha aan haar bureau zat, de bibliotheek in keek. Hij vroeg zich af wie er vandaag waren. Was die andere oudere man er, die vaak koffie uit de koffieautomaat haalde en dan met een krant in zijn schoot bij het raam ging zitten? Of misschien was Chris er, die weer verdiept was in een thriller. Of misschien de leesclub. Die had hij nog nooit gezien, maar in gedachten zag hij de leden voor zich: grote bril, enorme tassen vol met boeken, nette kleren.

'Wat vond u ervan?'

'Hmm?' zei Mukesh, die met zijn gedachten nog bij de bibliotheek zat.

'Van het boek!'

'O, ja, dom van me! Ik vond het prachtig,' zei Mukesh. 'Het is ongelooflijk. Ik kan me niet voorstellen dat zoiets echt zou gebeuren. Dat Pi alles kwijtraakte doordat de boot zonk en dat hij tweehonderd dagen op een reddingsboot wist te overleven met tijgers en apen en hyena's!'

'Het is een roman,' zei Aleisha. 'Maar ik bedoelde meer hoe het verhaal geschreven is. Alles wat er gebeurt is krankzinnig.'

'Aan het eind staat er iets waardoor ik me afvroeg of Pi het allemaal verzonnen had. Is het waargebeurd?'

'Ik weet niet wat de auteur wil dat we denken, maar... ik geloof Pi. U niet?'

'Jawel, maar het is zo zielig. Hoe weet hij zich te redden? Hij is helemaal alleen en eenzaam en toch... Hij is heel dapper!'

'Ik denk dat het allemaal iets anders betekent, zoals bij Bijbelverhalen, die allemaal een diepere betekenis hebben. Toen ik op school zat, hadden mijn docenten het altijd over de Bijbel. Ik heb dat nooit begrepen. Ik moest aan mijn vader vragen wat ze bedoelden. Die had ook geen idee.'

Ze had het weer over haar vader. Verbeeldde hij het zich of leek Aleisha tegenwoordig minder gereserveerd?

'Maar ik weet het niet,' ging Aleisha verder. 'Ik vraag me af of de tijger ergens voor staat, voor veerkracht of zo.'

'Dat zou kunnen. Zo diep heb ik er niet over nagedacht. Ik ben niet zo slim als jij. Of als mijn vrouw, Naina,' zei hij. Het berispende beeld van mevrouw Danvers zat weer in zijn hoofd. 'Heb ik je weleens verteld dat het in de eerste plaats door Naina kwam dat ik naar jouw bibliotheek kwam? En de boeken, de boeken die je me hebt gegeven, hebben me het gevoel gegeven dat ze trots op me zou zijn. Naina en mijn jonge kleindochter, Priya. Ze hadden door boeken een goede band met elkaar. Maar ik ben niet zo knap als jij, met al die diepere betekenissen.'

Aleisha lachte zacht. 'Ik weet niet of dat wel zo is. Maar dat is prachtig, meneer P. Uw vrouw zou echt trots op u zijn. Zeker als u voor dit alles maar één boek gelezen had. Ik geloof u alleen niet, u hebt de boeken zo vlug uit.'

Mukesh dacht daar even over na. Zijn borst, zijn hoofd zwol van trots, terwijl mevrouw Danvers wegvluchtte. Toen het *ding-dong* van de voordeurbel.

'O, nee!' zei Mukesh. Wie kon dat zijn?

'Wacht! Hoe was uw dag met Priya?' En opeens vergat Mukesh de deurbel, Nilakshi en haar dramaseries op Zee TV.

'Aleisha, het was magisch!' riep hij. Hij hoorde Aleisha in de verte giechelen. 'Ik ben met haar naar een boekwinkel geweest, in het centrum van Londen. Ik heb je raad opgevolgd. Er waren daar zoveel mensen die allemaal rondsnuffelden of in het café iets dronken... Het was er heel druk! Het spijt me en niets ten nadele van de bibliotheek, maar weet je, het was daar zóveel drukker. Ik zou willen dat mensen net zo dol op de bibliotheek waren als wij, juffrouw Aleisha.'

Ding-dong.

'Mukeshbhai! Ik ga wel!'

'Nee!' riep Mukesh, terwijl Aleisha al reageerde met: 'Wat geweldig, meneer P.' Hij liet de telefoon op zijn bed vallen, vergeten, en liep zo snel als hij kon op zijn slippers naar de voordeur. Maar toen hij in het halletje kwam, zag hij Deepali al op de mat met WELKOM staan. Nilakshi stond er glimlachend bij en wenkte haar naar binnen.

'Hoi, pap,' zei Deepali. 'Ik... Ik kwam zomaar even langs. Maar ik had eerst moeten bellen. Ik, eh... wist niet dat je bezoek had. Ik ga maar weer.'

'Dag, Nilakshimasi. Leuk je gezien te hebben,' zei ze, waarbij ze zich weer tot Nilakshi wendde.

Voordat Mukesh bij de drempel was, zat Deepali al in haar auto, de motor gestart, klaar om te vertrekken.

De opwinding van zijn gesprek met Aleisha was volledig verdwenen. Hij zag zijn dochter wegrijden. Nilakshi legde een hand op zijn schouder. 'Mukesh, we zijn bevriend, meer niet. Dat weten we allebei. Je dochters... Natuurlijk zullen ze het snappen.'

Maar Mukesh wist dat ze het niet zouden snappen. Hij had hen teleurgesteld. Hij had Deepali's gezicht zien betrekken. Door het gesprek met Aleisha kon mevrouw Danvers dan wel verdwenen zijn, maar Deepali had haar meteen weer teruggebracht en hij zag, voelde of hoorde Naina nergens.

DE LEESLIJST

Izzy

2019

'Hallo,' zei Izzy, terwijl ze haar blik over de balie in de bibliotheek liet gaan. 'Gaat het?'

De man achter de balie zat onder het stof, had overal om zich heen stapels dozen staan. 'Ja, hoor,' zei hij hijgend. 'Alles is in orde. Ik ben aan het opruimen. Mijn baas zegt dat het hier smetteloos schoon moet zijn voor het geval ze ons proberen te sluiten. Ik weet niet wie die mysterieuze "ze" zijn, maar goed, dat dus.'

Izzy keek hem aan, dacht aan de poster met RED ONZE BIBLIOTHEKEN die al twee jaar, sinds ze hier kwam nadat ze de leeslijst had gevonden, op de deur hing. Telkens als de woorden onleesbaar werden, verbleekt door de zon, had iemand – de red-onze-bibliotheken-elf – een nieuw A4'tje opgehangen. Tot haar en Sages opluchting was de bibliotheek nog open, al waren die dagen waarschijnlijk geteld. Nu ze deze bibliotheek ontdekt had, kon ze zich niet voorstellen dat die er niet meer zou zijn.

'Sorry.' De man sloeg het stof van zijn corduroy broek en T-shirt. 'Sorry. Hallo, ik ben Kyle. Wat kan ik voor je doen?'

Ze had Kyle door de jaren heen verschillende keren gezien, en hij straalde altijd onmiskenbaar uit dat hij uitgeput en tegelijkertijd zeer kalm was. Izzy zweeg even. Deed ze hier goed aan? Ze hield de lijst in haar handen. Ze had hem netjes gehouden, had hem heel lang in haar doos met lijstjes bewaard, veilig opgeborgen. De afgelopen twee jaar had ze zich in de bibliotheek verstopt voor de wereld, had regelmatig meegedaan aan de leesclub, had iedereen die ze daar zag aangesproken, voor het geval die persoon de leeslijst had samengesteld. Tot nu toe zonder resultaat. Ze had elk boek keer op keer gelezen, had aantekeningen gemaakt, had mini post-its geplakt bij cruciale passages, belangrijke zinnen, voor het geval de boeken zelf, en hun boodschappen, een soort puzzel waren. Ze had van alles geprobeerd en toch kon ze na twee jaar haar fascinatie niet van zich af zetten.

'Je moet het laten rusten, je maakt jezelf gek,' had Sage op een avond tegen haar gezegd toen Izzy voor de zoveelste keer door *Little Women* bladerde. Het was het derde exemplaar dat ze uit de bibliotheek had gehaald. Ze vroeg zich af of er iets, een aanwijzing, een boodschap, in bepaalde exemplaren van elk van de titels van de lijst was geschreven, en dus probeerde ze elk exemplaar te bemachtigen. Maar ook van dit exemplaar van *Little Women* was ze niets wijzer geworden.

'Ik heb mezelf al gek gemaakt,' had Izzy geantwoord. 'Ik moet het gewoon weten.'

En dus stond ze nu hier om haar eigenaardigheden aan Kyle op te biechten. Haar laatste toevlucht. 'Eh... Ik weet dat het raar klinkt, maar ik heb een leeslijst,' begon Izzy. De ogen van de jongeman werden groot. Er lag een glimlach op zijn gezicht, hij wilde haar graag een plezier doen. 'Ik weet niet wie die lijst heeft samengesteld, maar ik... Ik moet het gewoon weten.'

'Okeee,' zei Kyle wat onzeker.

'Degene die de lijst heeft opgeschreven, kwam naar deze bibliotheek. Dus ik vroeg me af of je me zou kunnen vertellen wie deze boeken heeft geleend. In de loop der jaren of allemaal tegelijk.'

Kyle ging kaarsrecht staan. Zijn glimlach verdween. 'Nee, nee, sorry. In verband met privacy mag ik die informatie niet geven, zelfs niet als ik daarachter zou kunnen komen.'

Het bleef even stil.

'Mag ik eens kijken?' vroeg Kyle toen, en hij stak zijn hand uit. Ze legde het papiertje voorzichtig in zijn handpalm. Hij hield het vast alsof het een historisch object was.

'Het zit namelijk zo, ik verzamel lijstjes,' zei ze aarzelend. 'Dat is een beetje een rare hobby van me, maar ik vind het geweldig. Mijn vader noemde me altijd zijn kleine hamsteraar.'

'Dat is cool,' zei hij, maar ze wist dat hij daar niet zo zeker van was. 'We zien hier uiteraard vaak lijstjes. Dus voor ons is het minder bijzonder.'

'Ja, dat snap ik. Een lijstje geeft een inkijkje in iemands ziel. Net zoals boeken, kunst... Het is stom, ik weet het.'

'Nee,' zei hij. 'Ik vind het mooi.'

Hij mompelde de titels. Izzy keek om zich heen in de hoop een aanwijzing te vinden. Verderop zag ze Indira. Ze had haar een paar keer bij de leesclub gezien. Ze mocht Indira graag, maar ze was zo'n kletskous, dus als ze er was, lette Izzy erop dat ze alleen naar haar toe liep als ze zelf ook in de stemming was voor een praatje. Verder was er bijna niemand in de bibliotheek.

'Dat is raar. Het is vast toeval, maar een vriendin van me leest deze boeken in vrijwel dezelfde volgorde.'

'Op dit moment?' Izzy's ogen werden groot.

'Ja, volgens mij wel.'

'Heeft zij deze lijst geschreven?'

'Nee, ze heeft een hekel aan boeken,' zei hij nuchter. 'Maar... Ik vraag me dus af of ze jouw lijst heeft gezien. Heb je 'm hier weleens laten rondslingeren?'

'Nee, nooit.' Izzy schudde haar hoofd.

'Tja, het spijt me echt, maar ik weet niet wat ik voor je kan doen. Mijn vriendin is ook bibliothecaris. Ze werkt hier. Vraag het anders eens aan haar. Ze is hier meestal op woensdag.' De man glimlachte, maar Izzy voelde aan dat ze hem een beetje van zijn stuk had gebracht. Ze moest toegeven dat ze inderdaad kon doorslaan. 'Het spijt me. Kan ik vandaag verder nog iets voor je doen?'

Izzy haalde glimlachend haar schouders op. 'Alleen deze graag.' Ze legde *A Suitable Boy* op zijn bureau met daarbovenop haar bibliotheekpasje, dat er nog net op bleef liggen.

'Hoe vaak heb je dit boek gelezen?'

'Dit exemplaar nog geen enkele keer, als je dat bedoelt.' Izzy lachte. 'Het is een dik boek, ik moet opletten dat ik niets mis.'

'Die leeslijst,' zei Kyle. 'Nu snap ik waarom je steeds dezelfde boeken meeneemt. We dachten dat je niet om aanbevelingen durfde te vragen.' Kyle gaf het boek aan haar en ze sloeg haar armen eromheen, getroost door het gewicht.

'Bedankt!'

Terwijl Izzy de bibliotheek uit liep, keek ze om zich heen en ze vroeg zich zoals altijd af of degene die de lijst had samengesteld ergens tussen de kasten was. Of achter de balie zat. Wat was het doel van de lijst?

Ondanks al het lezen, al haar speurwerk, wist ze niet of ze al dichter bij degene gekomen was die de lijst had opgeschreven, maar ze genoot van de reis. Ze waardeerde lezen weer. Voordat ze de lijst had gevonden, was het lang geleden dat ze was gaan zitten en zichzelf had toegestaan helemaal in een boek op te gaan. Het leven voelde te druk. Lezen had een uitspatting geleken die ze zich niet kon veroorloven.

De lijst had haar veel gebracht. Ze vond het fijn om met de mensen hier te praten, en in deze nieuwe stad, waar het leven nooit leek stil te staan, had de lijst haar een plek gegeven waar het al genoeg was er alleen maar te zijn.

21

Aleisha

'Dus meneer Darcy vindt Elizabeth Bennet leuk, en zij vindt hem overduidelijk ook leuk, maar ze doet meestal onbeleefd tegen hem en andersom,' zei Aleisha tegen de stilte in haar huis. Ze had Leilah weer voorgelezen, deed er alles aan om de rust die ze eerder op die manier hadden gevonden opnieuw te creëren.

Maar Leilah was afgeleid. Haar blik dwaalde door de woonkamer. Ze knikte als Aleisha stukken van het verhaal uitlegde, maar lette algauw niet meer op. 'Sorry, sorry,' zei Leilah slaperig. 'Dus het is een liefdesverhaal?'

Aleisha was in verwarring geraakt toen ze de verschillende personages wilde opnoemen. Ze had tijdens het voorlezen een poging gedaan om aan te geven wie familie was van wie, wie verliefd was op wie, wie met wie wilde trouwen. En nu was ze teruggegaan naar het moment waarop Elizabeth en Darcy voor het eerst in elkaars gezelschap verkeren, in de hoop dat dit Leilah zou interesseren. Aleisha hoopte stiekem ook dat Leilah dan naar haar liefdesleven zou vragen. Maar goed, waarom zou ze? Aleisha had geen liefdesleven. Zelfs Leilah wist dat.

Terwijl ze voorlas – en Elizabeth bijdehante antwoorden hoorde geven aan meneer Darcy, en Darcy dat op zijn beurt ook deed – dacht ze aan Zac, en die wandeling naar huis. In tegenstelling tot Darcy was Zac niet nors en oninteressant en saai. Hij was juist zeer spraakzaam geweest. Had haar aan het lachen gemaakt. Had geprobeerd haar zover te krijgen dat ze haar voorzichtigheid liet varen. Maar dit was

Londen, niet een of andere plaats in de negentiende eeuw, en echt níémand sprak met onbekenden.

Ze wierp een blik op Leilah, en heel even zag ze haar van top tot teen in een van de mooiste jurken van mevrouw Bennet. Ze gaf het verhaal de schuld. Haar overactieve verbeelding. Het was belachelijk. Mevrouw Bennet leek totaal niet op Leilah. Ze was snobistisch, luidruchtig, vrijpostig en sluw, stak haar neus in andermans zaken. Leilah daarentegen was gereserveerd, ging zo op in haar eigen wereldje dat ze geen belangstelling had voor andere mensen.

'Oké, dat waren Elizabeth en meneer Darcy,' zei Leilah, waarbij haar ogen oplichtten. 'Maar je had het ook over ene Lydia. Wie is Lydia?'

'Elizabeths jongere zus.'

'Oké. En wie is Wickham?'

'Dat zal de schurk wel zijn, denk je niet?'

'Ik kan mijn aandacht er niet bij houden,' zei Leilah. Aleisha voelde zichzelf leeglopen, het boek opengeslagen in haar schoot, de woorden piepklein en lastig te lezen. Leilah stond op van de bank en liep de kamer uit. Aleisha probeerde zich op de bladzijde te concentreren.

Aidan stak zijn hoofd om de deur, stak een post-it op die Aleisha voor hem had achtergelaten. *Picknick?* stond erop, met een lachend gezichtje erbij.

'Ik denk niet dat dit een goed moment is om mama mee naar buiten te nemen, Aleisha,' zei Aidan streng.

Aleisha wilde het zo graag, vooral nu het met *Pride and Prejudice* niet gelukt was om haar moeder uit de mist te trekken. Vorig jaar rond deze tijd hadden Aleisha en Aidan een picknick in hun eigen tuin georganiseerd toen Leilah een slechte periode doormaakte en dat had geholpen. Ze had veel gelachen.

'Het is een prachtige dag. Je weet hoe leuk ze het de vorige keer vond. Dan zijn we buiten, maar toch vlak bij huis.'

'Het wordt een fiasco,' zei hij met een diepe zucht.

'Maar vorig jaar had je het zelf voorgesteld en toen hielp het echt!'

'Ja, maar misschien ben ik er nu niet zo zeker van of het helpt, deze keer niet,' zei hij. 'Ik ben het zat dat alles misgaat,' mompelde hij.

Er hing een geladen stilte. Aleisha keek aandachtig naar de frons op het voorhoofd van haar broer, de wallen onder zijn ogen.

'Weet je wat, ik zal het meeste doen. Oké? Ik zal alles regelen. Jij hoeft er alleen maar te zijn.'

Aidan haalde zijn schouders op, maar was niet overtuigd. 'Ik moet iets ophalen bij de drogist. Ga met me mee. Mama redt het wel even alleen en dan kunnen we op de terugweg spullen halen.'

Ze glimlachte naar haar broer. 'Bedankt, Aidan.'

Aleisha zat op een bankje in het park in de zon te wachten tot Aidan terugkwam van de drogist. Ze haalde *Pride and Prejudice* uit haar tas. Ze had er geen moeite mee gehad om het in de beslotenheid van haar eigen huis te lezen, haar moeder voor te lezen, die kon het toch niets schelen… Maar nu voelde ze zich ongemakkelijk, te kijk gezet. Ze was bang dat er iemand naar haar zou kijken, iemand die ze kende.

Er kwam een onbekende op het bankje naast haar zitten, en zo vlug als ze kon verwisselde ze *Pride and Prejudice* voor het volgende boek op de lijst, *Little Women*, dat ze bij zich had voor het geval ze Jane Austen uit zou hebben. Ze sloeg het boek op een willekeurige bladzijde open en wierp heel subtiel een blik opzij.

Even dacht ze dat haar door *Pride and Prejudice* versufte brein een geintje met haar uithaalde. Ze knipperde met haar ogen, knipperde nog een keer. Hij was het echt: Zac, en hij keek naar haar.

'Hé, kiddo,' zei hij.

Ze verschoof ongemakkelijk en was zich ervan bewust dat ze bloosde. Kiddo. Geweldig. Ze wilde iets terugzeggen in de stijl van Elizabeth Bennet, maar kon niets bedenken. 'Hoi,' zei ze ietwat ijzig. Dat was haar beste bod.

'*Little Women*. Dat heb ik jaren geleden gelezen. Met mijn zusje. Het is haar lievelingsboek. Ze wilde altijd dat ze zussen had in plaats van broers. Maar wie wil er nou zo'n zus als Amy?'

Ze had geen idee wie Amy was. Ze had nog geen bladzijde gelezen, maar alleen maar om tegen hem in te gaan zei ze: 'Ik mag Amy wel. Ze wordt verkeerd begrepen.' Aleisha bladerde verder, probeerde afstandelijk te doen. 'Hoeveel boeken heb je eigenlijk gelezen?'

'Duizenden, waarschijnlijk. Jij houdt het voorlopig kennelijk bij de voor de hand liggende boeken.' Aanvankelijk voelde het als een scherp, ongeïnteresseerd antwoord in Darcy-stijl, maar toen ze naar hem opkeek, zag ze een brede grijns op zijn gezicht. Hij plaagde haar maar.

'Dat is niet aardig.' Aleisha glimlachte en keek naar haar boek. Ze weigerde hem de leeslijst te laten zien. Het voelde als iets wat heilig was, en alleen voor haar. (En min of meer voor meneer P., ook al wist die dat niet.)

'Heb je tijd om ergens koffie te gaan drinken?'

'Nee, sorry, ik wacht op mijn broer,' zei Aleisha scherp. Ze legde haar boek neer en keek hem recht aan. 'Ik kan niet.'

'Oké, zullen we dan een keer afspreken?'

'Wie zegt dat?' Aleisha kromp ineen. 'Zeker iemand hierin,' zei ze, en ze sloeg met haar hand op *Little Women*, 'of in *Pride and Prejudice*. Dat zinnetje komt vast uit een boek.'

'Heel grappig. Er zijn ergere plekken om zinnen vandaan te halen.'

'Nou, ik heb nog vijf minuten. Als je wilt praten, ga je gang,' zei ze vriendelijk.

'O, oké.' Tot haar verbazing begon hij licht te blozen. Hij schuifelde met zijn sportschoenen over de grond. 'Ik weet niet waar ik moet beginnen,' zei hij lachend en met een trilling in zijn stem. Het roze veranderde in felrode vlekken die zich in zijn hals verspreidden, naar zijn kin en over zijn gezicht kropen. Hij had toch niets van de achteloze nonchalance van meneer Darcy. Op dat moment had ze er spijt van dat ze hem voor het blok had gezet, voor schut had gezet. Dus nadat ze hem nog een paar minuten in stilte had laten lijden, alleen maar omdat dat kon, schoot ze hem min of meer te hulp. 'Zit je op de universiteit?'

'Ja, Birmingham.'

'Cool. Wat studeer je?'

'Rechten.'

Aleisha draaide haar hoofd en keek hem aan. 'Dat wil ik ook gaan doen.'

'Echt waar?' Zijn ogen lichtten op. 'Denk je dat je dat kunt?'

Ze keek hem fronsend aan. 'Ja, dat denk ik wel.'

'Wat moet je dan met al die verhalen? Je moet echte boeken lezen.' Hij wees naar de rugzak bij zijn voeten. 'Til maar op. Probeer het maar.'

Ze schudde haar hoofd.

'Toe dan.'

Ze schudde weer haar hoofd, maar dook er toen naartoe. 'Jemig. Zit er een lijk in?'

Ze leunde naar achteren tegen het bankje, liet de rugzak op de grond staan toen ze Aidan op hen af zag komen.

Zac volgde haar blik. 'Je broer?'

'Ja.'

'Jullie lijken op elkaar.'

Zac wilde opstaan, maar voordat hij zijn tas kon pakken, stond Aidan naast hem.

'Hé, Leish, valt deze gozer je lastig?'

'Nee,' zei ze kalmer dan ze zich voelde. 'Hij is gewoon een vriend. Zac, mijn broer Aidan.'

'Hé.' Zac stak zijn hand uit naar Aidan.

Aidan schudde die niet. 'Ik heb nog nooit over je gehoord. Ken je haar van school?'

'Nee, gewoon...' antwoordde Zac. Hij leek opeens jong, weer slecht op zijn gemak, als een konijn dat in koplampen kijkt.

'Ik maak maar een geintje, joh.' Er verscheen een glimlach op Aidans gezicht en Zac blies zijn adem, die hij had ingehouden, meteen uit.

'Oké. Ik ga nu. Aleisha, het was heel leuk je te zien. Laten we het een volgende keer niet van toeval laten afhangen, maar gewoon afspreken. Hier...' Hij gaf haar zijn visitekaartje. 'Ik kan je vertellen hoe het is om een eenzame kluizenaar te zijn. Ik kan je zelfs vertellen hoe het is om rechten te studeren, als je dat wilt weten voordat je je inschrijft.' Hij knipoogde naar haar.

Ze pakte het visitekaartje aan en rolde met haar ogen. Wie van hun leeftijd had er nu een visitekaartje?

ZAC LOWE – RECHTENSTUDENT / FREELANCE GRAFISCH ONTWERPER, stond erop, plus in het midden in dikgedrukte letters zijn mobiele telefoonnummer. Hij was grafisch ontwerper, net als haar moeder.

Aidan kwam naast haar zitten.

'Waarom duurde het zo lang?' vroeg ze.

'Ik moest een recept ophalen. Er stond een heel lange rij.'

'Voor mama?'

'Nee, nee, voor mezelf. Tegen de hoofdpijn. Zullen we eten gaan halen? Als je nog wilt, tenminste. De picknick,' zei hij, en hij woelde door haar haar.

Toen ze de supermarkt in gingen, kregen ze meteen spijt. Het was ontzettend druk. Ze liepen haastig door de gangpaden om broodbeleg te pakken. Aleisha koos paté, omdat ze daar dol op was. Aidan koos cornedbeef, omdat dit hem herinnerde aan de sandwiches die Dean vroeger klaarmaakte, al gaf hij nooit toe dat hij cornedbeef daarmee associeerde. Voor Leilah kozen ze een garnalencocktail, in de hoop dat ze dat nog steeds lekker vond.

Op weg naar huis kwamen ze langs de ijssalon. Aleisha keek naar binnen en vroeg zich af of er bekenden zaten. Ze had daar heel wat uren doorgebracht, want het was een van de weinige plekken binnen waar minderjarigen urenlang konden rondhangen en zich volproppen met suiker. De zwarte en paarse stoelen en tafels werden nu bezet door een nieuwe generatie tieners met Adidas-badslippers en sokken. Aleisha's vrienden waren hier inmiddels te oud voor. Die waren door naar de volgende fase van hun sociale leven: met een nagemaakt identiteitsbewijs en door aan te pappen met uitsmijters toegang krijgen tot een echte bar. Ze miste het niet. Of wel?

Een uur later waren de sandwiches klaar; sommige waren in driehoekjes gesneden, andere in repen. Ze lagen op Leilahs serveerschaal, wit met een gouden rand. Ze werden al oud; Aleisha drukte met haar vinger op een sandwich en het brood voelde droog aan.

Aidan zat buiten. Leilah zat op een keukenstoel, keek door de openstaande achterdeur de tuin in. Ze glimlachte, al zag Aleisha dat haar gezicht bleek was. Haar ogen waren donker, nietsziend. De huid van haar voorhoofd was droog. Ze was weer moe.

Aidan legde een oud picknickkleed neer. 'Mama,' riep hij, terwijl hij de vouwen gladstreek. 'Kom naar buiten!' Hij probeerde opgewekt te klinken, maar Aleisha hoorde zijn stem trillen. Hij was nerveus, doodsbang. Dat was haar eerder nooit zo sterk opgevallen.

Aleisha wierp een blik op Leilah. Dit was het moment van de waarheid.

Leilah verroerde zich niet. Toen schudde ze haar hoofd. Aanvankelijk langzaam. Een, twee, drie. Toen als een dolle. Eentweedrieviervijfzes. Haar ademhaling werd dieper en toen opeens oppervlakkig. Ze sloot haar ogen. Haar handen vlogen naar haar gezicht. Ze omarmde zichzelf. Haar vingers boorden diep in haar armen. Ze sloot zichzelf af.

Aleisha legde de sandwiches neer. Aidan vergat de laatste vouwen in het kleed. Ze renden naar haar toe. Intuïtief wendde Leilah zich tot Aidan. Aleisha wist dat ze niet tot hen door kon dringen. Aidan begon zacht op Leilah in te praten. 'Het is in orde, mama' en 'je bent veilig, mama' en 'we kunnen hier eten, we hoeven niet naar buiten'.

Aleisha was vergeten. Overbodig. Ze liep terug naar het aanrecht en keek van een afstand toe. Haar zorgen klonterden samen in haar binnenste, vormden een steen in haar maag. Zwaar. Pijnlijk.

Aidan knielde voor zijn moeder neer. Zijn handen omsloten haar handen. Hij bad, smeekte dat het weer goed zou komen met haar. Leilah wilde altijd alleen Aidan. De lucht was zwaar. Aleisha kon amper ademhalen. Haar broer keek naar haar, voor hulp, om te controleren of het goed met haar ging, en ze zag dat de lucht hem ook verstikte. Heel even bedacht ze dat ze in elk geval niet de enige was.

'Het is in orde, het komt goed,' zei hij tegen Leilah. Aidan sloeg de deur naar de tuin dicht, hield de buitenwereld stevig buiten, sloot hen drieën op. Hij liep met Leilah de trap op naar haar kamer.

'Kan ik iets doen?' riep Aleisha.

'Nee, het gaat wel. Geef ons even de tijd,' riep Aidan naar beneden.

Hoewel ze het probeerde weg te slikken, merkte Aleisha dat ze boos werd. Haar gedachten tolden door haar hoofd. Ze leunde tegen het aanrechtblad, keek naar Aidans stomme Pieter Konijn-bord. Altijd vrolijk. Dat bord herinnerde haar er altijd aan dat Aidan de beste was. Voordat ze doorhad wat ze deed, griste ze het bord van de muur en liet het uit haar hand vallen. Het kletterde op de vloer, brak in slow motion kapot, waardoor Aleisha elke microseconde van haar egoïsme voelde.

'Leish?' Aidan rende de trap af en bereikte haar terwijl ze de eerste scherf opraapte. De scherpe rand stak in haar vingertop en ze keek toe terwijl er een druppel bloed verscheen. 'Gaat het?' Hij pakte een theedoek, wikkelde die stevig om haar vinger alsof het om de grootste wond ter wereld ging. 'Het spijt me, ik had je moeten helpen met opruimen.'

'Is mama in orde?' vroeg Aleisha, hoewel ze het antwoord niet wilde weten.

'Het komt goed.'

Hij zei er niets over dat het zijn bord was, zijn speciale sierbord. De sandwiches lagen nog onaangeraakt op het aanrechtblad toen hij de pluizige staart van Pieter Konijn opveegde.

Een paar uur later zat Aleisha opgekruld op de bank en probeerde te verdwijnen. Aidan liep de woonkamer in. Hij bleef staan, keek een tijdje alleen maar naar haar, een biertje in zijn hand. 'Aleisha?' zei hij zacht.

‘Wat?’ Ze wilde hem niet aankijken.

Hij haalde diep adem. ‘Ik vind dat mama met iemand moet gaan praten,’ zei hij. Voor de tweede keer die dag trilde zijn stem.

De stilte in de kamer weergalmde in Aleisha’s oren. Aidan was daar al eens eerder voorzichtig over begonnen, maar hij had het nooit zo duidelijk uitgesproken. Ze hadden beiden gedacht dat het ‘de volgende keer anders zou zijn’. Nu maakte ze uit zijn woorden op dat hij daar niet van overtuigd was. Ze voelde hem naar haar kijken. Aleisha antwoordde niet. Ze wilde nu niet praten.

Hij bleef een tijdje daar staan en slaakte toen weer een diepe zucht. Hij ging zitten, keek zonder iets te zien naar de tv-reclames. Een prijsvergelijkingswebsite. Had naar de opticien moeten gaan. Alle kleine beetjes helpen.

‘Ik ga zo terug naar het magazijn voor mijn avonddienst,’ zei Aidan uiteindelijk.

‘Dan mag je niet drinken,’ beet ze hem toe. Ze rook de bierlucht door het openstaande lipje van het blikje. ‘Aid, meld je ziek. Ga naar bed. Het was een lange dag.’

Aanvankelijk zweeg Aidan. Toen zei hij: ‘Eén blikje kan best.’

Ze keek hem aan. Uit hoe hij dat zei, uit zijn hangende oogleden, maakte ze op dat hij al meer dan één blikje ophad.

‘Wie was die jongen in het park? Je vriendje?’

Ze zag dat hij zijn best deed om belangstelling te tonen. ‘Ik ben in de bibliotheek of hier. Dan heb ik toch geen tijd voor een vriendje?’

‘Je bent niet altijd hier,’ zei Aidan.

‘Zo voelt het wel.’

‘Mama vertelde dat je haar voorleest. Uit bibliotheekboeken.’

‘Volgens mij vindt ze dat leuk.’

‘Wees voorzichtig. Oké? Niets wat een aanval uitlokt.’

‘Ze vindt het leuk. Het helpt haar om te ontspannen.’

‘Ze let waarschijnlijk niet eens op.’

‘Dat geeft niet. Ze luistert. Ze hoeft niet op te letten.’

‘Oké. Hé, nodig die jongen eens uit. Ik wil hem beter leren kennen.’

'Ik ken hem zelf niet eens goed,' zei Aleisha, die haar aandacht weer op de televisie richtte.

'Waarom deed hij dan zo vriendelijk?'

'Ik denk dat mensen me in vertrouwen durven te nemen,' zei Aleisha lachend. Hoewel ze het niet graag toegaf, maakte de gedachte aan Zac dat ze zich in *Pride and Prejudice* wilde storten, naar een bal wilde, even zorgeloos wilde zijn, het leven van een normale tiener uit de negentiende eeuw wilde leiden, dat om flirten, jongemannen en trouwen draaide. Toen ze haar aandacht op haar echte leven richtte, weg van haar fantasiewereld, vroeg ze zich af hoe het zou zijn om tijd met Zac door te brengen. Zou hij een vriend kunnen worden, meer dan een vriend?

Ze zapte doelloos langs de zenders, zette de tv uit. 'Trusten, Aidan. Ga naar bed. Ga niet naar je werk. Daar heeft niemand wat aan.' Ze liep weg. Aidan ging weer zitten en nam nog een slok uit zijn blikje. Ze hoorde hem op zijn telefoon tikken, waardoor de spookachtige gloed van het scherm zijn gezicht verlichtte. Wist ze maar wat hij dacht.

In haar kamer pakte ze haar telefoon en begon aan een berichtje aan haar nicht Rachel, de enige die het misschien zou snappen. Maar Rachel had het druk – die had het altijd druk met studie en werk – en zodra ze het bericht getypt had, had ze daar spijt van. Ze wilde niet dat haar nicht zich nu zorgen zou maken. Ze zou haar een andere keer bellen.

In plaats daarvan pakte ze Zacs visitekaartje. Ze had het idee dat hij soms net zo eenzaam was als zij. Ze wilde met iemand praten, iemand die er geen oordeel over zou vellen dat ze zich eenzaam en alleen voelde. Ze toetste zijn nummer in, gevolgd door een kort bericht: *Hoi, dit is Aleisha, het bibliotheekmeisje. Hoe gaat het met je?*

22

Mukesh

De telefoon bleef maar overgaan, één keer, nog een keer en toen voor de derde keer. Hij was in verwarring en vervolgens in lichte paniek. Het was acht uur in de ochtend. Gewoonlijk belden zijn dochters rond dit tijdstip slechts één keer, en dan wachtten ze tot de voicemail aansprong. Ze belden niet steeds opnieuw. Hij kwam uit bed voor het geval het om een noodsituatie ging.

'Hallo?' Zijn stem trilde toen hij opnam.

'Papa? Hoi!' zei Vritti wat te hard voor de ochtend. Ze klonk helder, spraakzaam.

'Goedemorgen, beta.'

'Kom je vandaag nog langs? Om te lunchen?'

'O, ja.' Mukesh was het glad vergeten. 'Ja, ik verheug me erop! Gaan we naar een van je koffietentjes?'

'Nee, het lijkt me handiger als je naar mijn huis komt. Deepali komt ook met de tweeling.'

'En Rohini en Priya?'

'Papa, je weet dat mijn huis niet groot genoeg is. En Rohini moet werken.'

Mukesh was opgelucht dat Rohini er niet bij zou zijn. Hij zou het gesprek over Nilakshi met Vritti en Deepali misschien net aankunnen, maar met Rohini erbij zou dat veel lastiger zijn.

'Ik kan je wel ophalen, als dat makkelijker is.'

Mukesh schudde zijn hoofd. Hij dacht aan de demonen die hij

overwonnen had tijdens het uitstapje met Priya naar het centrum van Londen. Hij kon dit.

'Papa?'

'Nee, nee. Ik neem de metro.'

'Het is een heel eind. Weet je het zeker?'

'Absoluut! Ik ken de metro. Vroeger kende ik de vertrektijden en routes uit mijn hoofd. Het komt goed.'

'Oké, dat weet ik. Tot straks, papa! Jai Swaminarayan.'

Mukesh vond het fijn vandaag verder van huis te gaan, verheugde zich erop zijn dochters te zien, ondanks het naderende onheil in verband met Nilakshi. Misschien zou hij zelfs proberen om in de metro in *Pride and Prejudice* te lezen. Het lettertype was alleen veel kleiner dan van de andere boeken en hij was bang dat hij dan misselijk zou worden. Het was grappig; tot nu toe was hij erachter gekomen dat meneer en mevrouw Bennet vijf dochters hadden: een stel eigenzinnige en energieke meiden die hem aan zijn eigen drie dochters deden denken. En Deepali was net Lydia Bennet. Hij wist dat hij wreed was, maar het was zo! Loslippig en zelfingenomen als ze was, deelde Lydia aardig wat karaktereigenschappen met de jongste Patel-zus. De ontzetting op haar gezicht toen Nilakshi de deur opendeed; ja, ontzetting, maar er had toch ook iets van verrukking in gezeten? Hij wist dat Deepali al voor zich zag dat ze dit schandaal bij thuiskomst aan Rohini en Vritti zou onthullen. Daarna dacht hij aan Rohini. Leek zij het meest op de belangrijkste Bennet-zus, Elizabeth? Koningin Elizabeth! Bijdehand, intelligent, maar ook iemand die meteen een oordeel klaar had. Precies zoals Rohini. En Vritti... Was zij Jane, die mensen altijd het voordeel van de twijfel gaf? Of was ze Mary? Hij wist niet veel over Mary. Ze was onopvallend. En hij vond Vritti beslist niet onopvallend. En dan had je nog Kitty: vrij brutaal en dom, iemand die altijd in de problemen kwam en kattenkwaad uithaalde. Mukesh was blij dat geen van zijn dochters op Kitty leek. Daar zouden hij en Naina doodmoe van zijn geworden.

Hij dacht weer aan de loslippige Lydia-achtige Deepali. Waar begon hij aan? Hij haalde diep adem, moest zich voorbereiden, klopte op zijn zak. Hij had zijn sleutels, en heel belangrijk: zijn 60+ Oyster Card. Harish noemde het altijd de 'bejaarden'-Oyster Card, maar Mukesh gebruikte de officiële benaming want dat zou TFL, de aanbieder van openbaar vervoer in Londen, willen. Hij was klaar voor vertrek.

Afgezien van de trendy nieuwe badkamer was er weinig veranderd in Vritti's appartement sinds hij daar voor het laatst was geweest. Het was een vrij modern gebouw met een lift. 'Het is heel fijn dat er een lift in zit, papa!' had Deepali gezegd. Het appartement was licht, om te compenseren dat het niet ruim was; en fris, om te compenseren dat er geen tuin was, al was er wel een klein balkon dat vol stond met planten, allemaal groen, geen bloemen.

De inrichting was minimalistisch, met veel kunst aan de muren. Vritti had nooit veel spullen gehad. Dat had ze nooit gewild, in tegenstelling tot de andere twee. Maar Mukesh vroeg zich af of dit appartement wel als een thuis voelde. Kon het als een thuis voelen zonder allerlei spullen uit de mandir in elke hoek, zonder roze Tupperwarebakjes die voor prasad gebruikt waren en nu als kandelaar dienstdeden, zonder potjes om veiligheidsspelden in te doen, en zonder een zout- en komijnstrooier? Zonder familiefoto's en slordig ingelijste afbeeldingen van Swami Bapa aan elke muur? Zonder Naina's sari's die overal rondslingerden?

Naina had dit altijd een mooi appartement gevonden. Voor haar vertegenwoordigde het een leven dat ze niet kon hebben omdat ze drie kinderen had grootgebracht, en drie kleinkinderen had, het huishouden deed maar ook een baan had. Ze hield van dit appartement omdat haar dochter het naar haar eigen smaak had ingericht. Naina was er altijd trots op geweest dat ze haar dochters zelf liet kiezen, dat die een plekje voor zichzelf opeisten in de wereld. 'Je moet het zelf doen, een ander doet het niet voor je,' zei ze altijd.

Toen hij uit de lift stapte, stond Vritti hem in de deuropening op te wachten. Ze had haar armen gespreid, wat ze altijd deed als ze familie of vrienden begroette. Als klein meisje al had ze het leuk gevonden om de rol van gastvrouw op zich te nemen.

'Dada!' riepen Jaya en Jayesh, de tweeling van Deepali, in koor achter de deur. Mukesh sloeg zijn handen voor zijn oren, hoopte dat hij aan het eind van de dag geen oorpijn zou hebben, terwijl de twee kleintjes hun armen om zijn benen sloegen.

Deepali stapte op hem af toen hij naar de keuken liep. 'Hoi, papa. O, leuk T-shirt. Maar zijn de mouwen niet wat te kort voor iemand van jouw leeftijd?'

Mukesh zag alleen Lydia Bennet, in haar fraaie jurk, die hem met Deepali's ogen aankeek. 'Hallo, Deepali. Nee, een mode-adviseur heeft dit voor me uitgezocht en dit is precies de goede lengte.'

Aleisha had hem geholpen nieuwe T-shirts uit te kiezen en had die via de bibliotheekcomputer voor hem besteld. Ze had tegen hem gezegd welke mouwlengte het best was. Ze had ook de kleuren voor hem uitgekozen en had een olijfgroen T-shirt besteld, waarvan hij betwijfelde of die kleur hem stond. Ze zei dat die kleur helemaal 'hot' was. Hij zou voor zichzelf niet per definitie iets kopen wat 'hot' was, maar had ermee ingestemd. Ze was jong, het scheelde niet veel of ze had bij Topshop gewerkt, dus ze wist waar ze het over had. Ze had ook een donkerblauw T-shirt voor hem uitgezocht – 'van donkerblauw heb je nooit te veel' had ze gezegd – en een wit. Ze had het zijn 'zomeroutfit' genoemd.

Gekleed als een hippe man had hij het gevoel dat hij erbij hoorde. In zijn sportieve shirt was hij opeens leeftijdloos, onoverwinnelijk. Hij dacht aan Nilakshi toen ze in de woonkamer wachtte terwijl hij zijn aankopen in zijn slaapkamer aantrok en eruit kwam om ze aan haar te laten zien. Hij noemde het een 'modeshow', omdat Naina dat altijd zo had genoemd. 'O,' had Nilakshi precies op het juiste moment gezegd. 'Heel mooi.'

'Ziet er goed uit, papa!' zei Vritti. 'Kom zitten!'

De tafel was al gedekt. Het was overzichtelijk, wit, met een prachtige bos bloemen in het midden. Mukesh wist dat Vritti die vanochtend had gehaald. Ze waren vers en kleurrijk. Het was een gewoonte die ze van Naina had overgenomen en van hun eerste buurvrouw in Londen, die op de eerste dag in hun nieuwe huis met een bos margrieten voor de deur had gestaan en gezegd had: 'Deze zijn voor jullie! Mooie verse bloemen maken een huis tot een thuis.' Vritti smeekte Naina telkens om nieuwe bloemen te kopen als de bos die er stond bijna was uitgebloeid.

Deepali ging meteen zitten, zuchtte, was uitgeput doordat ze telkens achter de tweeling aan moest rennen. Hij voelde zich even schuldig over zijn vergelijking met Lydia Bennet. Zijn dochters waren als kind toch niet zo bewerkelijk geweest? Hij dacht vol genegenheid terug aan die tijd. Ze waren engeltjes, had Naina gezegd, hielpen altijd mee in huis, bleven keurig zitten als dat moest en aten wat ze voorgeschoteld kregen.

De tweeling, Jaya en Jayesh, daarentegen, zagen er dan wel engelachtig uit, maar renden de hele tijd door het huis, kropen tegen de muren op, en op regenachtige dagen tekenden ze met viltstift op elk oppervlak dat ze konden vinden. Deepali's ooit perfect ingerichte huis had eronder geleden. Het enige wat telde, was dat haar kinderen gelukkig waren, zei ze altijd.

Zodra de kinderen hun bord hadden, stouwden ze hun frietjes en kipnuggets naar binnen. Pranav, de man van Deepali, was geen vegetariër en dus waren de kinderen dat ook niet. Naina had het erg gevonden dat Deepali haar gezin niet had weten over te halen hun vegetarische Swaminarayan geloofsovertuiging te volgen, maar Mukesh zat er niet mee. Kipnuggets waren veel gemakkelijker te bereiden dan mungbonen, bedacht hij, hoewel hij pasgeleden halloumifrietjes had ontdekt, die ook heel gemakkelijk klaar te maken waren.

'Hoe gaat het, papa?' vroeg Vritti, terwijl ze bestek pakte.

'Goed, hoor. Zijn gangetje,' zei hij. 'En hoe gaat het met jullie?'

'O, papa,' zei Deepali. 'Rohini vertelde dat je naar de bibliotheek gaat.'

'Dat klopt! Ik heb veel boeken gelezen.' Hij haalde *Pride and Prejudice* uit zijn jaszak. Hij had er in de metro niet in gelezen, maar hij vond het fijn om een boek bij zich te hebben. Dat deed Naina ook altijd. 'Het is een heel goed boek.'

'*Pride and Prejudice*?' Deepali giechelde. 'Ik kan me niet voorstellen dat je dat leuk vindt!'

'Het is niet helemaal mijn smaak, maar de voorkant is mooi.' Hij stak het boek omhoog. 'Jullie moeder hield van zulke schilderijen. Het voelt heel fatsoenlijk, als een goed oud boek.'

'Maar het is toch vooral een negentiende-eeuws romantisch flutverhaal?' vroeg Vritti lachend, terwijl ze aan tafel ging zitten.

Mukesh verbleekte. 'Romantisch flutverhaal? Meen je dat? Ik heb pas een kwart van het boek gelezen. Er zijn nog geen liefdesontwikkelingen geweest.'

'Wacht maar,' zei Vritti met een knipoog.

'Hoe gaat het met Nilakshimasi?' vroeg Deepali, die Vritti's kleurrijke salade doorgaf.

De vraag knalde als een granaat op de tafel. Vritti viel stil. Mukesh verroerde zich niet. Zelfs de tweeling leek te verstarren, en hun kipnuggets bleven in de lucht hangen. De werkelijke reden dat hij hier was, uiteraard. Mukesh keek de kamer rond in de hoop dat een onzichtbare persoon de vraag voor hem kon beantwoorden. Vritti keek strak naar haar bord.

'O, goed,' mompelde hij toen.

'Het was leuk haar pasgeleden te zien,' zei Deepali. 'Ik wilde het niet vragen, maar hoe gaat het met haar na, je weet wel... na wat er met haar man en zoon is gebeurd? Heel tragisch. Mama zou er kapot van zijn als ze het wist.'

Mukesh haalde diep adem. Typisch *Lydia* Patel, dacht hij bij zichzelf. Hoe zou meneer Bennet reageren als zijn dochter zo tegen hem sprak? Lydia zorgde altijd voor opschudding, wist de goede naam van de familie in een oogwenk te ruïneren. Hij pijnigde zijn hersens. Om te beginnen zou meneer Bennet nooit in zo'n situatie belanden. Zo was het toch? Hij was altijd heel streng, dwong respect af, en dat deed Mukesh kennelijk niet.

'Ik heb gehoord dat ze er vrij snel overheen komt!' Deepali wisselde een blik met Vritti, waarop Vritti haar met gefronste wenkbrauwen aankeek en kort haar hoofd schudde.

Deepali sprak alsof Nilakshi zomaar iemand was en niet de beste vriendin van hun moeder. Ze had op hen gepast toen ze klein waren, had hen gesteund toen Naina ziek was en had hen van en naar het Northwick Park Hospital gereden als ze te moe waren om dat zelf te doen. En nu ging het Deepali alleen om een lasterpraatje.

'Het leven gaat door,' zei Mukesh scherper dan zijn bedoeling was. 'Verdriet kan je een tijd gevangenhouden, en je moet dapper genoeg zijn om uit je comfortzone te stappen.'

Vritti nam het van hem over, probeerde een streep onder het gesprek te zetten. 'Nou, schep je bord alsjeblieft vol!' zei ze opgewekt. 'Ik hoop dat jullie het lekker vinden.'

Mukesh deed wat hem werd opgedragen, maar zodra hij de saladekom pakte, trok Deepali die uit zijn handen. 'Laat mij maar, papa.' Toen hij een fles water wilde pakken om water in zijn roestvrijstalen mok – speciaal voor hem – te schenken, pakte Vritti die uit zijn handen en zei: 'Ik zal je helpen, papa.' Hij gaf zich gewonnen.

Toen zijn bord vol lag en zijn mok tot de rand toe gevuld was, pakte hij zijn mes en vork. Hij voelde zich wat ongemakkelijk toen hij ze tussen zijn vingers hield, in de wetenschap dat er naar hem gekeken werd, maar begon langzaam te eten. Na een paar tellen waren zijn twee dochters bijna vergeten dat hij er was, alsof hij een geest aan tafel was. 'Papa's boiler doet het soms niet. Daar moeten we iemand naar laten kijken.' 'Volgens mij is het niet gezond, de hoeveelheid mungbonen die hij eet. Ik hoop dat hij af en toe de kans krijgt ook eens iets anders te eten.' 'Ik wil dat hij nieuwe gerechten gaat koken. Ik heb alleen geen tijd om het hem te leren.' 'Hij gaat niet meer zo vaak bij de mandir eten. Dat zou hij wel moeten doen. Daar serveren ze uitgebalanceerde maaltijden.' 'Meestal lijkt het wel goed met hem te gaan.'

'Over Nilakshimasi gesproken,' zei Deepali, hoewel ze allemaal wisten dat ze het daar van Vritti niet meer over mochten hebben, 'een vriend van Pranav is ook Swaminarayan en die heeft gehoord dat er veel over Nilakshimasi geroddeld wordt dat ze tijd met mannen doorbrengt. Jij wilt toch niet de reden zijn dat ze een reputatie krijgt, of wel soms?'

Mukesh verstijfde.

'Stop,' zei Vritti. 'Ophouden, Deeps.'

'Papa, wil Nilakshimasi hertrouwen?' Deepali glimlachte zoetjes.

'Nilakshimasi is ongeveer van papa's leeftijd, die gaat niet hertrouwen,' zei Vritti nuchter. 'Ander onderwerp, Deeps.'

'Ik mag toch hopen van niet! Dat doen wij niet,' zei Deepali snuivend.

Mukesh keek naar Vritti, en ze rolde omwille van hem met haar ogen, wat Deepali volledig ontging.

'Papa,' zei Deepali. 'Hoe vaak zie je haar? Die keer dat ik haar in jouw huis zag, was dat de eerste keer?'

Meneer Bennet zou dit nooit pikken. Meneer Patel slikte alleen. 'Ze is een vriendin van me. Ik zie haar elke week, om de paar dagen. We houden elkaar gezelschap. Heb je daar problemen mee?' Zo, hij had het gezegd, en nu wachtte hij tot de stoel hem zou verzwelgen, met salade en al.

Deepali antwoordde niet.

Mukesh wilde opeens dat hij thuis was met Nilakshi, dat hij haar vertelde hoe gênant dit allemaal was, en hij vroeg zich af of ze hem misschien nog meer recepten kon leren, want Deepali en Vritti hadden waarschijnlijk gelijk. Hij at te vaak mungbonen.

De telefoon ging en verbrak de spanning.

'Hallo,' zei Vritti toen ze opnam. 'O, het is Rohini,' zei ze tegen de kamer, alsof ze aan een toneelstuk meedeed, maar ze bloosde en keek beschaamd. 'Hallo, papa en Deeps. En de tweeling.' Vritti knikte nog een keer. 'Papa, Rohini wil je spreken,' zei ze, en ze gaf hem het toestel.

Omwille van hem praatte Rohini extra hard. Hij zag dat Deepali,

Vritti en zelfs de tweeling het hele gesprek volgden.

'Dada krijgt zo op zijn kop van Rohinimasi!' fluisterde Jayesh behoorlijk hard tegen zijn zus. 'Mama had tegen me gezegd dat ze zou bellen!'

Mukesh slikte weer. Hij zat in de val.

'Papa, breng je meer tijd met Nilakshimasi door dan zou moeten?'

'Hallo Rohini, leuk dat je belt,' zei hij sarcastisch. Zijn blik gleed van Vritti, die ongemakkelijk keek, naar Deepali, die triomfantelijk keek.

'Op weg naar mijn werk kwam ik Hetalmasi tegen en die vroeg of jullie een stel zijn.'

'Dat is níét waar, en wat weet Hetalben daar nou van?' Mukesh was verontwaardigd. Hij werd in de gaten gehouden. Hij had Hetal van de tempel al maanden niet gezien!

'Papa, ik wil dat je voorzichtig bent. We weten allemaal dat Nilakshimasi lief en aardig is, maar we weten niet wat ze van je wil. En het is belangrijk dat mensen niet denken dat je op wat voor wijze dan ook respectloos tegenover mama bent!'

Vritti stond op. 'Niemand denkt dat papa respectloos tegenover mama is,' zei ze nadrukkelijk.

De stem van Rohini kwam weer uit de telefoon: 'Ik zeg niet dat wíj dat vinden, maar sommige mensen hebben rare ideeën. Niet alles is altijd even onschuldig.'

Iedereen zweeg even.

'Papa, je houdt van mama. Dat weten we allemaal. En je mag gerust gelukkig zijn, maar ik ben bang dat er mensen zullen kletsen, schandelijke dingen zullen zeggen. En Nilakshimasi... Ik betwijfel of zij je gelukkig kan maken.'

Mukesh stond op en hield het toestel nog bij zijn oor.

'Ik ben eenzaam, Rohini,' zei hij, waarbij hij Vritti en Deepali in de ogen keek. 'Mijn vrouw is overleden. Mijn vrouw is er niet meer. Haar nagedachtenis zit nog hier, en hier.' Hij raakte zijn hart aan, en zijn hoofd. 'Maar ze is er niet meer. Jullie hebben allemaal je eigen leven, jullie hebben het druk. Jullie hebben geen tijd voor me, behalve als jullie iets van me willen. En áls jullie dan een keer tijd hebben, doen jullie alleen maar moeilijk. En jullie luisteren niet naar me! Jullie voeren geen echte gesprekken! Jullie spreken voicemailberichten in en het is niet de bedoeling dat ik terugbel. Vroeger praatten jullie met je moeder, jullie gaven om haar. Als jullie ook om mij geven, en als jullie begrepen hadden dat ik behoefte heb aan vriendschap… Nou ja, Nilakshiben is aardig voor me.' Zijn hart bonsde. Hij voelde zijn hoofdhuid prikken van het zweet. De hand waarmee hij de telefoon vasthield was klam. Hij hield het toestel steviger vast en hoopte dat het niet uit zijn hand zou glippen. Het bloed klopte in zijn oren.

Vritti en Deepali keken hem aan. Vritti leek tevreden, deed erg haar best om te voorkomen dat een glimlach haar mondhoeken liet opkrullen, maar Deepali keek verdrietig, vol medelijden.

Mukesh zakte terug in zijn stoel. Hij had ervan genoten zich even groot, kolossaal en machtig te voelen. En nu, met één blik van zijn jongste dochter, en gezucht uit de telefoon van zijn middelste dochter, voelde hij zich weer klein, als een kind.

Hij gaf de telefoon terug aan Vritti, die het toestel van zich af hield. 'Vritti, bedankt voor de heerlijke lunch. Ik moet nu gaan. Tot ziens. Dag Jaya, dag Jayesh!'

Jaya en Jayesh zaten tv te kijken. Er waren nog maar een paar kipnuggets over. Ze luisterden niet.

'Dag Deepali,' vervolgde Mukesh. Hij pakte zijn hoed en beefde een beetje. Mukesh liep het appartement uit en deed de deur achter zich dicht. Hij bleef even op de galerij staan, probeerde weer lucht te krijgen, zich te oriënteren, hoopte dat een van zijn dochters achter hem aan zou komen. Dat deden ze niet. Aan de andere kant van de deur hoorde hij dat het gesprek zonder hem werd voortgezet.

'Hij voelde zich belaagd. Het was duidelijk doorgestoken kaart,' snauwde Vritti. 'Hij is niet dom. Wie belt er nu zomaar naar haar zus en vraagt of ze hun vader kan spreken om te vragen of hij een relatie heeft? Ik wíst dat het een stom idee was, maar je luistert nooit naar me! Laat hem toch van het leven genieten!'

'Ga nou niet doen alsof *wíj* het gedaan hebben. Jij bent waarschijnlijk degene die hem deze dwaze ideeën heeft aangepraat. Met je onafhankelijke doe-wat-je-wilt-mentaliteit. Het is nu in elk geval uitgesproken in plaats van dat het er alleen over gaat in de familie-appgroep!'

Mukesh wilde er niets meer over horen. Hij stapte de lift in, en voordat hij het wist stond hij op straat, zat in de metro en was uiteindelijk thuis.

23

Aleisha

De aftiteling rolde over het scherm en Leilah was niet in slaap gevallen. Ze had in geen jaren met iemand een film zitten kijken. Het was een Disney-film, dus je hoefde je niet te concentreren, maar het was toch een prestatie. Aleisha was verbijsterd en wachtte tot de betovering zou verbreken. De mislukte picknick was dagen geleden, maar Leilah leek dat volledig vergeten te zijn.

Aleisha had naar haar moeder gekeken toen die lachte, waardoor het spleetje tussen haar voortanden zichtbaar werd. Haar moeders glimlach riep bij haar altijd herinneringen op aan uitstapjes naar het strand met het hele gezin, lang geleden, als een foto die in haar geheugen gegrift stond.

Was Aidan hier maar, zodat hij dit kon zien. Hij zou tegen haar zeggen dat ze voorzichtig moest zijn, dat ze niet te veel hoop moest koesteren. Hij zou haar eraan herinneren dat het misschien nog weken, zelfs maanden kon duren voordat Leilah 'weer de oude was'. Maar dat deed er nu niet toe. Ze waren anderhalf uur een suf, saai gezin geweest. Dat was alles wat Aleisha wilde.

Ze herinnerde zich filmavonden met Leilah toen Aidan en zij klein waren, meestal als Dean een late dienst had. Als het winter was kropen ze samen onder een deken, als het zomer was deelden ze een bak vanille-ijs van het huismerk van Tesco. Aidan zeurde meestal dat hij er strooisel op wilde, heel veel chocoladestrooisel. Aleisha had liever siroop. Soms mocht het van Leilah allebei. Ze noemden dat hun filmrecensie-avonden, want ze keken de film en daarna praatten ze er eindeloos over na, bespraken de verschillende personages, de grappige gedeelten, en ook de verdrietige stukken. Leilah stelde dan indringende vragen als: 'Wat heeft dat personage geleerd van wat hij heeft gedaan?' Aleisha wist van zichzelf dat ze dat ook deed in haar gesprekken met meneer P. Dan probeerde ze wat meer te weten te komen over wat hij van elk boek vond. Leilah deed het om het gesprek gaande te houden, zodat hun lievelingsmoment langer zou duren. Om hen in de bubbel te houden, die zou barsten zodra Dean thuiskwam en alles weer terug zou gaan naar de saaie realiteit: je klaarmaken om naar bed te gaan, daarna je schoolspullen inpakken, zodat Dean voor de tv kon gaan zitten om bij het nieuws van tien uur te ontspannen. Ze miste het, gewoon met z'n drieën bij elkaar zijn en alleen maar hoeven nadenken over de beweegredenen van personages en de soundtrack.

'Wat vond je ervan?' vroeg Aleisha, terwijl Leilah naar het scherm keek. Haar moeder had haar handpalmen tegen elkaar alsof ze bad.

'Het was heel emotioneel!' zei Leilah zacht, waarbij ze nog steeds naar de aftiteling keek. Haar gezicht werd verlicht door alle verschillende kleuren van de tv: rood, blauw, groen. Alle rimpels in haar moeders gezicht waren duidelijk zichtbaar: de gelaatsuitdrukkingen, de droefheid. Ze was prachtig.

'Dank je wel,' zei Leilah. Ze keek nog steeds en gaf een kneepje in Aleisha's hand.

'Graag gedaan,' antwoordde Aleisha, zonder te weten waarvoor ze bedankt werd.

'Kom eens bij me zitten.' Leilah klopte op de zitting naast haar.

Aleisha deed het, wilde niet weer de betovering verbreken.

'Hoe gaat het met je?' Leilah keek haar aan.

Aleisha liet de vraag even in de stilte tussen hen in hangen, wilde niet het verkeerde zeggen. 'Ja, goed.' Ze deed haar mond open om nog meer te zeggen, maar haar hoofd was leeg.

'Met wie zit je steeds te appen?' vroeg Leilah toen Aleisha's telefoon zoemde.

'Wat?' Aleisha bloosde.

'Dat berichtje daarnet. Als je hier bent, zit je de hele tijd met iemand te appen. Wie is het?'

Aleisha keek naar het bericht van Zac: *Hé, gaat het goed? Hoe was de film? Zullen we binnenkort die koffie doen?*

'O, niemand,' mompelde ze. 'Een vriend.'

'Een vriendje! Heb je een vriendje?!' Leilahs ogen glinsterden van meisjesachtige pret.

Aleisha moest onwillekeurig even lachen. 'Nee, nee, nee. Het is niemand.' Ze zag opeens een beeld voor zich van Zac in Jane Austen-stijl kleren, een net wit overhemd met ruches. Ze sloeg haar handen voor haar gezicht.

'Is het iemand van je werk? Je hebt het weleens over ene Kyle.'

'Nee!' Ze was ontzet over de suggestie.

'Je moet het me vertellen.'

Aleisha lachte. Ze vond dit vreselijk. Maar het kon haar moeder kennelijk iets schelen of ze met een jongen afsprak. Dat was nieuw.

'Ga je hem hier uitnodigen?' Op zulke momenten was het alsof Leilah geloofde dat ze een ander leven leidden, alsof Aidan en zij zomaar vrienden thuis konden uitnodigen. 'Vertel op, hoe heet die jongen?'

'Waarom denk je dat het een jongen is?'

'Ik mag dan wel oud zijn, maar ik weet dat het een jongen is en ik wil alles weten. Niet omdat ik je moeder ben, maar gewoon. Waarom krijg ik geen dingen te horen die leuk en spannend zijn? Kijk naar me!' Leilah spreidde haar armen. Ze leek klein. Haar T-shirt slobberde om haar middel en ze had haar benen strak over elkaar geslagen.

'Maar als het nou een meisje was? Geen jongen.'

'Dat maakt mij niet uit. Vertel het nou!'

Aleisha zuchtte. 'Hij heet Zac. Ik had hem een keer in de metro gezien. En daarna is hij met me mee naar huis gelopen toen ik met boodschappentassen zeulde. Hij woont hier in de buurt. En ik kwam hem tegen in het park en toen stond hij erop me zijn telefoonnummer te geven. En nu appen we.'

'Liefde op het eerste gezicht.'

'Mama!'

'Oké, laat maar. Vertel eens wat meer over hem!'

'Hij studeert rechten...'

'Bingo. Trouw met hem!' Leilah stak haar handen theatraal in de lucht. 'Ik heb altijd gezegd dat je rechten zou gaan studeren! Binnenkort hebben we twee advocaten in de familie!'

'Nee! Ophouden.' Aleisha keek beschaamd recht voor zich uit naar de muur. 'Hij is heel behulpzaam en zegt dat hij me de brochures van zijn universiteit zal laten zien. Hij heeft ze allemaal bewaard.'

'Goede openingszin.' Leilah knipoogde. 'Nee, nee. Dat was maar een grapje. Zo te horen is het een goede jongen. Hoe oud is hij?'

'Twintig. Niet te oud.'

'Dat is prima. Toen ik zo oud was als jij, heb ik met een paar jongens van zesentwintig gedatet.'

'Mama!'

'Niet met allemaal tegelijk. En weet hij van je andere liefde?'

'Welke andere liefde?'

'De lijst. Die leeslijst die je me hebt laten zien.'

Aleisha was verbijsterd dat Leilah dat had onthouden. 'Nee, dat stelt niets voor.'

'Het zou het begin van een liefdesrelatie kunnen zijn. Stel dat degene die die lijst heeft opgeschreven de ideale man of vrouw voor je is? Dat klinkt als een film van Richard Curtis.'

Aleisha antwoordde niet.

'Tja... Iets aan deze lijst heeft ervoor gezorgd dat je er verslingerd aan bent geraakt. Lees je nog? Heeft die jongen je niet afgeleid?'

Aleisha dacht hier even over na. 'Ja, mama, ik lees nog. Ik geniet van de boeken en ik ben erin geïnteresseerd. Bovendien heb ik dan iets te doen als iedereen naar een muziekfestival is of zo. Of op vakantie is of echt werk heeft. Ik heb al tijden niemand gezien en niemand appt me. Het is alsof ik niet meer besta.'

Aleisha haalde diep adem. De lijst betekende inmiddels meer voor haar dan alleen afleiding. Van Atticus Finch had ze geleerd om te vechten voor iets waar je in gelooft; ze had van Pi geleerd hoe je met een tijger kon overleven; ze had geleerd dat ze nooit in een eng huis in Cornwall moest logeren, dat ze in plaats daarvan beter naar een B&B kon gaan; en Amir in *The Kite Runner* had haar laten zien dat het nooit te laat was om het juiste te doen. *Pride and Prejudice*… dat was meer een guilty pleasure, maar er zaten aspecten in die haar aanspraken, zeker de stukken die haar aan Zac deden denken.

Ze dacht aan meneer P., haar nieuwe, onwaarschijnlijke vriend. Hij was goed gezelschap voor haar in de bibliotheek. De laatste keer dat hij daar was, had ze hem kaarsrecht zien zitten, zijn leesbril halverwege zijn neus, verdiept in *Pride and Prejudice*.

'Hallo, meneer,' had Thrillerman (Chris) tegen hem gezegd toen hij langsliep. 'Is het een goed boek?'

Meneer P. had zijn schouders opgehaald. 'Dit stuk niet…'

Aleisha moest erom lachen. Ze had niet verwacht dat meneer P., die gewoonlijk zeer beleefd was, zo eerlijk zou zijn.

'De personages vind ik leuk, die zijn ontzettend grappig. Ze zijn heel verschillend. Maar de verhaallijn is minder… hoe zeg je dat… herkenbaar voor me. Zo heet dat toch, Aleisha?' had hij gezegd. Ze wist niet of het voor haar wel herkenbaar was. Maar op internet had ze gezien dat mensen dol waren op dit boek, dat het gezien werd als een soort feministenbijbel.

'Wat vindt u van Darcy en Elizabeth? Moest u denken aan uw eigen verkeringstijd?' had ze plagend gevraagd.

'Nee, nee. Dit lijkt volstrekt niet op hoe mijn huwelijk is begonnen,' zei meneer P. tegen haar, bijna alsof hij een aanleiding zocht om het boek neer te leggen.

'Hoe bedoelt u?' had ze gezegd.

'Er was geen sprake van een lange verkeringstijd. We werden zo in het diepe gegooid, als bij die koppelpraktijken waar mevrouw Bennet zo dol op is. Het was een gearrangeerd huwelijk, de eerste keer dat ik Naina ontmoette was vlak voor onze trouwdag. Maar het was de mooiste dag van mijn leven en mijn vrouw paste perfect bij me. Ik heb veel geluk gehad.' Even dwaalden zijn gedachten af. 'Dat we niet maanden achter elkaar aan hadden gezeten, zoals Elizabeth en meneer Darcy, wil nog niet zeggen dat we niet voorbestemd waren. We kenden elkaar niet, maar het voelde alsof ik haar al mijn hele leven kende. Ik kon haar alles vertellen. En dat heb ik gedaan. Het was de beste beslissing die ik ooit heb genomen.'

Op dat moment had Aleisha aan Zac gedacht, aan de eerste keer dat ze hem zag. Ze vroeg zich af of ze geweten had dat ze misschien vrienden zouden worden.

'Vanaf het eerste moment dat je als lezer kennismaakt met meneer Darcy en mejuffrouw Elizabeth weet je dat ze voor elkaar bestemd zijn. De rest van het boek probeert de auteur ze uit elkaar te houden om de lezers te vermaken.'

Meneer P. had gelijk. Ze vroeg zich af of haar eigen weerzin om eerlijk en open tegenover Zac te zijn, die enorm zijn best deed om haar te helpen zich open te stellen, in feite de voornaamste reden was dat Aleisha zich afsloot en alleen was... gewoon omdat het kon, om haar denkbeeldige lezers te vermaken.

Leilah schoof dichter naar Aleisha toe en haalde haar uit haar gemijmer. 'Heb je je broer over de leeslijst verteld? Hij is dol op die bibliotheek.'

'Als hij zo dol op die bibliotheek is, waarom gaat hij er dan niet meer naartoe?'

'Hij heeft het druk, hij werkt veel. Hij heeft minder tijd dan jij.'

Leilahs woorden staken onopzettelijk. 'Hé, sorry, zo bedoelde ik het niet. Ik weet dat het niet makkelijk is om met me te praten, ik weet hoeveel jullie voor me doen, en ik weet hoe zwaar het allemaal is geweest. Ik zou echt willen dat ik je vaker kon helpen, maar je moet weten dat je me alles kunt vertellen. Aidan ook. Jullie komen voor mij op de eerste plaats.'

Aleisha probeerde haar verbazing niet in haar stem te laten doorklinken en zei voorzichtig: 'Dat is lief van je, mama.' Daarna haalde ze diep adem, bang als ze was hoe het zou overkomen wat ze nu ging zeggen. 'Maar ik wil dat je hier ook voor jezelf bent.'

Even lag er een wolk op Leilahs gezicht, waarna die verdreven werd door haar gemaakt opgewekte toon: 'Het is vast een lerares. Ik weet het zeker. Docenten zijn toch de enigen die leeslijsten opstellen?'

'Waarom ben je er zo zeker van dat het een vrouw is?'

'Dat ben ik niet, maar het voelt alsof het een vrouw kan zijn.'

'Alle vrouwen maken lijstjes. Zo is het toch?'

'Misschien is het Aidan. Die is dol op de bibliotheek en ik weet dat Aidan heel vaak lijstjes voor je maakt.'

'Ja, maar ik kan me niet voorstellen dat Aidan ooit *Pride and Prejudice* zou lezen, of *Little Women*.' Aleisha pakte er een ander lijstje bij, een WhatsApp-berichtje van Aidan aan haar. *Suiker. Lamsvlees. Afwasmiddel. Compostzakken bestellen bij de gemeente. Vuilnisbakken vanavond buiten zetten. NIEUWE VUILNISZAK IN LEGE VUILNISBAK DOEN.* Aleisha las het lijstje hardop voor, benadrukte de woorden in hoofdletters. 'Dat over die vuilniszak... Dat is nou echt het begin van een liefdesverhaal.'

Ze barstten in lachen uit en merkten algauw dat ze niet meer konden ophouden. Ze klampten zich aan elkaar vast toen ze de sleutel in het slot hoorden.

'O, hoi.' Aidans stem zweefde de woonkamer binnen.

'Hoi!' zei Aleisha, die zich van haar moeder losmaakte alsof ze zich zojuist had gebrand.

'Wat is dit?' Zijn ogen keken moe, maar hij stond rechtop, een glimlach op zijn gezicht, alsof hij zichzelf energie probeerde te geven.

'We hebben net een Disney-film gekeken, *Up*.'

'Het. Was. Geweldig!' zei Leilah nadrukkelijk, waarbij ze bij elk woord met haar vinger in haar dij prikte.

Aidan knikte. 'Klinkt goed.' Leilah en Aleisha glimlachten naar elkaar en keken vervolgens naar Aidan, die zich al had omgedraaid en de trap op liep. 'Cool. Zeg, ik ben doodmoe.'

'Waarom trek je zo'n lang gezicht, Aidan?' vroeg Leilah, en ze giechelde bij zichzelf.

Aidan wierp een zachte blik op zijn zus, meed zijn moeders blik. 'Lange dienst.' Hij geeuwde. 'Ik ga naar bed. Tot morgen, jongens.' Halverwege de trap riep hij: 'Aleisha, vergeet de vuilnisbakken niet!'

Leilah streek over Aleisha's haar. 'Hij is goed voor ons, hè?'

Ze knikte. Leilah duwde zichzelf overeind van de bank en verliet de kamer. Toen, alleen in de woonkamer, voelde Aleisha koelte. Dat was opmerkelijk in een huis waar het de afgelopen tijd snikheet was geweest, en opeens had ze door dat de ramen openstonden. Ze kon zich niet herinneren dat ze dat zelf had gedaan.

24

Mukesh

Piep. 'U hebt geen nieuwe berichten.'

Mukesh kreeg een brok in zijn keel. Hij plofte op de bank neer en staarde voor zich uit. Hij had Nilakshi al dagen niet gezien, had haar niet teruggebeld. Hij was ook niet naar de bibliotheek geweest. *Pride and Prejudice* lag nog op zijn nachtkastje. Hij had het geprobeerd, had echt zijn best gedaan, maar telkens als hij ging lezen dwaalden zijn gedachten af. Dan dacht hij weer aan Vritti's huis, aan alles wat zijn dochters hadden gezegd, en ook aan wat ze niet hadden gezegd.

Hij had zichzelf, Aleisha en zijn dochters teleurgesteld. En Naina. Naina hield zich al heel lang stil. Wat hij ook deed – hij probeerde haar geest in hem te laten voortleven, via de boeken – het voelde alsof hij haar kwijt was.

Reputatie. Dat woord bonsde in zijn hoofd. Deepali's gezicht, de teleurstelling in haar ogen, dat stak nog steeds.

Hij ging op zijn rug op zijn bed liggen, keek naar het plafond. De afgelopen paar weken, al die momenten dat hij het gevoel had dat hij iets bereikte, dat stelde uiteindelijk niets voor. Hij was terug bij af.

Een uur later werd er op de deur geklopt. Mukesh hees zich van het bed, zijn hoofd zwaar en pijnlijk, deed zijn slippers aan en schuifelde door de gang. 'Vritti?' zei hij, toen hij de deur wijd opendeed.

'Hoi, papa.' Vritti's stem klonk zacht. 'Ik kom even langs voor een kopje chai. Heb je tijd?'

Mukesh voelde tranen in zijn ogen branden, maar hij knipperde ze weg en stapte opzij, zodat zijn dochter naar binnen kon.

'Uit een zakje?' vroeg Vritti, die meteen doorliep naar de keuken.

'Ja, dat is goed, maar doe er alsjeblieft zoetjes bij. Rohini heeft de laatste keer suikervrije zakjes chai gekocht.' Mukesh bleef in de deuropening naar de keuken staan, keek toe terwijl Vritti door de keuken liep, deed alsof ze thuis was.

'Prima, als je het maar niet aan haar doorvertelt!' riep Vritti terug. 'Anders moet ik dat nog jaren horen. Ga maar zitten, papa, doe lekker je voeten omhoog.'

Hij deed wat hem was opgedragen, wist niet wat hij moest zeggen.

Even later liep Vritti de kamer in, met twee mokken chai op Naina's kleine dienblad. Tussen de mokken in lagen extra zoetjes. Ze zette het dienblad voorzichtig neer op het tafeltje naast Mukesh, maar morste toch wat thee op het dienblad. De zoetjes begonnen te drijven, en sommige zwommen zo snel als ze konden naar de kust. Sommige overleefden, andere losten langzaam op. Even keken Vritti en Mukesh slechts toe, tot de gedachte aan een foeterende Rohini hun nietsdoen doorbrak: *Pak een keukendoek. Ruim dat op!*

'Ik heb dit!' Mukesh keek Vritti met stralende ogen aan. Zijn arm reikte naast zijn fauteuil en hij toverde een handstofzuiger met spons tevoorschijn. 'Die absorbeert water!'

Vritti lachte. 'Waar heb je dat nou toch gekocht, en waarom?'

'Bij zo'n tv-programma. Het ging heel gemakkelijk! Dit is de tweede keer dat ik hem echt gebruik. Meestal haal ik er condens op de douche mee weg.'

Vritti lachte weer en Mukesh besefte opeens hoe belachelijk dit was, hoe mondain, en hij begon ook te gniffelen.

'Hoelang heb je dat ding al?'

'Een maand of drie. Toen Netflix het niet deed, ben ik verslaafd geraakt aan van die homeshoppingkanalen. Rare spullen, maar dit is wel handig!'

De deurbel verstoorde hun middag en Mukesh voelde het bloed

uit zijn gezicht wegtrekken. Vritti was hier... Zou hij opnieuw klem worden gezet? Hij keek naar het portret van Naina, hoopte op een teken, een waarschuwing.

'Weet jij wie dat kan zijn?' vroeg Mukesh aan Vritti, die nonchalant haar schouders ophaalde. Hij liep de gang in en deed voorzichtig de deur open.

'Dada!' Twee snerpende stemmen. Binnen een paar tellen waren er twee paar kleine armen om Mukesh' benen geslagen en stond Deepalydia Bennet voor hem, maar zonder de hoed waarvan hij zich voorstelde dat alle Bennet-zussen die droegen. 'Hoi, pap,' zei ze aarzelend.

'Deepali,' zei hij glimlachend. Vlak achter haar masi stond Priya, met een glimlach van oor tot oor.

'Rohini belde me en vroeg of ik Priya kon ophalen, zodat ze wat tijd met jou kon doorbrengen, en deze twee wilden jou ook zien.' Deepali duwde de tweeling zacht naar binnen en keek naar haar handen. Hij kende Deepali al haar hele leven en vermoedde dat ze zich heel ongemakkelijk voelde. 'Ik... Sorry van pasgeleden. Dat was onredelijk van me. Ik hoorde mama me een standje geven, ze zit sindsdien aldoor in mijn hoofd...' Deepali vond het vreselijk om haar verontschuldigingen aan te bieden.

Mukesh dacht aan die goede oude Atticus Finch uit *To Kill a Mockingbird*, die oud en wijs genoeg was om boven persoonlijke ruzies te staan. En dit was zijn dochter. Hoewel hij haar niet altijd begreep, wist hij dat ze hem niet wilde kwetsen. Jaya en Jayesh renden de woonkamer in om hun nicht lastig te vallen, terwijl Deepali zich naar voren boog en haar vader vastgreep.

'Au,' gromde Mukesh. 'Niet te hard knijpen, ik ben een oude man.'

Deepali verroerde zich niet. 'Ik mis haar,' zei ze tegen zijn schouder. 'Ik mis haar gewoon.'

Mukesh kreeg een brok in zijn keel. 'Dat weet ik, beti, ik mis haar ook. Elke dag.' Hij zag zijn dochter, jaren jonger, misschien net wat ouder dan Priya, huilend uit school komen. Toen hij de tranen over haar gezicht zag stromen, snapte hij hoe ze zich voelde. Maar pasgeleden, bij Vritti thuis, had hij het verdriet achter de boosheid niet gezien, had hij niet gezien dat ze haar moeder vreselijk miste. Ze was altijd heel dapper, heel doortastend. Zoals Atticus zei, de enige manier waarop hij kon zien hoe het echt was voor Deepali, was door in haar vel te kruipen.

'Kom binnen, beta,' zei hij en hij ging haar voor naar de woonkamer. Deepali ging in haar moeders lievelingsstoel zitten, en Jaya en Jayesh gingen bij haar voeten zitten. Priya liep op haar Dada af en hield enthousiast een boek naar hem op. 'Ik ben er nog maar net in begonnen, maar het is heel mooi. Ik weet nu wie Atticus Finch is.'

Hij glimlachte breeduit. Even kon Mukesh zijn geluk niet op. Hij kon niet wachten om tegen Aleisha te zeggen dat de boeken die ze hem tot nu toe had aangeraden een groot succes waren bij Priya. Ze had toch boeken voor hem gevonden die hij met zijn kleindochter kon lezen.

'Dada,' zei Priya met hoge stem. 'Waar gaat dit boek over?' Ze stak *Pride and Prejudice* omhoog. Hij had door dat ze de gedachten van haar Deepalimasi probeerde af te leiden.

'Dat is toch een liefdesverhaal?' zei Vritti.

'Klopt, in sommige opzichten,' zei Mukesh. 'Bazige mevrouw Bennet wil dat haar dochters met rijke mannen trouwen. Maar een van haar dochters, Elizabeth Bennet, wil uit liefde trouwen, niet om geld,' vertelde hij aan Priya.

'Dada,' zei Priya. 'Denk je dat Ba dit boek heeft gelezen?'

Deepali keek haar vader aan. 'O, vast. Zelfs ik heb het gelezen.'

'Ben jij haar meneer Darcy, papa?'

Vritti en Deepali gniffelden; Priya leek volkomen overdonderd, maar glimlachte evengoed.

'Dat denk ik niet! Ik ben nooit zo'n charmeur geweest. Bovendien viel er voor je moeder niets te kiezen met mij,' zei hij met enige zelfspot. 'Maar ze was mijn alles.' Hij zag Naina voor zich op hun trouwdag. Hij was bang geweest; hij kende deze vrouw niet en straks zat hij aan haar vast. 'Ze wist altijd hoe ze mensen op hun gemak kon stellen. Zo is het toch?'

'Waarom denk je anders dat de tempel haar voor elke activiteit vroeg?' zei Deepali, met een vertwijfelde blik omhoog.

'Ik herinner me dat mijn moeder me de dag voor de bruiloft terzijde nam,' vervolgde Mukesh. 'Ze vertelde me dat het een lief meisje was, intelligent, aardig. Dat weigerde ik te geloven. Het klonk te mooi om waar te zijn. En ik had sterk het gevoel dat als ik in mijn eigen tempo zelf had mogen kiezen, ik iemand had gekozen die beter bij me paste. Maar toen ik haar ontmoette wist ik meteen...'

'Wat, Dada?' vroeg Priya.

'Dat je Ba de ware voor me was!'

Hun liefdesleven was pas begonnen na de bruiloft. Elke dag met Naina zorgde voor verrassingen. De eerste verrassing was hoe Naina er in de ochtend uitzag. Opmerkelijk genoeg had niemand hem erop voorbereid dat ze er net zo uit kon zien als op elk ander tijdstip van de dag. Maar zelfs jaren later waren er nog verrassingen: toen zijn vader door een langzame ziekte wegkwijnde, wist Naina wat ze moest zeggen.

'Mukesh?' Op een ochtend verscheen ze in de deuropening met een boek in haar handen. Ze bracht het naar hem toe. Ze had een familiealbum voor hem gemaakt. 'Voor jou.'

Er zaten maar een paar kinderfoto's in, maar er was er een bij waar hij op zijn vaders knie zat. Ze keken streng in de camera, maar Mukesh' vader kwam meteen voor hem tot leven. Hij wist niet waar dat album nu was. Ergens veilig opgeborgen, veronderstelde hij.

'Hoe was hij? Toen je jong was?' had Naina gevraagd.

'Ik herinner me dat hij angstaanjagend kon zijn. Hij berispte me altijd als ik door het huis rende of als ik mijn schoenen buiten stoffig had gemaakt. Maar hij speelde graag met me. We speelden cricket.' Hij lachte.

Naina fronste haar wenkbrauwen. 'Maar je bent heel slecht in cricket.'

'Dat weet ik, dat heb ik van hem. Hij was er ook heel slecht in.' Hij glimlachte. Hij hield het fotoalbum stevig vast en peuterde de foto van hem en zijn vader eruit, hun ogen met kohlpotlood aangezet alsof ze in een of andere vreselijke gothic-band speelden. Hij had niet gedacht dat iemand hem zou kunnen troosten in die maanden, maar Naina slaagde daarin. Over zijn jeugd en over zijn relatie met zijn vader praten, was een manier om te leren accepteren dat zijn vader er straks niet meer zou zijn.

Hij wilde alleen dat toen Naina stierf, ze zijn hand ook had vastgehouden. Hem stap voor stap door het rouwproces had kunnen leiden.

Hoewel hij haar op zijn eigen bescheiden manier probeerde vast te houden, was dat niet genoeg.

Terwijl Mukesh' gedachten afdwaalden naar het verleden, liep Priya naar haar Dada toe, en ze sloeg haar armen om hem heen zoals ze haar armen altijd om Naina heen had geslagen, verankerde hem zo in het heden bij zijn familie.

Ze houden van je, hoorde hij in de verte. *Ze hebben altijd van je gehouden.*

Hij zou die stem overal herkennen. Het was Naina. Ze was terug.

'Papa,' zei Deepali en ze liep op hem af, 'ik ben blij dat je mensen gevonden hebt, mensen met wie je kunt praten.' Ze hield het boek omhoog. 'Ik ben blij dat je contact maakt met mensen. In de bibliotheek. Bij de tempel. Nilakshimasi.' Ze omhelsde hem. 'Mama zou heel trots op je zijn.'

DEEL VII

Little Women
van Louisa May Alcott

25

Aleisha

'Gaat het, Aleisha?'

Het was Thrillerman-zeg-maar-Chris die naar de balie toe liep met een zo te zien zware rugzak op zijn rug, ongetwijfeld vol boeken.

'Ja,' zei Aleisha, terwijl ze een pluk haar uit haar vermoeide ogen streek. Haar vingers zochten verwoed naar het to-dolijstje dat ze ergens op haar bureau had liggen. 'Ik heb gewoon mijn dag niet.'

'Dat zie ik. Maak je niet druk, ik heb die vrouw hier stennis zien schoppen over precies hetzelfde als Dev of Kyle achter de balie zit.'

'Echt? Doet ze dat vaker?'

'Ja, ik denk dat ze de verkeerde bibliotheek aanklikt als ze online boeken reserveert.'

Aleisha was zojuist vrij publiekelijk belaagd door een ontevreden klant die een reservering kwam ophalen en er toen achter kwam dat de boeken in de bibliotheek in Hanwell klaarstonden. Omdat Thermosfles Dev dat zou willen, had ze namens Brent Libraries excuses aangeboden en ze had voorgesteld de boeken in Hanwell te gaan ophalen en bij de vrouw thuis te bezorgen, alleen maar om haar hier weg te krijgen. De vrouw was tierend naar buiten gestormd: 'Zo komt het dat er veel bibliotheken sluiten. Nutteloos, slecht georganiseerd. Ik durf te wedden dat dit de volgende is die dichtgaat.'

'Daar zit ik vandaag echt niet op te wachten. Ik moet die boeken dus in Hanwell gaan ophalen.'

Thrillerman trok een meelevend gezicht, waarna hij doorliep naar zijn vaste plek, met onder zijn arm een nieuwe thriller die vandaag was binnengekomen.

De woedende vrouw had een leeslijst in haar hand gehad, op een papiertje dat ze omhoog had gestoken alsof ze wilde zeggen: de klant heeft altijd gelijk, als je dat maar weet. De vrouw had er zo fanatiek mee heen en weer gezwaaid dat ze het handschrift niet kon zien, maar Aleisha hoopte echt dat dit niet de vrouw was die haar leeslijst had geschreven. Dat zou de magie echt bederven, toch?

Een van de boeken die de vrouw had aangevraagd was *Beloved*, en dat boek was aanwezig in de bibliotheek aan Harrow Road, veilig in Aleisha's tas. Aleisha had het twee weken geleden geleend om het zelf te lezen. Ze had het boek zo aan de vrouw kunnen geven, een klein gebaar om haar te kalmeren, maar ze was niet van plan haar eigen exemplaar af te staan. Daar waren de boeken en de lijst te belangrijk voor.

Een paar avonden daarvoor had ze Leilah weer voorgelezen terwijl ze wachtten tot Aidan thuiskwam.

'Waar blijft hij toch?' vroeg Leilah. 'Hij is nooit zo laat.'

'Mama, er is niets aan de hand, hij is altijd laat. Hij zal zo wel komen.' Aleisha had *Little Women* opengeslagen en voelde dat Leilahs ogen op de bladzijden gericht waren, alsof de betovering weer werkte.

'Wacht,' zei Leilah. 'Waar gaat *Little Women* over? Ik heb er weleens over gehoord.'

Aleisha draaide het boek om, liet haar blik over de tekst op de achterflap gaan. 'Het gaat over vier zussen in New England... rond 1860.' Ze las vlug verder. 'Over hun pogingen om aan meer geld voor het gezin te komen, over hun vriendschap met een gezin dat vlak bij hen woont... en kennelijk ook over hun latere "liefdesgeschiedenissen". Je hebt Meg, die ervan droomt een dame te zijn. Jo, die op de auteur zelf gebaseerd zou zijn en auteur wil worden. Beth die rustig en kwetsbaar is, van muziek houdt. En dan heb je nog Amy, een "echte schoonheid". De mooiste van het stel.' Aleisha liet haar blik nog steeds over het omslag gaan. Leilah knikte, keek in de verte. 'Ben je er klaar voor?' vroeg Aleisha.

'Ja, begin maar.'

Op de eerste bladzijde was Aleisha gestruikeld over de zin: 'Wij hebben papa niet, en het duurt nog heel lang voor we hem terugkrijgen.' Ze had aandachtig naar Leilahs gezicht gekeken. Deze zin ging over de vader van de zusjes March, die door de oorlog van huis was, maar Aleisha dacht automatisch aan Dean. Leilah keek omlaag, maar er lag een vage glimlach op haar gezicht. Ze was bij de zusjes March; ze had niet het subtiele verband met haar eigen leven gelegd, wat Aleisha wel had gedaan.

Meneer P. had het over dit boek gehad. Het was kennelijk een van de lievelingsboeken van zijn kleindochter. Toen ze verder in het verhaal was, snapte ze waarom een jong meisje dit een leuk boek vond. Het was vrolijk, anders, je kon leren hoe je een jonge vrouw in een steeds veranderende wereld kon zijn. Het was een oud verhaal, maar de zusjes March waren levendig, dapper. Ze volgden hun dromen, wat voor dromen dat ook waren.

Jo. Aleisha mocht Jo. Jo was lichtgeraakt, ambitieus, schreef toneelstukjes en gaf haar zussen aanwijzingen hoe ze die moesten opvoeren, wat vrolijkheid in het huis bracht. Jo bracht ook een glimlach op Leilahs gezicht. 'Ik vind haar leuk,' zei Leilah, nadat ze meer dan een uur samen hadden gelezen. Dat was een record. Aleisha stond er versteld van. 'Ze doet me aan jou denken. Jij was als kind ook zo bazig.' Aleisha was het daar niet mee eens, maar het verwarmde haar hart. 'Geen wonder dat die buurjongen… Laurie heet hij toch?'

Aleisha knikte.

'Geen wonder dat hij dol is op Jo. Zij is de beste,' ging Leilah verder. 'Ze weet hoe ze het moet aanpakken. Hoe meer je iemand negeert, hoe happiger die wordt.'

'Ze zijn vrienden, mama. En ik vind niet dat ze hem negeert.'

Ze giechelden even, waarna het gegiechel geleidelijk overging in stilte. Aleisha las verder: 'Tjonge, wat zouden we het goed hebben en gelukkig zijn als we geen geldzorgen hadden!' Ze zuchtte en keek op.

Leilahs ogen waren gesloten, stevig dichtgeknepen, alsof ze niet wilde dat deze woorden in de echte wereld weerklonken. Die konden alleen bestaan in de wereld van de zusjes March en verder nergens.

Op dat moment kwam Aidan thuis. Hij duwde met een hoop kabaal de deur open en liet zijn tassen op de vloer vallen. Daarna deed hij de deur dicht.

'Ssst,' zei Aleisha, die op haar tenen de gang in liep. 'Waarom maak je zoveel herrie?'

Aidan gaf haar een klopje op haar arm en stampte de keuken in.

'Mama is aan het rusten.' Aleisha liep achter hem aan. 'Ik heb haar voorgelezen.'

Aidan schonk voor zichzelf een glas water in uit de fles in de koelkast. Hij dronk het glas helemaal leeg en keek toen pas voor het eerst naar zijn zus.

'Aidan, het verbaast me, maar het werkt. Ze gaat er helemaal in op.'

'Dat is fijn, Leish,' zei Aidan afwezig. Hij liep door de keuken, pakte spullen uit kasten: een bord, een vork en een mes, een Tupperwarebakje met een restje curry. Hij keek haar niet recht aan.

'Ik ben blij dat ik op die manier kan helpen. Gewoonlijk ben jij de enige die tot haar weet door te dringen,' zei Aleisha, die hem woordeloos smeekte rustig te doen. Zichzelf toe te staan dat er even niets hoefde.

Toen keek Aidan haar aan. 'Aleisha, ik ben niet de enige die tot haar kan doordringen. Jij kunt dat ook. Je bent er goed in. Beter dan ik, eigenlijk.' Zijn stem klonk zacht, afwezig. 'Ik ben blij dat het werkt met die boeken, voor jullie allebei.'

Aleisha keek naar haar voeten. Het was bijna een compliment en het was meer dan ze in lange tijd van iemand had gekregen.

'Het lijkt veel beter met mama te gaan, vind je ook niet?' vroeg Aidan.

Aleisha haalde haar schouders op.

Aidan schepte eten op zijn bord. 'Sorry dat we elkaar zo weinig zien. Het is druk op mijn werk en ik heb me er vooral op gericht dat er altijd iemand bij mama thuis is, maar, ik weet niet... Het gaat beter met haar, veel beter.'

Aleisha keek hem aan. Ze was het niet met hem eens, maar dat durfde ze niet tegen Aidan te zeggen. Ze zag dat hij zichzelf daarvan probeerde te overtuigen. Het was niets voor haar broer om optimistisch te zijn als het om Leilah ging. Waar zat hij mee?

'De komende dagen moet ik veel diensten draaien, Leish,' ging hij verder. 'Dus dan zie ik je niet vaak, oké? Maar met mama komt het wel goed, je doet het prima met haar. Je bent geweldig.' Hij draaide zich om en glimlachte naar haar.

'Ik zal je missen,' zei Aleisha rustig. 'Het is heel lang geleden dat we iets samen hebben gedaan.'

'Dat weet ik, maar je redt het prima zonder mij. Wat je ook met mama doet, het werkt echt, Leish.' Hij liep de keuken uit, bord in zijn hand, en gaf een kneepje in haar schouder. 'Alles in orde?' vroeg hij aan haar.

Ze knikte. Voordat ze hem hetzelfde kon vragen, sjokte hij zonder om te kijken de trap op naar zijn kamer.

In een poging Aidan op te fleuren, plakte Aleisha een post-it met *Welkom thuis!* op de koelkast. Hij hield woord. In de ochtend, terwijl ze nog half sliep, hoorde ze de deur zacht achter hem dichtgaan, en ze hoorde de deur krakend opengaan als hij weer thuiskwam. Verder duidde niets op zijn aanwezigheid, behalve dan de post-its die hij op de koelkast plakte om haar eraan te herinneren bepaalde dingen te doen. Ze waren opnieuw als schepen in de nacht. Het enige wat ze graag wilde, was met haar broer chillen, erachter zien te komen hoe het echt met hem ging, met hem praten. Ze wist dat hij ergens mee zat, dat er iets was wat hij haar niet vertelde.

Daar dacht ze allemaal aan terwijl ze *Beloved* dicht tegen zich aan hield. Ze zou dit boek niet afstaan aan de knorrige vrouw in de bibliotheek. Als Aidan er een paar dagen niet was, de hele tijd moest werken, waren de boeken het enige waar Aleisha Leilah rustig mee kreeg. De boeken vulden de ruimte waar ooit stilte had geheerst.

Meneer Patel zou binnenkort naar de bibliotheek komen. Ze had al een ander exemplaar van *Little Women* voor hem klaargelegd. Ze stelde zich voor dat hij het graag wilde lezen. Het was het enige boek waar hij het vaak over leek te hebben, zonder enig idee te hebben waar het over ging. Hij noemde het vaak *Little Ladies*.

Het werd elf uur. Het werd halftwaalf. Aleisha keek telkens op de klok, naar de deur. Niemand stoorde haar. Iedereen gebruikte vandaag de zelfscanners of ging in een fauteuil zitten lezen. Ze was blij met de rust. Maar ze had zich erop verheugd om met meneer P. te praten. Hij gaf nooit veel prijs, maar ze vond het heel verfrissend om met iemand te praten die niet haar broer of haar moeder was, en ze wilde meer horen over zijn uitstapje naar het centrum van Londen met Priya. Om een of andere reden was ze geïnteresseerd in het leven van deze oude man, misschien als afleiding van haar eigen leven, maar misschien ook doordat ze nu bevriend waren.

Meneer Patel was niet vooringenomen. Hij zag haar niet als een 'probleemgeval', hoewel ze hem wel het een en ander verteld had over 'de rotsituatie thuis'. Zo had ze het verwoord. Hij had gereageerd met: 'O, is je vader ervandoor?' en ze had gelachen omdat het zo'n cliché was. Het was een cliché, maar het klopte precies.

'Hij heeft nu zijn eigen gezin.'

'Jullie zijn ook zijn gezin.'

'Voor hem niet.'

Mukesh had lucht tussen zijn tanden door gezogen. 'Stomme idioot.' Hij had geprobeerd het zacht te zeggen, maar ze verstond het toch. 'O, sorry. Ik ook altijd met mijn brutale mond!' Mukesh' hand vloog automatisch naar zijn gezicht, zijn ogen groot van verbazing.

Ze lachte. 'Nee, u hebt gelijk! Stomme idioot. Ik zou willen dat mijn moeder dat ook doorhad. Dat de schuld volledig bij hem ligt, niet bij haar.'

'Dat weet ze vast wel. Soms zijn mannen stom. Dat denk ik tenminste. Ik heb drie dochters en die zijn geen van allen stom.'

Aleisha's telefoon zoemde naast haar, bracht haar terug in het heden.

Hoi! Hoe staat het met het boekenleven?

Het was Zac. Sinds het park had hij haar dagelijks een berichtje gestuurd. Eerst alleen om gedag te zeggen, later stuurde hij ook memes over boeken of katten. (Hij bleek gek te zijn op katten. Ze kon zich niet voorstellen dat meneer Darcy katten leuk vond.) Ze had geprobeerd haar antwoorden kort te houden, niet te veel te onthullen. Aleisha dacht aan de opmerking van Leilah: 'Hoe meer je iemand negeert, hoe happiger die wordt.' Volgde Aleisha Leilahs kromme levensadvies uit *Little Women* op? Dat zou lastiger zijn dan het klonk, want ze wilde de hele tijd contact met hem.

Aleisha stuurde een bericht terug: *Vreselijke klant heeft net mijn leven verpest!*

Zac reageerde vrijwel meteen: *Heb je iets nodig?*

Contact met Zac was gemakkelijker. Ze schreef niet dat het goed met haar ging als ze een rotdag had, dan schreef ze ook gewoon dat ze een rotdag had. Hij wist niet hoe ze zich bij anderen voordeed, en dus kon ze bij hem gewoon zichzelf zijn.

Wat doe je later vandaag?

Heb geen plannen! Zac, zo wist ze diep vanbinnen, was net als zij. Een buitenstaander, een eenzame ziel. Maar Zac ging er goed mee om. Hij deed nooit alsof hij iemand anders zou willen zijn.

Wil je graag zien. Heb later misschien je hulp nodig. Als je tijd hebt. Iets met boeken... Maar zodra ze dat getypt had, wiste ze de tekst en schreef een ander, ingetogener bericht: *Heb misschien je hulp nodig.* Dat klonk veel beter.

Opeens knipperde haar telefoon. INKOMEND GESPREK: ZAC.

Voordat ze op de groene knop tikte, voelde ze haar hart even in haar keel kloppen. Ze had Zac nog nooit aan de telefoon gehad. 'Hallo?' Ze hoorde haar stem, hoger en schriller dan normaal.

'Hoi. Heb je zin om later vandaag een ritje te maken? Als je tijd hebt. Nadat ik je geholpen heb. We zouden naar Richmond kunnen gaan. Door het park. Wat vind je ervan?' Hij klonk even cool, kalm en onverstoorbaar als altijd.

Aleisha was nog nooit in Richmond geweest. Ze wist dat Aidan vanavond thuis zou zijn, voor het eerst deze week, dus zolang ze om negen uur terug was, voordat hij weg moest voor zijn volgende dienst, kon ze doen wat ze wilde. Maar voor haar gevoel was dat te veel gevraagd van Zac, op een bepaald tijdstip thuis moeten zijn alsof ze twaalf was. Haar huid begon te tintelen van de zenuwen en haar gedachten schoten naar Leilah.

'Ja, lijkt me leuk,' zei ze, waarbij ze de twijfels in haar hoofd liet varen. Haar stem trilde van verlegenheid. 'Ik heb eigenlijk je auto nodig voor iets van mijn werk. Wil je me helpen?'

'Natuurlijk, baas. Stuur maar een berichtje zodra je klaar bent met je werk, dan kom ik je ophalen. Ik vind het heel leuk om je weer te zien.'

Tegen de tijd dat Aleisha afsloot, zat Zac al buiten in zijn Opel Corsa te wachten, raampjes helemaal open, muziek zacht aan. Volledig het tegenovergestelde van Aidan, die de muziek in zijn auto altijd op een asociaal volume had staan.

Zijn onderarm lag op het portier. Hij zag haar en zijn gezicht lichtte op. Aleisha wist niet of ze honger had of dat haar maag echt salto's maakte. Elizabeth Bennet en haar afstandelijkheid zouden niet van haar onder de indruk zijn.

Toen ze het portier opendeed, voelde ze zich opeens te kijk gezet. Ze schoof op de stoel, was bang dat ze haar hoofd tegen het dak zou stoten, of dat ze de versnellingspook zou raken of iets anders stoms zou doen. Ze had het idee dat ze geen controle meer had over haar ledematen.

'Hoi,' zei hij. 'Ben je er klaar voor? Waar gaan we naartoe?'

'Helemaal. De eerste stop is de bibliotheek in Hanwell. Daar moet ik zo gauw mogelijk zijn. Er wacht iemand op me.' Ze sprak op haar formele toon, die ze alleen voor mopperende bibliotheekbezoekers gebruikte, om te verhullen dat de zenuwen door haar lijf gierden.

'Een supergeheime missie. Geweldig,' grapte hij.

Ze reden voornamelijk in stilte, of beter gezegd omgeven door irritante achtergrondgeluiden. Uiteindelijk werden het verkeer en de hitte hun te veel. Zac raakte steeds geïrriteerder naarmate de temperatuur in de auto steeg en het verkeer traag voortkroop.

'Dit hoort een ritje van hooguit twintig minuten te zijn. Voor mijn gevoel zitten we al een uur in de auto.'

'We zijn nu een halfuurtje onderweg en we zijn er bijna,' zei Aleisha sussend. Ze besefte dat ze de toon aansloeg die Aidan soms bij Leilah gebruikte, en haar gedachten schoten naar hen. Wat zouden ze nu aan het doen zijn? Zat Aidan bij Leilah? Keken ze naar een film? Ze voelde een steek van schuldgevoelens dat ze hier met iemand was en dat zij beiden thuis waren. Ze had de avond met haar broer kunnen doorbrengen, voor het eerst in zeer lange tijd.

Ze slikte de spijt weg, had geen tijd voor schuldgevoelens. Toen de auto stopte, sprong Aleisha eruit en klopte op de deur van de bibliotheek van Hanwell. De bibliothecaris achter de balie typte iets op haar computer. De boeken van de boze klant lagen al op een stapel naast haar; ze waren, zoals ze al vermoedde, naar de verkeerde bibliotheek gestuurd.

Na een rit van nog eens zesentwintig minuten, met meer onbeschaamde opmerkingen van Zac, dwars door het verkeer en de klamme hitte van de noordelijke ringweg, leverde Aleisha de boeken ten slotte af bij het huis van de vrouw.

'Eindelijk,' zei de vrouw.

'Graag gedaan,' zei Aleisha met een glimlach, in de hoop dat de vrouw het sarcasme doorhad.

'Daar heb je lang over gedaan.' Ze pakte de boeken aan en deed zonder te bedanken de deur dicht.

Aleisha keek vertwijfeld omhoog. Ze wilde dolgraag reageren, door de brievenbus schreeuwen, maar ze dacht aan Marmee, de moeder van de zusjes March, die het belangrijk vond om tegen iedereen beleefd te zijn. Marmee was fictief, maar ze had gelijk. Het was het niet waard.

Aleisha sprong weer in de auto, blafte tegen Zac welke kant hij volgens haar telefoon op moest en hoopte maar dat hij het goed vond om nog een laatste tussenstop te maken voordat hun avondje uit begon.

'Ja, hier, na dat bord.'

'Oké, baas.'

'Aan het eind van deze straat naar links en dan de borden volgen naar Wembley High Road.'

'Begrepen, baas.'

'Dan is het de eerste links, gevolgd door de derde rechts.'

'Rustig, rustig, je gaat te snel.' Hij zette de radio uit, deed de raampjes dicht en zette de airconditioning aan. 'Dat is beter, zo kan ik tenminste nadenken.'

Aleisha rolde met haar ogen. Zacs blik was strak op de weg gericht.

'Hier naar links!' riep ze. 'Vlug, anders ben je er voorbij!'

'Wat! Waarom heb je niet eerder gewaarschuwd?' Hij keek in zijn spiegels en nam een scherpe bocht naar links.

Ze stopten voor het huis terwijl haar telefoon zei: 'U hebt uw bestemming bereikt.' Er stond een auto op de oprit.

'Wacht hier,' zei ze tegen Zac, en ze haalde een boek uit haar tas.

Zac liet de motor draaien. Aleisha was zenuwachtig toen ze naar de deur toe liep. Ze overtrad beslist de bibliotheekregels, want ze had in het systeem opgezocht waar hij woonde. Ze hoopte dat meneer P. haar niet zou verklikken.

Ze belde aan. Aleisha hoorde een stem binnen, maar het was niet die van meneer P. Waarschijnlijk stond de tv aan, op zo'n Indiase zender. Even later, net toen Aleisha op het punt stond het op te geven en weg te gaan, ging de deur open. Er stond een vrouw, van in de zeventig gokte ze, in een donkerblauwe kurti met een witte shawl om haar hals.

'Hallo. Wat kan ik voor je doen?' zei de dame. Haar stem was vrij laag, maar klonk vriendelijk.

'Hallo, ik kom een boek afgeven voor meneer Patel. Hij heeft het vandaag niet opgehaald uit de bibliotheek en het was toch op mijn route naar huis, dus ik dacht: ik ga het wel even brengen.'

'Mukeshbhai!' riep de vrouw het huis in.

Meneer P. kwam uit een deuropening. Hij droeg een joggingbroek met een paar gelige vlekken op de bovenbenen en een T-shirt dat ooit wit was geweest maar nu grauwgrijs was, met een ketchupvlek op de borst. Aleisha had hem altijd in een pantalon en overhemd gezien, en met zijn vertrouwde pet op.

Zodra hij haar zag betrok zijn gezicht. 'Juffrouw Aleisha! Nee, je mag me zo niet zien.' Hij liep haastig terug een kamer in.

'Een ogenblikje, schat. Kun je even wachten?' zei de vrouw.

Aleisha knikte. Ze wierp weer een blik op Zac in de auto. Hij had zijn hoofd tegen de hoofdsteun gelegd, keek naar het plafond. Ze hoorde gedempte stemmen in wat waarschijnlijk de woonkamer was, maar ze spraken in een voor Aleisha onbekende taal.

Net toen Aleisha dacht dat ze beter weg kon gaan, verscheen meneer P. weer. Hij droeg een winterjas om de vlekken te bedekken. Hij transpireerde. 'Kom binnen. Nilakshiben heeft gekookt. Ze wil dat je met ons mee-eet. Ik moet een overhemd aantrekken.'

De vrouw kwam terug naar de deur, terwijl meneer Patel langzaam naar een andere kamer liep. Ze zag dat hij pijn aan zijn heup had. 'Gaat het wel goed met hem?' vroeg Aleisha.

'Hij is gisteren gevallen, maar er is niets aan de hand. Hij rende achter zijn kleinkinderen aan en nu voelt hij zich nutteloos. Ik zorg vandaag voor hem.'

'Ik wil me beslist niet opdringen. Ik kwam alleen dit afgeven.' Ze stak Nilakshiben het boek toe.

'Nee, ik sta erop. Kom binnen en eet mee. Het is etenstijd.'

'Nee, dat hoeft niet. Heel erg bedankt, maar mijn vriend zit in de auto te wachten.'

'Vraag of je vriend ook komt.'

Zo ging het gesprek een tijdje heen en weer tot Aleisha zich gewonnen gaf. Deze dame accepteerde geen nee. Ze keek op haar horloge. Haar gedachten schoten naar Aidan en Leilah thuis. Ze had nog tijd, maar zou Aidan haar nodig hebben voordat hij naar zijn werk ging? Als ze hier een uur bleef, was ze ruim op tijd thuis, bedacht ze.

Het enige wat ze nu hoefde te doen was Zac ervan overtuigen dat dit een goed idee was.

26

Aleisha

'Ik haat gezellig doen.'

'Zac, hij is een jaar of tachtig, wees gewoon aardig!' fluisterde Aleisha terug. Het voelde alsof ze hun eerste ruzie hadden. Ze had hem min of meer uit zijn auto moeten sleuren.

Nilakshiben en meneer P. waren zeer gastvrij, stonden als een ontvangstcomité op een rijtje bij de deur. Zac leek het allemaal nogal eng te vinden en liep ongemakkelijk door de gang. Hij had zich hun eerste date waarschijnlijk anders voorgesteld.

Was het dan een date? Vroeg Aleisha zich af. Of zou het dat geweest zijn? Een ritje door Richmond Park leek een date, iets wat Darcy en Elizabeth Bennet konden doen.

De tafel was voor twee gedekt, maar Nilakshiben pakte extra lepels en nog twee borden. Nadat ze de grote staande ventilator uit de woonkamer had gehaald en in de keuken had gezet, ging iedereen zitten. Nilakshiben legde op elk bord een roti (wat ze uitsprak als rotli) en schepte allerlei groenten en *dahl* op hun bord.

'Aleisha, wil je wat dahl?' vroeg ze, terwijl ze het al op haar bord schepte.

'Jongeman, wat *bhindi nu shaak* voor jou?' vroeg ze aan Zac, toen ze al een hoopje okra op zijn bord had geschept. 'Nog meer?'

Meteen nadat ze hun handen hadden gewassen, begonnen Nilakshiben en meneer P. te eten. Zac en Aleisha keken naar hen om te snappen hoe ze met hun handen moesten eten. Hun lepels bleven ongebruikt op tafel liggen. Zac had een te klein stuk roti afgebroken om zijn eten mee op te pakken. Aleisha zag meneer P. kijken. Ze had door dat hij Zac wilde helpen, maar hem niet in verlegenheid wilde brengen.

Toen hij zijn bord bijna leeg had, was meneer P. de eerste die iets zei: 'Nilakshiben, het is heerlijk. Dank je wel.'

'Graag gedaan. Je moet weer op krachten komen, gezond worden,' was het enige wat Nilakshiben zei.

'Wat is er gebeurd?' vroeg Aleisha bezorgd.

'Ik ben een gevallen man.' Meneer P. lachte om zijn eigen grapje, maar niemand lachte mee. Nilakshiben gaf met de muis van haar hand een klopje op zijn schouder, haar wenkbrauwen fronsend opgetrokken.

'We hebben u gemist in de bibliotheek,' zei Aleisha.

Meneer P. keek haar glimlachend aan. Er zat spinazie tussen zijn tanden.

'Ik kwam u het volgende boek brengen. Hebt u *Pride and Prejudice* al uit? Ik weet dat u snel leest.'

'Ik lees snel zodat ik naar de bibliotheek kan om het volgende boek te halen dat je me aanraadt! Maar juffrouw Aleisha, ik heb er ditmaal langer over gedaan. Ik, eh, had zelf wat familiedrama's.' Hij gniffelde en wierp een blik op Nilakshiben, die hartelijk teruglachte. 'Ik kon die drama's van de Bennets er niet bij hebben, maar het gaat nu beter. En dit thuisbezorgen is geweldig.' Hij sprak met een zwaar accent en Aleisha's hart liep over.

'En wat doe jij, jongen?' Meneer P. richtte zich tot Zac en begon vlug ergens anders over.

Zac verstijfde nu hij werd aangesproken. 'Ik zit op de universiteit, maar ik heb nu vakantie.'

'Aha, heel goed, heel goed. Wat studeer je?'

'Ik doe rechten,' zei hij bijna alsof hij meneer Patels manier van praten nadeed.

Ze waren beiden nerveus en Aleisha kon wel door de grond zakken.

Het voelde alsof haar vriendje kennismaakte met haar ouders.

'Dat is goed! Heel, heel goed! Ik heb altijd gewild dat een van mijn vele, vele dochters rechten zou studeren, maar die kozen economie, dat is ook goed. Heel, heel goed.'

'Ik vind het een leuke studie, meneer Patel.'

'Juffrouw Aleisha wordt ook advocaat. Ik herinner me de eerste keer dat we elkaar ontmoetten. Je was heel onbeleefd en chagrijnig,' zei hij, waarbij hij Aleisha aankeek. Op zijn gezicht stond trots te lezen. 'Als een echte advocaat!' Meneer P. lachte.

Nilakshiben mompelde afkeurend. 'Mukeshbhai, waarom zeg je dat? Ik kan me niet voorstellen dat deze jongedame ooit onbeleefd zou zijn.'

'O, maar dat was ik wel. Dat was niet mijn bedoeling en het spijt me heel erg. Maar nu is het toch goed tussen ons, meneer P.? U hebt me vergeven.'

'Uiteraard! Je raadt me uitstekende boeken aan.'

'Ach, natuurlijk. Jij bent die bibliothecaris. Ik heb heel veel over je gehoord!' zei Nilakshiben.

'Ja, dat zal wel.' Aleisha wilde niet zeggen dat ze ook veel over haar had gehoord, want ze was nog nooit ter sprake gekomen. 'Bent u... al lang bevriend?'

'Niet echt, maar nu wel. Ik was de beste vriendin van zijn vrouw, Naina. Mukeshbhai en ik houden elkaar gezelschap. Ik kijk tv, hij leest jouw boeken.'

Aleisha voelde Zac naar haar kijken, maar ze wilde zijn blik niet beantwoorden voor het geval ze dan zou moeten lachen. 'Dat is heel mooi.'

'Sommige mensen bij de mandir denken dat we meer zijn dan alleen vrienden,' merkte meneer P. op. De bovenkant van zijn oren was een beetje rood.

'De tempel,' verduidelijkte Aleisha toen ze Zac verward zag kijken.

'En dat geldt ook voor mijn bemoeizuchtige dochters,' vervolgde meneer P. 'Ze snappen niet dat een man en een vrouw gewoon bevriend kunnen zijn. Maar dat is nu allemaal vergeven. Het blijft familie. En hoe zit dat bij jullie? Zijn jullie alleen vrienden?' Hij trok ondeugend zijn wenkbrauwen op.

Aleisha en Zac keken beiden naar hun bord.

'O, nee! Wat ben ik toch dom!' Hij had pretlichtjes in zijn ogen. 'Jongelui houden niet van "etiketjes"! Jullie willen nooit zeggen dat jullie een stel zijn en dan lopen jullie op een dag opeens naar het altaar, als mensen dat tegenwoordig nog doen.'

Zac barstte in lachen uit. 'Dit is heel ongemakkelijk,' zei hij. 'Ik wilde haar vanavond mee uit nemen, dus ik heb geen idee wat er nu gebeurt.'

Aleisha sloeg haar handen voor haar gezicht. Mukesh, Nilakshiben en Zac lachten.

'Dat is een goede keus. Ze is een heel goed, lief meisje,' zei meneer P. Nilakshiben knikte instemmend. Aleisha wilde dood.

Na de eerste gang volgde een maaltijd van rijst, mungbonen (die meneer P. zelf had klaargemaakt) en een groengele saus die kennelijk van yoghurt was gemaakt. Zac en Aleisha aten met een lepel, Nilakshiben en Mukesh aten met hun handen. Aleisha was sprakeloos. Ze deden dat zo bedreven dat het er niet één keer slordig of ordinair uitzag.

Na het avondeten gingen ze in de woonkamer zitten. Nilakshiben zette de tv aan op een Indiase zender, maar het geluid stond zacht en ze zaten daar gewoon een tijdje om het eten te laten zakken. Mukesh had één voet op een stoel gelegd en maakte nu en dan 'oeh'-geluiden.

Er werd zelfs een keer een scheet gelaten, maar niemand zei sorry. Het viel Aleisha op dat meneer P. totaal niet beschaamd leek. Zac daarentegen wel. Die was waarschijnlijk bang dat Aleisha zou denken dat hij het was.

'Gewoonlijk zitten we hier in ons eigen wereldje. Zo is het toch, Mukeshbhai?' zei Nilakshiben.

'Ja, dat klopt!' Mukesh glimlachte breeduit. 'Ik heb van haar een noisecancelling koptelefoon gekregen, dus ik kan lezen terwijl zij Zee

TV kijkt!' Hij leek heel trots op zichzelf. 'Ik kijk geen documentaires meer!'

'Dat noem ik nog eens toewijding, meneer P.' Aleisha glimlachte naar Zac, die zich eindelijk wat beter op zijn gemak leek te voelen. 'Nilakshiben, waar kijkt u naar op Zee TV?'

'Meestal naar soaps. *Bhabiji Ghar Par Hai* is mijn favoriet, maar de laatste tijd kijk ik ook naar *Sa Re Ga Ma Pa*, dat is zo'n beetje de Indiase *X Factor*! En beti, je kunt mij gewoon Nilakshi noemen. Ben betekent zus, en ook al voel ik me net zo jong als jij, ik ben niet echt je zus!'

Meneer P. en Nilakshi begonnen te gniffelen, Aleisha en Zac deden mee.

'Het volgende boek zult u heel leuk vinden, meneer P. Dat is *Little Women*.'

Mukesh reageerde enthousiast. 'Mijn kleindochter Priya heeft het gelezen! Ze zei dat ze het van mijn Naina had gekregen.'

Aleisha knikte. 'Ik herinner me dat u dat vertelde. Het is geweldig, maar af en toe ook verdrietig, dus ik waarschuw alvast.'

'Ik kan tegen verdrietig. Ik heb *The Kite Runner* toch gelezen?' antwoordde hij.

De ondergaande zon scheen door het raam en hulde de kamer in een lichtoranje gloed.

'Kan iemand het licht aandoen?' vroeg Mukesh. 'Jullie mooie gezichten verdwijnen.'

Zac sprong op, deed het licht aan en deed de gordijnen dicht zonder dat hem dat gevraagd was.

Aleisha nam de kamer eens goed in zich op. Haar oog viel op een kussen met een felgekleurd paisleymotief. Het paste niet bij de andere spullen in de kamer, maar alles hoorde in disharmonie bij elkaar.

'Wat een prachtig kussen is dit,' zei Aleisha, en ze pakte het op. 'Hoe komt u daaraan?'

'Dat was een sari van mijn vrouw. Mijn jongste dochter Deepali kan heel goed naaien. Zij heeft het voor me gemaakt. Vlak nadat

Naina was overleden. Het valt mij niet eens meer op. Dat krijg je als dingen vertrouwd raken,' zei Mukesh. 'Ik ben blij dat je me erop gewezen hebt.' Toen fluisterde hij bijna tegen zichzelf: 'Naina is hier altijd.'

Aleisha's blik gleed naar het ingelijste portret van een vrouw dat aan de muur hing, een bloemenslinger van de linkerbovenhoek naar de rechterbovenhoek, die precies de lijn van haar ketting volgde. Ze zag er jong uit; ze was beeldschoon.

Mukesh volgde haar blik. Zijn gezicht betrok, zijn wangen gingen hangen.

'Gaat het?' vroeg Zac aan Mukesh.

'Ja, ja, het gaat wel.'

Nilakshi knikte en keek naar de foto. 'Naina was fantastisch. Aleisha, je zou dol op haar geweest zijn. Ze was zeer gul.'

'Nog guller dan u?' vroeg Aleisha. Ze wilde meteen dat ze dat niet gezegd had, want de sfeer in de kamer sloeg plotseling om.

'Ja, ze was veel guller dan ik. Ze was altijd vriendelijk. Volgens mij heeft zij me geleerd hoe je vriendelijk moet zijn. En ze heeft haar dochters geleerd om van anderen te houden, om anderen boven zichzelf te stellen.'

'Ik heb ze nooit ontmoet. Ziet u ze vaak, meneer P.?'

'Soms. Ze hebben het druk.'

De rest van de avond verliep rustig. Het voelde voor Aleisha bijna alsof ze iemand anders was, in een heel andere wereld was. Alles buiten deze vier muren bestond nu eenvoudigweg niet. Ze luisterden naar muziek op de tv: *bhajans*, noemde Nilakshi ze. Ze waren zacht, meditatief. Aleisha had daar de hele dag kunnen zitten.

Zac keek naar Aleisha. 'We moeten maar eens gaan, zodat je op tijd thuis bent.'

Ze keek op haar horloge. O, mijn god. Het was al tien over tien. Aidan had om negen uur weg gemoeten. Leilah zat te wachten. Haar hart begon uitzinnig te bonzen.

‘Sorry, meneer P., Nilakshi, ik moet gaan. Ik moet terug naar mijn moeder. Bedankt!’ De woorden buitelden uit haar mond en ze trok zo snel als ze kon haar schoenen aan.

Zac stommelde achter haar aan. ‘Gaat het?’ vroeg hij toen ze buiten waren.

‘Mijn moeder, die mag niet alleen zijn. Ik had mijn broer beloofd dat ik om negen uur terug zou zijn.’

‘Het is in orde. Maak je geen zorgen. We zijn er zo.’

‘Nee, ik ben te laat. Je snapt het niet!’ Aleisha stapte haastig in de auto en Zac bracht haar zwijgend naar huis. Het enige wat Aleisha hoorde, was het bonken van haar hart.

DEEL VIII

Beloved
van Toni Morrison

27

Aleisha

Het hele huis was in duisternis gehuld. Alle gordijnen waren dicht. Aleisha tastte over de muur en vond de lichtschakelaar. Er was niemand.

'Mam!' riep Aleisha. Gelukkig kwam er alleen stilte als antwoord. Leilah zou wel slapen. Misschien had ze niet eens gemerkt dat Aleisha laat was.

Ze zette haar spullen in de woonkamer, haalde het nieuwste bibliotheekboek, *Beloved*, uit haar tas en nam het mee naar boven. Ze werd zich bewust van een geluid, krakende vloerplanken. Was Leilah aan het ijsberen? Haar deur stond op een kier.

Toen Aleisha er voorzichtig naartoe liep, hoorde ze zacht kreunend gesnik. De angst sloeg haar om het hart en werd steeds sterker.

'Mam?' zei Aleisha weer, zonder een antwoord te verwachten. Ze duwde de deur zachtjes open. Haar ogen wenden geleidelijk aan het donker en ze zag een schim ineengedoken in de hoek van de kamer die heen en weer zat te wiegen. Aleisha deed de lamp aan.

Nu het licht aan was, zag ze dat het een puinhoop was in haar moeders kamer. Het was alsof iemand alle laden had doorzocht. Overal op het kleed lagen kledingstukken. Haar wekker, die al jaren niet gebruikt was, lag op de vloer, de voorkant naar boven, het glas kapot, en alle kastdeuren stonden wagenwijd open.

En daar zat Leilah, ineengedoken in de hoek, haar hoofd in haar handen. Ze huilde, haar schouders schokten een beetje, trilden. Het was warm in de kamer. Er hing een bedompte lucht. Aleisha kon Leilahs dag ruiken. Elk moment ervan. En ze concludeerde dat het geen goede dag was geweest.

Ze stond versteend naar haar huilende moeder te kijken, ging geen centimeter dichter naar haar toe, was te bang om te ontdekken wat er nu weer zou zijn. Diep vanbinnen wist ze dat het allemaal haar schuld was.

Uiteindelijk sprak Leilah. Heel zachtjes. Zo rustig dat Aleisha betwijfelde of ze wel elk woord verstond, tot de betekenis uiteindelijk tot haar doordrong: 'Hij is nooit thuisgekomen.'

'Wie niet?' Dit was eerder gebeurd. Ze had het over Dean. De dag dat hij was vertrokken, met zijn tassen, al zijn spullen ingepakt, en hij nooit was teruggekomen. En nu beleefde Leilah dat opnieuw. Herinnerde het zich alsof het vandaag was gebeurd.

'Aidan,' fluisterde Leilah. 'Hij is niet thuisgekomen.'

'Dat is belachelijk,' snauwde Aleisha. 'Je sliep waarschijnlijk. Hij is vanochtend thuisgekomen, vlak nadat ik naar de bibliotheek was vertrokken. Ik ben langer weggebleven dan was afgesproken. Het is mijn fout. Ik had uren geleden al thuis moeten zijn.'

'Nee, Aleisha.' Leilah keek nu op. Haar ogen waren rood maar alert. 'Nadat jij was weggegaan is hij nooit thuisgekomen. Ik heb gewacht. Ik ben de hele dag wakker geweest. Ik kon niet slapen. Ik heb de telefoon nog gepakt om dat tegen je te zeggen, maar ik wilde niet bellen voor het geval hij mij dan net probeerde te bellen. Ik kon mijn mobiele telefoon niet vinden. Ik kon hem niet vinden. Sorry.'

'Mam, maak je geen zorgen,' zei Aleisha zacht, waarbij ze probeerde de paniek uit haar stem te houden.

'Ik weet niet wat ik moet doen.'

Aleisha's hart sloeg weer op hol. Haar gedachten sprongen een miljoen stappen naar voren en ze moest zichzelf naar achteren trekken, moest proberen rationeel na te denken. Aleisha wist dat er een verklaring zou zijn. Dat moest. Aidan was niet iemand die lange tijd van huis bleef. Hij had altijd een reden. Dat, of het was allemaal

Aleisha's fout. Ze had zijn post-its waarschijnlijk niet goed gelezen of had hem verkeerd verstaan. Draaide hij een extra dienst bij de garage? Of was er misschien een grote levering bij het magazijn aangekomen?

Ze moest Leilah kalmeren, anders zou ze zelf ook in paniek raken. Dit moest een dom misverstand zijn.

Ze haalde haar mobiel uit haar zak en belde Aidan. De telefoon bleef maar overgaan. Dat was een goed teken. Zijn toestel stond aan en hij drukte de oproep niet weg. Ze kreeg de voicemail en een vrouwenstem zei: 'Spreek een bericht in na de piep.'

'Aidan, waar ben je? Mama zegt dat je de hele dag niet thuis bent geweest. Bel me als je dit hoort.'

In de keuken haalde ze voor Leilah een glas ijskoud water. Als Leilah rusteloos, bang, boos of gespannen was, bracht dat vaak uitkomst. Toen ze met het water bij Leilah kwam, had haar moeder zich niet verroerd. Ze pakte het glas niet aan en dus zette Aleisha het voorzichtig op de houten vloer naast haar.

Leilah was onbereikbaar.

Aleisha liep de kamer uit, had frisse lucht nodig, maar ging in plaats van naar buiten Aidans kamer in. Het was een chaos. Aidan hield gewoonlijk van keurig opgeruimd. Op zijn nachtkastje stond een half flesje energydrank. Een blikje Stella. Een stapel boeken van Martina Cole met een laag stof erop. Dat waren altijd zijn lievelingsboeken geweest.

Toen zag ze zijn telefoon, onder een stapel bonnetjes op zijn bureau. De telefoon lag aan de oplader. Ze drukte op de home-knop en het scherm lichtte op: accu honderd procent, vier gemiste oproepen van Al. Wat berichtjes. Nog meer gemiste oproepen van Guy. Claris. Wie dat ook mochten zijn.

Aidan ging nooit zonder zijn telefoon van huis. Hij had hem altijd bij zich, op trilstand, ook al mocht dat niet in het magazijn. Voor het geval mama hem belde. Voor het geval Aleisha hem belde. Voor het geval er iets gebeurde.

Ze dacht na over de situatie, maar het overheersende gevoel was dat er iets mis was. Aidan was verstandig. Hij zou nooit zonder zijn telefoon van huis gaan als hij niet van plan was vlug terug te zijn.

Hij zou zo komen. Natuurlijk zou hij zo terug zijn.

28

Mukesh

Mukesh werd wakker met stramme knieën, een pijnlijke heup en een stijve rug. De pijn was vandaag veel erger, als de donkerste dagen van de winter. Hij had op een redelijk tijdstip naar bed moeten gaan, maar hij was helemaal opgegaan in het verhaal over de zusjes March, vond het heerlijk het boek open te slaan, in hun wereld te stappen, erachter te komen waar al die drukte om was. De warmte van het gezin. Het voelde alsof ze hem uitnodigden om ook een geliefde gast te zijn. Na alles wat er de afgelopen dagen was gebeurd – de ruzie met zijn dochters, de verzoening, de val waarbij hij zijn heup had bezeerd – was dat precies wat hij nodig had.

Little Women was ongetwijfeld hét boek. Hier had hij in de bibliotheek om moeten vragen toen hij niet wist welk boek hij moest lezen.

Zodra hij kennismaakte met de zusjes March en Marmee, wist hij waarom Naina en Priya dit zo'n geweldig boek vonden. De dochters – Jo, Meg, Beth en Amy – waren grappig en vindingrijk. Ze woonden in boeken en buiten boeken. Ze gaven om elkaar, zorgden voor elkaar. En alles aan *Little Women* ademde Naina. Elke bladzijde getuigde van haar nalatenschap, haar geest sprankelde door de zinnen heen. Helaas was de vader van de meisjes door de oorlog van huis en hun moeder, Marmee, zorgde helemaal alleen voor hen, in Massachusetts, in de Verenigde Staten. En dan keek ze ook nog om naar veel andere mensen, droeg haar steentje bij aan de oorlogsinspanning, schonk haar buren vriendelijkheid en warmte, bracht eten naar gezinnen die dat met kerst nodig hadden, hielp haar buren en vrienden. Als Naina nog geleefd had, was ze net als Marmee geweest. Ze zette haar eigen behoeften en comfort met liefde op de tweede plaats. Op elke bladzijde stelde hij zich Naina voor, overal, om hem heen.

Hij wilde tegen haar zeggen dat het lezen geholpen had om de tijd door te komen, dat het een manier was om met anderen in contact te komen, een reden om uit bed te komen en het huis uit te gaan.

Naina zou doorgegaan zijn met haar leven, net als het vrouwelijke gezinshoofd in het boek, maar Mukesh had zich sinds het heengaan van Naina afgezonderd. Hij had zijn dochters voor hem laten zorgen, nam genoegen met zijn ongelukkige leven. Mukesh haalde diep adem. Maar dat was verleden tijd, dacht hij. Leek hij nu meer op Marmee dan ooit tevoren? Ja, dat was zo. Hij wist dat hij veranderd was. Hij was nu veel beter bezig.

Zijn maag knorde. De woorden over het enorme kerstdiner bij de familie March stroomden vanaf de bladzijden in zijn vingertoppen en verspreidden zich door zijn lichaam. Hij rook het eten, een overvloed van gebakken aardappels, maar ook zoetigheid en taarten. Hij moest denken aan de Diwali diners die Naina altijd klaarmaakte: veel zoetigheid, *gulab jamun*, *barfi*, *mithai*, alles wat zijn hartje begeerde. Sinds haar overlijden hadden ze niet meer zo'n Diwali-diner gehad. Als ze het samen vierden, was dat nu meestal met afhaalmaaltijden. Maar, zo nam hij zich voor, vandaag zou hij een feestmaal voor zijn familie bereiden. Priya en Rohini kwamen vanavond bij hem eten. Hij zou voor drie personen koken. Hij dacht aan de zusjes March, aan Marmee. Die straalden vertrouwen uit, ondanks wat ze doormaakten. Ze bewezen het telkens weer: waar een wil is, is een weg.

Hij haalde diep adem en duwde zich uit zijn stoel omhoog. Hij zou *dosa* maken. Hij kon het. En het geweldige was dat hij het nog geloofde ook.

Ik ben zo trots op je, Mukesh, fluisterde Naina. *En nu moet je boodschappen gaan doen!*

Dat liet hij zich geen twee keer zeggen.

Mukesh liep de heuvel op. Hij deed er langer over dan normaal, maar niet zo lang als hij, gezien zijn pijn en ongemak, had verwacht. Toen hij bij de hoofdstraat kwam, waren daar hordes voetbalfans in blauwe voetbalshirts met blauw met witte sjaals om hun nek. Zoveel witte gezichten zag hij alleen in Wembley als er een voetbalwedstrijd of een concert of zo was, dan liepen ze overal, toeterden er auto's dat ze aan de kant moesten. Mukesh liep zo dicht mogelijk langs de gebouwen en winkels, zodat hij niet onder de voet gelopen zou worden, hoewel ze slechts vrolijk zongen en met bierblikjes heen en weer zwaaiden, met als gevolg dat het bier in de rondte vloog, ten teken dat blauw met wit had gewonnen. Toen hij eindelijk de winkel in dook, werd hij begroet door Nikhil.

'Wat mag het zijn vandaag, Mukesh?'

'Ik ga eens iets anders maken! Dosa!'

'Dosa! Weet je zeker dat je daar klaar voor bent?'

'Hmm.' Mukesh klonk zelfverzekerder dan hij zich voelde. Dosa was zijn lievelingseten. Naina had het om de andere vrijdagavond voor hem klaargemaakt. En toen de meiden tieners waren, altijd 's avonds op stap, maakte ze het alleen voor hen twee. Als ze het voor het hele gezin maakte, kreeg ze de kans niet om te gaan zitten en samen met hen te eten, omdat ze maar één dosa per keer kon maken. 'Naina maakte de allerlekkerste dosa die je ooit hebt geproefd en ik wil ze ook maken. Dat zullen niet de allerlekkerste zijn, maar ik ben al blij als ze goed te eten zijn.'

'Ja, Nainafoi maakte ze weleens voor mij, voor in mijn lunchpakket.'

'O ja?' Mukesh lachte breeduit.

'Als ze overhad. En als mijn moeder hulp nodig had als die nachtdiensten draaide.'

Naina zei altijd dat dosa maken gemakkelijk was, maar Mukesh wist dat dat niet klopte. Gemakkelijk voor haar was als de Mount Everest voor hem.

'Ik zal alle ingrediënten voor je pakken. Wacht hier.' Nikhil verliet zijn plek achter de kassa en liep razendsnel door de winkel. Alleen al van naar hem kijken werd Mukesh moe en kortademig. Zijn hart ging tekeer en hij wist niet of dat van de spanning was dat hij een jong iemand zo snel zag bewegen, of dat hij echt bloednerveus was over dosa maken voor Priya en Rohini.

In gedachten nam hij de stappen door, zo duidelijk als hij kon. Wist hij hoe je dosa moest maken? Wist hij echt hoe dat moest? De beelden begonnen voor zijn geestesoog te draaien en toen hij door de winkel keek, dansten de producten opeens van de schappen af, kwamen op hem af, de felle kleuren van de verschillende verpakkingen – het rood, het roze, het blauw – vermengden zich voor zijn ogen.

'Nikhil!' riep Mukesh.

'Ja, Mukesh?'

'*Mane paani joie che?*'

'Een ogenblikje. Heb je nu water nodig?'

'Ja, alsjeblieft, beta.'

Mukesh legde zijn hand op zijn borst, zijn ademhaling ging moeizaam. In een oogwenk had Nikhil een stoel voor hem gepakt, die uit het zicht achter de kassa had gestaan, en al net zo snel had hij hem een roestvrijstalen mok met koud water gebracht.

'*Bas.*' Mukesh nam langzaam een paar slokjes. Hij probeerde yoga-ademhalingsoefeningen te doen die volgens Vritti heel goed waren. Inademen, vasthouden, uitblazen. Inademen, vasthouden, uitblazen. Uiteindelijk begon hij zich bij elke ademhaling beter te voelen. Hij voelde een hand op zijn schouder. Het was niet die van Nikhil. Het was die van Naina. Die hem eraan herinnerde dat hij dit kon.

Mukesh zag het op de klok vijf uur worden. Ze waren er nog niet.

Mukesh zag het op de klok kwart over vijf worden. Ze waren er nog niet.

Mukesh zag het op de klok…

De deurbel. Ze waren er!

Mukesh stond vlugger op dan waar hij fysiek toe in staat was. Hij liet zijn maag op de stoel achter en zijn lichaam begon zonder zijn maag te lopen. Hij deed de deur open, veegde zijn van de zenuwen klamme handen af aan zijn broek.

Priya rende naar binnen, *To Kill a Mockingbird* tegen haar borst gedrukt. Zijn hart maakte een sprongetje alsof het zo licht als een veertje was.

'Dit is een geweldig boek, Dada! Ik ben dol op Scout. Soms zou ik willen dat ik net zulke avontuurlijke dingen kon doen als zij.'

'Dat dacht ik al, beta.' Hij boog zich naar voren om een kus op haar hoofd te drukken terwijl ze haar armen om hem heen sloeg. 'Bovendien zijn er verschillende avonturen. Allerlei soorten!'

Priya gaf hem een knuffel, waarna ze naar haar gebruikelijke stoel rende om verder te lezen. Naina had dit in gang gezet, stap voor stap, op kleine, ongrijpbare manieren. Priya las een boek waar hij alles over wist. Hij kende de wereld waar Priya nu was. Het had iets magisch, een wereld delen waar je van hebt genoten, iemand toestaan het door dezelfde bril te bekijken als waar je zelf door gekeken hebt.

Rohini legde aarzelend een arm om zijn schouders en trok hem terug naar het heden. Hij wist dat ze één oog door het huis liet gaan, naar dingen zocht die ze vlug kon opruimen, en naar dingen die ze op haar 'irritatielijstje' kon schrijven, maar toen ze haar mond opendeed om iets te zeggen, klapte ze die met een zucht weer dicht. 'Hallo, papa,' zei ze. 'Hoe gaat het met je? Ik heb ingrediënten bij me voor het avondeten.'

Mukesh schudde zijn hoofd. 'Nee, dat hoeft niet, Rohini, beti. Ik kook vandaag. Ik heb alles in huis.'

Rohini trok haar wenkbrauwen op en was zichtbaar onder de indruk.

Nikhil had het recept voor hem gegoogeld en had het op de achterkant van achtergelaten kassabonnen geschreven. Hij had ze in de juiste volgorde gelegd en ze lagen nu op Mukesh' aanrecht. Hij was er al in geslaagd de vulling te maken: aardappels met *jeera*, *methi*, *hing* en *raai*, die zo zacht gekookt waren dat ze een heerlijke kleffe pasta vormden om in het midden te doen. Hij voelde zich net een chef-kok: 'Hier staan wat dingen die ik al heb gemaakt.'

De sambal (hij had gesmokkeld en had een zakje kant-en-klare sambal bij Nikhil gekocht, die gezegd had dat hij het tegen niemand zou zeggen) stond te pruttelen en het deeg voor de dosa was al klaar. (Ook daar had hij een zakje voor gebruikt, maar niemand had de tijd of de kracht om de *urid dal* zelf te malen. Dat had Nikhil gezegd en Nikhil had Mukesh een geheim verteld: zelfs Naina had zakjes gebruikt zodra die waren uitgevonden.)

'Ik hoef de dosa alleen nog maar te bakken!'

'Dosa!' Priya sprong op en neer. Het was alsof ze weer zeven was.

Hij had het voor elkaar gekregen, had het onmogelijke bereikt: hij had een gerecht klaargemaakt dat niet uit mungbonen of okra bestond. Dat was echt een prestatie. Rohini was stomverbaasd. Ze keek vol ontzag toe toen Mukesh de pannenkoekjes bijna helemaal goed bakte. (Bijna, want hij was wat ongeduldig en ze waren een beetje misvormd, klef, gescheurd… Maar ze smaakten zoals ze hoorden te smaken.)

'Kan ik iets doen?' vroeg Rohini, die haar mouwen opstroopte.

'Nee, nee,' zei Mukesh. Rohini zat op de rand van haar stoel alsof ze hem elk moment te hulp kon schieten. Maar dat deed ze niet, en daar was Mukesh blij om. Ze was ook gegroeid, leek het wel. Ze vertrouwde hem.

Ze gingen met z'n drieën zitten. Mukesh pakte zijn bord als laatste. Dat was nieuw voor hem. Hij was de moeder, hij was Naina, en ook Marmee, en hij genoot.

'Dit is heerlijk, Dada,' zei Priya. 'Maar ik had het nog lekkerder gevonden als de vulling in het pannenkoekje had gezeten en niet op een hoopje ernaast lag. En ik zou het fijn vinden als je bij ons zat terwijl we ze opaten!'

'Ik ben jullie ober en jullie chef-kok.'

'Papa, het is heerlijk. Goed gedaan. Vooral de sambal is heel goed gelukt, al smaakt die anders dan die van mama.'

'Weet je nog hoe die smaakte dan?'

'Hoe zou ik dat nou kunnen vergeten? Die van jou is ook goed. Beter dan die van mij.'

Hij wilde haar eigenlijk vertellen dat hij een beetje gesmokkeld had, maar dat was een geheim dat hij met zich zou meenemen in het graf. Zulke dingen mocht hij nu denken. Hij hoefde niet lang meer te wachten.

Mukesh had verwacht dat Priya na het eten en nadat ze haar bord had afgeruimd weer op haar favoriete leesplek zou gaan zitten, maar in plaats daarvan kwam ze terug naar de tafel en ging zitten.

'De spotlijster… Als Atticus zegt dat een spotlijster doodschieten een zonde is, bedoelt hij dan dat je geen onschuld of onschuldige mensen mag doden?' vroeg Priya.

'Eh…' Mukesh voelde zijn hart bonzen. Hier had hij het met Aleisha niet over gehad. 'Ik denk het.' Hij zei het zacht, alsof hij door het hard te zeggen zijn onzekerheid zou prijsgeven.

'Dat dacht ik al, want er worden in dit boek zoveel onschuldige mensen gekwetst of verkeerd behandeld!' Priya keek opstandig. 'Dat maakte me heel boos!'

'Ja, Priya. Je hebt volkomen gelijk.'

'Tom Robinson,' zei Priya, en Mukesh knikte met een ernstig gezicht. 'Boo Radley.' Mukesh knikte weer. 'Dill en Jem! Het is briljant, Dada,' zei ze, met het boek nog steeds tegen zich aan geklemd. 'Konden we er ook maar met Ba over praten. Ik vraag me af of ze het gelezen heeft!'

Terwijl Priya verder kletste over het boek besefte Mukesh dat Priya veel meer aandacht had geschonken aan de bijfiguren, terwijl hij zich meer had laten meeslepen door het belangrijkste deel van het verhaal. Hij dacht aan Aleisha. Jongeren waren zeer opmerkzaam.

'Ik denk dat je zelf mag bepalen hoe je het opvat. Dat is het hele punt met boeken,' zei Mukesh aarzelend, in de hoop dat hij iets van de wijsheid van Atticus Finch doorgaf.

En Priya knikte. 'Dada, je hebt he-le-maal gelijk! Ba zei dat ook altijd, maar deze boeken zijn veel ingewikkelder dan de boeken die ik met Ba las.'

'Zei ze dat? Ba was heel wijs.'

Rohini keek naar hen terwijl ze op haar telefoon scrolde en e-mails verzond. Ze glimlachte.

Mukesh glimlachte naar haar terug. Dit was alles wat hij wilde. Zijn kleindochter die niet meer opgesloten zat in haar eigen gedachten, haar eigen wereldje. Hij herinnerde zich dat Naina en Priya giechelden om personages, om hun grillen. Hij had dat nooit begrepen. Nu wist hij dat Scout, Atticus en Jem voor Priya – en voor hem – even echt waren als haar eigen familie. Nu snapte hij het.

29

Aleisha

Ze liep naast haar vader, haar vijfjarige hand losjes in die van hem. Ze voelde zijn ruwe vingertoppen tegen haar zachte vingers. Ze hield zijn hand stevig vast, want ze voelde de zolen van haar sneakers af en toe over de met zand bedekte planken wegglijden. Ze liepen naar de zee. Die zag ze nog niet, maar ze vertrouwde erop dat ze daarnaartoe gingen.

Ze liepen door een bos. Ze zag alleen maar bomen. Hoge bomen, smalle stammen en lange, puntige groene bladeren. Zilversparren, zei haar vader tegen haar. Ze was in een zilversparrenbos. Ze hoorde vogels en in de verte blaften honden, hoewel dat klonk alsof ze vlak naast haar konden zijn. Ze keek telkens achter zich. Haar vader zei dat ze daarmee moest ophouden, omdat hij anders zijn evenwicht zou verliezen.

Aleisha wilde niet dat haar vader zijn evenwicht zou verliezen. Ze wilde niet dat hij zou vallen. Dan zou ze helemaal alleen zijn, zonder ook maar iemand op de wereld, zonder een manier om thuis te komen. Haar moeder was met Aidan naar Cromer. Hij was onvermurwbaar geweest, wilde niet naar het strand, en zeker niet naar een strand waar niets te beleven viel. Hij wilde iets eten, wilde misschien zelfs naar een automatenhal. Hij wilde de pier zien. Zijn vrienden waren daar vorige zomer geweest en hij wilde kunnen zeggen dat hij die ook had gezien.

Vandaag waren het alleen Aleisha en Dean. Toen ze haar kleine hand in haar vaders grotere hand voelde, kneep ze net wat te hard. Ze had geen idee wat ze kon verwachten. Ze kon niet heel ver vooruitkijken, maar ze zag een sprankje licht tussen de bomen voor haar. En toen was ze er. Ze stond op de scheidslijn tussen bos en strand. Tussen land en zee. Tussen leven en wat de hemel kon zijn.

Ze keek om zich heen. Ze zag alleen melkachtig, goudkleurig zand. Gras. Heel hoog gras, misschien wel hoger dan zij, dat omhoogreikte en op sommige plekken de lucht raakte. Het zand op de duinen zag er warm uit; het zonlicht viel op sommige stukken van het strand en liet de rest in het duister liggen.

Ze liepen verder en Aleisha voelde zich eindelijk dapper genoeg om haar vaders hand los te laten. Ze voelde haar voeten wegzakken in het vochtige zand. Op sommige plekken was het zand drassig en nat, als stroop. Op andere plekken was het nat maar hard, stevig, kon je er gemakkelijk overheen lopen. Het natte zand was donkerder. Op een saaiere, somberdere dag had ze het misschien 'vies' genoemd. Maar vandaag niet. Vandaag was te volmaakt om vies te zijn.

Ze voelde iets onder haar voeten kraken en toen ze omlaagkeek, zag ze schelpen. Duizenden en miljoenen schelpen. Gewoonlijk zou ze die oprapen, zou ze er zo veel mogelijk verzamelen. Maar het was goed zo. Zij wilde niet degene zijn die het tafereel ruïneerde. Toen ze over het strand uitkeek, zag ze gestalten, mensen en honden, als stipjes op hun eigen horizon. Ze keek niet lang naar hen. De gestalten liepen verder. Ze wist dat de zee niet ver meer was. Ze zag een dun laagje water op het zandoppervlak liggen. De zon en de lucht werden erin weerspiegeld.

Ze draaide zich om om haar vader te zoeken, zag hem achter haar, ietwat naar links, op zand dat zij niet had betreden, niet had aangeraakt. Hij stond achter een gestalte, een bobbel in het landschap.

Ze huppelde naar hem toe en vond de omweg niet erg. Ze zou vandaag uiteindelijk toch wel bij de zee komen, hoewel het water waarschijnlijk te koud was om er met haar voeten in te gaan. Ze zag nu dat hij naar haar zwaaide, met zijn arm hoog boven zijn hoofd, hoger reikend dan de bomen.

Dichterbij gekomen besefte ze dat de bobbel in het landschap een zeehond was. Haar grote broer had haar verteld dat er hier in Norfolk zeehonden waren. Toen ze nog dichterbij kwam, zag ze dat het geen vol-

maakte zeehond was. Er zat een gat in de zijkant en er zoemden vliegen omheen. Het zonlicht viel er even op, lang genoeg voor haar om te zien dat de huid rond het gat begon terug te trekken, dat er een vloeistof uit liep, geen bloed, maar ook geen water.

Ze had nog nooit een zeehond gezien. Nu had ze nog nooit een levende zeehond gezien. Ze bleef ernaar kijken, kon haar ogen er niet van afhouden. Hoe was dat gat daar gekomen? Wat betekende het? Haar vader keek naar haar en haar hoofd deed opeens zeer. Een bekende pijn. De pijn die kwam voor tranen, na verdriet of boosheid.

Ze voelde haar vaders hand op haar schouder en wilde zich tegen zijn buik aan drukken, de zeehond, de eindeloze lucht, het eindeloze strand buitensluiten, alleen maar zwart zien, alleen haar vaders muffe jas ruiken. Haar tranen waren aanvankelijk stil, koud en plakkerig toen ze over haar gezicht kropen. Maar toen kwamen de snikken. Ze schaamde zich al voordat die begonnen, was radeloos toen die kwamen, en ze kon ze niet tegenhouden. Ze kon zich nu niets ergers voorstellen dan die zeehond zijn. Ontbinden. Sterven. Al dood. Er was niemand om over het dier te waken, niemand behalve twee vreemden, en een daarvan leek niets te voelen.

'Aleisha,' zei Dean tegen zijn dochter van vijf. 'Je hoeft niet overstuur te zijn. Er gaan voortdurend dingen dood. Dat is niet erg.'

Ze was niet overstuur. Ze was niets. Ze keek naar haar handen. De politieagente zat nog in de stoel tegenover haar. Haar mond ging open en dicht, alsof ze praatte. Haar mond vormde woordeloos zinnetjes als 'slecht nieuws', 'gevonden door een onbekende', 'het spijt me heel erg', maar het was volkomen stil in de kamer. En het enige waar Aleisha aan kon denken was die zeehond – de herinnering was zo ver weg, als woorden die door iemand anders in een roman waren geschreven – en toch voelde ze nog haar eigen hartzeer bij die herinnering. Hoe kon Aleisha gerouwd hebben om een zeehond terwijl ze niets voelde nu haar broer, haar Aidan, geraakt was door een metro?

Ze liep achter de politieagente aan naar de gang, liet haar uit, haar eigen gezicht versteend in een surrealistische, kille, emotieloze glimlach toen ze gedag zei.

Ze zweefde als een geest de keuken in, liep naar de koelkast. Ze keek naar Aidans post-its, zocht naar een aanwijzing. Als ze een post-it had gelezen, trok ze die van de koelkast, luisterde naar het zachte geluidje als hij loskwam en liet hem op de vloer vallen. Een voor een. Tot ze vlugger begon te lezen. Op sommige post-its stond maar één ding: *bonen* of *vuilniszakken* of *afwasmiddel* of *sandwiches voor mama*. Uiteindelijk vond ze er een met: *Ben laat terug, wacht maar niet op mij. Hou van je, Leish x.* Ze trok de post-its er steeds sneller af. Hij had geen nieuwe achtergelaten. Wat zou daarop staan? *Ik ga ervandoor. Voorgoed. Succes.*

Ze tilde haar voet op, stampte op de stukjes papier, alsof het dode herfstbladeren waren die in de berm van de vierbaansweg verschrompelden. Ze keek ernaar, voelde ze verkreukelen en verfrommelen. Ze liet ze waar ze waren.

Daar, tussen de post-its, half onder de koelkast, lag een kleine scherf van Aidans speciale bord, met het altijd lachende gezicht van Pieter Konijn.

30

Mukesh

‘Hallo, Mukesh.’ Het was de bibliotheekassistent, Lucy. Ze hadden elkaar slechts een paar keer gesproken als Aleisha er niet was, maar Mukesh mocht haar. Ze had een prachtige glimlach. ‘Ik ga net weg. Fijn u te zien! U bent echt al een vaste bezoeker. Wat hebt u daar?’

Mukesh hield *Little Women* naar haar omhoog.

‘*Little Women*! Dat is mijn dochters lievelingsboek, nu nog, en ze is achtentwintig.’

‘Het is heel mooi. Het doet me aan mijn dochters denken. Hun verschillen en overeenkomsten! Mijn dochters kibbelden en ruzieden toen ze opgroeiden, maar ze zijn altijd beste vriendinnen gebleven.’ De woorden kwamen er in één stortvloed uit. Het verhaal klonk bijna alsof hij het geoefend had, nu hij Nilakshi de avond daarvoor precies hetzelfde had verteld. ‘Soms zou ik willen dat Naina een boek over hun leven had geschreven, over de kinderen, toen ze opgroeiden.’

‘Hoe bedoelt u?’ vroeg Lucy met haar tas over haar schouder, klaar om weg te gaan.

‘Nou, mijn overleden vrouw, Naina, die was meestal bij de meisjes, toen we in Kenia woonden. Ze zag hen van dag tot dag opgroeien. Soms, als ik na mijn werk thuiskwam, lagen ze al in bed, diep in slaap.’

‘Hebt u het gevoel dat u iets gemist hebt?’ Lucy’s gezicht stond vriendelijk. Ze maakte geen aanstalten om weg te gaan.

Mukesh besefte dat hij daar nog nooit over had nagedacht. ‘Soms, maar mijn Naina zei altijd tegen me dat we een team waren. Elke avond zat ze op me te wachten en dan vertelde ze me wat er die dag was gebeurd. Dat was mijn lievelingsmoment. Ik heb nooit het gevoel gehad dat ik dingen miste.'

'Wat geweldig, Mukesh!' zei Lucy, en ze gaf hem zacht een klopje op zijn schouder. 'Bedankt dat u me dat hebt verteld. Ik heb het idee dat u er een boek over zou kunnen schrijven.'

'O, nee! Misschien een programma op Zee TV of zo, maar geen heel boek.'

Lucy gniffelde om die opmerking.

'Waar is juffrouw Aleisha?' Hij wilde Aleisha vertellen dat hij veel van zijn vrouw had herkend in de vier jonge vrouwen in het boek, maar vooral in Marmee. Hij vroeg zich af of Priya ook zou opgroeien tot iemand die dapper en moedig en intelligent was, net als Jo, de vrijgevochten zus. Jo hield van boeken en schrijven, was auteur geworden. Zou dat ook Priya's toekomst zijn?

'Dat weet ik eigenlijk niet. Kyle is er vandaag. Hij is achter, druk maar op de bel. Fijn u gesproken te hebben, meneer Patel!'

Terwijl hij met één hand zwaaide, drukte hij met zijn andere hand op de bel. De jongeman, Kyle, kwam eraan met een lading dikke boeken in zijn armen. 'Meneer Patel toch?' zei hij, licht transpirerend door zijn last.

'Ja, dat klopt. Waar is juffrouw Aleisha?'

'Die is er vandaag helaas niet. Ik val voor haar in. Wat kan ik voor u doen?'

'Gaat het goed met haar? Is ze ziek?'

'Familieomstandigheden, geloof ik,' zei Kyle terloops.

Er gingen alarmbellen af in Mukesh' hoofd. 'Haar moeder?'

'Dat weet ik helaas niet, meneer.'

Mukesh raakte in paniek. 'Ik wil zeker weten dat het goed met haar gaat. Ik wil haar opzoeken. Kunt u me vertellen waar ze is? Is ze thuis? Bij haar moeder? En haar broer?'

'Die informatie mag ik u niet geven, meneer.'

'Maar ik ben een vriend. Het is goedbedoeld. Ik maak me zorgen. Kan ik haar helpen?'

'Nee, meneer, dat kan alleen als ze u zelf haar adres heeft gegeven. Ik mag dat niet doen vanwege de privacywetgeving.'

'Aha…' Mukesh probeerde een andere tactiek. 'Ze heeft me haar adres gegeven. Ze is een paar dagen geleden bij me op bezoek geweest, wist u dat? Ik ben het gewoon vergeten. Mijn geheugen, tja… dat is niet meer zo scherp als vroeger. U hoeft niet moeilijk te doen over die wet.' Hij probeerde zo broos, oud en hulpeloos mogelijk over te komen. Soms hielp dat. Hij bedacht wat Marmee zou doen, of Naina. 'Ik wil haar eten brengen.'

'Ik kan u niet helpen, meneer.' Kyle tikte op het toetsenbord. 'Ik zie dat u een boek gereserveerd hebt.'

'Nee, ik heb niets gereserveerd.'

'In dat geval zal Aleisha dat voor u gedaan hebben. Het gaat om *Beloved*, van Toni Morrison.'

Zonder een woord te zeggen overhandigde Mukesh *Little Women* aan de jongen en liet hem zijn werk doen. Toen hij het boek losliet, had hij het gevoel dat hij iets opgaf, afscheid nam. Van wie? De zusjes March? Naina?

Terwijl hij toekeek toen Kyle het boek innam, keerde zijn hart terug naar Beth, de zus die ziek werd, en haar grote zus Jo die zielsveel van haar hield. Hij dacht aan het hoofdstuk waarin ze naar de kust gaan, in de hoop dat de zeelucht al Beths problemen zal oplossen. Meteen was de kust waar Beth en Jo langs liepen in zijn hoofd dezelfde kust als waar hij zijn dochters mee naartoe nam in Kenia, toen ze klein waren. Hij herinnerde zich hete, plakkerige dagen waarop hij vroeg thuiskwam en met zijn dochters naar de vuurtoren ging, waar ze geroosterde maïskolven kregen en bij de zee zaten. De meisjes waren dan heel vrolijk, en Naina zweeg, genoot eenvoudigweg van het uitzicht, terwijl Mukesh er alles aan deed om hen te vermaken en die lach op hun gezicht te houden. Hij vroeg zich af of zijn dochters zich die dagen herinnerden.

Toen, jaren later, in de zomer, in Londen, op een van die hete plakdagen, had Naina tegen hem gezegd dat ze naar zee wilde, om die herinneringen te herbeleven. Terugkijkend vroeg hij zich af of het de hoop was dat de zeelucht alles zou oplossen, net zoals Jo in *Little Women* dat hoopte. Die dag hadden ze de trein naar Brighton genomen, hadden een lunchpakketje meegenomen van sandwiches met hummus, worteltjes en wat bhajis en tepla. Naina had voor een thermosfles chai, een fles papajasap en wat blikjes Vimto gezorgd. En ze namen ook hun pillen mee, in piepkleine Tupperware-bakjes.

De treinreis was spannend. Hij herinnerde het zich nog goed. Het was jaren geleden dat hij de zee had gezien, toen de meisjes nog jong genoeg waren om met hen mee op vakantie te gaan. Het was toen vooral nat en winderig, omdat ze in Engeland waren gebleven. Tijdens deze rit voelde het alsof Naina en hij weer jong waren, in de eerste maanden van hun huwelijk, toen ze elkaar beter leerden kennen. Zijn ouders hadden hun tijd en ruimte gegeven, hadden er niet op gestaan dat Naina meehielp in het huishouden, of dat dingen op een bepaalde manier moesten. In de trein had hij Naina's hand vastgehouden, en ze hadden beiden glimlachend uit het raam gekeken, het landschap langs zien zoeven.

Naina was dol op de kust. Toen hij haar die dag bij zee zag zitten, waar ze op een bankje een boek zat te lezen, het zeebriesje dat haar haar verwaaide, lokken uit haar knotje lostrok, wist hij dat hij geluk had gehad, dat hij een geweldig leven met haar had gehad. Dat ze geweldige kinderen hadden. Zijn kleine vrouwen. Hoe kon het dat het hem, na jaren huwelijk, zo gelukkig maakte naar zijn vrouw te kijken, die bladzijde na bladzijde omsloeg? Hoe kon het dat hij het gevoel had dat hij nog net zo verliefd op haar was als in die eerste maanden van hun leven samen, toen ze nieuwe dingen over elkaar leerden? En tijdens de lunch, met uitzicht op de pier, de meeuwen ontwijkend, met op de achtergrond het geluid van lachende, spelende, gillende kinderen, had hij haar met vlinders in zijn buik verteld dat hij van haar hield, alsof hij dat voor de allereerste keer tegen haar zei.

Hij had het toen niet geweten, maar Naina had nog maar anderhalf jaar te leven. Het was de laatste keer dat ze de zee had gezien. Terugkijkend was hij blij dat ze in een opwelling naar het strand waren gegaan. Maar hij wilde dat hij elke dag tegen haar gezegd had dat hij van haar hield.

Nu wist hij dat de zee, net als bij Beth, haar geen nieuw leven had geschonken. Maar de zee had hun tijd samen gegeven om na te denken en herinneringen op te halen. Toen hij las dat Jo en Beth op het strand waren, brak zijn hart, voor Beths jonge leven, en ook voor dat van Naina.

Terwijl hij afscheid nam van Beth, Jo, Meg, Amy en Marmee pakte hij *Beloved* aan. Hij vroeg zich af wat Aleisha erbij gezegd zou hebben. Ze was er heel goed in om hem enthousiast te maken voor een nieuw boek terwijl hij nog afscheid nam van het vorige boek.

'Waar gaat dit over?' vroeg hij aan de jongeman.

'Het spijt me, dat weet ik niet. Ik heb deze niet gelezen. Maar Toni Morrison, de auteur, die is echt geweldig.'

Mukesh knikte. 'Bedankt. En dan wil ik nu graag het adres van juffrouw Thomas. Ik moet haar over *Little Women* vertellen. Gewoonlijk praten we over de boeken die ze me aanbeveelt. Dan snap ik ze beter. Dat is de volledige bibliotheekservice.'

De jongen schudde zijn hoofd. 'Zoals ik al zei, die informatie mag ik niet geven.'

'Ik ben een oude man,' zei hij streng. Mukesh wijzigde zijn tactiek. 'En ik kan een scène schoppen. Als u me haar adres niet geeft, ga ik heel hard praten.' Mukesh keek om zich heen. Hij zag Thrillerman Chris in de hoek zitten en zwaaide naar hem, even afgeleid. Her en der waren nog drie vaste bezoekers, alles bij elkaar voldoende om Kyle in verlegenheid te brengen.

Kyle keek nerveus de bibliotheek in.

'Nou, gaat u me nog helpen?' bulderde Mukesh.

Na een paar tellen, waarin de spanning in de bibliotheek steeg, haalde Kyle zijn handen door zijn haar en zuchtte. 'Goed dan, maar zeg alstublieft niet dat ik dat adres gegeven heb, anders raak ik mijn baan kwijt.'

Dat ging soepel, dacht Mukesh. Wie kon er nu nog zeggen dat hij een onzichtbare oude man was?

Goed gedaan, Mukesh, fluisterde Naina onbeschaamd in zijn oor.

Hij pakte het papiertje aan van Kyle. 'Dank, dank, meneer! U moest eens weten hoe behulpzaam u bent geweest.' Hij draaide zich om, wilde weggaan, want er was geen tijd te verliezen, maar iets hield hem tegen. 'Trouwens, voordat ik ga, hebt u misschien een exemplaar van *The Time Traveler's Wife?* Dat boek had hem troost geboden toen hij dat nodig had. Hij hoopte dat het goed ging met Aleisha, maar het boek kon misschien een goede afleiding zijn van de familieomstandigheden waarin ze verkeerde.

'O, vast wel.' Kyle draafde weg en kwam even later terug met een in een plastic omslag gestoken exemplaar van dit bijzondere boek.

Mukesh hield het stevig vast, stopte het papiertje met Aleisha's adres aan de voorkant achter het omslag en liep de drukte van Wembley in.

Aleisha's straat was nieuw voor Mukesh. De straat was hem nooit eerder opgevallen, ook al lag die vlak bij de hoofdstraat. Hoewel er rijtjeshuizen stonden, zag het er heel anders uit dan zijn eigen straat, een heel andere bouwstijl. Een wereld van verschil.

Hij keek naar Kyles handschrift. Dat was moeilijk te lezen, maar hij wist het huisnummer te ontcijferen. Hij liep verder. Het huis moest aan de linkerkant zijn. De zon scheen weer fel, stond hoog aan de hemel, was eerder die ochtend door dikke zwarte wolken heen gebroken.

Hij telde de huizen.

Hij hoorde muziek uit sommige ramen schallen, een basdreun deed de kozijnen, en ook de ruiten, trillen.

Hij zag kinderen op straat spelen. Ze trapten een voetbal over, van het ene trottoir naar het andere. Mukesh' hartslag versnelde. Hij was bang dat de bal te dicht bij hem zou komen en dat hij geraakt zou worden, of dat ze zouden verwachten dat hij de bal terug zou schoppen. Toen hij uiteindelijk uit de gevarenzone was, zag hij dat hij voor het juiste huis stond: nummer 79.

Hij wist zeker dat ze thuis waren. Aleisha had het zelf gezegd: als ze niet in de bibliotheek was, was ze thuis. De ramen van de andere huizen in de straat stonden open, maar hier waren ze dicht. In de voortuin stonden geen planten, alleen vuilnisbakken en onkruid. Alles aan het huis was saai en grijs, op een vleugje kleur in het raam na: de glinsterende weerspiegeling van een politieauto die aan de overkant van de straat geparkeerd stond.

Het pad naar de voordeur bestond uit geometrische tegels die Mukesh op zich best mooi vond, maar alles was behoorlijk verwaarloosd. Hij zag dat dit ooit een geliefde plek was geweest, zorgvuldig aangelegd en onderhouden. Hij dacht aan zijn eigen tuin. Om die onderhoudsvriendelijk te maken lagen daar rechthoekige gekleurde tegels, die inmiddels verbleekt en gescheurd waren.

Hij klopte op de deur en was een beetje bang dat hij een afdruk op het huis zou achterlaten. Hij wachtte, stapte een eindje bij de deur vandaan zodat hij naar de ramen boven kon kijken, luisterde of hij geluiden hoorde, controleerde of hij beweging zag. Alle ramen waren dicht. De gordijnen waren dicht. Er hing een zware, doordringende stilte.

Mukesh rilde ondanks de hitte.

Misschien was er toch niemand thuis. Hij keek weer op het briefje en vroeg zich af of dit het juiste adres was. Er stond duidelijk een 7 en ook die 9 kon niets anders zijn: 79.

Zijn vinger zweefde boven de deurbel, maar om een of andere reden kon hij zich er niet toe zetten erop te drukken. Er was niemand thuis. In plaats daarvan duwde Mukesh *The Time Traveler's Wife* door de brievenbus – hij zou Kyle de schuld geven als dit het verkeerde adres was – en liep naar de hoofdstraat om de bus te nemen.

Toen hij bij het huis vandaan liep, voelde hij zich bij elke stap lichter worden. Hij was blij dat hij weg kon van die gesloten ramen, het gevoel dat er iets onheilspellends in dat huis was, en hij maakte zich zorgen over wat dat kon zijn. Opeens zag hij Manderley uit *Rebecca* voor zich. Bij Aleisha's huis vandaan lopen, voelde als zich bevrijden van dat oude huis en de geesten van het verleden die daar rondhingen. De geheimen en angsten. Hij schudde zijn hoofd, probeerde de angstaanjagende beelden van het boek te verjagen. Het ging goed met Aleisha, natuurlijk ging het goed met haar. Ja, toch?

31

Aleisha

Het huis was donker. De politieagente en haar collega hadden al het licht meegenomen toen ze weggingen. Om naar buiten te gaan hadden ze over een boek heen moeten stappen, dat met de voorkant omlaag op de deurmat lag: *The Time Traveler's Wife*. Ze hadden allemaal de plof gehoord toen het door de brievenbus werd gedaan, en de agenten hadden er even naar gekeken, ongeïnteresseerd in de komst van het boek.

Aleisha voelde de stilte van het huis als een waterval over zich heen vallen. Ze liep voetje voor voetje, bang om aan het volgende te denken. Toen ze bovenaan de trap kwam, bonsde haar hart uit haar borst. Ze legde haar hand op de deurknop van Leilahs deur en de kou voelde als vuur op haar huid. Even bleef ze als aan de grond genageld staan. Aleisha hoorde geen geluid uit Leilahs kamer komen, maar toen ze naar binnen stapte, zag ze haar daar kaarsrecht staan, alsof ze haar verwachtte. Aleisha deed de deur achter zich dicht. Het was beter om de hele wereld dit ene moment buiten te sluiten.

'Mam, ga zitten.' Aleisha legde een hand op haar moeders schouder. Ze merkte dat ze in het vel van een ander probeerde te kruipen. Atticus: wijs, imponerend. Niets bracht hem van zijn stuk. Jo March op het moment dat ze hoort dat Beth is overleden: gebroken, boos. Pi als hij beseft dat hij al zijn familie heeft verloren en alleen nog een tijger als gezelschap heeft, wiens humeur elk moment kan omslaan: losgeslagen. Niets klopte.

Toen ze Leilah in de ogen keek, zag ze haar moeder al naar het antwoord zoeken. Terwijl ze haar gezicht aandachtig opnam, zag Aleisha de politieagente weer voor zich zitten. Ze was kalm geweest. Hoe kon ze zo kalm zijn? Ze had zojuist iemands leven verwoest.

Er trokken scherpe speldenprikken door haar heen, alsof ze uit haar lichaam werd getild. Wat zou ze de tijd graag terugdraaien, de laatste paar pagina's van dit verhaal eruit scheuren en herschrijven.

Aidan zou door de deur komen, zou over het boek struikelen, zou haar een standje geven dat ze altijd spullen liet rondslingeren. Hij zou naar de keuken lopen, zou de post-its die niet meer relevant waren weghalen en zou iets te eten gaan zoeken. Alles was in orde, alles was normaal.

Niets zou ooit weer normaal zijn.

Leilahs ogen bleven op haar dochter gericht, keken haar strak aan.

Aleisha haalde diep adem. Voor nu kon ze Atticus zijn. De feiten doorgeven. De waarheid vertellen. Aidan was die ochtend voor de metro gesprongen. Zelfmoord. Maar Aleisha wist zeker dat dat niet waar kon zijn. Ze kende dat gevoel, dat je op het perron stond en de metro snel op je af zag komen. En dan opeens die irrationele impuls om naar voren te springen, omdat je even wilde weten hoe dat voelde. Geraakt worden door een metro. Maar dat was verzonnen, dat was niet het echte leven.

Leilah keek naar haar, en Aleisha had geen idee of de woorden logisch waren. Niets was logisch. Aleisha praatte maar door, tot er niets meer te zeggen viel.

Even stond de wereld volkomen stil toen Atticus-Aleisha verdween en alleen Aleisha achterbleef. Aleisha, met verdoofd hart, kon niet bevatten dat zoiets kon gebeuren. Ze dwong zichzelf naar voren te stappen, naast haar moeder te gaan zitten. Ze negeerde dat Leilah achteruitdeinsde en hield haar moeders hand vast, zo stevig als ze kon. Leilahs hand was slap, levenloos. Aidan was levenloos.

De kamer bewoog langzaam, maar de lucht stond volkomen stil. Ademloos. Onbezield. Tot Leilah begon te gillen. Leilah had gelijk gehad toen Aleisha thuiskwam en ze haar in paniek, verdrinkend had aangetroffen. Leilah, haar instinct. Ze had het geweten. Ze had het altijd geweten.

Leilah begon met haar handen op haar dijen te slaan tot Aleisha die handen voorzichtig op het bed legde, een hand naast elk been. Het geluid van het slaan klonk gedempt, maar Leilahs geschreeuw maakte die stilte ruimschoots goed. Haar stem scheurde door het huis, scheurde door de rest van de wereld.

Haar zoon was dood.

Haar zoon was voorgoed weg.

'Ga weg!' schreeuwde Leilah tegen Aleisha, waarbij ze voor het eerst gericht ergens naar keek. 'Ga weg! Ik wil je niet zien! Laat me met rust!'

32

Mukesh

Het huis kraakte om hem heen terwijl hij op zijn gebruikelijke plek zat en de lampen het vertrek verlichtten. Zodra hij thuis was, was hij in *Beloved* gedoken, omdat hij zich afvroeg of er op de bladzijden een aanwijzing stond voor wat Aleisha doormaakte. Moest hij het boek als een hint opvatten? Of was het gewoon haar volgende aanbeveling?

Hij werd meteen geconfronteerd met weer een vreemd en eng huis, een huis waar droefheid heerste. Hij dacht aan nummer 79, Aleisha's huis. Op dat moment had het op Manderley geleken, het laatste onheilspellende huis dat hij via de bladzijden van *Rebecca* had ervaren. Maar nu was duidelijk dat Aleisha's huis, met alle ramen en gordijnen dicht, gehuld in duisternis, precies was zoals hij zich het huis in *Beloved* – nummer 124 – voorstelde. Hij wist dat het niet aannemelijk was dat een huis uit de jaren zeventig van de negentiende eeuw in Cincinnati zou lijken op een rijtjeshuis in Wembley dat in de jaren veertig van de twintigste eeuw was gebouwd, maar toen de auteur de naargeestige sfeer van nummer 124 beschreef, zag hij Aleisha's huis voor zich: de ramen dicht, die nooit opengedaan werden, de weergalmende stilte. Maar Toni Morrison gunde hem een inkijkje in het huis in *Beloved*. Hij zag wat daar gebeurde, hoefde zijn fantasie niet de vrije loop te laten. Op nummer 124 maakte hij kennis met Sethe, en haar laatst overgebleven dochter, Denver, en hij had meteen met hen te doen, omdat ze in een huis woonden waaruit ze voor hun gevoel niet konden ontsnappen. De zoons van Sethe, Howard en Buglar, waren het spookhuis jaren daarvoor al ontvlucht. Zelfs Baby Suggs, Sethes schoonmoeder, was uit de duisternis bevrijd door het volgende leven, door de dood. Nu waren alleen Sethe en Denver er nog. Het was een huis waar nooit bezoek kwam, waar nooit iemand naar binnen ging. En Denver kwam in haar eentje nooit verder dan de tuin. Haar hele wereld was het huis, haar moeder en de geest die daar samen met hen woonde. De geest van haar overleden zus, die Beloved heette.

Op elke bladzijde wilde Mukesh zich in de wereld van Sethe en Denver storten, om hun te laten zien hoe levendig en energiek ze waren, hoe klaar ze voor het leven konden zijn als ze niet voortdurend naar het trauma werden teruggetrokken door de geest die hen nooit rust gunde, die hen nooit toestond het verleden te vergeten.

Hij had de telefoon naast zich staan terwijl hij verder las. Hij hoopte dat Aleisha zou bellen. Hij wilde alleen maar weten of het goed met haar ging. Maar bij elke bladzijde die hij omdraaide, bij elk geluid, elke auto die langsreed, voelde Mukesh een rilling over zijn rug lopen. Hij had daar uren gezeten, had alleen maar gelezen, was niet in staat geweest de personages met rust te laten, maar de lucht om hem heen werd kouder. Aleisha had niet gebeld. Zijn zorgen drukten met de minuut zwaarder op hem.

Als dit een boodschap van Aleisha was, deed zijn hart pijn bij de gedachte wat ze hem probeerde te vertellen. Zat ze, net als Sethe en Denver, gevangen in het huis, niet in staat daar weg te gaan? Wat hield haar daar? Had ze ook te maken met een geest?

'Hallo?' Half slapend en versuft nam Mukesh de telefoon op. Zijn wekker riep dat het elf uur was, later dan hij gewoonlijk opstond, maar hij was tot in de vroege uurtjes opgebleven, lezend, zoekend naar aanwijzingen.

'Kunnen we afspreken?' zei de stem aan de telefoon.

'Sorry, met wie spreek ik?'

'Aleisha.'

Mukesh ademde diep in. Hij had haar stem niet herkend. Ze klonk niet goed. Nummer 124 zweefde weer voor zijn geestesoog. 'Aleisha, wat kan ik voor je doen?'

'Kunnen we afspreken?' herhaalde ze.

Mukesh knikte, hoewel Aleisha dat niet kon zien. 'Ik kom eraan. Waar?'

'Ik ben in het park, bij de bibliotheek.' Haar stem klonk hol.

Mukesh liep naar het telefoontafeltje, waar Rohini's post-its lagen. 'Ja, wacht even, dan schrijf ik het op.' Hij wilde het niet vergeten. Hij kon het niet vergeten. Zijn hand beefde. 'Gaat het? Wil je dat ik iemand bel?' vroeg Mukesh.

'Dat heb ik al gedaan. Ik heb u gebeld.'

Mukesh zweeg. Hij hing op en ging zo snel als hij kon naar de badkamer. Hij maakte zich sneller klaar dan ooit tevoren.

Aleisha zat op een bankje in het park, *The Time Traveler's Wife* in haar handen geklemd. Mukesh had er vijfenveertig minuten over gedaan om er te komen, en daar gaf hij de bus de schuld van. Die was bij elke halte gestopt, had te veel mensen binnengelaten, zodat de lichamen tegen elkaar gedrukt werden. Hij was van plan geweest zijn excuses aan te bieden zodra hij haar zag, maar aan haar gezichtsuitdrukking zag hij dat haar gedachten heel ergens anders waren.

Hij wist dat dit over haar moeder zou gaan. Hij zag Aleisha's gezicht weer voor zich op de dag dat ze hem in vertrouwen had genomen, hoe verdrietig, hoe jong ze eruit had gezien. Een meisje van zeventien hoorde niet de hele tijd sterk te zijn. 'Aleisha?' Mukesh ging aarzelend naast haar zitten. 'Gaat het?'

Ze keek naar haar knieën en schudde haar hoofd. Hij zag dat haar lichaam er alles aan deed om zich niet tot een bal op te rollen en te verdwijnen.

'Juffrouw Aleisha, wat kan ik voor je doen? Je kunt met me praten.'

'Nee,' fluisterde ze met overslaande stem. Ze balde haar vuist en legde die op haar hart.

Mukesh legde voorzichtig zijn handpalm op haar schouder. 'Rustig maar,' zei hij. Hij had een hekel aan die woorden zodra ze zijn mond uit waren. Ze zaten naast elkaar. Aleisha keek naar de grond, Mukesh keek naar zijn knieën. De stilte strekte zich uit, leek uren te duren.

'Mijn broer,' fluisterde ze. 'Hij is dood. Ze zeggen dat hij voor de metro is gesprongen.' Elk woord putte haar uit.

Het duurde even voordat het goed tot Mukesh was doorgedrongen. 'Je broer?' Hij zei de woorden heel zacht, hoopte dat ze die nooit zou hoeven te horen. Hoopte dat hij in staat zou zijn alles te veranderen. Maar hij kon niets doen. Hij kon het niet beter maken.

Aleisha knikte. 'Ik moest weg, het huis uit. Ik krijg daar geen lucht. Ik kan niet…' Ze had moeite met ademhalen, tot haar ademhaling scherp maar oppervlakkig werd. 'Het klopt niet. Het ging goed met hem. Hij was heel sterk. Hij zorgde voor ons allemaal.'

Mukesh gaf haar een licht kneepje in haar schouder. Hij haalde diep adem, voelde zijn hart in tweeën breken. Hij stelde zich Denver voor, die vocht voor haar familie, die haar uiterste best deed om haar moeder te redden, om haar zus Beloved te redden, maar het ontbrak hem aan Denvers kracht, haar intelligentie. Hij kon nu niets doen. Hij kon zich nu niet verbergen achter de woorden van een ander, zoekend naar een antwoord. Hij moest zelf iets zeggen, iets echts.

'Ik weet niet wat ik moet doen.' Aleisha keek hem smekend aan. Aleisha, die altijd tegen hem zei wat hij moest doen, wat hij moest lezen, die vroeg hem om hulp.

'Misschien… moet je naar huis gaan. Je hoort bij je moeder te zijn, bij je familie.'

Aleisha's schouders zakten in haar lichaam. 'Ik heb zoveel gemist,' zei ze. Haar stem verhulde een stroom van woede. 'Mama heeft zoveel gemist. Waar waren we mee bezig? Hoe kunnen we dit gedaan hebben? Ik zat met mijn hoofd in die boeken.' Haar stem werd een schreeuw.

Mukesh liet zijn blik door het park glijden om te kijken of er iemand keek, maar niemand lette op hen. Voor alle anderen ging het leven door, terwijl Aleisha's leven volledig tot stilstand was gekomen. Ze sloeg met haar vuist op het boek, sloeg het ruw open, kraste met haar nagels over de bladzijden. Mukesh smoorde een snik. 'Ik huilde om mensen die niet eens bestonden, en al die tijd had mijn broer me nodig. Hij had mijn hulp nodig en ik zag het niet. Ik was stekeblind!' Ze smeet het boek op de grond.

Mukesh zag het neerkomen, met de letters omlaag. Zijn automatische reactie was het boek oprapen, schoonvegen, in veiligheid brengen, maar in plaats daarvan wendde hij zich tot Aleisha. Haar gezicht was verwrongen, haar ogen waren dicht. 'Het is niet jouw schuld.' Hij zag dat ze hem wilde tegenspreken, maar daar had ze geen puf voor. 'Ik ga Nilakshiben bellen. Die weet raad.'

Hij was niet van plan geweest dat laatste hardop te zeggen, maar Aleisha knikte. Ze keek naar haar schoenen, streek met de punt van haar ene schoen over de andere schoen. Haar vingers omklemden de palm van haar rechterhand, de duim duwde zo hard als die kon. Ze controleerde of ze nog kon voelen, de wereld om zich heen kon snappen. Hoopte, bad, dat dit slechts een droom was.

Nilakshi was er een halfuur later, met snacks. Ze had naturel chips en ook een paar *dhebra* bij zich. Ze stak Aleisha de zak chips toe, en toen Aleisha in plaats daarvan vroeg wat dat andere was, zei Nilakshi: 'O, gewoon Indiaas eten. Ik weet niet of je dat lust.' Maar Aleisha probeerde het toch. Ze nam een piepklein hapje, ter grootte van een vingertopje. Ze zei dat dat genoeg was. Mukesh dacht dat ze misschien al dagen niet gegeten had.

Nilakshi zei niets tegen Aleisha, maar omhelsde haar, zonder gêne, zonder te vragen of dat mocht. 'Mijn beta,' zei ze zacht, en ze hield haar zo stevig vast als ze kon. Uiteindelijk maakte Aleisha zich voorzichtig los. 'Ik moet naar huis.' Ze knikten allemaal, en Nilakshi nam hen mee naar haar auto.

Ze reden zwijgend naar Aleisha's huis. Toen ze parkeerden, bleef Aleisha als versteend in de auto zitten. Ze vond het duidelijk eng om weer naar binnen te gaan, wilde niet geconfronteerd worden met wat haar daar wachtte: droefheid, leegte, hartzeer. Mukesh kon het haar niet kwalijk nemen. Hij herinnerde zich zijn eigen huis toen Naina stierf. Hij kon daar niet zijn. Er kwam daar niets uit zijn handen. Rohini had het op zich genomen om alles voor hem te regelen. Ze had Naina's spullen voor hem opgeruimd, op veilige plekken opgeborgen, maar had ervoor gezorgd dat het huis voelde alsof ze er nog was, zonder hem eraan te herinneren dat ze voorgoed weg was. Hij vroeg zich af wie dat voor Aleisha zou doen. Waar was haar vader? Zou hij naar huis komen om te helpen?

Een stem in Mukesh' binnenste – misschien Naina – zei dat hij Aleisha moest afleiden, haar moest helpen ergens anders aan te denken, om haar door dit moment heen te helpen. 'Aleisha?' zei hij aarzelend. 'Wat vond je van *Little Women*? Goed, hè?'

Ze keek hem fel aan en hij wist dat hij zijn mond had moeten houden. '*Little Women* kan me niets schelen, meneer P.!' snauwde ze, maar ze sloeg haar hand voor haar mond, wilde dat ze de woorden kon terugnemen. Zachter vervolgde ze: 'Ik heb te veel tijd in die boeken gezeten. Ik moet weer gaan leven, anders verknal ik al het andere misschien ook.'

Ze dwong zichzelf om uit te stappen. *The Time Traveler's Wife* lag op de achterbank. Ze zagen Aleisha weglopen. Aleisha nam even een moment voor zichzelf voordat ze het huis binnenging. Toen ze zich omdraaide om de deur dicht te doen, wierp ze een laatste blik op hen.

Mukesh glimlachte naar haar, hoopte dat ze zou snappen dat hij haar in die glimlach alle kracht probeerde te sturen die hij in zich had, en om haar te laten zien wat ze allemaal in haar jonge leven had om naar uit te kijken. Hij wilde ook uitdrukken dat hij er altijd voor haar zou zijn als ze wilde praten, hoewel hij hoopte dat ze dat zou kunnen met iemand die dichter bij haar stond.

Na een paar tellen pakte Mukesh *The Time Traveler's Wife* van de achterbank. Hij liep ermee naar Aleisha's voordeur en schoof het boek heel voorzichtig door de brievenbus. Ze had er nu misschien geen behoefte aan, maar als het op een bepaald moment – over een aantal minuten, dagen, weken of maanden – troost of een ontsnappingsmogelijkheid kon bieden, net als het dat voor hem was geweest, dan zou het de moeite waard zijn.

33

Aleisha

'Aleisha, ik heb al verschillende keren geprobeerd je te bellen,' zei Dean aan de telefoon. Er klonk bezorgdheid door in zijn stem.

Het telefoonscherm voelde als ijs tegen haar oor. 'Ik weet niet wat ik moet doen, pap,' fluisterde Aleisha. Het was haar gewoonte om zacht te praten aan de telefoon, zeker tegen haar vader, maar Aleisha wist dat het zinloos was.

Leilah was boven in haar kamer, helemaal van de wereld. Ze had vandaag geprobeerd haar uit bed te krijgen, omdat ze wist dat dat moest. Maar ze kon het niet verdragen haar moeder om zich heen te hebben, zoals ze ook haar eigen gezelschap niet kon verdragen. Ze hadden beiden schuld.

'Ik weet niet wat ik moet doen,' herhaalde ze. Er liep een traan over haar wang. Het voelde alsof ze voor het eerst in jaren eerlijk was tegenover haar vader. 'Ik weet niet hoe ik het moet oplossen.'

'Dat weet ik, lieverd.' Zijn stem sloeg over, maar ze kon zijn emoties er niet bij hebben. Hij snapte haar niet. Hij snapte niets. 'We komen er samen wel uit. Wat kan ik voor je doen? Ik kan naar je toe komen, je helpen. Zeg maar wat ik moet doen. Je hoeft dit niet alleen te doen, oké? Ik weet wat je doormaakt. Hoe gaat het met je moeder?'

Die woorden – naar je toe komen – benadrukten voor haar alleen maar dat Dean hier niet woonde. Voor hem was dit voorgoed een tragedie op afstand. Hij bestond buiten Aleisha's wereld, buiten Aidans wereld, en na de uitvaart zou hij weglopen naar zijn eigen leven. Aleisha kon nooit weglopen. Dat had ze al te vaak gedaan. Ze had het zo druk gehad met zelfmedelijden, met huilen omdat haar vriendinnen geen vriendinnen meer waren, met in fictieve werelden van andere mensen leven, dat ze zich niet op haar eigen leven, op dat van Aidan had gericht.

'Nee, het gaat wel. We hebben nu niets van je nodig. Oom Jeremy en Rachel komen volgende week. Die nemen alles mee wat we nodig hebben.'

Oom Jeremy en Rachel hadden niet gevraagd wat ze moesten doen, die hadden initiatief getoond, waren in actie gekomen. *Schat, we zijn er over een paar dagen en blijven zolang als nodig is. xx R*

Daar had Dean niets op te zeggen. In plaats daarvan zei hij: 'Oké, ik ga ophangen. Ik hou van je. Oké? Laat het me weten als ik iets kan doen. We komen hier wel doorheen, Aleisha.'

Aleisha hing op. Ze waren al jaren geen 'we' meer.

Toen ze ophing, zag ze dat er drie appjes van Zac waren. Hij maakte zich zorgen over haar. Ze had hem bondig, in pijnlijk detail, verteld wat er was gebeurd, maar kon verder niets zeggen. Hij had tegen haar gezegd dat hij er voor haar zou zijn als ze erover wilde praten, en hij was doorgegaan met van die stomme memes van katten sturen. Ze wist dat hij zijn best deed, maar voor haar gevoel was het niet genoeg.

Aleisha pulkte aan haar nagellak. Haar blik bleef op een foto op de schoorsteenmantel rusten. Een foto van hen vier: Aleisha, Aidan, Leilah, Dean. Haar boosheid nam tijdelijk af. Toen Aidan Deans spullen had weggegooid nadat die vertrokken was, was ze verbaasd geweest dat hij die foto had bewaard. Hij had hem zelfs afgestoft. De laatste herinnering aan hun gezin. Het laatste bewijs dat ze ooit een gezin van vier personen waren geweest. Nadat ze in een moment van waanzin aan haar moeder had gevraagd of ze last had van de foto, had Leilah gezegd: 'Nee. Het was een fijne tijd en ik kan geen spijt hebben van geluk.' Dat was Aleisha altijd bijgebleven.

Ze wilde net als Leilah de wereld buitensluiten, maar er was zoveel te doen, er moest zoveel geregeld worden. Het enige wat ze nu echter voelde was verlamming of bloedstollende haat voor elke blije glimlach, voor iedereen die leefde terwijl haar broer, de belangrijkste persoon in haar leven, dood was.

De foto keek naar haar terug en ze zag Aidans gezicht, zijn kinderlijke grijns die haar maar één vraag stelde: 'Wat is er gebeurd?'

'Je bent gesprongen.' *Maar ik had je net zo goed kunnen duwen.*

Aleisha kon het niet aan nog een seconde langer in dit huis te blijven. Te veel lawaai. Te stil. Te leeg. Te vol. Ze ging weg. Het kon haar niet schelen of Leilah haar zou roepen, of Leilahs geroep onbeantwoord zou blijven. Dit was al het ergste. Hoeveel meer kon ze aan? Vandaag wilde ze gewoon lopen. Mensen lachten op straat. Ze wisten niet dat Aidan dood was. Kinderen speelden, riepen, schreeuwden. Ze wisten niet dat Aidan dood was. Ze kwam langs een groep tieners, die elkaar duwden en grapjes maakten. Het leven strekte zich voor hen uit. En toen drong het tot Aleisha door: die onbezorgde schooltijd waar bejaarden het altijd over hadden, die zou ze nooit kennen. En dus liep ze, en liep ze.

Ze ging de trap op, te veel treden, naar het perron van halte Stonebridge Park. Toen ze eindelijk boven was, voelde het alsof ze op het dak van de wereld stond. Het perron was leeg, vrijwel uitgestorven, midden op deze snikhete zomerdag.

Felle kleuren aan de rand van het perron trokken haar aandacht. Ze zag bloemen, enveloppen, papiertjes, brieven, wapperend in de wind. Ze liep er dichter naartoe. De laatste plek waar hij in leven was geweest. *Aidan – Rust in het paradijs.*

Een metro van de Bakerloo Line kwam in zicht, naderde haar, en ze stelde zich voor dat ze zich naar voren zou werpen. Ze wilde weten of hij naar voren was gestapt of was gesprongen. Ze wilde weten wat de andere mensen hadden gedaan. Hadden ze gegild, hadden ze hem gesmeekt het niet te doen? Gingen mensen gewoon door met hun dag, mopperend over de vertraging?

Ze keek naar de bloemen in allerlei kleuren. Het waren zeker drie, vier bossen. Rood, wit, roze, blauw. Ook een paar zonnebloemen. Hij was dol op zonnebloemen, als klein kind al. Voor haar vijfde verjaardag had hij een tekening gemaakt waarop ze samen naast de hoogste zonnebloem ooit stonden. Hij had er 'thuis' bij gezet.

Ze stond te kijken terwijl bloemblaadjes heen en weer werden geblazen, sloeg het beeld op in haar hoofd. Een soort gedenkteken voor haar broer. Ze kwam weleens langs straatlantaarns waar bloemen aan vastgemaakt waren, bedacht dan altijd dat het triest was, een leven dat te vroeg was geëindigd, maar ze stond daar nooit lang bij stil. Maar deze bloemen waren anders. Oneindig veel mooier, maar ook heel klein, te klein, om het gewicht van Aidans dood te dragen. Dit markeerde het niet. Dit was niet genoeg om zijn dood te markeren. Ze wilde meer.

Toen ze thuiskwam, liep ze rechtstreeks naar haar moeders slaapkamer. Leilah lag nog steeds opgekruld op het bed zoals ze haar had achtergelaten. Aleisha's hart was versteend. Ze haatte Leilah, ze haatte zichzelf om alles wat ze wel en niet hadden gedaan, maar ze omhelsde haar moeder, wikkelde haar hele lichaam om haar heen, wilde verdwijnen, wilde troost voelen, wilde zich even nauw met iemand, met haar moeder, verbonden voelen. Ze wilde weg uit deze wereld, een wereld die volkomen vreemd voelde en toch ook onvergeeflijk onveranderd was.

Ze pakte het exemplaar van *The Time Traveler's Wife* dat ze mee naar boven had genomen, wilde ontsnappen, wilde Leilah kalmeren. Maar wat had je op dit moment aan boeken? De personages van wie ze gehouden had waren nep, zouden nooit in staat zijn iets op te lossen. Ze zouden nooit buiten de bladzijde leven. Maar degene van wie ze in de echte wereld had gehouden, die voor haar gevochten had, haar had aangemoedigd, die zoveel voor haar had opgegeven, die was er niet meer.

Aleisha smeet het boek op de vloer naast het bed en kroop dichter tegen Leilah aan. Ze wachtte, wachtte tot haar moeders lichaam zich tegen haar aanraking zou verzetten. Maar Leilah verroerde zich niet. Ze snikte alleen geluidloos. De enige aanwijzing was het rillen van haar lichaam, haar oppervlakkige hortende ademhaling.

34

Aleisha

Aleisha had geen oog dichtgedaan. Ze had al dagen niet geslapen, had tegen deze dag opgezien, was bang hoe Leilah zou reageren, wat ze zou doen.

Toen ze bij de auto stonden, trok oom Jeremy Aleisha tegen zich aan. 'Aleisha,' zei hij. 'Neem alle tijd, liefje. Oké? We zijn bij je, in elke fase.' Ze wilde schreeuwen, roepen, tegen de wereld zeggen dat ze gewoon weg wilde van Leilah, weg van de uitvaart van haar broer, dat ze wilde rennen. Rennen. Nooit meer wilde ophouden met rennen.

Oom Jeremy, die haar paniek aanvoelde, omhelsde haar nog steviger, herinnerde haar eraan dat hij haar niet zou laten vallen. Rachel stond naast haar, hield haar hand vast, zorgde ervoor dat ze niet wankelde terwijl ze het gevoel had dat ze volledig zou instorten.

'Ik heb je vast, Leish,' zei Rachel, en ze gaf een kneepje in Aleisha's knie terwijl ze op de achterbank zaten.

Het was een opluchting geweest dat oom Jeremy en Rachel een week voor de uitvaart waren gekomen, zodat ze dit niet allemaal alleen hoefde te doen.

Uiteindelijk zat iedereen in de auto, op weg ernaartoe, hun blik omlaag, niet in staat naar de kist voor hen te kijken, behalve oom Jeremy. Die keek recht voor zich uit, hield Aidan in de gaten zonder ook maar één keer weg te kijken. Hij probeerde een grapje te maken, zacht, fluisterend, onzeker. 'Onze jongen reisde altijd al graag in stijl. Het is een Jaguar.'

Niemand reageerde. Niemand zei iets.

Toen ze bij het crematorium aankwamen stapten ze uit. Jeremy en Rachel liepen vooruit om Aleisha en Leilah een moment samen te geven.

'Ik heb hem vandaag gezien. Hij stak de straat over,' fluisterde Leilah, die voor het eerst die dag iets zei.

'Wie?'

'Aidan.'

'Nee, mama, je hebt hem niet gezien.'

Maar Aleisha had Aidan ook gezien. Vandaag, gisteren, eergisteren. Ze zag hem overal. In de jongeman die bij de bushalte naar harde muziek luisterde; in de oudere man die zijn winkelwagentje voortduwde; zelfs in de ogen van de vrouw die bij de supermarkt groenten stond uit te zoeken. Aidan was overal. Telkens als ze hem zag was hij daar, levend en wel, maar net buiten bereik. Dan loste de fantasie op en bleef er alleen een herinnering achter.

Het was druk bij het crematorium; mensen stonden buiten in de rij, konden niet verstaan wat er binnen werd gezegd. Maar ze waren er voor hem, voor Aidan. Iedereen condoleerde Leilah. Aleisha's moeder glimlachte, bedankte mensen, maar er lag een holle blik in haar ogen. Ze nam afscheid van haar zoon.

Aleisha hield haar hand stevig vast. Nog steviger toen Dean eraan kwam. Leilah gaf Aleisha een kneepje in haar hand, sloeg haar vingers stevig om die van haar dochter heen. Voor het eerst sinds Aidans overlijden had Aleisha het gevoel dat er een sprankje liefde tussen hen was. Ze zaten in hetzelfde schuitje, of ze dat nu wilden of niet. Dean kuste Leilah op de wang.

'Onze kleine jongen...' zei Dean. Zijn stem sloeg over, hij had zijn oogleden neergeslagen. Ze zag het verdriet op zijn gezicht. Hij leek ouder. Vol spijt.

Nu ze hem zag, besefte Aleisha hoeveel Aidan op Dean leek. Andere kleur ogen, andere kleur haar – Deans haar was zelfs nog lichter, nog blonder geworden sinds ze hem voor het laatst had gezien – maar alle gelaatstrekken, al Aidans gelaatstrekken waren die van Dean.

Leilah liet haar even los en legde haar hand op Deans schouder. Haar blik op hem gericht. Aleisha keek toe terwijl Leilah hem troostte.

Na een paar tellen stilte liep Dean weg om bij zijn nieuwe gezin te gaan staan, met hun lichtblonde en kastanjebruine haar. Ze zagen er allemaal heel anders uit dan Aleisha. Niemand zou vermoeden dat ze dezelfde vader hadden.

'Goed van hem dat hij er is,' zei Leilah. Aleisha wilde gillen.

Op dat moment liep Mukesh naar hen toe. Hij had Aidan nooit ontmoet, maar hij was er. Hij droeg een iets te strak zittend zwart pak, een wit overhemd en een stropdas. Toen hij haar begroette, deed hij dat woordeloos, want ze zag dat als hij zou proberen te praten, hij misschien zou gaan huilen. Hij overhandigde Aleisha eenvoudigweg een vel papier, een tekening, een kindertekening. Niet met stokpoppetjes, maar kleurrijk, gedetailleerd. Een vrouw achter een balie. Een man en een jong meisje met boeken in hun handen. Boekenkasten om hen heen.

Aleisha's adem stokte in haar keel. Bovenaan, in een handschrift dat volwassen probeerde te lijken, stond geschreven: *We denken aan je, Aleisha.* En onderaan twee handschriften en de woorden: *Liefs, Priya en meneer P.*

Ze keek op naar Mukesh. Haar vingers hielden de tekening stevig vast. Er waren geen woorden meer.

Aleisha keek strak naar de foto van Aidan vooraan in het crematorium, in een rechthoekig, goudkleurig lijstje, toen Aidans beste vriend, Guy, naar de microfoon toe liep. Ze kon niet naar hem kijken. Zijn stem sloeg nu al over. Op de foto, die ongeveer een jaar geleden genomen was, glimlachte haar broer breeduit. Hij zat op zijn auto, die net was gepoetst, armen over elkaar geslagen en één wenkbrauw brutaal opgetrokken. Hij wist toen niet dat die foto gebruikt zou worden bij zijn uitvaart, zodat zijn familie en vrienden ernaar konden kijken, de blijdschap en de hoop die hij had gegeven probeerden vast te houden, terwijl hij voorgoed weg was.

'Ik wil een gedicht voorlezen dat Aidan geschreven heeft toen hij acht was,' zei Guy zacht. 'Ik heb het van hem gekregen toen ik een rotdag had. Hij zei dat ik het harder nodig had dan hij en nu wil ik het aan jullie allemaal teruggeven.'

Soms is de lucht grijs
Soms is de dag ook grijs
Maar achter elke grijze lucht
zit altijd een stukje blauw

Guy liet de woorden van de acht jaar oude Aidan even in de lucht hangen, waarna hij er met een glimlach aan toe voegde: 'Hij vond het zelf heel diepzinnig.' Her en der werd gelachen. 'Misschien heeft hij gelijk. Ik hoop dat hij gelijk heeft.'

Aleisha keek naar haar schoot en kneep hard in Leilahs hand.

Nilakshi had aangeboden dat er na afloop een klein gezelschap naar haar huis mocht komen, en meneer P. en zijn dochters hadden haar geholpen.

'Nilakshi,' zei Aleisha. 'Dank u wel... hiervoor.' Ze keek de kamer vol mensen rond. 'En u ook bedankt, meneer P., dat u alles hebt geregeld.'

'Je hoeft ons niet te bedanken, Aleisha,' zei Nilakshi nuchter. 'Laat het ons weten als we iets voor je kunnen doen.'

'Bedankt. Is er misschien een ruimte waar mijn moeder even kan uitrusten, weg uit de drukte?'

'Natuurlijk.' Nilakshi knikte. 'Ik zal haar ernaartoe brengen.' Ze dirigeerde Leilah van de hoek van de kamer, waar ze zich zo stil en klein mogelijk hield, naar de logeerkamer, sloeg voorzichtig een arm om haar heen om haar te sturen. Aleisha had nog nooit gezien dat Leilah een onbekende zo snel dichtbij liet komen. Even voelde ze een sprankje hoop.

Toen Dean Leilahs afwezigheid bemerkte, liep hij naar Aleisha toe.

'Hé, lieverd,' zei hij. 'Hoe gaat het met je? Hoe bevalt je baantje? Je werkt toch bij de bibliotheek?'

Hij wilde niet over Aidan praten, wilde waar hij zich schuldig over voelde niet onder ogen zien; en zij wilde dat ook niet.

'Goed,' zei Aleisha kil. 'Aidan zou al deze aandacht vreselijk hebben gevonden.' Ze wees naar de uitvergrootte foto's van Aidans gezicht (kennelijk een idee van meneer P.). Aleisha vond het fijn om die foto's te zien, maar ze wist dat haar broer in een rustig hoekje zou zijn weggekropen.

'Ja, dat denk ik ook,' zei Dean, en hij slurpte van zijn koffie.

'Waar is je gezin?' vroeg Aleisha, terwijl ze om zich heen keek.

'O, die zijn een tijdje geleden vertrokken. De kinderen waren moe.'

Ze antwoordde niet. Na een paar minuten pijnlijke stilte zag Aleisha dat Nilakshi weer bij meneer P. ging staan, die met oom Jeremy en Rachel in gesprek was. Ze hielden dienbladen met canapés vast om uit te delen, maar meneer P. pakte er zelf van.

'Gaat het?' mimede meneer P. toen hij haar kant op keek.

Aleisha kreeg tranen in haar ogen, maar ze knikte kort.

'Wie is die oude man? Was hij uitgenodigd?' vroeg Dean, die nu pas doorhad dat Mukesh er ook was. 'Hij kijkt me de hele dag al vreemd aan.'

'Hij is mijn vriend, van de bibliotheek,' zei Aleisha scherper dan haar bedoeling was. 'Hij is geweldig.' Zonder op een reactie te wachten liep ze weg.

Een uur later zei Dean dat hij wegging. 'Bel me als je me nodig hebt,' zei hij, terwijl hij met zijn autosleutels rammelde. Ze zag hem weglopen en ze vroeg zich af of hij had willen blijven. Ze hielp Nilakshi de vuile borden naar de keuken te brengen, tot ze werd weggestuurd. Meneer P. was al weg. Ze had geen gelegenheid gehad hem gedag te zeggen, hem goed te bedanken voor de tekening, die veilig weggestopt zat in haar tas, bij het piepkleine gezicht van Pieter Konijn. Ze wist niet wat ze moest doen, en dus ging ze maar naar boven, naar Leilah. Die zat op het bed en keek uit het raam.

De kamer zag er netjes uit. Het was een logeerkamer met slechts een paar privéfoto's en de handdoeken lagen in het zicht, op een kastplank. Het beddengoed was vlekkeloos schoon en er waren zelfs sierkussens en een peluw. De stapel dekens die Nilakshi aan Leilah had gegeven lag onaangeraakt bij het voeteneind.

'Gaat het?' vroeg Leilah.

Het was lang geleden dat haar moeder dat had gevraagd. Aleisha kon geen woorden vinden om te antwoorden.

Ze bleven samen in de geladen stilte. Leilahs vingernagels drukten in de palm van haar linkerhand en lieten diepe, scherpe inkepingen achter. De groeven werden knalrood. Aleisha keek toe toen Leilah aan haar huid begon te pulken, aanvankelijk langzaam, daarna uitzinnig. Leilah kon niet gillen. Dat zouden mensen horen. Ze wierp zich met haar gezicht omlaag op het bed en schreeuwde woordeloos in een kussen.

Dat zou Aleisha dolgraag ook doen, maar zij moest nu de sterkste zijn. En dus keek ze toe. In gedachten zag ze Aidan, zag ze Leilah, op het bed liggen, grapjes maken, lachen, praten. Voor haar neus schreeuwde haar moeder zichzelf in slaap.

35

Mukesh

Mukesh liep het huis uit en belandde in een kakofonie van kinderen die in Wembley op straat speelden, en van snel rijdende cabrio's die langs hem heen zoefden. Na een verleidelijke onderbreking voor Dosa Express, waar de geuren van kerrie en komijn hem lokten, kwam hij uiteindelijk bij de bibliotheek aan. Er was bijna niemand. Het was een van de laatste weken van de zomervakantie en alle kinderen en volwassenen waren buiten om van de zon te genieten, die net was teruggekeerd.

En daar, op haar gebruikelijke plek achter de balie, zat Aleisha.

'Hallo,' zei hij formeel.

Het bleef even stil. Ze keken elkaar nerveus aan. Het was twee weken geleden dat hij haar voor het laatst had gezien. Zijn blik gleed door de bibliotheek, op zoek naar iets om over te beginnen. Uiteindelijk viel zijn oog op een stapel folders op de balie, met dezelfde onheilspellende slogan die hij inmiddels zo goed kende: RED ONZE BIBLIOTHEKEN. Hij keek vlug een andere kant op, wilde nu niet aan nog meer negatieve dingen denken.

'Mijn huid is heel droog. Ben ik verbrand?' Mukesh vervloekte zijn dwaasheid. Hij kon niets anders bedenken om te zeggen.

'U en ik... Wij verbranden niet in de zon,' zei Aleisha in verwarring, en Mukesh schudde zijn hoofd.

Hij stak een arm naar voren. 'Het ziet misschien niet rood, maar mijn huid doet zeer. Mijn Naina had gelijk.'

'Kyle heeft cacaoboter in zijn bureaula liggen. Doe dat er maar op. Dat kalmeert de huid. Gaat het goed met u?' vroeg Aleisha. Ze had rode ogen en haar huid glansde door een dun laagje make-up.

Niet in staat om te antwoorden of haar te bedanken, smeerde hij de crème dik op zijn huid. 'Mijn Naina moet dit ook gehad hebben, het ruikt bekend.'

'Waarschijnlijk.'

'Hoor jij hier wel te zijn, Aleisha?' vroeg hij zacht.

'Ik moet werken. Routine is beter. Normaal.'

'Oké, als je het zeker weet… Hoe is het met je moeder?'

Aleisha haalde haar schouders op. 'Mijn oom en mijn nicht, u weet wel, u hebt ze ontmoet, die logeren bij ons. Ze blijven nog wat langer om ons te helpen. Mama is blij dat ze er zijn.' Mukesh had het idee dat ze nog meer wilde zeggen, maar hij wist niet wat hij moest vragen. Hij was blij dat er iemand was die de last van Aleisha kon overnemen. Ze was zeventien, te jong om dit in haar eentje te doen. Haar broer was vijfentwintig geweest… en nog steeds te jong om voor een heel gezin te zorgen.

'Ik wil hulp voor mama. En voor mezelf. Met een professional praten, zeg maar. Ze is nog nooit bij een arts geweest. Aidan zou dat ook willen. Ze heeft er nog nooit met iemand over gesproken. Wie weet helpt het.' Ze haalde haar schouders op.

Mukesh was het niet gewend dat mensen over zulke zaken spraken, over een arts, over psychische problemen. Hij voelde zich opgelaten, maar Aleisha had iemand nodig die er voor haar was. Dat kon hij zijn. Hij was dan misschien niet heel kundig, maar hij kon een luisterend oor bieden of een andere manier vinden om te praten.

'Ik denk… dat je iets aan *Beloved* zult hebben,' zei hij voorzichtig. 'Het boek. Heb je het gelezen?'

Aleisha's blik schoot zijn kant op. 'Ik wil niet meer over boeken nadenken.'

'Nee, juffrouw Aleisha. Ik had er eerder niet aan gedacht, maar boeken kunnen ons ook helpen.'

Aleisha slaakte een diepe zucht. Hij zag haar vertwijfeld naar het plafond kijken. Ze begon ongeduldig met haar nagels op het bureau te trommelen en even dacht hij terug aan zijn allereerste keer in de bibliotheek.

'Weet je, *The Time Traveler's Wife*,' zei hij. Aleisha liet haar blik door de bibliotheek glijden. 'Toen mijn Naina overleed, is dat boek een vorm van afleiding geweest, maar het heeft me ook dichter bij haar gebracht. En nu denk ik dat het boek me vooral geholpen heeft om sommige dingen te verwerken, snap je?'

'Nee, meneer P.,' zei Aleisha scherp. 'Ik weet het niet, hoor. Ik heb de hele zomer het leven van andere mensen geleefd. Ik vergat mijn eigen leven te leven, vergat om op de echte mensen om me heen te letten.'

'*Beloved*,' vervolgde Mukesh, die de trilling in zijn stem probeerde te verhullen. 'Heb je dat boek gelezen? Denver. Hoe helpt ze haar moeder?' Mukesh wachtte op een antwoord, maar Aleisha scrolde op haar telefoon. 'Oké, ik zal je zeggen wat ik denk. Denver besefte dat in dat huis blijven, met haar moeder, met de geest van Beloved, niet hielp. Maar Denver ging hulp vragen aan de gemeenschap, aan andere vrouwen die bereid waren te helpen. Ze vroeg om hulp toen haar moeder dat zelf niet kon.'

Mukesh liet de woorden in de lucht hangen, en even voelde hij een troostende hand op zijn schouder. Die van Naina.

Aleisha bleef naar haar bureau staren. Ze weigerde hem aan te kijken.

'Aleisha,' zei Mukesh zacht. 'Probeer alsjeblieft te onthouden dat boeken niet altijd een ontsnapping zijn. Soms leren boeken ons iets. Ze laten ons de wereld zien, verstoppen die niet.'

Dat is een echt Atticus-moment, Mukesh, fluisterde Naina in zijn oor, harder dan ooit tevoren. Hij leunde even tegen de balie om overeind te blijven.

Mukesh wachtte op Aleisha's reactie. Ze antwoordde niet en scrolde verder. Uiteindelijk legde ze haar telefoon naast zich neer en keek alleen naar het scherm. Om de haverklap zoemde het toestel en lichtte op, terwijl het op de tafel voor hen lag. En terwijl ze het toestel gewoonlijk zou omdraaien, pakte ze het vandaag op. Elke keer. Haar gedachten waren elders. Dat was begrijpelijk.

Mukesh wilde haar niet van streek maken, maar het leek hem beter dat ze niet op haar telefoon keek. Zijn dochters deden dit ook altijd. Zaten midden in een gesprek altijd op hun telefoon alsof ze nooit echt aanwezig waren.

'Wat is er?' vroeg Mukesh. Hij deed zijn best om op luchtige toon te praten.

Aleisha liet hem het scherm zien. Een foto van Aidan, een meisje en een jongen, die beiden tegen de zon in keken. Aidan had een zonnebril op.

'Mooi.'

'Het is niet mooi. Kijk wat eronder staat.'

Mukesh kon net wat getypte woorden onderscheiden, maar had werkelijk geen idee wat er stond. 'Ik kan het niet zien,' bekende hij en Aleisha las het voor, met hashtags en al.

'Je was er altijd voor me, gaf altijd om me. Mis je, Aid. Zal je nooit vergeten. #RIP #VoorAltijdInMijnHart #RustInHetParadijs #Depressie #PraatErover.'

'Dat is een mooi eerbetoon aan hem,' zei Mukesh.

'Nee, dat is het niet.' Ze klonk woest. 'Het kost hooguit vijf minuten om iets op Instagram te posten. Ze gooien van alles over mijn broer op internet, doen alsof ze er recht op hebben om te rouwen. Ze hebben zelfs de uitvaart op hun story gezet!'

Mukesh had geen idee wat ze bedoelde – dat met dat 'story' – maar wat het ook was, Aleisha was er duidelijk door van streek.

'"Hashtag depressie", hoe halen ze het in hun hoofd? Ze weten niet eens of het een depressie was. En waarom taggen ze hem verdomme? Omdat hij dat kan zien vanaf waar hij nu is? Vanuit het paradijs?'

'Ik weet niet wat dat betekent.'

'Kijk.' Aleisha gaf de telefoon aan Mukesh. 'Scrol omlaag.'

Mukesh deed wat ze hem opdroeg. Zijn vingers frunnikten onhandig tot het beeld begon te bewegen. Er waren tientallen foto's van Aidan met verschillende mensen. Er waren foto's van het bloemstuk dat zijn naam vormde, en hij herkende ook de eettafel in Nilakshi's eetkamer waarop al het eten stond uitgestald. Alles. Ze hadden alles vastgelegd.

'Zodat iedereen zich eraan kan vergapen. Iedereen. Zelfs mensen die hem niet kenden. We wilden het klein houden, een intieme ceremonie voor vrienden en familie, en nu heeft iedereen een stukje van hem.'

Er gleed een traan, eentje maar, over Aleisha's wang. Ze veegde die niet weg, om er geen aandacht op te vestigen. Maar Mukesh zag het. Zijn dochters waren ook tiener geweest en die hadden stuk voor stuk ooit in hun leven hetzelfde gedaan, of dat nu was om hoe *It's a Wonderful Life* (de zieligste film ooit) afliep, of omdat iemand hen onderweg van school naar huis geslagen had vanwege hun huidskleur en ze moesten doen alsof dat niet erg was, alsof niemand daar wat aan kon doen.

'Ach, Aleisha, ik denk dat dit gewoon hun manier is om hun deelneming te betuigen.' Mukesh gaf de telefoon terug.

Aleisha begon verwoed te scrollen. Ze tikte een paar keer ergens op en begon te typen. Hij was bang dat ze vreselijke e-mails aan mensen typte. Hij vroeg zich af of die dat zouden snappen. Of die haar dat zouden vergeven.

'Mijn vader heeft zijn profielfoto op Facebook gewijzigd. Daar staat nu een foto van Aidan als baby. Sinds hij hertrouwd is, heeft hij nooit iets over ons op Facebook gezet. Dwing je respect af met een dood kind of zo?'

Het viel Mukesh op dat Aleisha's gewone stemgeluid verdwenen was. Zoals ze nu sprak, had hij haar nog nooit horen praten. 'Aleisha, ik vind dat je niet naar die internetdingen moet kijken. Alsjeblieft. Blijf er een tijdje vanaf, niet alleen vandaag.'

Voor het eerst sinds hij over *The Time Traveler's Wife* was begonnen, keek Aleisha hem recht aan. Haar gezicht verwrong, ze wreef in haar ogen en haalde drie keer diep adem. 'U hebt gelijk,' zei ze uiteindelijk, en ze legde haar telefoon met het scherm omlaag op de tafel.

Mukesh knikte. Ja, hij had gelijk.

Ze zaten een tijdje zwijgend bij elkaar, verscholen in een hoek van de bibliotheek. Mukesh keek om zich heen. Het was nu rustig, maar hij herinnerde zich dat hij mensen had gezien, mensen die hij voor zijn gevoel kende, een kleine gemeenschap waar hij voor zijn gevoel deel van uitmaakte.

Vervolgens ging hij naar een apart gedeelte van de bibliotheek, want hij wilde Aleisha ruimte geven zonder te ver bij haar vandaan te zijn. Hij sloeg *Beloved* weer open. Hij had het al uit, maar wilde niet om een nieuw boek vragen. Hij wilde haar nu niet onder druk zetten.

Hij ging naar de bladzijden waarin Denvers plan beschreven werd om uit hun huis, nummer 124, te ontsnappen. Denver, die al twaalf jaar het huis niet uit was geweest; Denver, die enorme angst voor de buitenwereld had, díé was hulp gaan zoeken. Ze had haar angsten overwonnen en dertig vrouwen van de gemeenschap waren gekomen om Denver op hun eigen manier te helpen.

Hij keek om zich heen in de bibliotheek. Op een bepaalde manier waren de eerste stappen die hem hier hadden gebracht een kans voor Mukesh geweest om om hulp te vragen, een kans om in contact te komen met een gemeenschap. Hoewel hij het huis in twaalf jaar heus wel had verlaten, had hij al vele jaren geen boek gelezen. En hij had tot deze zomer nog nooit een voet in de bibliotheek gezet. Hij dacht aan de folders. De slogan stond in zijn geheugen gegrift: RED ONZE BIBLIOTHEKEN. Naina had het er altijd over dat het een ramp was als een bibliotheek verdween. Hij dacht aan al die dingen die hij ter harte had genomen, of het nu de wijsheid van de personages was in de boeken die hij las, of de vertrouwde gezichten die hem toelachten als hij binnenkwam, of Aleisha die hem advies gaf, hem hielp, of dat gevoel dat hij met Priya kon praten, haar een lezer zag worden… Deze bibliotheek was iets voor hem gaan betekenen. Het voelde inmiddels als een thuis. Een plek wordt gemaakt door de mensen die daar zijn. Dat zei Naina altijd over de mandir. En Aleisha had altijd gezegd dat de bibliotheek ook iets voor Aidan had betekend...

Opeens kreeg hij een inval, of misschien was het idee afkomstig van de wijze oude Atticus Finch. Hij duwde zichzelf overeind uit zijn stoel en liep naar de balie. 'Aleisha?' zei hij. Zijn stem klonk zacht, was niet meer dan een fluistering. Er was bijna niemand in de bibliotheek, maar in zijn hoofd was iedereen er die hij deze zomer had leren kennen, personages uit boeken en echte mensen.

'Ja.' Haar antwoord klonk bits, en hij zag dat ze spijt had van die toon zodra ze dat zelf doorhad. 'Ja,' zei ze opnieuw, ditmaal vriendelijker.

'Ken je dit?' Hij hield een RED ONZE BIBLIOTHEKEN-folder naar haar op.

'Ja.'

'Hoe kunnen we onze bibliotheken redden als we niet om hulp vragen?'

'Eh, meneer P., volgens mij staat dat in die folder.'

'Oké, maar... weet je nog wat ik eerder zei over dat Denver hulp ging vragen? Als we de gemeenschap nu eens om hulp vragen? Want ik heb veel aan deze bibliotheek gehad. Die heeft me dapperder gemaakt, heeft me vrienden opgeleverd. En dan heb ik het alleen nog maar over mezelf.'

'Sorry, ik kan u niet volgen.' Aleisha's gezicht was uitdrukkingsloos.

'Als ik hier in stilte samen met andere mensen zit, voelt dat soms veel minder eenzaam dan wanneer ik thuis ben, omringd door mijn familie die het voortdurend over mij heeft. Het is fijn, biedt troost, om elke week dezelfde mensen te zien. En het voelt alsof ik er heel veel aan heb, want ik heb mensen die me gezelschap houden. En dan gaat het nog maar alleen om mij. En dat heb ik allemaal doordat ik mijn huis uit ben gegaan, uit mijn comfortzone ben gestapt, net zoals Denver. En nu ben ik hier, in de bibliotheek... en ik heb het gevoel dat deze plek me helpt. Ik heb je vaak horen zeggen dat Aidan ook van deze plek hield. Wat vond hij er zo fijn aan?'

'De rust. Hij vond hier rust. Hier kon hij alleen zijn. Maar hij was er al jaren niet meer geweest, behalve dan af en toe om mij in de gaten te houden. Hij had het heel druk.'

'Oké, ik snap het. Maar deze plek was toch nog steeds belangrijk voor hem? En er zijn zoveel mensen die hier komen voor de rust, of voor vrienden. Wat zou hij vinden van de oproep om onze bibliotheken te redden?'

Aleisha haalde haar schouders op.

'Zou hij het fijn vinden als de gemeente deze bibliotheek zou sluiten?'

Aleisha haalde opnieuw haar schouders op.

'Ik denk het niet. En jij zou dat ook niet fijn vinden.'

Aleisha glimlachte. 'Daar hebt u waarschijnlijk gelijk in. Maar wat kunnen wij daaraan doen? Iedereen heeft de folder gezien en er is ook een inzamelingsactie op internet gestart.'

'Oké, maar ik heb een beter idee.' Hij wachtte tot Aleisha iets zou zeggen in de trant van 'wat dan?' maar dat deed ze niet. Toch sprak hij verder. 'Ik weet dat jullie veel andere dingen doen, zoals de leesclub, ik heb de posters zien hangen. Maar het moet hier drukker worden, toch?' Opnieuw deed Aleisha er het zwijgen toe. 'Ik wil een inloopochtend, of inloopmiddag, organiseren. Wat jou het beste lijkt. Het is jouw vak.'

Aleisha keek vertwijfeld naar het plafond. 'Het is mijn vak niet. Wat bedoelt u?'

'Je hoeft geen bibliotheekpasje te hebben, je hoeft geen boeken te lenen als je dat niet wilt. We kunnen in dit gedeelte koffie en taart en eten aanbieden. Mensen komen altijd als er iets te eten is, zeker als het gratis is. Of tegen een vrijwillige bijdrage aan een goed doel. Elke woensdag misschien. Een kans om met andere mensen te praten. En dat kan het doel zijn, dat je elke keer dat je komt iemand leert kennen. Zodat mensen zich minder eenzaam voelen, en misschien helpt het om de bibliotheek open te houden. Want de mensen hoeven geen lid te worden, maar als ze hier zijn, zullen ze dat vanzelf willen. Denk je ook niet? Zo kan de bibliotheek weer populair worden!'

'Denkt u dat er genoeg mensen zouden komen? Het zijn niet echt van die praters hier. Behalve dan die ene dame die soms op dinsdag komt en aan één stuk door kletst.'

'Het is een kans voor ons om om hulp te vragen, voor de bibliotheek en ook voor elkaar. Kunnen we het proberen? Kun je vragen of het mag? Ik denk dat het leuk wordt. Misschien hebben mensen gewoon een zetje nodig om een onbekende aan te spreken.'

'Ik weet niet of mijn baas het daarmee eens is. Zouden er niet gewoon dezelfde mensen komen als altijd?'

'Hij zal het leuk vinden omdat het meer mensen naar deze bibliotheek brengt. "Kom voor taart, blijf voor boeken én voor nieuwe vrienden!" Zo is het toch? We kunnen folders uitdelen, maar dan niet van die sombere zoals deze.' Hij stak weer de RED ONZE BIBLIOTHEKEN-folders omhoog.

Ze zuchtte. 'Ik zal het vragen.'

'En ik dacht dat die eerste bijeenkomst... dat het mooi zou zijn als die ter nagedachtenis aan Aidan is. Ook al had hij de afgelopen jaren geen tijd om hier te gaan zitten lezen, deze plek betekende veel voor hem. Hij wilde dat je hier ging werken. Ja, toch? En het heeft jou ook geholpen. Ja, toch? Ik denk dat het je geholpen heeft. Misschien is dit een manier om ervoor te zorgen dat hij voortleeft, naast die Instagrab-posts.'

Aleisha knikte met een flauwe glimlach.

Op dat moment liep Thrillerman-zeg-maar-Chris naar binnen, in zijn gebruikelijke hoody en spijkerbroek.

'Chris!' riep Mukesh, zijn lichaam bruisend van opwinding. 'Wat zou je ervan vinden als er op woensdag een inloopochtend was, hier in de bibliotheek?'

Chris leek overdonderd. Zoveel had Mukesh sinds lange tijd niet tegen hem gezegd. Gewoonlijk bleef het bij glimlachen en zwaaien.

'Eh, ja, dat is best leuk. Mijn moeder gaat er graag naartoe, naar koffieochtenden.'

'Zie je nou wel!' Mukesh wees naar Chris terwijl hij naar Aleisha keek. 'Dus, ga je het vragen? Chris brengt zijn moeder mee. Dit wordt geweldig. Ik heb er zo'n zin in.' Mukesh glimlachte van oor tot oor en Aleisha begon te lachen. Chris haalde zijn schouders op, wist eigenlijk niet wat er zojuist was gebeurd, en hij liep verder naar zijn vaste plek.

'Naina zou dit geweldig vinden! Zij houdt van zulke dingen en nu ben ik degene die het organiseert. En het is niet eens iets bij de tempel.'

Mukesh ging dichter bij de balie staan en boog zich heel langzaam naar Aleisha toe om haar een klopje op de schouder te geven. Zijn rug was veel stijver dan hij zich herinnerde, want even was hij vergeten dat hij nu een oude man met pijnlijke gewrichten was. Even had hij zich weer jong gevoeld.

36

Aleisha

Nu had ze die bloemen op het perron door de ogen van een ander gezien, gedeeld op social media, met vijfenveertig likes. De bloemblaadjes werden bruin en verlepten. Ze waren niet blijvend. Aidan zat nu bij deze mensen in hun gedachten, maar net als die bloemen zou hij op een dag verdwenen zijn.

Een inloopochtend ter ere van Aidan. Hij zou erom gelachen hebben. Hij zou al die aandacht vreselijk hebben gevonden. Maar hij had van de bibliotheek gehouden. Hij had erop aangedrongen dat ze dit baantje zou nemen, daar begon het al mee. De bibliotheek was jarenlang zíjn plek geweest. Misschien had meneer P. gelijk. En het was iets kleins wat ze kon doen, iets waar ze controle over had, om zijn nagedachtenis in stand te houden en om hem te bewijzen dat de bibliotheek ook voor haar belangrijk was geworden. Ze wist dat hij dat zou willen. Hij had gewild dat zij hier ook rust vond.

Er was geen tijd te verliezen. Meneer P. zou dit pas laten rusten als het geregeld was. Er had iets in zijn ogen gelegen: vastberadenheid. Hij was min of meer de bibliotheek uit gerend, *Beloved* tegen zijn borst geklemd, had met één hand naar haar en met de andere hand naar Thrillerman-zeg-maar-Chris gezwaaid.

Ze belde Kyle, vroeg wanneer hij er weer zou zijn, of hij later die dag moest werken.

'Ja, ik ben er straks.'

'Mooi. Meneer P. heeft wat ideeën over hoe we bezoekers kunnen trekken.'

'Naar de bibliotheek?'

'Ja, naar de bibliotheek.'

'Zeker weten dat het goed met je gaat, Aleisha?' vroeg Kyle.

'Ja, het gaat goed. Afleiding helpt. Dit helpt,' zei ze, wijzend naar het scherm, waar een snel in elkaar geflanste folder op stond. 'Gek genoeg.'

Kyle knikte. 'Zo te horen weet meneer P. wat hij doet. Wijsheid komt met de jaren, zegt men. Hoeveel diensten heb je nog voordat je weer naar school moet?'

Aleisha haalde haar schouders op. 'Nog één week, dus ik denk vijf of zes.'

'Tjonge, zo snel al. We zullen je missen.'

Aleisha haalde haar schouders op. 'Ja, ik heb het hier naar mijn zin gehad. Aidan zei dat dat zou gebeuren, dat ik versteld van mezelf zou staan.'

'Wat is er met "dat stomme zomerbaantje" gebeurd? Op je eerste werkdag hier weigerde je ook maar iets te doen.'

'Dat klopt, en het is ook een stom zomerbaantje. Maar weet je, ik heb hier mijn draai gevonden,' zei ze met een flauwe glimlach om haar mond.

Even later kwam Thermosfles Dev. Aleisha voelde een stoot adrenaline. Ze was blij toen Kyle de leiding nam en zei: 'Aleisha heeft een fantastisch idee.'

Aleisha voelde alle ogen op zich gericht. Ze kreeg een droge mond, alsof ze zo een speech moest geven, maar toen dacht ze aan Atticus. Atticus in de rechtszaal. Die had geen tekenen van zwakheid getoond.

Ze haalde diep adem en de woorden buitelden uit haar mond. 'Ons voorstel is...' Het klonk raar, maar het was de juiste aanpak. Thermosfles was een en al oor. 'Ons voorstel is om een inloopochtend te organiseren. We willen meer mensen hier binnen krijgen. Deze plek heeft een vriendelijke uitstraling. Dat moeten we uitbuiten. We moeten mensen helpen om in de stemming te komen, moeten deze bibliotheek helpen het hart van de gemeenschap te worden. Snap je? Een plek waar mensen elkaar ontmoeten, praten, hun hart luchten, nieuwe dingen ontdekken…'

'Aleisha, hoor jij hier wel te zijn? Ik heb tegen je gezegd dat je zoveel tijd kunt nemen als je nodig hebt,' zei Thermosfles.

'Afleiding is goed,' mompelde ze, en daarna zei ze wat harder: 'Maar goed, tijdens de inloopochtend kan iedereen zo naar binnen lopen. Je kunt hier nieuwe mensen leren kennen, genieten van de rust, kletsen met vrienden. Deze plek is altijd een ontmoetingsplek geweest, maar de laatste tijd is het hier te rustig. Laten we dat veranderen.'

Dev knikte langzaam, schroefde de dop van zijn thermosfles. 'Worden mensen ook aangespoord om lid te worden van de bibliotheek? Dat is voor ons het belangrijkste.'

'Jazeker! Lucy en Benny zouden folders kunnen uitdelen. We willen mensen laten zien wat een geweldige plek dit is, dus ze komen voor taart en ze blijven voor boeken én nieuwe vrienden.'

'Geweldig, dat is precies wat we nodig hebben. Eerlijk gezegd is het al geruime tijd heel lastig om deze plek open te houden. De gemeenteraad begint telkens over budgetten, zeker als ze deze vestiging vergelijken met die in het gemeentehuis.' Dev nam een grote slok uit zijn fles. 'De breiclub was een supergoed idee, maar er komen nu alleen nog maar een paar vaste bezoekers. En de enige die dat begeleidt is Lucy, en die heeft daar amper tijd voor. De leesclub wordt niet meer zo goed bezocht als vroeger. Maar dit… dit zou kunnen werken. Het gaat in de bibliotheek niet alleen om boeken.'

Kyle en Aleisha keken elkaar aan. Er hing een sprankje hoop tussen hen in.

'Zullen we het een keer op een woensdagochtend proberen? Dan is het op zijn rustigst!'

Kyle en Aleisha knikten.

'Perfect. Geweldig idee. Deze plek gaat over verbinding. Dit idee…

Aleisha, dat sluit daar perfect op aan. Geweldig,' zei hij. 'Ik vind dat we het moeten proberen. Volgende week. En dan kijken we hoeveel mensen er komen. We kunnen altijd op kleinere schaal beginnen. Eens in de maand of om de andere maand.'

'Een week is wel kort dag om het te promoten.'

'Hup, aan de slag dan.'

Aleisha keek naar Kyle, die naar achteren leunde op een stoel en gevolgd had hoe dit zich ontvouwde. Ze glimlachte en hij trok zijn wenkbrauwen op, stak beide duimen naar haar op.

Ze kon niet wachten om het aan meneer P. te vertellen.

37

Mukesh

Piep. 'Rohini, kun je voor volgende week woensdag enkele dienbladen met eten regelen? En kun je die dan dinsdagavond bij mij thuis brengen? Van die samosa's bijvoorbeeld. Dat zou heel fijn zijn. Het is voor de bibliotheek, een inloopochtend. En ik zit in de organisatie.'

Piep. 'Vritti? Ik heb je kookhulp nodig. Kun je wat snacks regelen voor een inloopochtend, volgende week woensdag? Wil je die dan dinsdagavond bij mij thuis brengen? Het moet geschikt zijn voor mensen met een voedselallergie.'

Piep. 'Deepali, beta, zou je je speciale punchrecept kunnen maken? Je weet wel, dat recept dat je altijd maakt voor speciale gelegenheden. Het is voor een inloopochtend, woensdag in de bibliotheek. Breng het maar rechtstreeks daarnaartoe, maar kom dinsdagavond ook naar mijn huis om te helpen.'

Hij hing op en vinkte zijn drie dochters af op zijn lijstje. Hij wendde zich tot Nilakshi, die in de woonkamer Zee TV zat te kijken.

'Nilakshiben?' vroeg hij voorzichtig.

'Hmm.' Haar ogen keken even weg van de tv, maar haar oren volgden het melodrama nog.

'Aleisha wil dat ik folders uitdeel, voor de bibliotheek.' Hij zwaaide met de pas geprinte folders naar haar. Ze waren kleurrijk, vrolijk. 'Zac heeft ze gemaakt. Ze zijn mooi, hè? Hoe zou je het vinden als ik die bij de mandir ga uitdelen? Zullen de mensen me uitlachen? Zullen ze me een eenzame oude weduwnaar vinden?'

'Mukeshbhai,' zei Nilakshi zacht. 'Je bent geen eenzame oude weduwnaar. En ze weten hoeveel de bibliotheek voor Naina betekende. Ze zullen weten dat je dit niet alleen voor die lieve jongeman Aidan doet, maar ook voor haar. Naina zou heel trots op je zijn.'

Nu hij Nilakshi aankeek, wist hij dat hij alles aanvaard had. Nilakshi was zijn vriendin. En op een of andere manier had Naina haar naar hem toe gestuurd. Ze had ervoor gezorgd dat hun paden elkaar kruisten. Ze had hen bij elkaar gebracht, om elkaar gezelschap te houden, net zoals ze hem altijd naar de mandir gestuurd had en net zoals ze *The Time Traveler's Wife* had achtergelaten, als een teken. Ze was vanaf het allereerste begin bij hem geweest.

Hij dacht aan folders uitdelen bij de mandir. Wat zouden de mensen zeggen? Niemand zou dit van Mukesh Patel verwachten. Hij zag er toch niet tegen op, of wel soms? Dit was voor een goede zaak. De stad was vaak een eenzame plek en zelfs in Wembley, waar veel mensen elkaar kenden, voelden mensen zich toch alleen.

Hij overwoog de folders bij mensen door de brievenbus te gooien. Sommige mensen moesten daar niets van hebben. Zou hij door zoiets onschuldigs in een lastig pakket komen te zitten?

'In een lastig pakket.' Naina barstte in lachen uit. 'De uitdrukking is "in een lastig parket komen te zitten".'

Bij de tempel verzamelde Mukesh eindelijk moed. De jongste zoon van Harishbhai reed hem die dag rond in een van de felbegeerde rolstoelen.

'Ik moet mijn handen vrij hebben, in verband met de snelheid, snap je?' had Mukesh smekend gezegd.

'Prima, Mukesh, ik doe het voor een tientje!' had de zoon van Harishbhai gemarchandeerd.

Mukesh werd door de gang gereden, langs de cadeauwinkel, het schoenengedeelte en de toiletten. Hij had tot nu toe nog maar drie folders uitgedeeld. Hij moest zijn aanpak wijzigen.

De zoon van Harishbhai luisterde naar podcasts en kreeg alleen mee welke kant Mukesh op wilde als Mukesh wees of theatraal met zijn armen zwaaide. Mukesh was blij dat hij niet veel met de jongen hoefde te praten. Ook al vond hij het vervelend om de 'standaardbejaarde' uit te hangen, hij was blij met de rolstoel, en vroeg zich af waarom hij dit niet jaren eerder al geprobeerd had, zeker als hij het voor elkaar kreeg dat iemand als de zoon van Harishbhai hem erin rondreed. Hij ging heel snel!

Terwijl hij zijn hersens pijnigde op zoek naar inspiratie, dacht Mukesh aan tv-programma's als *EastEnders*, waar mensen met oorverdovende stem vanuit hun krantenkiosk riepen: 'Lees er alles over!' Of vanuit hun marktkraam: 'Twee tomaten voor twintig pence!' Hij schraapte zijn keel en begon te roepen, niet te hard want anders zou hij eruit gezet worden, maar hard genoeg om gehoord te worden. Hij zwaaide de folders heen en weer boven zijn hoofd. 'Grote bijeenkomst in de bibliotheek. Mis het niet. Al uw vrienden zullen er zijn en zullen zich afvragen waarom u er niet bent. Neem uw kinderen en kleinkinderen mee!' Het was een wonder, want twee vrouwen kwamen meteen nieuwsgierig op hem af. Hij had hun aandacht! Hij overhandigde hun een folder terwijl hij langs zoefde en hoopte maar dat ze hun handen niet hadden opengehaald aan het papier.

In de gangpaden van de cadeauwinkel was eenvoudigweg niet genoeg ruimte voor Mukesh, zijn rolstoel en de zoon van Harishbhai. Omdat hij aanvoelde dat dit misschien niet de juiste tactiek was, vroeg hij aan de zoon van Harishbhai om de cadeauwinkel zo snel mogelijk te verlaten, waarna ze per ongeluk achteruit tegen Rohini en Nilakshi opbotsten. Samen…

'O!' zei Rohini.

'O!' zei Nilakshi.

'O!' zei Mukesh.

'Hallo, ik ben de zoon van Harishbhai,' zei de zoon van Harishbhai.

'Wat doen jullie hier?' vroeg Mukesh.

'We brengen wat tijd samen door bij de mandir,' zei Rohini. 'We gaan straks naar een satsang. Ik heb een dag vrij. Priya is bij Robert,' voegde ze eraan toe, om zijn vraag voor te zijn.

'Je dochter en ik leren elkaar nog beter kennen!' zei Nilakshi met een stralend gezicht.

Mukesh wenkte dat Rohini tot zijn niveau omlaag moest komen en fluisterde in haar oor: 'Je bent net je moeder. Altijd gastvrij tegenover mensen.'

Rohini lachte terug. Dat was haar manier om te zeggen: als ze een deel van jouw familie is, is ze ook een deel van mijn familie.

'Hier,' zei hij, en hij gaf hun allebei een folder. 'We hebben bij de bibliotheek ook zelfgemaakt eten nodig, dus breng iets mee! Heb je mijn berichten gehoord? Er moeten meer vegetarische snacks komen. Misschien ga ik mijn beroemde *paneer* wel maken.'

Rohini en Nilakshi keken elkaar aan. 'Beroemd?' vroeg Rohini. 'Ik dacht dat het maar één keer gelukt was het niet te laten aanbranden...'

'Zoon van Harishbhai,' zei Mukesh, terwijl hij zich afvroeg of de jongen ook een naam had, hoewel hij bewondering had voor Harishbhai's duidelijke en sterke gevoel voor merkplaatsing. 'Kom, we gaan! Ik zie daar een paar mensen die eenzaam lijken en een folder moeten krijgen. Eten graag. Het is voor woensdag!'

Daarna zoefden ze weg over de gladde houten vloer, de met tapijt beklede helling op en zo de marmeren vloer op die naar de belangrijkste mandir voerde.

Toen het eindelijk dinsdagavond was, gierde de adrenaline door Mukesh heen. Rohini, Deepali en Vritti waren alle snacks in zijn keuken aan het klaarmaken en de tweeling maakte herrie in de gangen. Toen Zac aanbelde, werd Mukesh teruggevoerd naar een aantal jaar daarvoor, naar een van Naina's avonden voorafgaand aan een inzamelingsactie, waar ze altijd snacks en eten voor klaarmaakte 'om energie te houden'. Hij had zoiets nooit gedaan. Gelukkig had Zac een zak

Doritos en een potje dipsaus bij zich. Mukesh was hem ontzettend dankbaar.

'Mijn moeder zegt dat je nooit met lege handen naar iemands huis moet gaan!' zei Zac.

Mukesh sloeg zijn handen tegen elkaar. 'Je bent een goede jongen!'

Zac leek zonder Aleisha niet op zijn plaats in Mukesh' huis. Hij vroeg telkens toestemming aan Mukesh om dingen te doen, zoals: 'Meneer Patel, kan ik deze schalen gebruiken voor de Doritos?'

Mukesh knikte.

'Meneer Patel, mag ik een glas water?'

Mukesh knikte.

Daarna: 'Meneer Patel, mag ik gebruikmaken van uw toilet?'

'Natuurlijk, Zac,' zei Mukesh. 'Mijn huis is jouw huis. Doe wat je moet doen.'

Zac lachte breeduit naar hem als antwoord, maar liep nog steeds voorzichtig door het huis, alsof hij geen sporen van zichzelf wilde achterlaten. Mukesh gniffelde, dopte wat erwten in een schaal voor de *kachori*, tot Jayesh verscheen, die zijn opa en de kom met erwten als klimrek wilde gebruiken.

Daarna kwam Nikhil, met een hele lading groenten uit de winkel. Zodra hij in de deuropening verscheen, riep Rohini naar hem: 'Nikhil, we hebben je nodig! Kom hier.'

Nikhil stapte met tegenzin naar binnen. Rohini had een notitieblokje in haar hand.

'Ja,' zei ze op gezaghebbende toon. 'Breng morgenochtend nog wat extra ingrediënten, dan kan ik die vlak voordat we vertrekken frituren. Nilakshimasi heeft gezegd dat ik haar snelkookpan mag gebruiken.' Toen ze Nilakshi's naam liet vallen, keek ze naar haar vader en ze glimlachte. Mukesh glimlachte terug, knikte door de pijn heen terwijl Jaya hem met haar kleine vuisten begon te stompen.

'Jaya, lief zijn voor Dada,' berispte Rohini haar. 'Zachtjes doen.' Jaya gehoorzaamde heel even, tot haar masi wegliep.

Te midden van de herrie in de woonkamer ontdekte Mukesh

Priya, opgekruld in een hoek met een boek in haar hand. Hij slaagde erin zichzelf te bevrijden van Jaya en Jayesh, en liep met zijn spullen om erwten te doppen naar haar toe. Toen hij dichterbij kwam, zag Mukesh dat Priya *Little Women* zat te lezen. Alweer. 'Beta, dat heb je toch al gelezen?'

Priya knikte. 'Dat weet ik, maar het doet me aan Ba denken. Ik hoor gewoon haar stem. Daarbij komt, Dada, dat Ba me altijd voorhield dat je soms, als je een boek heel mooi vindt, het nog eens moet lezen! Om opnieuw te beleven wat je er zo mooi aan vond en om dingen te ontdekken die je eerder had gemist. Boeken veranderen altijd, want degene die ze leest verandert ook. Dat heeft Ba gezegd.'

Mukesh knikte. Hij snapte het.

Zac gaf Mukesh een mok thee en vroeg aan Priya of ze ook wilde. 'Ze drinkt geen thee,' zei Rohini op de achtergrond, maar Priya zei: 'Graag, Zac.' En dus gaf hij haar ook een mok.

Priya glimlachte, legde haar boek neer en sloeg haar handen om de mok. Ze keek naar haar moeder en stak speels haar tong uit.

Mukesh liep terug naar zijn stoel en ging zitten. Hij keek de woonkamer rond, waar overal beweging was, en de tweeling rende weer door de gang. Sinds Naina was overleden, waren er niet zoveel mensen in zijn huis geweest.

Hij dacht aan Aleisha, en Leilah, in hun stille huis.

DEEL IX

A Suitable Boy
van Vikram Seth

38

Aleisha

'Aleisha, je lijkt uitgeput.'

'Dat ben ik ook, denk ik.'

'Waarom ga je niet even een dutje doen voordat je naar je werk gaat?' zei Rachel, en ze legde haar hand op Aleisha's schouder.

Ja, misschien doe ik dat wel.' Aleisha wilde niets liever dan in bed gaan liggen en nooit meer opstaan. Maar haar gedachten schoten naar haar moeder, die dat de afgelopen dag had gedaan. Nee, al jaren deed. 'Even kijken hoe het met mama gaat...'

'Mam,' fluisterde Aleisha, toen ze haar hoofd om de deur stak. 'Oom Jeremy en Rachel zijn er. Ik ga even slapen. Oké? Ze gaan zo in de tuin lunchen. Het is een prachtige dag. Wil je erbij gaan zitten?' Ze sprak zo zacht mogelijk.

Leilah ging rechtop zitten, keek naar de muur recht voor zich. 'Het gaat wel,' zei Leilah. 'Slaap lekker.'

'Hoe gaat het met haar?' Oom Jeremy stond op de gang, vlak bij de deur.

'Ze weigert uit bed te komen. Het heeft eerlijk gezegd geen zin om het te proberen.'

'Nee, meisje. Het heeft wél zin.' Oom Jeremy stapte de kamer binnen. 'Leilah, hoe gaat het? Het is heerlijk weer.'

Morgen was de inloopochtend voor Aidan in de bibliotheek en ze had niet het idee dat ze daar klaar voor was. Ze was bekaf. Aleisha schakelde haar gedachten uit en liet zich door haar benen door de gang voeren, naar Aidans slaapkamer. Het was stil in zijn kamer. Onaangeroerd. Ze hadden zijn spullen niet aangeraakt. Aleisha kon zich daar niet toe zetten. Ze liep naar zijn bed, dat keurig was opgemaakt. Ondanks de puinhoop in de rest van de kamer, wat eigenlijk niets voor Aidan was, kon haar broer zijn bed niet onopgemaakt laten. Ze ging op het dekbed liggen, wilde amper een afdruk achterlaten. Haar hoofd raakte het kussen en haar ogen werden naar een stapel boeken naast zijn bed getrokken, waar nu een laagje stof op lag, op het bovenste boek en op de groeven van de ruggen.

Ze draaide zich om en keek naar het plafond, wilde dat de slaap haar zou overmeesteren. Opeens zoemde haar telefoon op Aidans nachtkastje: Kyle. Wie anders? Ze zou hem later vandaag zien als ze moest werken, dus ze legde de telefoon terug met het scherm omlaag. Haar ogen werden weer naar Aidans stapel boeken getrokken. Toen zag ze het. Hoe kon ze het gemist hebben? Daar, tussen de misdaadromans, de Martina Coles, daar lag het.

The Time Traveler's Wife.

Ze dacht aan haar exemplaar, meneer P.'s exemplaar, dat bij haar bed lag, vergeten en genegeerd. Haar hart klopte in haar keel. Ze zag meneer P. voor zich, die over dit boek vertelde, die zei dat het hem geholpen had. 'De boeken laten ons de wereld zien, verstoppen die niet.' Ze stelde zich voor dat Aidan het las, terwijl hij op deze zelfde plek zat. Had ze het hem ooit zien lezen? Hoe recent had hij het gelezen?

Ze haalde diep adem en pakte de paperback, hield die voorzichtig in haar handen. Ze was er zo zeker van geweest dat ze zich voor het leven had verstopt. Maar misschien had meneer P. gelijk. Ze had ook van de boeken geleerd. Ze had gezien wat mensen hadden doorgemaakt. Kon ze dat gebruiken om het zelf ook vol te houden? En daar lag het, in Aidans kamer, op Aidans nachtkastje. Als hij het ooit gelezen had, wilde zij het ook lezen.

Ze ging naar de eerste bladzijde van *The Time Traveler's Wife*, dwong haar hoofd om rustig te worden en las de eerste regel. Woordje voor woordje.

Later die dag zat Aleisha in de verlaten bibliotheek in haar eentje aan haar bureau met *The Time Traveler's Wife* naast zich. Ze had pas een paar bladzijden gelezen, maar het voelde als in de wereld van een ander stappen. Hun emoties versmolten met haar eigen emoties en ze liet zich even door een ander leiden, zodat ze erachter kon komen hoe het verder moest. Ze had op de bladzijden ook naar aanwijzingen van Aidan gezocht. Wat had Aidan van Henry gevonden en van diens vermogen om door zijn eigen leven te reizen? En wat had hij van het liefdesverhaal gevonden, en van Clare? Van haar steenrijke snobistische ouders? Aidan had altijd een hekel aan zulke mensen gehad.

'Hé,' riep Kyle vanuit de keuken. 'Denk je eraan om de bibliotheekbijeenkomst nog wat extra onder de aandacht te brengen, zodat er morgen zo veel mogelijk mensen komen? Dev stuurde me net een berichtje dat Lucy's dochter wat suggesties heeft gedaan, het op social media plaatsen en zo.'

Aleisha kreunde. Ze wist dat meneer P. en Aidan dat ook zouden willen. Ze keek naar de grote stapel folders naast haar met RED ONZE BIBLIOTHEKEN, klaar om in de prullenbak gegooid te worden, verdrongen door de folders met GROTE BIJEENKOMST IN DE BIBLIOTHEEK.

Ze scrolde zo vlug door Instagram dat ze bij elke post een milliseconde geluid hoorde terwijl ze het leven van andere mensen probeerde te volgen. Felle lichten, mensen in korte broek die de lucht in sprongen, benen bij het zwembad, benen aan het strand met een boek ertegenaan, een kat die met het achterwerk heen en weer schudde op 'Booty' van J.Lo en Iggy Azalea. *Big big booty.* Hilarisch. Een studievriend met pruillip en ontbloot bovenlijf bij de scheve toren van Pisa, te cool om de standaardpose aan te nemen dat je de toren overeind houdt.

Ze verveelde zich nu al, nu ze zag dat anderen van het leven genoten. Zou ze ooit iets op social media kunnen plaatsen zonder bang te hoeven zijn dat mensen haar als 'het treurende zusje' zouden bestempelen? Voordat ze tijd had om er goed over na te denken, nam ze een filmpje op van de bibliotheek – de lege bibliotheek – met daaroverheen de tekst: *Laat het hier morgen om elf uur druk zijn!* Met een grimas tikte ze op DELEN. Aidan zou beschaamd zijn hoofd schudden dat ze niet cool was.

Haar telefoon ging terwijl ze hem vasthad: Rachel. 'Wat is dat over een bijeenkomst in de bibliotheek? Morgen. Ik heb daar nooit iets over gehoord. Waarom heb je dat niet aan ons verteld?'

'Wat?'

'Ik zag net je post.'

'Zo, dat is snel!'

'Social media is mijn werk. Het is mijn werk om snel te zijn.'

'O, het is een bijeenkomst voor iedereen morgen. Meneer P., je weet wel, van de bibliotheek, stelde voor om een bijeenkomst voor Aidan te organiseren.'

'Wat een geweldig idee. Wil je het aan je moeder vertellen? Ze is hier.'

Aleisha zweeg. Ze wist niet wat ze moest zeggen, wist niet wat Leilah zou denken. Zou ze lachen? Of erger nog, zou ze helemaal niets zeggen?

'Oké,' zei Aleisha. Haar hart begon te bonzen. Ze haalde diep adem. 'Mam?'

Het bleef stil aan de andere kant van de lijn. 'Mam?'

'Sorry, Leish, je moeder is weer naar boven, naar bed. Ik zal het later tegen haar zeggen. Goed?' Rachels stem trilde. Aleisha hoorde dat ze zenuwachtig was.

'Natuurlijk is dat goed. Bedankt, Rachel.' Aleisha had niets verwacht. Ze had nooit iets verwacht.

'Ik heb negenennegentig folders uitgedeeld, Aleisha!' kletste meneer P. aan de telefoon.

'Dat is fantastisch, meneer P.' Aleisha probeerde enthousiast te klinken. 'Ik dacht dat u het misschien zat zou worden en ze zo in een afvalbak zou gooien.'

'Beslist niet! Ik heb zelfs een folder op het raam aan de voorkant van mijn huis geplakt. Ik vergat steeds dat ik dat had gedaan, dus toen mijn oude nieuwsgierige buren voor mijn raam gingen staan om de tekst te lezen, werd ik nerveus en ik vroeg me af waarom ze met hun neus vlak bij mijn raam stonden!'

Ze had hem nog nooit zo energiek gehoord. 'Meneer P., u maakt een grapje!'

'Nee, ik meen het! Ik wilde telkens roepen dat ze bij mijn raam weg moesten, maar goed, het moet een goede plek zijn om iets op te hangen. Ik ben heel trots! Heb je nog folders over?'

'Nog een paar, ja. Die ga ik vanavond uitdelen.' Ze beet op haar lip.

'Goed zo! Het is morgen al. We hebben geen tijd te verliezen.'

Nadat Aleisha had opgehangen, ging ze weer op de bank zitten, naast haar nicht. Ze keek naar oom Jeremy en haar moeder. Ze hadden het die middag niet meer over de grote bijeenkomst in de bibliotheek gehad. Toen Aleisha uit haar werk kwam, had Rachel gemompeld: 'Sorry, ik heb niets tegen haar gezegd. Ik wilde haar niet kwetsen. Snap je?'

Oom Jeremy had zijn befaamde lamsstoofschotel gemaakt, ook al was het daar vandaag eigenlijk te warm voor. Aleisha had er toch van gegeten, en nu zaten ze bij elkaar in dezelfde kamer om het eten te laten zakken.

Het was heel lang geleden dat ze met z'n allen als familie in dezelfde kamer hadden gezeten. Aidan zou het geweldig hebben gevonden, maar als hij erbij was geweest zou hij onverschillig hebben gedaan, zou hij misschien eerst met zijn vrienden ergens iets zijn gaan drinken.

Nee, sprak ze zichzelf streng toe, zo onthield ze hem verkeerd. Voor Aidan kwam familie altijd op de eerste plaats. Dit zou op de eerste plaats zijn gekomen.

'Ik moet de laatste folders nog verspreiden,' zei Aleisha tegen haar nicht, en ze klopte op de stapel die tussen hen in op de bank lag. 'Heb je zin om mee te gaan?'

Rachel klopte als antwoord op haar buik. 'Schat, ik denk dat ik geen stap kan zetten.'

Aleisha rolde voor de grap met haar ogen. 'Kom, loop het eraf.' Maar wat haar ogen feitelijk uitstraalden was: ik moet hier weg.

'Ja, goed idee, Aleisha. Vooruit, Rach,' zei oom Jeremy vriendelijk. Leilah glimlachte flauw om aan te geven dat ze het ermee eens was.

De twee jonge vrouwen liepen over straat. Aanvankelijk zwegen ze. 'Gaat het?' vroeg Rachel.

Aleisha zag dat er tranen in de ogen van haar nicht stonden. Het duurde even voordat Aleisha antwoord gaf. Ze keek strak naar de folders. GROTE BIJEENKOMST IN DE BIBLIOTHEEK, stond erop in Zacs fraaie bubbelletters.

'Ja, hoor,' mompelde ze. 'Ik mis hem, maar dat is normaal.'

Het duurde even voordat Rachel reageerde. 'Hij was de beste. Het voelt onwerkelijk, het kan gewoon niet.'

'Het klopt niet,' zei Aleisha automatisch, terugdenkend aan de gesprekken die ze op de dag van Aidans afscheid had gevoerd. Ze sloot haar hoofd zo lang mogelijk af voor de emotie.

Ze liepen zwijgend verder, tot Aleisha voelde dat haar hart op hol sloeg. Dat gebeurde de laatste tijd vaker. Ze wist dat ze zo meteen het gevoel zou hebben dat ze geen lucht kreeg. 'Doe jij deze kant,' zei ze, en ze gaf Rachel een stapel folders. 'Dan zal ik de andere kant van de straat doen. Stop er een in elke brievenbus, behalve als je het idee hebt dat een huis niet bewoond wordt.'

Rachel haalde haar schouders op en Aleisha stak opgelucht de straat over, haalde diep adem. Ze vertraagde haar pas, had het gevoel dat ze elk moment kon flauwvallen.

In één huis hoorde ze een hond blaffen. Ze draaide zich zo gauw mogelijk om, struikelde bijna over het tuinhekje. Haar ademhaling versnelde weer en ze keek de straat af. Rachel stopte folders in brievenbussen en had niet eens door dat haar nicht in de verzengende zomerhitte bezweek.

Aleisha nam een grote hap lucht, wist niet wat ze moest doen. Ze dacht aan Leilah, die zich verstopte, de waarheid voor iedereen verzweeg. Ze was bang, wilde niet te veel van zichzelf prijsgeven. Maar ze wist dat ze hulp nodig had. Aidan had hulp nodig gehad, zij allemaal. En Rachel, Rachel was ooit haar beste vriendin geweest. Ze miste haar, wilde haar terug. Ze stak de straat over. Haar hart sloeg al wat minder snel. De transpiratie op haar voorhoofd verdampte vrijwel meteen in de hitte en ze stak haar arm door die van haar nicht.

Rachel keek haar aan en gaf een klopje op haar hand. 'Ik ben er voor je,' zei ze, alsof ze vanaf de andere kant van de straat al Aleisha's gedachten gehoord had.

'Aleisha,' zei Rachel toen ze naar binnen gingen. Het huis mompelde rustige bedrijvigheid. Leilah was weer naar bed, oom Jeremy deed de afwas. 'Die post op Instagram zou je met Aidans vrienden moeten delen. Geef het aan hen door.'

'Dat kan ik niet.' Aleisha haalde haar schouders op.

'Laat mij het dan doen. Oké?' Rachel stak haar hand uit en Aleisha gaf haar telefoon, voelde een golf van opluchting. 'De laatste kans om mensen enthousiast te krijgen.'

'Het is al te laat,' mompelde Aleisha, en ze plofte op de bank neer.

Na een paar tellen wees Rachel naar Aleisha's telefoon. Er stonden veel meldingen dat mensen haar post over de grote bijeenkomst in de bibliotheek hadden gedeeld.

'Zie je wel, Aleisha, ik zei het toch?' zei Rachel met een grijns. Aleisha keek naar haar telefoon, die voor haar oplichtte. Om de haverklap kwam er een nieuwe melding binnen. 'Mensen voelen zich betrokken, Leish. Echt.'

Dít kreeg haar broer voor elkaar, dat mensen samenkwamen, zoals hij zijn hele leven mensen bij elkaar had gebracht. Om ervoor te zorgen dat ze zich minder eenzaam voelden.

39

Mukesh

Piep. 'Hoi, pap, met Deepali. We vertrekken zo. Ik zie je bij de bibliotheek. Goed? Ik kom met Jaya en Jayesh. En ik neem punch mee.'

Piep. 'Hallo, papa, Priya is zo opgewonden over vandaag! Ik zet haar eerst bij jou af, daarna ga ik de snelkookpan ophalen bij Nilakshimasi voor de laatste voorbereidingen. Oké? Priya heeft versierde cupcakes gemaakt. Dus die breng ik ook mee. Oké?'

Piep. 'Hallo, papa. Moet ik nog extra eten of drinken of andere spullen meenemen? Ik kan ook stoelen meebrengen als dat handig is. Laat maar even weten! Goed gedaan. Weet je, mama zou heel trots op je zijn. Daar moet ik telkens aan denken. Ze had het er vaak over dat er een inloopochtend in de bibliotheek georganiseerd zou moeten worden.'

Op de dag van de grote bijeenkomst in de bibliotheek verbaasde het Mukesh dat er geen trompetgeschal klonk toen hij uit bed kwam. Zijn dochters hadden de vorige avond alle samosa's, loempiaatjes en *vada's* ingepakt, zodat die klaarstonden om mee te nemen.

'Niet van eten! Zeker niet van de vada's, want daar hebben we er maar een paar van en ik heb ze extra pittig gemaakt, dus daar zul je spijt van krijgen!' zei Deepali die avond tegen haar vader toen hij naar het dienblad op zijn keukentafel toe liep.

'Dus ik moet ze meenemen en mag er niet van eten?'

'Precies, ja.'

Zodra Deepali vertrokken was, moest hij er gewoon een nemen.

Nee maar, Deepali had gelijk. Zelfs zijn lippen brandden en hij wist dat dat nooit een goed teken was voor de rest van de reis van de vada. Hij nam er een glas melk en een paar happen yoghurt achteraan.

Hij was benieuwd wie er vandaag zouden komen: nieuwe gezichten, bekende gezichten, vriendelijke gezichten. En hij hoopte dat Aleisha's moeder ook zou komen, maar dat was onwaarschijnlijk. Leilah worstelde. Hij moest er niet aan denken hoe hij zich zou voelen als, God verhoede, een van zijn dochters of kleinkinderen zou overlijden. Hij kon zich niet voorstellen dat hij dan ooit nog wakker zou worden en zijn bed of huis uit zou komen. Zonder hen zou de wereld veel donkerder zijn.

Hij had een jeugdpasje bij de bibliotheek aangevraagd en had er *Life of Pi*, *Beloved* en *Pride and Prejudice* op geleend om die voor de bijeenkomst aan Priya te geven. Nu hoefde hij alleen nog maar te wachten tot ze er was.

Mukesh deed een vergeefse poging om tijdens het wachten te lezen, maar door alle opwinding lukte het niet om in een nieuw boek te beginnen. In plaats daarvan las hij de eerste bladzijden van *The Time Traveler's Wife* opnieuw en de woorden voerden hem meteen naar Naina. Hij dacht terug aan toen hij het boek voor het eerst las. Hoe gebroken hij toen was. Nu voelde hij zich anders, levendig. En Naina was hier, in deze woorden, in dit liefdesverhaal. Ze zat in zijn hart, was altijd bij hem.

Toen de deurbel ging en hem uit het verhaal haalde, sprong Mukesh te vlug op, waardoor hij zich licht in het hoofd voelde. Heel even had hij het gevoel dat Naina voor de deur stond.

'Dada!' riep Priya toen ze het huis in stapte. 'Heb je een vada gegeten?'

Rohini, die een paar passen achter haar was, stormde de keuken binnen, liep rond en controleerde in elke hoek, elk koelkastgedeelte of er snacks vergeten waren. 'Papa, heb je ervan gegeten?'

'Nee!'

'Jawel,' zei Priya giechelend. 'Deepalimasi zei dat het er eenentwintig waren en ik tel er maar twintig!' Priya stond voorovergebogen over een dienblad met vada's, haar vinger beschuldigend opgeheven.

Mukesh werd rood.

'Goed, geef maar aan mij.' Rohini pakte het dienblad. 'Ik ga nu naar Nilakshimasi. Lukt het jullie om op eigen gelegenheid naar de bibliotheek te komen? Hoe gaan jullie?'

'We gaan lopen,' zei Mukesh stellig.

Rohini knikte formeel en liep de deur uit. Een vrouw met een missie.

'Priya,' zei Mukesh, 'ik heb een verrassing voor je!'

'Een verrassing?' zei Priya wat op haar hoede.

'Ja.' Mukesh pakte zijn canvastas van de trapleuning en haalde er een pasje en drie boeken uit. Hij legde alles met een plof in Priya's handen. Op het bibliotheekpasje stond in Aleisha's zwierigste handschrift *Priya Langton* geschreven.

'Van mij?' vroeg Priya terwijl ze ernaar keek. 'Voor de bibliotheek waar Aleisha werkt?' Ze keek hoopvol op naar haar opa.

'Ja, Aleisha heeft er zelf je naam op gezet!'

'En mag ik die boeken allemaal lezen?' Priya legde ze naast elkaar op de trap.

'Als je dat wilt. *Beloved* is waarschijnlijk meer iets voor je moeder om te lezen, maar ik wilde het aan je geven zodat je weet dat het een goed boek is. Al is het misschien een beetje te eng voor je.'

'Ik heb *The Woman in Black* gelezen. Dat was pas eng,' zei Priya trots.

'Dat ken ik niet.'

'Ba vertelde me dat ze het één keer had gelezen. En dat ze enorm geschrokken was.' Priya sloeg haar hand voor haar mond om een giechel te onderdrukken, maar Mukesh zag tranen in haar ogen glinsteren.

'O, beti,' zei hij, en hij omhelsde haar. 'Je Ba zou het fantastisch vinden om te zien dat je een prachtige jongedame bent, Priya. Ze zou heel trots op je zijn.' Mukesh' woorden trilden. 'Ik ben ook heel trots op je.'

Ze bleven even zo in een omhelzing staan. Het hoofd van Mukesh lag op dat van Priya. Het hele huis, dat zo lang stil had aangevoeld, voelde opeens weer als een thuis.

'Dada,' zei Priya uiteindelijk. 'Zullen we naar de bibliotheek gaan?'

Mukesh keek op zijn horloge. Het was tien voor halfelf. 'O, Bhagwan!' zei hij. 'Ja, we moeten weg! Ik zou helpen alles klaar te zetten!'

Tegen de tijd dat ze bij de bibliotheek aankwamen, twintig minuten voor aanvang, was Aleisha er al met iemand die heel veel op haar leek.

'Hallo, Aleisha! Ken je me nog? Ik ben Priya,' zei Priya, terwijl ze op haar af huppelde. Ze toonde vandaag geen spoor van zenuwen.

'Natuurlijk, Priya,' zei Aleisha glimlachend. Er lag droefheid in haar ogen. 'Hoe gaat het met je?'

'Bedankt voor mijn bibliotheekpasje,' kwebbelde Priya verder, en ze stak het pasje naar haar op. 'Je hebt echt een mooi handschrift.'

'Graag gedaan. Dan kun je af en toe eens met je opa mee naar de bibliotheek, hè?'

Priya knikte enthousiast.

'Hallo, meneer P.,' zei Aleisha terwijl ze hem wenkte. Hij had wat afstand bewaard om Priya haar moment te gunnen. 'Dit is mijn nicht Rachel,' zei Aleisha tegen Mukesh, die glimlachte en de jonge vrouw een hand gaf.

'Ja, we hebben elkaar al eens ontmoet,' zei hij. Hij merkte dat hij door de zenuwen met een zwaarder accent sprak.

Er stopten buiten twee auto's, met daarin Rohini, Deepali, Nilakshi en Vritti. Zodra ze geparkeerd hadden, kwamen er dienbladen met eten uit elk portier, en ze liepen er rechtstreeks mee naar de tafels die speciaal voor dat doel waren klaargezet.

'Waarom staan de stoelen zo?' vroeg Mukesh aan Aleisha.

Kyle antwoordde namens haar. 'Weet u, meneer, als de stoelen zo bij elkaar staan, nodigt dat meer uit tot een praatje maken. Er staan tafels zodat mensen buiten kunnen eten en daarna kunnen mensen in de bibliotheek rondkijken en even van de rust genieten! En we wilden dat dit een inloopochtend zou worden waarbij mensen elkaar konden leren kennen.'

'Nee, meneer P. wilde dat dit een inloopochtend zou zijn.' Aleisha knipoogde naar Mukesh, en Priya giechelde overdreven en hield Mukesh' hand vast.

Geleidelijk kwamen er meer mensen. Soms waren het vaste bezoekers, met borden met eten, die vrienden en familie hadden meegenomen, en soms waren het mensen die hier duidelijk nog nooit waren geweest. Het waren er geen honderden, zoals Mukesh zich had voorgesteld, maar het waren er zeker dertig of veertig. Ze moesten veel meer tafels naar buiten brengen om al het eten uit te stallen. Er was van alles: samosa's, gemarineerde kip, met chilipoeder bestrooide aardappelchips, cassavechips, in spek gewikkelde worstjes, vegetarische worstjes met rozemarijn (dit zou later Mukesh' nieuwe lievelingseten worden), Priya's versierde cupcakes en een quiche met een onbekende vulling (was het vlees of was het plastic?), blokjes kaas aan een cocktailprikkertje en allerlei soorten chutney. Het was een feestmaal.

Op een bepaald moment werd al het geklets en gelach hem te veel, en dus ging Mukesh naar binnen om een tijdje in een stoel te zitten. Hij keek om zich heen in de bibliotheek, zag de ruimte zoals alle mensen buiten die misschien zagen. Stapels en stapels boeken op glanzende planken die ooit waarschijnlijk wit waren geweest maar steeds geler werden, en stoelen, sommige nieuw en comfortabel, andere waar dat beslist niet van gezegd kon worden. Er kwam een zekere rust over hem heen. Hij keek er al naar uit om, als deze dag voorbij was, weer hier naar binnen te gaan en in zijn favoriete stoel een nieuw boek te lezen. Hij hoopte dat veel van de mensen die vandaag hier voor het eerst kwamen, er ook van zouden genieten.

En daar, tussen de boekenkasten, knus op haar zitzak, zat Priya. Ze had door dat hij naar haar keek, en keek hem stralend aan. Een paar weken geleden nog maar had hij nooit gedacht dat dit zou kunnen gebeuren. Hij wist dat er veel was veranderd, sommige veranderingen waren positief, andere negatief... Maar dit was een van de goede momenten, een van de mooiste momenten.

Mukesh knabbelde aan een vegetarisch worstje toen hij Rohini ontdekte, met een papieren bordje in de ene en een volle mok in de andere hand.

'Ik heb extra worstjes voor je,' zei ze hard, over de herrie heen. 'En ook chai, zelfgemaakt, door Indiramasi!'

'Is Indira hier?'

'Hm-hm, kennelijk is ze hier al een tijdje vaste bezoeker. Niet te geloven dat je nooit gezegd hebt dat ze hier kwam. Ze kletst vandaag de oren van je hoofd,' zei Rohini.

'Kletsen? Indira? Dat is nieuw voor me! In dat geval blijf ik nog wat langer binnen.' Mukesh lachte. 'Weet je,' fluisterde hij, 'de laatste keer dat we elkaar spraken heb ik er twee uur over gedaan om bij haar weg te komen.'

Rohini lachte. 'Papa!' zei ze streng. 'Wees aardig tegen haar, ze is eenzaam. Daar draait het vandaag toch allemaal om? Mama vond Indiramasi heel aardig, keek altijd naar haar om.'

Mukesh keek naar zijn vegetarische worstje, draaide het rond op het prikkertje. 'Je hebt gelijk.' Rohini gaf hem een licht maar stevig klopje op zijn been, en Mukesh verontschuldigde zich.

'Hoe dan ook, papa, ik wil sorry zeggen. Ik heb je niet goed behandeld. Nam altijd beslissingen voor je. Maar kijk om je heen, je doet het geweldig.' Ze knikte in de richting van Priya. 'En Priya heeft gezegd dat ze er echt van genoten heeft om deze zomer tijd met jou door te brengen.'

Mukesh wist niet wat hij moest zeggen.

'En alles wat je voor Aleisha hebt gedaan. Je bent een geweldige vriend.'

Mukesh kon zijn dochter niet aankijken, hij bloosde van verlegenheid. 'Ik denk dat je moeder me aan het eind van haar leven toch nog iets nuttigs heeft weten bij te brengen.'

'Ik zat erover in, dacht dat er iemand voor je zou moeten zorgen nadat mama was overleden, had niet door dat je zelfstandig genoeg was, en toen ik voor je probeerde te zorgen, wist ik niet meer hoe ik je gezelschap moest houden. Het spijt me.'

Mukesh glimlachte vriendelijk en gaf een kneepje in de hand van zijn dochter.

'Ik ga even naar buiten om Deepali van Indira te verlossen, maar ik hoop dat we elkaar vaker kunnen zien, echt tijd samen kunnen doorbrengen. Mama zou dat willen. Dat weet ik nu.'

Voordat Mukesh kon antwoorden, was Rohini al weg. Er zat alleen nog een brok in zijn keel. Hij probeerde die weg te slikken voordat hij met iemand anders moest praten. Hij keek uit het raam naar al die mensen, die papieren bordjes vasthielden, eten in hun mond stopten en kletsten. Het maakte hem heel blij dat mensen van de tempel niet alleen met mensen van de tempel praatten, maar met iedereen. De mensen van wie hij vermoedde dat die door Aleisha waren uitgenodigd – haar vrienden, Aidans vrienden – kletsten zelfs met de oudjes en Mukesh' hart maakte een sprongetje.

Er stopte weer een auto en Zac stapte uit. Hij glimlachte. Aleisha zou blij zijn.

En toen zag Mukesh iemand op de passagiersstoel zitten. De persoon keek naar buiten. Zag hij het nou goed? Hij moest Aleisha vinden, moest het tegen haar zeggen. Leilah was gekomen!

40

Mukesh en Aleisha

Aleisha vulde de punchschaal. De ijsklontjes waren snel gesmolten in de hitte en ze was bang dat er niet genoeg meer in de diepvriezer van de bibliotheek lagen.

'Wist je dat het woord "punch" is afgeleid van het Hindi woord "panch"?' zei een oude dame gekleed in een druk versierde sari tegen haar. Ze had haar vaker in de bibliotheek gezien. De vrouw was altijd op gedempte toon met iemand in een hoek aan het kletsen. Aleisha had er een paar keer iets van moeten zeggen.

'Dat wist ik niet,' zei Aleisha, en ze glimlachte naar de dame. Haar haar was in een strakke knot naar achteren getrokken, met een netje eromheen.

'Panch betekent vijf, er gaan vijf ingrediënten in punch. Hoeveel heb jij erin gedaan?'

Aleisha haalde haar schouders op; ze had geen flauw idee, Deepali had de punch gemaakt. Op dat moment kwam er een jonge vrouw met een baret en een streepjestrui op hen af. Aleisha wist dat ze haar weleens eerder in de bibliotheek had gezien.

'Indira!' zei de jonge vrouw. 'Hoe gaat het? Het is lang geleden dat ik u heb gezien.'

'O, Izzy.' De oude dame lachte van oor tot oor. 'Dat klopt. Mijn ischias speelt weer op, dus ik heb een tijdje het bed moeten houden, maar ik ben terug voor de grote dag! Heeft die man toen nog kunnen achterhalen hoe het zat met je leeslijst? Precies zo'n zelfde lijst als ik had gevonden. Ik heb er zoveel over nagedacht, beti.'

Aleisha keek toe terwijl de vrouw maar doorratelde. Leeslijst? Aleisha spitste haar oren.

'Nee, nog niet. Het is een groot raadsel. Misschien komen we er wel nooit achter, maar kijk eens hoeveel het ons heeft gebracht. Anders had ik u misschien nooit leren kennen, Indira!' zei Izzy met een overdreven glimlach. 'Wilt u mijn *kombucha* proeven? Ik heb het zelf gemaakt en gezoet met honing.'

Aleisha rook de kombucha, die stonk in de hitte, en maakte van de gelegenheid gebruik om ervandoor te gaan. Ze zou de informatie over de leeslijst die ze zojuist had gehoord onthouden en nam zich voor er zelf in te duiken toen ze achter het hoofd van de jonge vrouw Zacs auto zag.

'Aleisha!' zei Mukesh hijgend bij haar schouder, terwijl hij naar Zac wees. 'Er is iemand voor je!'

Ze hield haar adem in toen Zac met een ovenschaal in zijn handen naar haar toe liep en ze probeerde een glimp op te vangen van de persoon die hem vergezelde. Haar hart klopte in haar keel.

'Het ziet er fantastisch uit!' riep hij. 'Mag ik je voorstellen aan mijn moeder?'

De moed zakte Aleisha in de schoenen. Er was een vrouw uit de auto gestapt die ook een schaal vasthield. Ze had gewenst dat het haar moeder was. Ze had niet verwacht dat Leilah zou komen, maar ze had het wel gehoopt.

'Hallo,' zei Aleisha toen Zacs moeder voor haar stond. De vrouw was jong en hip en had stijlvol blond haar. Ze droeg sandalen met een hak en een doorschijnende blouse die eruitzag als de verkeerde keus voor een lopend buffet. 'Wat leuk u te ontmoeten.'

'En ik vind het leuk om jou te leren kennen, meisje. Nog gecondoleerd met je broer. Zac heeft het me verteld. Dit is echt een goed idee. Ik hoop dat mijn vegetarische tajine in orde is voor je grootvader,' zei ze, waarbij ze naar Mukesh knikte, die enthousiast naar Zac zwaaide.

'O, dat is mijn opa niet,' zei ze glimlachend. 'Gewoon een vriend, en een vaste bezoeker van de bibliotheek. Maar toch bedankt, en fijn dat u gekomen bent. Dat betekent veel voor me.' Aleisha vond het fijn om haar te leren kennen, maar moest toch haar teleurstelling wegslikken. Ze wilde naar huis gaan en Leilah trappend en gillend meesleuren.

Thermosfles kwam de bibliotheekdeuren uit en riep luidkeels: 'Kom naar voren, kom naar voren.' Geleidelijk deden de mensen dat, waarbij ze hun gesprekken met tegenzin staakten.

'Samuel! Niet aan de jurk van die mevrouw trekken. Kom hier!' riep een moeder tegen haar zoon, net toen iedereen stil was geworden. 'Shit! Sorry!' riep ze. 'Sorry!'

Er werd wat gegniffeld en Aleisha nam even de tijd om de menigte te overzien. Er waren nu pakweg vijftig mensen, van verschillende leeftijden. Ze zag de vrouw met de streepjestrui weer, en ook de vaste bezoeker met het roze haar, en de man die altijd populairwetenschappelijke boeken las... Tjonge, die had ze lang niet gezien. Benny en Lucy stonden achteraan, met hun familie. Ze herkende mensen van foto's op Aidans telefoon, of van zijn social media, maar ze zag vooral onbekende gezichten. Er zaten mensen tussen die duidelijk vrienden van Mukesh waren, maar er waren ook veel anderen die Aleisha minder gemakkelijk kon plaatsen. Toen zag ze Chris, de Thrillerman, met zijn ouders, die er precies hetzelfde uitzagen als hun zoon: wat ineengedoken, handen in de zakken. Toen hij haar blik ving, lachte hij en hij zwaaide met een boek naar haar. *To Kill a Mockingbird.*

Dat leek een eeuwigheid geleden. Thrillerman was degene die haar het allereerste boek had gegeven, waar dat mysterieuze lijstje in zat. Ze vroeg zich nog steeds af of híj dat lijstje voor haar had samengesteld. Had hij het geweten?

'Wat fijn dat jullie allemaal gekomen zijn,' zei Dev, die zijn blik over de menigte liet glijden. Hij keek Aleisha recht aan en wenkte haar. Ze liep met tegenzin naar voren, en raakte daarbij sari's en jacks en T-shirts. Ze schaamde zich nu al dood.

Toen ze vooraan stond, waren haar wangen rood en bezweet. Ze hoopte maar dat mensen zouden denken dat het haar natuurlijke glans was. Opnieuw zochten Devs ogen iemand: Mukesh. Meneer P. deed twee passen naar voren en stond toen naast hen.

'Ik wil Aleisha bedanken, een van onze briljante bibliothecarissen, en Mukesh Patel, een vaste bezoeker van Harrow Road, die met dit idee gekomen is om onze kleine bibliotheek deze ochtend voor iedereen open te stellen. We zijn heel blij dat jullie hier allemaal zijn en we hopen dat jullie op woensdagochtend blijven komen. Kom voor taart en blijf voor boeken! We zijn dan wel niet de grootste bibliotheek in de omgeving, maar we proberen hier een vredige en vriendelijke plek voor de buurt te creëren. We hopen op jullie steun, zodat deze bibliotheek, die een belangrijk onderdeel van de geschiedenis van Wembley is, ook in de toekomst open kan blijven.'

Mukesh boog zich naar de microfoon toe. Zijn stem trilde. 'Boeken zijn geweldig!' zei hij, en een paar mensen, onder wie Deepali, Rohini en Priya, lachten. Hij zweeg even, vroeg zich af wat hij verder nog moest zeggen, tot hij Naina in de menigte ontdekte. Hij zag haar van top tot teen; ze glimlachte en knikte hem bemoedigend toe.

'Ik ben Aleisha en Dev en jonge Kyle dankbaar dat ze me geholpen hebben om een plek te vinden die als een thuis voelt. En we willen dit zo vaak mogelijk doen op woensdag. En jullie weten allemaal: woensdag is boodschappendag, dus jullie zijn toch al het huis uit. Kom gerust langs. Waarom niet?'

Aleisha had door dat hij zenuwachtig was, want hij hakkelde een beetje, maar hij genoot ervan om in de schijnwerpers te staan. Hij had eens tegen haar gezegd dat hij het vervelend vond om in het middelpunt van de belangstelling te staan, maar ze wist zeker dat dat een dikke vette leugen was.

'Naina, mijn overleden vrouw,' ging hij verder, en zijn blik schoot naar zijn Naina in de menigte. Zijn ogen prikten even en hij voelde een leegte in zijn hart. 'Ze hield van boeken. Tot ik hier kwam snapte ik niets van boeken. De bibliotheek heeft me geholpen me nauwer met haar verbonden te voelen. Het is ontzettend belangrijk dat je het gevoel hebt dat je deel uitmaakt van een plek en een gemeenschap, en ik zou willen dat iedereen hiernaartoe komt en geniet, net als ik.'

Aleisha knikte.

'En laten we niet vergeten om een toost uit te brengen of een boek te lenen ter nagedachtenis aan Aidan Thomas, een jongeman die heel veel van deze bibliotheek hield!' Mukesh gaf de microfoon terug en stapte opzij. Hij had zijn zegje gedaan en het was stil. Rohini hield een papieren zakdoekje bij haar neus, dat haar mond bedekte.

Hij keek nog eens om zich heen en even, toen de zon op de auto's op het parkeerterrein scheen en via de ramen van de bibliotheek terugkaatste, zag Mukesh alle personages die hij onderweg had leren kennen. Hij zag Pi en zijn angstaanjagende tijger, die daar helemaal niet hoorde. Elizabeth Bennet, die nog steeds deed alsof ze niet geïnteresseerd was in Darcy, die een paar passen achter haar liep. Marmee en haar dochters, de armen in elkaar gehaakt. Amir en Hassan, weer jong, zorgeloos, die met een vlieger over het parkeerterrein renden. En te midden van al die personages was Naina. Ze glimlachte nog steeds en had haar handen ineengeslagen voor haar borst.

Aleisha en Mukesh zaten op hun vaste plek bij het raam. De rust was weergekeerd in de bibliotheek. Het enige bewijs van de dag waren de aluminium bakken waar eten in had gezeten en die nu opgestapeld waren om te recyclen.

'Aleisha?' begon Mukesh aarzelend. 'Wat denk je? Zou Aidan het leuk hebben gevonden?'

Dat had Aleisha zich ook afgevraagd. Ze had hier veel mensen zien lachen, met nieuwe mensen zien praten en zelfs een bibliotheekfolder zien meenemen. Wat had ze graag gewild dat hij erbij was geweest om het met eigen ogen te zien. 'Ik denk het wel,' zei ze eerst, maar toen zei ze: 'Nee, ik weet het zeker. Hij had het geweldig gevonden.'

Mukesh slaakte een voldane zucht. 'Hij zou heel trots op je zijn, beta,' zei hij tegen Aleisha, waarbij hij haar recht aankeek. 'Je hebt zoveel gedaan.'

Aleisha voelde emoties opwellen in haar borst die naar buiten dreigden te komen als tranen die over haar gezicht zouden rollen. Ze sprong op van de stoel en liep naar een verdwaald tafelkleed dat op een bibliotheektafel was blijven liggen. Ze stopte het in een canvastas, was nog niet in staat Mukesh aan te kijken.

'Mag ik vragen wat het volgende boek is? Ik wil het lezen,' zei Mukesh, die Aleisha's gêne bespeurde en haar te hulp wilde schieten door over iets anders te beginnen.

Ze knikte. Even meende ze Aidan te zien, die op de stoel naast Mukesh *The Time Traveler's Wife* zat te lezen. 'Kom anders morgen terug, dan zal ik u een boek aanraden.'

'Dank je wel, Aleisha.' Na een tijdje duwde hij zich langzaam en voorzichtig overeind uit zijn stoel. 'Goed gedaan vandaag, beti. Goed gedaan,' zei hij. Zijn glimlach was aanstekelijk.

'Bedankt, meneer P.,' antwoordde ze zacht, terwijl ze – compleet overbodig – nog wat tafels afnam.

Meneer P. ging door de glazen deuren nadat hij op de automatische piloot op de knop had gedrukt om de deuren te openen. Wat had hij veel vooruitgang geboekt.

'O, wacht!' riep ze naar hem.

Hij draaide zich voorzichtig om.

'Sorry, ze hebben me gevraagd u eraan te herinneren *The Highway Code* in te leveren.'

Meneer P. kreeg een rood hoofd en knikte vlug, waarna hij wegliep.

Toen gingen haar gedachten opnieuw naar de vrouw die uit Zacs auto was gestapt. Ze had nooit gedacht dat het Leilah zou zijn, dat was een verre droom. Maar vandaag hoorde het om Aidan te gaan en ze had zichzelf toegestaan hoop te koesteren.

41

Aleisha

Toen Aleisha haar straat in liep, wierp ze een blik op haar huis. Ze hield rekening met de gebruikelijke dichte ramen, duisternis binnen, de gordijnen in elke kamer halfdicht. Rachel en Jeremy waren nog niet terug. Hun auto stond er niet. Ze waren boodschappen gaan doen voor het avondeten. Er golfde paniek door haar heen. Was alles in orde met Leilah? Hoelang hadden ze haar alleen gelaten? Ze was zo bezig geweest met het plannen van het evenement dat ze er amper bij had stilgestaan dat Leilah in haar eentje thuis was.

Ze versnelde haar pas en begon half te rennen. Toen ze bij nummer 79 aankwam, bleek Leilah in de deuropening te zitten. De deur achter haar stond wagenwijd open.

'Aleisha, ik...' Haar stem stierf weg.

Ze was van top tot teen in het donkerblauw, droeg een hoody van Aidan en ook zijn trainingsbroek. Ze probeerde zichzelf overeind te duwen terwijl Aleisha op haar afkwam, maar had er de kracht niet voor.

Aleisha boog zich naar voren en nam haar moeder in haar armen. Zo bleven ze even staan. Aleisha nam het allemaal in zich op. Ze was niet boos meer. Ze had geen puf om boos te zijn. Aidan zou niet willen dat ze boos was. Nu wilde ze alleen haar moeder terug. Ze snoof de geur op van Leilahs kokosshampoo, en van Aidans stoffige, muffe hoody.

'Mama, het is in orde.'

‘Nee, Aleisha.’ Leilah maakte zich voorzichtig los. ‘Het spijt me zo. Ik wilde komen. Ik heb het geprobeerd. Ik kon het gewoon niet.’

‘Mam, maak je geen zorgen.’ Aleisha wilde dat Leilah erbij was geweest, dat ze gezien had hoeveel mensen er waren gekomen, dat ze al die mensen gezien had die daar voor Aidan waren.

‘Hier,’ zei Leilah. Ze maakte zich weer los en haalde een vel papier tevoorschijn. Het was een uitdraai van Leilahs dure printer. Dat zag ze aan het dikke papier, de fraaie letters. Het was een e-mail.

‘Ik ben lid geworden van de bibliotheek,’ zei Leilah. Ze glimlachte. ‘Ik weet dat het dom lijkt, maar ik vind het fijn als je me voorleest. Ik hoop dat we dat vaker kunnen doen. Het zal nog wel een tijdje duren voordat ik er in mijn eentje naartoe durf, maar... ik wil het echt. Ik weet dat je broer dol was op de bibliotheek. Al van jongs af aan. En kijk.’ Leilah wees naar de onderste regel van de e-mail.

1 BOEK GERESERVEERD: *TO KILL A MOCKINGBIRD*, LEE, HARPER.

Aleisha wist niet wat ze moest zeggen. Ze omhelsde haar moeder nog steviger. Ze wist dat dit niet het einde was, het was pas het allereerste begin, maar ze was zich ervan bewust dat Leilah zelfstandig voor het huis stond. Leilah was hier, ze beefde niet en haar ademhaling was normaal. Ze maakte oogcontact, deed haar best.

‘Misschien kunnen we volgende week een keer samen gaan?’

‘Dat is goed.’

‘Na mijn doktersafspraak.’ Leilah gaf haar dochter een zoen op de wang. ‘Misschien heb ik daar ook je hulp bij nodig.’

Aleisha verroerde zich niet, haalde diep adem en probeerde te voorkomen dat haar stem zou overslaan. ‘Dat is fantastisch, mam. Ik ben heel trots op je.’ En ze meende het. Ze meende elk woord. Ze zou willen dat Aidan hier was om dit te zien.

Die avond zaten Aleisha en Leilah in de koele schaduw van de woonkamer, de ramen op een kier, waardoor er een zacht warm briesje naar binnen kwam.

Ze hadden in de middag babyfoto’s bekeken van Aidan, van

Aleisha. Ze bekeken ze een voor een. Aleisha zag Leilah bij elke foto opleven, omdat er herinneringen bij haar naar boven kwamen. Strandvakanties in de stromende regen; Aidan in bad als baby, schuim op zijn hoofd; Aidan die leerde surfen; de eerste schoolfoto van Aidan en Aleisha samen.

Toen ze alle foto's hadden gehad en het verdriet weer de kop opstak, toen ze eraan herinnerd werden dat hij niet terugkwam, sloeg Aleisha het laatste boek van de leeslijst open: *A Suitable Boy*. Ze begon voor te lezen.

Leilah en Aleisha zaten meteen in een bruiloft, waar mevrouw Rupa Mehra tegen haar ongehuwde dochter Lata zei dat ze met de jongen moest trouwen die haar moeder voor haar zou uitkiezen.

Het boek was levendig, meeslepend, de bruiloft voltrok zich in hun woonkamer. Aleisha zag Leilah glimlachen om de strengheid van Rupa Mehra.

'Zo ben ik toch niet?'

'Niet altijd,' zei Aleisha lachend.

Een tijdje gingen moeder en dochter op in een ander verhaal, dat draaide om een moeder en dochter, en een zoektocht naar een geschikte jongen voor deze jonge vrouw.

'Het is zo levendig,' zei Leilah. 'Zoveel personages, met verschillende achtergronden en geloofsovertuigingen. Het zit heel vernuftig in elkaar, met al die draden die opgezet worden. Het is prachtig, ik heb het gevoel dat ik het moet schilderen.'

Aleisha's oogleden schoten omhoog. Leilah had het al maanden niet over haar kunst gehad. Omdat ze het moment niet wilde verpesten dat door de woorden van de auteur was gecreëerd, las ze verder.

Ze vroeg zich af waarom juist dit boek het laatste op de lijst was, of degene die de leeslijst had opgesteld de boeken bewust in deze volgorde had gezet. Ze dacht aan de reis die ze dankzij de boeken had gemaakt, aan de plekken waar die haar hadden gebracht: Maycomb in Alabama, Cornwall, Kabul, midden op de Stille Oceaan, een graafschap in Engeland, Massachusetts, Cincinnati en tot slot Brahmpur in India. Via de personages van de leeslijst had ze van alles ervaren: onrecht en kinderlijke onschuld, angst en onrust, schuldgevoelens en spijt en een sterke blijvende vriendschap, een flirt met meneer Darcy (Zac dook nog steeds in haar gedachten op als ze aan *Pride and Prejudice* dacht), veerkracht, onafhankelijkheid en vastberadenheid via de jonge vrouwen, de terugslag van een trauma en de kracht van hoop, geloof en gemeenschap. En nu, met *A Suitable Boy*, was de nieuwe reis pas net begonnen.

'Wat is dat?' vroeg Leilah, die naar de bladzijden keek.

Aleisha keek op. 'Wat?'

'In het boek.'

'Ze vertrekken net van de bruiloft. Savita is de bruid, Pran is de bruidegom.'

'Nee, ik bedoel achter in het boek, daar zit iets.'

Aleisha ging naar de laatste bladzijde.

Leilah had gelijk: in het plastic omslag zat een envelop, verkreukt, maar platgedrukt door het gewicht van *A Suitable Boy*. Ze haalde de envelop er voorzichtig uit, alsof het een verborgen schat was.

'Wat is het?' vroeg Leilah.

'Een envelop. Een brief, denk ik.' Aleisha draaide de envelop om om te zien of die aan iemand geadresseerd was.

Mukesh.

'Mam,' zei Aleisha. 'Ik denk dat hij voor meneer P. is.'

'Wat?'

'De brief.' Ze liet de voorkant van de envelop zien.

Leilah kneep haar ogen tot spleetjes. 'Denk je dat dit hetzelfde handschrift is als van de leeslijst?'

Aleisha haalde de leeslijst uit haar telefoonhoesje, maar ze hoefde er eigenlijk niet naar te kijken. Het beeld stond in haar geheugen gegrift: elke titel, de zwierige Y's en I's van het nette handschrift.

Ze gaf de envelop en het briefje aan Leilah, in de wetenschap dat haar kunstzinnige moeder oog voor zulke zaken had.

'Geen twijfel mogelijk. Is dit… voor jouw Mukesh? Voor meneer Patel?'

Aleisha haalde haar schouders op en streek voorzichtig over de envelop. 'Daar komen we vanzelf achter.'

'Oké, maar onthou waar we zijn.'

Aleisha fronste verward haar wenkbrauwen.

'Waar we gebleven zijn in het boek,' zei Leilah. 'Ik wil weten hoe het verdergaat.'

42

Mukesh

Mukesh deed de deur open en er verscheen een brede glimlach op zijn gezicht toen hij haar zag. 'Aleisha! Had ik je uitgenodigd? Het spijt me heel erg, ik ben het vergeten. Ik heb geen eten gekookt of zo. Ik zit nog vol van het buffet! Kun je morgen terugkomen? Dan is Priya er ook. Ze wil je graag weer zien, dat weet ik zeker.' Hij keek om zich heen of het huis opgeruimd genoeg was om gasten te ontvangen. 'Of kom je voor *The Highway Code*?'

'Nee, nee, maakt u geen zorgen, meneer P. We hadden niet afgesproken dat ik vandaag bij u zou komen eten. Ik ben hier omdat ik, eh... Ik heb iets en ik denk dat het voor u is.' Ze hield *A Suitable Boy* omhoog.

'O, nee! Aleisha, ik weet dat ik een veel betere lezer ben dan eerst, maar dat boek is echt te dik voor me. Daar val ik bij in slaap.'

'Om te beginnen, meneer P., wat ik tot nu toe heb gelezen is geweldig. U zult het een mooi boek vinden en tegen de tijd dat u het uit hebt, zal Priya waarschijnlijk oud genoeg zijn om het ook te lezen.' Aleisha lachte. 'Kijk.' Ze ging naar de achterflap van het boek, liet hem zien dat er een envelop in zat. Ze haalde de envelop eruit en gaf die aan hem. 'Ik vond dit. Ik denk dat die voor u is. Maar voordat u hem leest, moet u weten...' Ze slikte, was opeens nerveus. 'Weet u, ik heb een lijst gevonden. Een leeslijst. Daarop staan de boeken die wij samen hebben gelezen.'

'Heb je de titels opgeschreven? Wat ben je toch een goede bibliothecaris, Aleisha, de volledige service. Heel fijn,' zei hij.

'Nee, meneer P. Die boeken zijn door iemand anders aangeraden. Ik heb vals gespeeld. Weet u nog dat ik zei dat ik niets over boeken wist?'

'Ja, je bent een bescheiden meisje.'

'Nee, meneer P., ik weet echt niets of... Nou ja, ik wist niets. Maar die dag dat u voor het eerst naar de bibliotheek kwam, vond ik deze leeslijst en ik dacht... Ik dacht dat als ik die boeken las en ze wel oké waren, ik ze u kon aanbevelen.'

Hij keek weer naar de envelop. 'Mukesh.' Hij sprak zijn eigen naam uit alsof hij die nooit eerder had gehoord.

'Ik denk dat die van...'

'Hij is van Naina,' onderbrak hij haar. 'Het is haar handschrift.'

'Die leeslijst, ik denk dat Naina die heeft opgeschreven.' Ze gaf hem ook de lijst. Zijn handen trilden. 'En die brief, die is voor u.'

Mukesh keek Aleisha aan alsof hij haar voor het eerst zag, alsof hij haar gezicht centimeter voor centimeter in zich opnam, de envelop in de ene hand, de leestlijst in de andere. Aleisha glimlachte, gaf haar vriend een klopje op de schouder en liep weg.

Toen ze de straat overstak, zag ze een eindje verderop een jongeman tegen een muur leunen. Heel even meende ze dat het Aidan was. Er verscheen een glimlach op zijn gezicht, speciaal voor haar.

DE LEESLIJST

Naina

2017

Naina had de laatste leeslijst achtergelaten. Die lag onder het exemplaar van *To Kill a Mockingbird*. Ze hoopte dat Chris het boek zou lezen. Het was heel wat anders dan de thrillers die hij gewoonlijk las, maar ze dacht dat hij misschien baat zou hebben bij iets nieuws. Hij had verdriet. Maar boeken hadden de kracht om te helen.

De bibliotheekboeken lagen op een stapel op haar nachtkastje. Haar laatste leesvoorraad van de bibliotheek. Het waren al haar lievelingsboeken, de boeken waarmee ze was opgegroeid, de boeken die haar op het juiste moment hadden gevonden, die haar troost hadden geboden toen ze dat nodig had, die haar een ontsnappingsmogelijkheid hadden gegeven, een kans om voorbij haar eigen leven te leven, een kans om krachtiger lief te hebben, een kans om zich open te stellen en mensen toe te laten. En nu had ze die allemaal voor de allerlaatste keer gelezen.

Priya was degene die geopperd had dat ze een leeslijst zou achterlaten. 'Ba, ooit wil ik een lijstje met al jouw lievelingsboeken. Jij bent de beste boekenmens die ik ken.' Ze had het terloops opgemerkt, zoals kinderen dat doen, maar het idee was in Naina's hoofd blijven hangen. Ze wist dat ze niet lang meer te leven had en ze wilde iets teruggeven. Aan Wembley. Aan de mensen die van haar hielden. En de boeken hadden haar zoveel gebracht. Het was tijd om ze door te geven. Ze hoopte dat de leeslijsten hun weg zouden vinden naar bereidwillige handen en harten – in de supermarkt, bij de bushalte, in de bibliotheek, bij de yogastudio, in de gemeenschappelijke tuin – en dat die, al was het maar even, mensen zouden opmonteren. Met Indira's lijst wist ze dat ze die niet rechtstreeks aan haar kon geven. Indira was trots, ze zou lachen om het idee, ze zou de leeslijst weggooien zodra ze alleen was. Het was misschien een dom idee om hem in Indira's schoenenvak achter te laten, helemaal verkreukt. Maar ze vertrouwde erop dat het lot haar een handje zou helpen. Ze hoopte dat Indira haar weg naar de boeken zou vinden, misschien zelfs naar de bibliotheek.

Nu had ze nog maar één leeslijst over. En ze wist voor wie die was: Mukesh. Hij was nooit een lezer geweest, maar ze hoopte dat hij, als ze er niet meer was, zich zou afvragen waarom lezen voor haar belangrijk was geweest. Ze wilde niet dat hij eenzaam zou zijn, en hij had de neiging zich voor de buitenwereld af te sluiten als hij verdrietig was. Als hij dat deed, zo had ze bedacht, kon hij op deze manier op een andere plek gezelschap vinden. Op bladzijden. Misschien vond hij daar iets wat hem ertoe zou brengen nieuwe mensen te leren kennen, nieuwe dingen te proberen, misschien vond hij er ook wijze woorden.

Ze pakte een vel briefpapier, haar zoveelste poging. Ondanks alle boeken die ze had gelezen, was er niets zo moeilijk als woorden vinden om 'ik hou van je' te zeggen tegen degene met wie ze de gelukkigste jaren van haar leven had doorgebracht.

Ze haalde diep adem en begon. Haar tranen maakten al vlekken op het papier.

Mukesh,

Ik ben deze brief al tien, twintig keer begonnen en ik weet eigenlijk niet goed wat ik wil zeggen. Dank je wel. Bedankt dat je van me gehouden hebt, dat je vijftig jaar mijn vriend, mijn zielsverwant was. Ik ben blij dat we elkaar hebben gevonden en dat we een gezin hebben gesticht. Ik ben trots op het leven dat we hebben opgebouwd. Het was een klein maar liefdevol leven, dankzij jou. Ik wil dat je weet dat je het zult redden zonder mij. Maar daar moet je wel aan werken, Mukesh. Daag jezelf elke dag uit. Praat met een onbekende. Doe iets nieuws. Vertel onze kinderen over ons leven voordat zij geboren waren, en zorg voor ze, en sta toe dat ze voor jou zorgen. Kleine Priya is verlegen. Ik heb gemerkt dat samen lezen het gemakkelijker voor haar maakte om zich voor mij open te stellen. Ze wil je beter leren kennen. En dat wens ik voor jullie allebei.

Vind vrede in je hart. Ik weet dat je boos bent. Ik weet dat je verdriet hebt. Maar mijn kanker is niemands schuld. Soms gaat het leven nu eenmaal zo. Als je deze brief leest, ben ik er niet meer en staat de volgende fase van je leven op het punt te beginnen. Geniet ervan. Die periode hoort net zo bijzonder te zijn als de tijd die we samen hebben gehad.

Wees aardig, wees zorgzaam, wees jezelf, Mukesh. Je bent de geweldigste persoon die ik ooit heb gekend. Wees niet bang om opnieuw lief te hebben als dat op je pad komt, en weet dat ik dan blij voor je zal zijn. En bedenk dat je familie op de onwaarschijnlijkste plekken kunt vinden en dat familie jou altijd zal vinden.

Liefs,
Naina x

P.S. Dit zijn de boeken die me dichter bij mezelf hebben gebracht, die me geholpen hebben om mezelf en mijn wereld te vormen. Ik hoop dat ze je licht en vreugde zullen brengen en als je me ooit mist, zul je me in de bladzijden van deze boeken vinden. Ik hou van je.

P.P.S. Ik denk dat Priya deze boeken ook mooi zal vinden, maar dan moet ze misschien wat ouder zijn.

Toen ze de lijst, samen met de brief, in de envelop wilde stoppen, hoorde ze Mukesh de trap op komen. Ze ging vlug op de envelop zitten en legde haar pen in het nachtkastje.

'Naina.' Mukesh stak zijn hoofd om de deur. 'Wil je chai?'

'Ja, lekker,' antwoordde Naina. Mukesh liep op zijn tenen weg en Naina haalde de envelop vlug onder haar achterwerk vandaan. Die was helemaal verkreukt. Ze slaakte een zucht en stak hem in de achterflap van *A Suitable Boy*. Als er één boek was dat een brief plat kon krijgen, dan was het dit boek wel.

'Mag het chai uit een zakje zijn?' riep Mukesh.

'Natuurlijk. Mijn lievelingsthee,' zei Naina.

Noot van de auteur

De leeslijst in dit boek is de leeslijst van één personage, maar er zijn veel meer boeken die ik in het verhaal had willen opnemen. Boeken die mijn kijk op het auteurschap, mensen en de wereld hebben veranderd. Boeken die me geïnspireerd hebben, me geraakt hebben, waar ik meer van heb geleerd dan tijdens welke les op school dan ook. Boeken die ervoor hebben gezorgd dat ik een lezer wilde zijn, en uiteindelijk een auteur.

Dit is mijn leeslijst.

Jhumpa Lahiri, *The Namesake*
Arundhati Roy, *The God of Small Things*
Zadie Smith, *White Teeth*
Chimamanda Ngozi Adichie, *Americanah*
Katherine Heiny, *Standard Deviation*
Rohinton Mistry, *A Fine Balance*
Hiromi Kawakami, *Strange Weather in Tokyo*
Angela Carter, *The Magic Toyshop*
Maya Angelou, *I Know Why the Caged Bird Sings*
Attia Hosain, *Sunlight on a Broken Column*
Ali Smith, *There But For The*

Deze boeken hebben me op precies het juiste moment in mijn leven gevonden. Elk boek staat me nog heel helder voor de geest. Ik herinner me de personages alsof het mijn vrienden waren, soms voelde het zelfs als familie. Ik weet nog precies waar ik was en hoe ik me voelde toen ik de laatste bladzijde omsloeg. Deze boeken zijn me altijd bijgebleven.

Dankwoord

Dit verhaal ligt me al lange tijd na aan het hart, maar zonder hulp van heel veel geweldige mensen was dit boek er nooit gekomen. Dank aan mijn agent, Hayley Steed, de grootste fan die ik me maar kan wensen. Bedankt dat je al in dit boek geloofde toen het nog niet eens helemaal af was. Dank voor je redactionele inzicht, je deskundigheid en je niet-aflatende enthousiasme, en voor het feit dat je mijn bezorgde brein tijdens het hele proces begeleid hebt. Enorm veel dank aan het team van Madeleine Milburn Literary Agency, en in het bijzonder aan de supersterren van de rechtenafdeling: Liane-Louise, Georgina en Sophie. Jullie waren de ideale literaire familie en dit boek was bij jullie in de allerbeste handen.

Dank aan Charlotte Brabbin, mijn geweldige redacteur. Zonder jou zou dit boek niet zijn wat het nu is. Grote dank voor je passie, je creativiteit, je oog voor detail, je visie en je vertrouwen in dit boek. Dank aan het hele team bij HarperFiction, in het bijzonder Nancy Adimora, Jen Harlow, Becca Bryant, Lynne Drew, Hannah O'Brien en Katy Blott, Grace Dent, Isabel Coburn, Ammara Isa, Alice Gomer, Sarah Munro en Laura Daley. Ik sta versteld van jullie talenten en ik ben ontzettend dankbaar voor alle zorg die jullie aan dit boek hebben besteed! Dank aan Claire Ward en Andrew Davis voor het geweldige omslag en aan Aleesha Nandhra voor je prachtige illustraties.

Dank aan Rachel Kahan, mijn fantastische redacteur bij William Morrow, en aan het hele team bij William Morrow. Bedankt dat jullie in de Verenigde Staten zo goed voor dit boek hebben gezorgd.

Dank aan mijn eerste lezers: Hannah Wann, Amanda Preston,

Niki Chang. Jullie advies en inzicht hebben me aangespoord. Rosie Price, bedankt voor je vriendschap, je vriendelijkheid en dat je me geholpen hebt alle hobbels in de weg te nemen.

Dank aan Ifey Frederick, mijn rots in de branding, bedankt dat je me met beide benen op de grond hebt gehouden.

Dank aan Noor Sufi, mijn bondgenoot. Je was er bij elke stap die ik zette. Bedankt dat je zo'n geweldige vriendin bent en dat je de grootste voorvechter van dit boek bent. Jouw enthousiasme heeft er heel vaak voor gezorgd dat ik doorging, en dat betekende alles voor me.

Bedankt Liz Foley en Kate Harvey, voor al jullie wijze woorden.

Dank aan al mijn vriendinnen omdat ze de beste cheerleaders zijn en omdat ze me overeind geholpen hebben als dat nodig was. In het bijzonder wil ik Abi, Mary, Rachael, Christina, Monica, Kitty, Radiya en Katie bedanken, en Isobel Turner, die echt lijstjes verzamelt en die me toestond Izzy in het boek op te voeren!

Dank aan mijn collega's en aan alle geweldige auteurs met wie ik gewerkt heb bij Headline, Vintage en Hodder. Dank voor alle raad en steun die jullie me in de loop der jaren hebben gegeven.

Dank aan alle bibliothecarissen en boekverkopers die de boekenwereld maken tot wat die is. Jullie doen zoveel voor mensen en gemeenschappen. Dank jullie wel!

En tot slot mijn familie. Jullie blijdschap over dit boek betekende ontzettend veel voor me en maakte al dat nadenken, al dat 's avonds laat en 's ochtends vroeg werken honderd procent de moeite waard. Dada, bedankt dat je altijd vroeg wat ik aan het lezen was. Jij vormde het begin van dit verhaal. Ba, bedankt voor je liefde en eindeloze gulheid. Dank aan Jaymin en Jigar, mijn geweldige nichtje en neefje, die me verteld hebben waar coole tieners tegenwoordig uithangen. Dank je wel, tante, voor heel veel maar vooral voor het feit dat je oma dit boek hebt voorgelezen en dat je de scheldwoorden hebt overgeslagen. Ik ben je eeuwig dankbaar!

Mijn ouders wil ik bedanken voor alles. Pap, bedankt dat je altijd in me geloofd hebt en nooit hebt toegestaan dat ik het opgaf. Je hebt alle verhaaltjes en half afgemaakte romans gelezen die ik ooit geschreven heb, behalve deze, omdat je die eerst in een boekwinkel wilt kopen. Ik hoop dat je van het boek zult genieten en dat het het wachten waard was. Mama, veel liefs voor jou omdat je dit verhaal hebt gelezen en omdat je over mijn personages sprak alsof ze echt bestonden. Het is fantastisch om te weten dat je het een mooi verhaal vindt. Dat je trots op me bent, maakt mij ook trots.

En dank aan mijn oma. Het schenkt me zoveel vreugde en troost te weten dat u dit boek hebt gelezen. Bedankt dat u altijd aan me vroeg hoe het met het schrijven ging. Ik durfde nooit tegen u te zeggen dat het niet goed ging en daardoor is dit boek er uiteindelijk gekomen. Ik mis u elke dag.

En dank aan Will Handysides. Zonder jou had ik dit boek letterlijk niet kunnen schrijven. Bedankt voor alles wat je gedaan hebt om dit mogelijk te maken: dat je mijn gepieker tolereerde, dat je het boek heel vaak gelezen en gecorrigeerd hebt, dat je wreed eerlijk en ook superaardig bent, dat ik telkens dezelfde vragen mocht stellen, dat je me steeds hebt geïnspireerd en dat je mijn 'creatieve' slonzigheid hebt getolereerd... Zoals jij is er maar een. Bedankt voor wie je bent.

Boeken die in *De troostbibliotheek* genoemd worden

De leeslijst

To Kill a Mockingbird = Spaar de spotvogel, Harper Lee
Rebecca = Rebecca, Daphne du Maurier
The Kite Runner = De vliegeraar, Khaled Hosseini
Life of Pi = Het leven van Pi, Yann Martel
Pride and Prejudice = Trots en vooroordeel, Jane Austen
Little Women = Onder moeders vleugels, Louise M. Alcott
Beloved = Beminde, Toni Morrison
A Suitable Boy = De geschikte jongen, Vikram Seth

Leeslijst van Sara Nisha Adams

The Namesake = De naamgenoot, Jhumpa Lahiri
The God of Small Things = De God van kleine dingen, Arundhati Roy
White Teeth = Witte tanden, Zadie Smith
Americanah = Amerikanah, Chimamanda Ngozi Adichie
Standard Deviation = Standaardafwijking, Katherine Heiny
A Fine Balance = Een wankel evenwicht, Rohinton Mistry
Strange Weather in Tokyo, Hiromi Kawakami [niet in het Nederlands vertaald]
The Magic Toyshop = Het nichtje van de poppenspeler, Angela Carter
I Know Why The Caged Bird Sings = Ik weet waarom gekooide vogels zingen, Maya Angelou

Sunlight on a Broken Column, Attia Hosain [niet in het Nederlands vertaald]
There But For The = *Als niet dan zou*, Ali Smith

Overige boeken

The Time Traveler's Wife = *De vrouw van de tijdreiziger*, Audrey Niffeneger
Black Water Rising, Atticka Locke [niet in het Nederlands vertaald]
War and Peace = *Oorlog en vrede*, Lev Tolstoj
Watching You = *Ik volg je*, Lisa Jewell
A Wizard of Earthsea = *Machten van aardzee*, Ursula Le Guin
My cousin Rachel = *Rachel*, Daphne du Maurier
Bullying and Peer Pressure, Kaye Healey [niet in het Nederlands vertaald]
The Woman in Black = *De vrouw in het zwart*, Susan Hill
The Highway Code, AA Publishing AA Media Group Ltd [niet in het Nederlands vertaald]